VERBLÜFFENDE MAGIE

DIE GEHEIMNISSE VON MYRTLEWOOD 1

IRIS BEAGLEHOLE

PROLOG

Es donnerte. Blitze zuckten über den Himmel und erhellten die Wolken über Thorn Manor. Der Himmel verdunkelte sich wieder, und alles, was man sah, war das Licht im Turms des Herrenhauses, das über den dunklen Wäldern von Myrtlewood und dem unruhigen Meer an der Küste Cornwalls leuchtete.

»Ah ... es ist so weit«, murmelte Galderall Thorn.

Draußen tobte der Sturm und erschütterte die Grundmauern von Thorn Manor. Wieder zuckten Blitze auf, gefolgt von einem lauten Donnergrollen, als ob die Götter selbst in die Schlacht zogen. Galderall stand stolz und aufrecht im Turmzimmer, ihr weißes Haar mit einem roten Schal zurückgebunden, während sie mit wachsamen Augen in die Nacht hinausblickte. Sie mochte eine alte Hexe sein, aber sie hatte eine tiefe Verbindung zu der Magie, die durch die Erde floss und sich konzentriert um das Dorf Myrtlewood sammelte. Sie hatte ihr ganzes Leben hier verbracht und sich der Aufgabe verschrieben, das Dorf vor der Dunkelheit zu schützen, die es zu verschlingen drohte.

Doch in dieser Nacht kam die Dunkelheit immer näher. Galderall konnte spüren, wie sich die bösartigen Kräfte näherten, angezogen von ihrer Kraft und der uralten Magie, die durch ihre Adern floss. Sie wusste, dass sie schnell handeln musste, bevor es zu spät war. Sie sammelte ihre Zutaten und begann, sie in ihrem Kessel zu mischen und mit kräftiger

Hand umzurühren. Frische Kräuter und Schutzkristalle, Alraunwurzel, Obsidian und kolloidales Silber – gemischt mit der Kraft des Mondes und der Stärke der alten Göttin Cerridwen.

Sie würde ihre Feinde abwehren, wenn sie es vermochte, aber sie war nicht dumm. Sie wusste, dass sie alt war und ihre Magie zu schwinden drohte.

Sie durchsuchte ihre Regale mit okkulten Utensilien, bis sie ihn fand: ihren schwarzen Spiegel. Seine dunkle Oberfläche schimmerte im Gegenlicht. Sie benutzte ihn oft, um nach ihrer wunderbaren, quirligen Enkelin Rosemary und ihrer Urenkelin Athena mit dem scharfen Verstand zu sehen. Sie hatte sie zu ihrem eigenen Schutz schon seit Jahren nicht mehr persönlich gesehen. Heute Abend war sie erleichtert zu sehen, dass sie in ihrer schäbigen Wohnung in Burkenswood in Sicherheit waren. Sie beobachtete sie, wie sie an ihrem abgewetzten Küchentisch saßen, eine einfache Mahlzeit mit Bohnen auf Toast aßen und sich über ihren Alltag ausließen. Wenn sie nur wüssten, was ihnen bevorstand.

Für den Moment waren sie sicher, aber Galderall spürte, dass etwas nicht stimmte. Wieder schlug ein Blitz ein, und der Geruch von Gefahr lag schwer in der Luft.

Wie viele Hexen, wusste Galderall Thorn, dass die Natur ihre Zyklen und Muster hatte; der Vollmond ging immer bei Sonnenuntergang auf; die Flut kam jeden Tag eine Stunde später, und wenn man die Jahreszeiten beachtete, sollte Knoblauch immer am kürzesten und längsten Tag gepflanzt und entsprechend geerntet werden. Sie wusste, wann ihre Zeit zu Ende ging. Doch wie viele Menschen, die aufblicken und plötzlich feststellen, dass Vollmond ist, war Galderall beschäftigt und vom Leben abgelenkt gewesen. Sie hatte nicht bemerkt, dass der Sand in ihrer eigenen Sanduhr zu Ende ging, bis zu dem Zeitpunkt, an dem es passierte.

Die Wolken über ihr verzogen sich und Galderall sah zum Mond auf. Ihr wurde bewusst, dass ihre Zeit sich dem Ende zuneigte, genau wie andere natürliche Zyklen. Sie wusste, dass sie ihre Feinde nicht ewig aufhalten konnte. Sie musste einen letzten Zauber und eine Botschaft für Rosemary und Athena vorbereiten, die sie auf ihrer Reise begleiten würde. Sie musste darauf vertrauen, dass sie das Erbe der Thorns antreten und die Stadt

Myrtlewood vor der Dunkelheit, die sie zu verschlingen drohte, retten würden.

Mit grimmiger Entschlossenheit begann Galderall zu singen. Sie setzte all ihre verbleibende Kraft und Magie ein und ließ sie in die Worte und die Beschwörung einfließen. Der Zauber war eine mächtige und uralte Beschwörungsformel, die seit Generationen in ihrer Familie weitergegeben worden war. Die Worte strömten wie ein Fluss der Macht über ihre Lippen und erfüllten den Raum mit einem Gefühl uralter Magie. Sie spürte, wie sich die Energie um sie herum sammelte, wie sie wirbelte und pulsierte und ein Eigenleben entwickelte.

Ich rufe die Kräfte der Erde
Um die Familie Thorn zu schützen und uns Kraft zu geben
Ich rufe die Kräfte des Windes
Um uns vor jeglichem Schaden zu bewahren

Ich rufe die Kräfte des Feuers
Um die Dunkelheit zu verbrennen, und nie zu ermüden
Ich rufe die Kräfte des Wassers
Um zu reinigen und zu läutern, und uns stärker zu machen

Bei der Macht der Alten
Wie ich will, so soll es geschehen
Bei allen Kräften von Land und Meer
Wie ich will, so soll es geschehen!

Mit einem letzten Schwung beendete sie den Zauber und ein Schild aus reiner Magie hüllte das Herrenhaus und alles in seinen Mauern ein. Sie atmete erleichtert auf, denn sie wusste, dass sie alles getan hatte, was sie konnte, um ihre Familie und ihr Heim zu schützen. Aber sie wusste, dass es nicht genug sein würde. Sie spürte, dass sich ihre Feinde näherten, stärker als je zuvor.

Ein blendendes Licht erfüllte den Raum. Die Magie strömte durch sie hindurch und erfüllte sie mit einem Gefühl von Frieden und Ruhe. Sie wusste, dass dies ihre letzte Handlung auf Erden war, und sie war bereit, sich ihrem Schicksal zu stellen.

Sie konnte spüren, wie sich die Magie um sie herum sammelte. Sie warf einen letzten Blick in Richtung des schwarzen Spiegels und ihrer liebsten Verwandten.

»Alles wird sich ändern, meine Lieben«, murmelte sie.

Ein krachendes Geräusch machte sie darauf aufmerksam, dass es Zeit war. Aber Galderall Thorn würde trotz ihres Respekts für die natürlichen Zyklen nicht kampflos aufgeben, und ihre Feinde ahnten nicht, was ihnen bevorstehen würde – nicht jetzt und schon gar nicht in der Zukunft. Dafür würde Rosemary schon sorgen.

Das Licht ihres Zaubers mochte schnell verblassen, aber Galderall Thorn war in Frieden. Sie wusste, dass ihre Zeit gekommen war, und sie war bereit für die nächste Etappe ihrer Reise in das Reich der Ahnen. Ihre Enkelin Rosemary würde das Erbe antreten müssen, das ihre eigenen Kinder nie angenommen hatten.

»Du bist vielleicht noch nicht so weit, meine Liebe, und du möchtest vielleicht ein schönes, ruhiges Leben führen, aber das Schicksal hat leider andere Pläne für uns.«

KAPITEL

EINS

Außerhalb des rostigen alten Autos regnete es in Strömen. Rosemary stöhnte auf.

»Es ist nur Wasser«, sagte Athena vom Beifahrersitz aus und pulte an ihrem abgeplatzten lila Nagellack.

Rosemary seufzte und betrachtete ihre Teenagertochter. Athenas rotes Haar hing ihr ins Gesicht. Es war von der gleichen feurigen Farbe wie das von Rosemary, aber glatter und leichter zu bändigen.

»Nur Wasser ... klar«, sagte Rosemary. »Du hast leicht reden. Du bist nicht diejenige, die aus dem Auto aussteigen muss.« Sie glättete ihre wilden Locken in Erwartung des Regens, der sie sicher noch wilder und krauser machen würde als sonst.

»Bist du etwa eine Katze?«, stichelte Athena grinsend.

»Nur weil du den Regen schon immer geliebt hast, heißt das nicht, dass der Rest von uns das auch muss.«

Athena klopfte ihrer Mutter auf die Schulter. »Du hast ihn auch immer geliebt. Damals, bevor ...« Sie beendete den Satz nicht, aber das musste sie auch nicht.

Es herrschte einen Moment lang Schweigen, bevor Athena sanft hinzufügte: »Du musst da rein gehen.«

Rosemary spürte ein Frösteln, das nichts mit dem Wetter zu tun hatte.

5

»Kannst du nicht mit mir kommen?«, fragte sie.

»Du weißt, dass das nicht der Anweisung entspricht«, sagte Athena. Sie setzte eine vornehme Stimme auf und rezitierte: »Rosemary Thorn, Enkelin von Galderall Thorn, soll sich allein zu einem Treffen mit dem Anwalt einfinden, der den Nachlass verwaltet.«

»Du solltest Komikerin werden«, sagte Rosemary und lachte über ihre Tochter. Sie blickte hinauf zu dem alten Gebäude mit den steinernen Wasserspeiern. »Ich verstehe das nicht. Warum sollte sie das tun?«

»Sie war *deine* Großmutter«, antwortete Athena. »Woher soll ich das wissen? Ich habe sie kaum gekannt.«

»Aber es gibt andere Familienmitglieder, die wahrscheinlich ebenfalls hier sein sollten, nicht, dass Oma viel Geld zu hinterlassen hätte oder so, aber ich weiß nicht, warum sie ausgerechnet nach mir gefragt hat.«

»Vielleicht hatte sie dir etwas Wichtiges mitzuteilen ...«, sagte Athena.

Rosemary schnitt eine Grimasse. »Vielleicht bin ich noch nicht bereit, zu erfahren, dass es ein schauriges, dunkles Familiengeheimnis gibt.«

»Sei nicht albern, Mama.«

»Oder es geht darum, dass ich in Wirklichkeit adoptiert wurde und gar nicht zur Familie gehöre – du weißt, dass ich mich das immer gefragt habe, weil ich nie richtig reingepasst habe.«

»Mama ...«

»Weißt du, sogar unsere Haarfarbe ist anders.«

»Was ist mit Oma? Du hast gesagt, sie hatte rotes Haar wie wir.«

»Nun, ja. Aber wenn dem nicht so wäre, wäre ich mir absolut sicher, dass wir nicht mit diesen anderen bösen Thorns verwandt sind, und vielleicht sind wir es auch nicht. Vielleicht ist das meine offizielle Verleugnung.«

»Hör auf, so paranoid zu sein.«

Rosemary schmollte spöttisch. »Wie kannst du es wagen, so etwas am Tag ihrer offiziellen Verleugnung zu deiner Mutter zu sagen?«

»Mama!«

»Schon gut, schon gut.« Rosemary öffnete die Tür und eine Windböe peitschte ihr den Regen ins Gesicht. »Igitt!« Sie versuchte, die Tür wieder zuzuziehen, aber Athena war zu schnell und gab ihr einen aufmunternden Schubs, der Rosemary hinaus ins Freie stieß, wo sie in Richtung des Anwaltsbüros flitzte.

Rosemary rannte durch den Regen und benutzte ihre Arme, um ihren Kopf nicht besonders wirksam abzuschirmen.

Trotz der düsteren Gedanken, die sie in letzter Zeit geplagt hatten, gab es einen Hoffnungsschimmer, den sie vor Athena verborgen hatte. Es war gut möglich, dass ihre verstorbene Großmutter ihr etwas vermacht hatte, irgendetwas ... und selbst eine kleine Summe Geld könnte ausreichen, um sie aus dem Loch zu befreien, in dem sie steckten.

Dieser Hoffnungsschimmer schrumpfte zusammen wie ein aufgeblasener Ballon, als sie die riesigen Rauchschwaden sah, die aus dem Gebäude drangen. Ein Alarm ertönte, ohrenbetäubend laut. Rosemary hielt sich die Ohren zu, als sie beobachtete, wie die Menschen aus den Anwaltsbüros eilten und ihre Köpfe gegen den Regen einzogen.

Sie stand einen Moment lang fassungslos da.

»Was zum ...?« Athena kam zu ihr.

»Gerade als du dachtest, es könnte nicht mehr schlimmer kommen«, rief Rosemary durch den Regen, den schrillen Alarm und die Sirenen, als die Feuerwehr eintraf.

»Hey – wenigstens bist du nicht irgendwo da drin«, sagte Athena.

»Stimmt, Kleine«, sagte Rosemary und legte ihren klatschnassen Arm um ihre Tochter. »Lass uns von hier verschwinden. Es ist nicht so, dass wir irgendetwas tun können, um zu helfen, und die Anwälte haben genug anderes zu tun, als sich jetzt mit uns zu treffen.«

Die Fahrt zurück zur Wohnung verlief ruhig. Athena schien entweder niedergeschlagen oder in Gedanken versunken zu sein, und Rosemary war zu sehr in ihre eigenen Sorgen vertieft, um herauszufinden, in welcher speziellen Teenager-Stimmung sich ihre Tochter befand.

Athena stieß einen langen Seufzer aus, als sie in die Einfahrt der schäbigen Wohnung fuhren, die sie sich trotz ihrer Abscheulichkeit kaum leisten konnten. »Ich vermute, dass in dem Gebäude sowieso kein Erbe auf uns gewartet hat.«

Rosemary ließ die Schultern sinken. »Ich wollte das nicht einmal als Möglichkeit erwähnen«, gab sie zu. »Ich wollte nicht ...«

»Mir zu große Hoffnungen machen?«

»So etwas in der Art. Ich meine, ich kann es nicht riskieren, dass du dir einbildest, eine Dynastie zu erben oder so.«

Athena seufzte. »Ich brauche keine Dynastie, Mama. Ich glaube, du weißt nicht einmal, was das bedeutet. Aber es wäre schön gewesen, zu so etwas wie unserem alten Leben in Stratham zurückzukehren.«

Sie gingen ins Haus und duschten abwechselnd unter dem erbärmlichen Rinnsal der alten, kaputten Armatur im schimmeligen, baufälligen Badezimmer, bevor sie sich trockene Kleidung anzogen und auf der Couch fernsahen, während sie an den Tassen mit heißem Kakao nippten, der Rosemarys Spezialgetränk war.

»Weißt du, du solltest die wirklich verkaufen«, sagte Athena und hielt ihr Getränk hoch.

»Wow, die Dinge müssen wirklich schlimm sein«, erwiderte Rosemary.

»Was meinst du?«

»Die Lage muss ziemlich ernst sein, wenn meine sechzehnjährige Tochter versucht, mich aufzuheitern.«

»Du lässt mich wie ein Monster klingen.« Athena blinzelte ihre Mutter an und lachte dann. »Ich meine es aber ernst. Du machst die beste heiße Schokolade, und es würde dich nicht umbringen, ein bisschen zu träumen – vielleicht davon, eine Schokoladendynastie zu gründen.«

»Das ist eine verrückte Fantasie, mit der ich mich anfreunden kann«, sagte Rosemary. »Meine Spezialität wäre heiße Schokolade mit dem Geschmack von Türkischem Honig – du weißt schon, die, die ich mit Rosenwasser mache.«

»Die schmeckt wie Seife«, beschwerte sich Athena und rümpfte die Nase. »Eigentlich ...« Ihre Stimme wurde ernster. »Lag da nicht ein seltsamer Seifengeruch in der Luft, vor dem Gebäude?«

»Meinst du?«, fragte Rosemary. »Ich kann mich nicht erinnern.«

»Ja, es roch ein bisschen nach Maiglöckchen.«

»Das kann nicht sein«, sagte Rosemary. »Das wäre mir aufgefallen. Es hätte mich an meine Cousins erinnert. Du weißt schon, die Bracewell-Thorns.«

»Ja, ich weiß. Du hast immer gesagt, dass sie wie diese Blumen duften. Was meinst du, woran ich es erkannt habe? Weißt du noch, als ich ein Kind war, hast du mir das erzählt, und ich habe darauf bestanden, dass du mich in die Parfümerie mitnimmst, um zu sehen, wie sie riechen – du hast mir sogar ein kleines Fläschchen mit diesem Duft geschenkt.«

»Ekelhaftes Zeug.«

Athena verschränkte die Arme und schmollte. »Das hast du jedes Mal gesagt, wenn ich es getragen habe.«

»Na ja, du hast mich eben an meine fiesen Cousins erinnert. Die riechen immer nach dieser ekligen Giftpflanze.«

»Es ist nicht gerade höflich, so etwas zu sagen ... Hey, du glaubst doch nicht etwa, dass sie heute da waren?«

Rosemary dachte eine Weile nach. »Nun, sie sollten eigentlich nicht dort sein, es sei denn, sie hatten direkt vor unserem Termin einen separaten Termin mit Omas Anwalt.«

»Glaubst du, dass ...«

»Du willst doch nicht etwa andeuten, dass meine wohlhabenden Cousins Brandstifter sein könnten?«, fragte Rosemary und zog die Augenbrauen hoch. »Das scheint mir weit hergeholt, selbst für die beiden.«

Aber der Gedanke setzte sich in Rosemarys Gehirn fest und wollte nicht verschwinden. Irgendetwas Seltsames war hier im Gange.

KAPITEL

ZWEI

Rosemary lag in dieser Nacht lange wach in ihrem unbequemen Bett. Sie ließ die ganze Wucht der Enttäuschung über sich ergehen.

Sie wollte nicht, dass Athena sie weinen sah, aber das bedeutete, so vieles zurückzuhalten. Oma war immer so lieb und freundlich und geduldig gewesen. Obwohl Rosemary sie seit Jahren nicht mehr in Myrtlewood Village besucht hatte – was sie furchtbar bedauerte –, hatte sie das unendliche Einfühlungsvermögen von Oma immer zu schätzen gewusst.

Rosemary fühlte den Schmerz der Zerrissenheit in ihrem Inneren. Sie konnte sich nicht erinnern, woher es rührte, aber sie wusste es intuitiv. Es gab zwei losgelöste Teile von Rosemary Thorn. So erklärte sie sich zumindest die große Kluft zwischen ihren Handlungen und ihrer inneren Welt. In ihrem Kopf mochten die Dinge einen Sinn ergeben, aber sobald sie versuchte, sie in die Tat umzusetzen oder auszusprechen, gerieten sie durcheinander und zerfielen zu wirrem Blödsinn. Es war nicht leicht, unter solchen Umständen einen festen Job zu behalten oder einen Teenager zu erziehen. Es war schon schwer genug, auf sich selbst aufzupassen.

Es muss passiert sein, nachdem Dain sie das erste Mal verlassen hatte, dass Rosemary aufgehört hatte, Oma so oft zu besuchen. Es war eine Schande – nicht die Trennung an sich, sondern die Schulden, in die er sie hineingezogen hatte und die immer schlimmer wurden.

Rosemary hatte den Blick in Omas Augen nicht ertragen können – war es Mitleid gewesen? Rosemary wollte kein Geld von einer älteren Verwandten annehmen, egal wie sehr Oma darauf bestanden hatte. Sie konnte den Gedanken nicht ertragen, jemandem etwas schuldig zu sein, schon gar nicht der einzigen lebenden Verwandten, mit der sie sich wirklich verbunden gefühlt hatte.

Omas Großzügigkeit war der Grund dafür gewesen, dass Rosemary ein wenig Hoffnung auf das Treffen mit dem Anwalt gesetzt hatte. Aber all ihre Hoffnungen hatten sich in Rauch aufgelöst, zusammen mit dem Büro des Anwalts.

Es gibt kein Testament mehr ..., dachte Rosemary. *Es ist wahrscheinlich zusammen mit allem anderen verbrannt. Ich habe nicht den Hauch einer Chance, aus diesen Schulden herauszukommen, und sie werden nicht von selbst verschwinden.*

Es war kein guter Schlaf, aus dem Rosemary erwachte – und es war auch kein sanftes Erwachen.

»Was zur Hölle?«

Sie öffnete ihre trüben Augen und versuchte, das Gefühl der Scham und des Grauens aus ihrem Körper zu schütteln. Da war ein Geräusch. Ein schreckliches, entsetzliches Geräusch. Es war eine Art Jodeln.

Es war ihr Telefon, das klingelte.

»Athena!«, schrie sie in den Flur. »Ich habe dir gesagt, du sollst meinen verdammten Klingelton nicht immer verstellen!«

Rosemary schnappte sich ihr Handy vom Nachttisch und drückte auf das Symbol, um den Anruf zu beenden, aber sie verfehlte den Button und traf stattdessen das kleine grüne Telefon.

»Verdammt!«, schrie sie und erinnerte sich dann daran, dass jemand am anderen Ende des Telefons war und zuhörte. *Tja, jetzt war es zu spät, um umzukehren.*

Sie hielt das Telefon an ihr Ohr. »Äh, ja? Ich meine ... Hallo.«

Nicht zum ersten Mal wünschte Rosemary, sie wäre ein Morgenmensch, aber wer um alles in der Welt rief um diese Zeit an einem Samstag an?

»Frau Thorn.«

»Äh ... am Apparat.«

»Entschuldigen Sie, dass ich Sie ... störe«, sagte die seidige und etwas altmodische Männerstimme am anderen Ende der Leitung. Rosemary stellte sich einen älteren Mann in einem samtenen Smoking vor. »Es scheint, als hätten wir gestern unseren Termin verpasst. Unvorhergesehene Umstände.«

»Haben wir?«, sagte Rosemary und fragte sich, wer dieser seltsame Anrufer war.

»Erlauben Sie mir, mich vorzustellen«, säuselte der Anrufer. »Ich bin Perseus Burk, von Clifford und Burk Associates.«

»Clifford und ... oh Schreck, Sie sind von der Anwaltskanzlei.«

»In der Tat.«

»Ich hatte nichts mit dem Brand zu tun«, sagte Rosemary etwas zu schnell. »Ich meine, meine Tochter und ich waren gerade erst angekommen und – ich meine ... ähm. Ich bin froh, dass es Ihnen gut geht. Geht es Ihnen gut? Natürlich geht es Ihnen gut genug, um anzurufen, aber ich habe diese großen Flammen gesehen und ... und ich ... ich schweife ab. Tut mir leid«, schloss sie eher kleinlaut.

»Danke für Ihre Genesungswünsche. Ich versichere Ihnen, uns geht es gut. Wir haben ziemlich ausgefeilte Feuerschutzvorrichtungen, ob Sie es glauben oder nicht. Und ich kann Ihnen versichern, dass ich nicht anrufe, um Sie der Brandstiftung zu beschuldigen. Ich weiß nur, dass wir gestern einen Termin hatten, den ich so schnell wie möglich nachholen möchte.«

»Sie rufen mich an einem Samstag an, um einen Termin zu verschieben, nachdem Ihr ganzes Büro gerade in Flammen aufgegangen ist?«

»So in etwa, ja.«

»Warum?«

»Ich bin Anwalt, Frau Thorn. Wenn ich einen Termin vereinbare, dann will ich ihn auch einhalten. Und da die Dinge gestern nicht nach Plan gelaufen sind ...«, sagte er mit einem Ton der Missbilligung.

Rosemary war sich nicht sicher, ob er das Feuer an sich missbilligte oder dass sie einen Termin versäumt hatte, weil sie nicht lebendig in einem Inferno verbrannt werden wollte. Seinem Tonfall nach zu urteilen, war beides möglich.

»Ich habe mich entschlossen, Sie anzurufen, um Ihnen zu versichern, dass wir das Treffen nachholen können, sobald es Ihnen möglich ist«, fuhr er fort. »Ich nehme an, Sie wollen immer noch an diesem Treffen teilnehmen?

»Oh ... oh ja«, sagte Rosemary. »Aber ... äh, Ihr Büro ist im Moment ziemlich verkohlt.«

»Das ist es in der Tat. Unser Hauptbüro in Burkenswood wird für mindestens ein paar Wochen außer Betrieb sein, aber wir haben ein kleineres Büro in Myrtlewood.«

»Myrtlewood?« Es überraschte Rosemary, den Namen des Dorfes ihrer Großmutter von jemandem mit einem solch ausgefallenen Akzent laut ausgesprochen zu hören. Es war eine kleine Stadt, ein Ort, den kaum jemand kannte. »Ich schätze, es macht Sinn, dass Sie dort ein Büro haben, wenn Oma Ihre Kundin war, denn sie hat immer gesagt, dass jeder vor Ort einkaufen und die lokalen Unternehmen unterstützen sollte. Sie bestand sogar darauf, Klopapier zu kaufen, das von der alten Marjie Reeves aus recyceltem Zeitungspapier hergestellt wurde, obwohl es sich anfühlte, als würde man sich den Hintern mit Sandpapier abwischen – oh ... ich tue es schon wieder, nicht wahr?«

»In der Tat, das tun Sie«, sagte Perseus. »Und obwohl ich sicher bin, dass der Rest dieses Satzes unendlich faszinierend gewesen wäre, sollten wir zur Sache zurückkehren, nicht wahr?«

»Zur Sache?«

»Ja, unser Treffen. Ihre Großmutter, Frau Galderall Thorn, hat darauf bestanden, dass Sie ein privates Treffen zur Verlesung ihres Testaments haben, wie Sie sich vielleicht erinnern.«

»Ja«, sagte Rosemary und fühlte sich zu verlegen, um noch etwas zu sagen, damit sie nicht wieder unkontrolliert zu schwafeln begann.

»Und wann soll dieses Treffen stattfinden?«, fragte Perseus Burk.

»Oh, äh ... so bald wie möglich?«, schlug Rosemary vor und unterdrückte ein kleines aufgeregtes Fiepen.

»Nun gut, lassen Sie mich in meinem Terminkalender nachsehen. Wie wäre es mit heute Nachmittag?«, sagte Perseus. »Um drei Uhr?«

»Oh ... okay«, sagte Rosemary. »Ich wusste nicht, dass Anwälte samstags arbeiten.«

»Für mich ist der Samstag wie jeder andere Tag, Frau Thorn.«

»Dem scheint wohl so«, sagte Rosemary und hielt sich dann buchstäblich mit der Hand die Zunge, damit sie sich nicht mehr danebenbenahm.

»Dann sehen wir uns heute Nachmittag um drei Uhr«, sagte er mit einem Hauch von Belustigung in der Stimme, so als ob er genau wüsste, was Rosemary tat, um sich nicht zu verplappern. Rosemary beendete das Telefonat, und die ganze Tragweite der Worte des Anwalts wurde ihr bewusst, als sie aus ihrem Zimmer ging.

»Oh, Mist!«

»Was ist los, Mama?«

»Ich habe ihm gesagt, dass wir um drei Uhr da sind«, sagte Rosemary, noch immer mit trüben Augen, als sie die kleine, unordentliche Küche betrat, in der Athena gerade Müsli in eine gesplitterte Schüssel schüttete.

»Wem hast du das gesagt?«

»Dem Kerl.«

»Du bist nicht gerade genau«, sagte Athena.

»Du weißt schon – der Jurist.«

»Omas Anwalt?«

»Genau der«, sagte Rosemary, seufzte und setzte sich an den Tisch.

»Was ist daran falsch?«, fragte Athena.

»Oh ... nichts, ich habe ihm nur gesagt, dass wir ihn in Myrtlewood treffen, und ich glaube nicht, dass das alte Auto es so weit schafft, ohne dass der Motor überhitzt. Das letzte Mal, als das passierte, sagte der Mechaniker, dass es eine größere Reparatur bräuchte, nur könnten wir uns das nicht leisten, und wenn du nicht gerade eine Kutsche mit feinen Hengsten hast oder vielleicht ein Paar Renn-Lamas, auf denen wir reiten können ...«

»Okay, okay, ich verstehe«, sagte Athena. »Also, verschieben wir den Termin.«

»Aber ich will unbedingt wissen, was so wichtig ist, dass er mich an einem Samstag angerufen hat.«

»Dann nehmen wir eben den Zug«, sagte Athena.

»Den Zug?«, fragte Rosemary. »Seit wann fährst du denn mit dem Zug?«

»Du hast immer gesagt, dass du als Kind mit dem Zug nach Myrtleweed gefahren bist.«

»Es heißt Myrtlewood.«

»Wie auch immer.«

»Gut«, sagte Rosemary. »Wir fahren mit dem Zug.«

»Warum muss ich mitkommen?«

»Moralische Unterstützung. Außerdem ist es eine wirklich hübsche Stadt. Ich weiß, wir waren nicht mehr dort, seit du ganz klein warst, und du erinnerst dich wahrscheinlich nicht mehr, aber ...«

»Ja, ich weiß. Du schwärmst ständig davon.«

»Dann ist das ja geklärt.«

»Na schön.« Athena zuckte mit den Schultern. »Es war sowieso meine Idee. Außerdem kann ich es kaum erwarten, aus diesem schrecklichen Loch herauszukommen.«

In dem Moment, als sie diese Worte sprach, löste sich eine Schranktür und fiel aus den Angeln, so dass sie laut klappernd zu Boden fiel.

»Gutes Argument«, sagte Rosemary.

Es stellte sich heraus, dass es am Samstagnachmittag nur einen Zug gab, also überzeugte Rosemary Athena, dass sie in einem günstigen Gasthaus übernachten mussten, bevor sie den Sonntagszug zurücknehmen konnten. Athena hatte eingewilligt, vorausgesetzt, Rosemary konnte garantieren, dass es dort keine Bettwanzen geben würde. Sie hatten einmal eine ziemlich unangenehme und traumatisierende Erfahrung in einer Pension gemacht. Rosemary machte Bettwanzenversprechen, von denen sie sich nicht ganz sicher war, ob sie sie halten konnte, aber was blieb ihr anderes übrig? Sie wollte ihre Teenagertochter nicht ganz allein in einer zwielichtigen Gegend zurücklassen, und sie hatten kaum enge Freunde, die sie kurzfristig anrufen konnten.

Sie packten ihre Koffer und stiegen am Bahnhof von Burkenswood ein. Rosemary verspürte einen nostalgischen Nervenkitzel – die Aufregung, wieder zwölf zu sein und Oma Thorn auf dem Lande zu besuchen. Die junge Rosemary hatte sich so erwachsen gefühlt, als sie ihre Eltern zurückgelassen hatte, um ganz allein mit dem Zug zu reisen.

Athena war still, als sie sich setzte. Rosemary folgte dem Beispiel ihrer Tochter und verstaute das Gepäck, bevor sie sich schweigend ans Fenster setzte. Sie genoss das Pfeifen und das rhythmische Geräusch des Zuges, der sich langsam auf den Schienen fortbewegte. Eine Zugfahrt hatte etwas so Friedliches an sich, eine sanfte Unvermeidlichkeit, dass der Zug sie genau dorthin bringen würde, wo sie hinwollte. Alles, was sie tun musste, war sich zu entspannen.

Rosemary gefiel es, dass es ein altmodischer Zug war – nicht einer dieser neuen, verrückten, superschnellen Biester. Dieser Zug passte besser nach Myrtlewood.

Sie lauschte dem leisen Pfeifen des Windes durch das Fenster und beobachtete die vorbeifliegende Landschaft, genoss den Anblick von Obstgärten und kleinen Dörfern hier und da. Im weiteren Verlauf der Fahrt konnte sie sogar einen Blick auf das Meer erhaschen.

Irgendwann schlief Rosemary ein und träumte von Oma Thorn, wie sie ihr Tee servierte. Als sie aufwachte, duftete es nach Maiglöckchen, aber sie konnte nicht sagen, ob es aus ihrem Traum stammte oder ob der Duft tatsächlich im Abteil hing. Sie schaute hinüber, um zu sehen, ob Athena den Geruch wahrgenommen hatte, und stellte fest, dass ihr Teenager fest schlief und auf der gepolsterten Bank zusammengesunken war.

Der Geruch war verschwunden. Rosemary steckte ihren Kopf in den Gang, nur um sicherzugehen. Ziemlich weit hinten im Gang ging eine schlanke Frau mit hellem Haar, die ihr ein wenig bekannt vorkam.

Es war durchaus möglich, dass Elamina im Zug war, aber Rosemary hielt es für höchst unwahrscheinlich, dass ihre versnobte Cousine mit öffentlichen Verkehrsmitteln reisen würde. Sie hätte es als reines Hirngespinst abgetan, aber dann erinnerte sie sich daran, dass Athena das blumige Parfüm während des Brandes gerochen hatte.

Es hat nichts zu bedeuten, sagte sich Rosemary. *Selbst wenn Elamina hier herumhängt, hat das wahrscheinlich mehr mit den Anwälten und dem Erbe zu tun als mit mir.* Sie hatte seit Jahren nicht mehr mit ihren Cousins gesprochen, und sie hatte auch keine Lust dazu, so wie sie sie immer behandelt hatten.

Der Zug rollte weiter, und Rosemary genoss den Blick aus dem Fenster, obwohl sie sich jetzt seltsam unruhig fühlte. Gelegentlich warf sie einen Blick auf ihre Tochter. Sie sahen sich sehr ähnlich, hatten die gleichen grünen Augen und hohen Wangenknochen. Athenas Gesichtszüge waren zarter, und ihre Haut hatte einen dunkleren Farbton von der Seite ihres Vaters. Dain hatte nie etwas über seine Herkunft gesagt, außer dass er »aus dem Osten« stammte. Er war bei Pflegeeltern aufgewachsen, und Rosemary hatte verstanden, dass sie nicht zu viele Fragen stellen sollte. Außerdem, so überlegte sie, wusste er wahrscheinlich sowieso nicht viel über seine leiblichen Eltern. Rosemary hatte dieses Problem nicht. Der Stammbaum der Thorns war lang und umfangreich und enthielt eine Reihe von skurrilen Figuren.

Athena schlummerte, ohne von all ihren Problemen etwas mitzubekommen. Sie trug ein lilafarbenes Kleid, das im Kontrast zu ihrem Haar stand, und Strümpfe mit Löchern, die Rosemary für geschmacklos hielt. Natürlich fand Athena, dass Rosemarys bewährte Kombination aus Jeans und T-Shirt langweilig und unoriginell war.

Athena wusste, dass sie arm waren, aber sie wusste nicht, wie weit unter der schwarzen Linie sie waren. Rosemary trat finanziell nicht auf der Stelle, sie war am Ertrinken, und die Schulden stiegen immer weiter an. Die Zinsen wurden schneller fällig, als sie mit ihrem mickrigen Gehaltsscheck aus dem Lebensmittelladen gegenhalten konnte.

Athenas Leben war schon vollgestopft und kompliziert genug mit Schularbeiten, dem Umgang mit gemeinen Kindern und dem Versuch, sich anzupassen und richtige Freunde zu finden, wenn niemand sie wirklich zu verstehen schien.

All das waren mehr als genug Sorgen für einen Teenager, und deshalb war Rosemary fest entschlossen, sie so gut wie möglich vor der Wahrheit zu schützen.

Der Wagen verdunkelte sich. Rosemary schaute wieder aus dem Fenster und sah, dass sie durch einen dichten Wald fuhren. Sie erinnerte sich vage an diesen Teil der Reise.

Wir nähern uns Myrtlewood.

Es war eine aufregende Erkenntnis, ein Gefühl der Heimkehr, mit dem Rosemary nicht gerechnet hatte. Sie verspürte einen Hauch von Verbundenheit, als ob die Stadt eine heilende Wirkung auf ihr Leben haben könnte. Sie hatte ihre Erinnerungen an das Dorf und an Oma Thorn verdrängt, um sich vor Reue und Trauer zu schützen, aber sie hatte nicht bemerkt, dass sie sich auch vor Gefühlen der Freude verschlossen hatte. Jetzt, wo sie sich Myrtlewood näherte, wollte ein Teil von ihr gar nicht mehr weg. Es war dasselbe Gefühl, das sie jedes Mal als Kind gehabt hatte, wenn sie aus den Ferien bei der wilden und wundervollen Oma Thorn zurückgekehrt war, die immer eine Speisekammer voller verbotener Leckereien hatte, die Rosemarys Eltern als sündhaft und maßlos angesehen hatten.

Oma nahm die junge Rosemary mit an den Strand, auf Streifzüge durch den Wald oder in das Dorf Myrtlewood zu Tänzen und Festen. Es gab immer ein Abenteuer zu erleben, und Oma verurteilte Rosemary nie für etwas, was sie tat oder wollte. Es war die einzige Zeit, in der sie sich wirklich frei gefühlt hatte.

Sobald sich der Wald wieder strahlendem Sonnenschein und der Steppe öffnete, wurde der Zug langsamer.

Athena regte sich, streckte sich und öffnete die Augen. »Sind wir schon da?«

»Ja«, sagte Rosemary. »Fast.«

»Es ist … wie im Märchen«, sagte Athena und blickte aus dem Fenster auf die Reihe der silbernen Birken, die die Bahngleise auf beiden Seiten säumten und mit Bändern und Gestecken aus Frühlingsblumen in Weiß, Zartrosa und Gelb geschmückt waren.

»Was ist das für ein Ort?«

»Ach ja. Ich hätte es dir sagen sollen. Myrtlewood Village ist ein ganz besonderer Ort.«

»Das hast du mir schon gesagt – so ungefähr eine Million Mal!«

»Nun, zum einmillionsten Mal, es ist etwas Besonderes. Es ist schwer zu erklären, inwiefern genau, aber das ist eines der Dinge, die sie tun – sie feiern die Jahreszeiten. Das muss für das Frühlingsfest sein.«

»Für mich fühlt es sich immer noch wie Winter an«, sagte Athena, verschränkte die Arme und fröstelte.

»Das tut der Frühling oft«, sagte Rosemary.

»Du meinst also, sie feiern den Frühling, indem sie die ersten Blüten abschneiden und sie an andere Bäume binden?«

»Ja«, sagte Rosemary nüchtern. »Sie machen auch noch andere Dinge.«

»Zum Beispiel nackt im Kreis tanzen?«

»Möglicherweise. Wir werden hierbleiben müssen, um das herauszufinden.«

»Igitt. Nein, danke.«

»Sieh mal, da ist der Bahnhof«, sagte Rosemary, als der Zug vor einem altmodischen Backsteingebäude zum Stehen kam.

»Er ist sehr hübsch«, gab Athena zu. »Auf eine altmodische Art und Weise.«

Sie stiegen aus dem Zug und gingen vom Bahnhof zum Marktplatz.

»Wo ist das Anwaltsbüro?«, fragte Athena.

»Ich erinnere mich nicht, oder vielleicht hat er es nicht gesagt.«

»Das soll wohl ein Scherz sein«, sagte Athena.

»Nun, Myrtlewood ist ein kleiner Ort. Ich bin sicher, dass wir es finden werden. Außerdem ist es erst viertel vor zwei. Wir sollten noch etwas zu Mittag essen und eine Tasse Tee trinken, bevor ich zu dem Treffen gehe.«

»Gut«, sagte Athena in dem mürrischen Teenagerton, an den Rosemary sich bereits gewöhnt hatte.

»Wir können ja diesen Mann nach dem Weg fragen.« Ein kleiner, aber irgendwie schlaksiger Kerl mit kurz geschnittenem Haar kam auf sie zu. Er schien in den Dreißigern zu sein und hatte einen ungewöhnlichen Gang, als ob er absichtlich versuchte, seinen Rücken gerade zu halten. Er trug eine Brille mit Drahtgestell und eine schokoladenbraune Mütze mit einem dazu passenden braunen Pullover, den er um seinen Hals gebunden hatte.

Athenas Augen weiteten sich besorgt, als ob der Umgang mit diesem etwas seltsamen Mann ihren sozialen Status negativ beeinflussen könnte, obwohl sie viele Meilen von der Schule entfernt war.

»Entschuldigung«, sagte Rosemary und winkte ihn heran, als er zielstrebig den Fußweg entlangging.

»Sie sind entschuldigt«, sagte der Mann.

»Äh, ähm, danke«, stotterte Rosemary. »Aber könnten Sie mir sagen, wie ich zu ... wie war das noch, Distel und Burk? Borgen und Balks? Sie wissen schon, die Anwälte.«

»Clifford und Burk?«, fragte der Mann mit leicht nasaler Stimme.

»Das ist es! Das ist es.«

»Oh«, sagte der Mann und runzelte die Stirn.

»Sagen Sie mir nicht, dass es brennt«, sagte Rosemary.

Der Mann sah überrascht aus. »Nein. Wie kommen Sie denn darauf?«

»Lange Geschichte«, sagte Athena. »Könnten Sie uns einfach sagen, wo wir hinmüssen?«

Rosemary lächelte ihre Tochter an, halb erfreut darüber, dass sie eifrig einsprang, um ihre Mutter davon abzuhalten, sich mit schrecklichem Geschwafel lächerlich zu machen, und halb verlegen darüber, dass dies so oft nötig war.

»Das könnte ich«, sagte der Mann und ging weiter.

Rosemary und Athena folgten ihm.

»Warum folgen Sie mir?«, fragte er.

»Sie sagten, Sie würden uns sagen, wo das Anwaltsbüro ist«, erinnerte Rosemary ihn und versuchte, ihren Ton ruhig und geduldig zu halten, obwohl sie sich frustriert und verwirrt fühlte.

»Ich sagte, ich *könnte* es«, korrigierte der Mann. »Ich habe nicht gesagt, dass ich es tun würde.«

»Nun ... werden Sie es tun?«, fragte Athena und schenkte ihm ein Lächeln.

»Oh ... na gut. Wenn Sie es wirklich wissen müssen!«, schimpfte er. Er drehte sich wieder um und führte sie in die Richtung zurück, in die sie ursprünglich gegangen waren.

Er winkte mit der Hand, als würde er Wasser abstreifen, in Richtung einer Ecke des Stadtplatzes. »Da drüben!«, rief er. »Und dieser schreckliche Mann ist wahrscheinlich auch dort. Was auch immer ihr tut, traut ihm nicht. Ich bezweifle, dass er überhaupt ein Mensch ist.«

»Äh, danke, Herr ...«, sagte Rosemary.

»Ferg ist der Name«, antwortete der Mann, der schnell seine Fassung wiedererlangte und Rosemary eine Hand reichte. Sie schüttelte sie behutsam.

»Vielen Dank, Ferg. Ich bin Rosemary.«

»Rosemary«, sagte er. »Natürlich sind Sie das.« Und damit ging er davon.

»Was für ein seltsamer Mann«, sagte Rosemary zu Athena.

»Das kannst du laut sagen.«

»Was für ein seltsamer ...«

»Das ist eine Redewendung, Mama!«

»Ich weiß, aber ich bin noch dabei, es zu verarbeiten, und ich dachte, es wäre vielleicht hilfreich, es zweimal zu sagen.«

Athena seufzte. »Es ist erst halb drei. Was machen wir denn jetzt?«

»Schau – da drüben. Das ist eine Teestube«, sagte Rosemary. »Ich bin sicher, dass es dort etwas zu essen gibt. Du kannst dich dort hinsetzen und lesen, während ich zum Treffen gehe, und dann können wir im Gasthaus einchecken.«

»Ich hoffe, du hast wenigstens einen Platz für uns reserviert«, sagte Athena.

Rosemary warf ihr einen Blick zu, der verriet, dass sie das nicht getan hatte.

»Mama!«

»Was? Es ist abgelegen – eine kleine Stadt. Ich dachte, sie geben uns vielleicht einen Sonderpreis, wenn wir einfach auftauchen.«

»Du bist immer auf der Suche nach Sonderangeboten«, protestierte Athena.

»Ja, nun ...« Rosemarys Worte verstummten. Sie wollte nicht erklären, warum. Es wäre für sie billiger gewesen, allein zu reisen, und sie hätte auch einfach am Bahnhof übernachten können, aber Rosemary war entschlossen, alles zu tun, um ihrer Tochter Gesellschaft zu leisten, trotz all des Seufzens und Augenrollens, das mit den Teenagerjahren einherging. Athena hatte es nicht leicht gehabt, weil ihr Vater ein Versager war, sie in der Schule immer die Außenseiterin war und nie Geld für neue Kleidung hatte. Auch wenn Athena manchmal grantig und mürrisch war, wusste Rosemary, dass ihre Tochter tief im Innern litt, und sie wünschte sich mehr als alles andere, ihr diesen Schmerz zu nehmen.

Als sie sich dem Teeladen näherten, bemerkte Rosemary, dass er ihr irgendwie bekannt vorkam. Eine Glocke läutete, als sie eintraten, und eine große Frau mit leuchtend rotem Haar und nussbaumfarbener Haut erschien hinter dem Tresen. Sie trug ein geblümtes Kleid und eine weiß-rot karierte Schürze und sah verlegen aus. Sie lächelte ihnen zu und kleine Grübchen erschienen auf ihren rosigen Wangen.

»Ach, du meine Güte!«, sagte die Frau und ihre Augen leuchteten. »Die kleine Rosemary Thorn! Sieh nur, wie groß du geworden bist!« Sie stürmte hinter dem Tresen hervor und schlang ihre Arme um Rosemary, die einen Moment lang verblüfft war, bevor sie begriff, wer diese übermäßig freundliche Verkäuferin sein musste.

»Marjie?«

»Oh, aber natürlich!«, krähte Marjie. »Ich bin überrascht, dass du dich an mich erinnerst, wo du doch so lange weg warst.«

Marjie war eng mit Oma befreundet gewesen, die die junge Rosemary oft zu dem kleinen Häuschen mitnahm, in dem Marjie mit ihrem Mann Herbert lebte. Marjie hatte immer wieder neue Geschäftsideen – wie zum Beispiel das vor Ort hergestellte Klopapier, auf das Oma unbedingt bestand, und sie hatte im Laufe der Jahre einige verschiedene Geschäfte geführt.

Rosemary hatte den Teeladen noch nie zuvor gesehen, aber die auffallend blumige Dekoration und Einrichtung entsprach Margies früheren unternehmerischen Unternehmungen, wie dem Limonadenstand, an dem man seine eigene Limonade herstellen konnte, oder dem Topfpflanzengeschäft.

»Die ist neu«, sagte Rosemary und deutete auf die Teestube um sich herum.

»Oh nein«, sagte Marjie. »Ich sage immer, dass das mein neuer Laden ist, aber er ist schon seit über zehn Jahren hier – das ist also eine lange Zeit, in der du uns nicht besucht hast! Und wer ist das? Doch nicht etwa dein kleiner Liebling?«

Marjie löste sich von Rosemary und schlang stattdessen ihre Arme um Athena. »Meine Güte, wie bist du gewachsen, du kleine Maus. Du bist ja schon fast eine Frau. Und das letzte Mal, als ich dich gesehen habe, konntest du kaum laufen!«

»Oh ... ähm ... Hallo«, sagte Athena, leicht verblüfft über die sehr herzliche Begrüßung durch eine Frau, die sie nicht kannte.

Rosemary lächelte. Normalerweise hatte Athena für jede Situation einen flotten Spruch parat, aber dieses Mal konnte ihre Tochter kaum einen Satz zusammensetzen.

»Was darf es denn sein?«

»Ähm, Tee?«, schlug Rosemary vor.

»Natürlich bekommst du einen!«, rief Marjie und eilte zurück in die Küche. »Tee und Kuchen! Wonach steht euch der Sinn?«

Rosemary und Athena begutachteten die Vitrine mit den köstlichen Kuchen, Lamingtons, Butterbroten und Schnitten.

»Der da«, sagte Athena entschlossen und zeigte auf einen großen Schokoladenkuchen mit Erdbeeren oben drauf.

»Ich hätte wissen müssen, dass du den willst«, sagte Marjie und steckte ihren Kopf aus der Küche. »Und für dich, Rosemary?«

»Was empfiehlst du denn?« Das war eine Ausrede. Rosemary hasste es, Entscheidungen zu treffen, und ließ sie, wann immer möglich, andere für sich treffen.

»Du nimmst den Zitronenbiskuit mit Sahne«, sagte Marjie wissend. »Setzt euch einfach hin, und ich komme gleich rüber.«

Rosemary und Athena warfen sich einen amüsierten Blick zu und setzten sich an den Tisch am Fenster mit der petunienfarbenen Tischdecke.

»So, diese Kanne ist für dich«, sagte Marjie und kam mit einem Teetablett herausgeeilt. Sie stellte eine dunkelviolette Teekanne mit einer passenden Tasse und Untertasse vor Rosemary hin. »Das ist Lady Grey, genau wie du ihn magst.« Sie zwinkerte. »Mit einer Kleinigkeit extra für die Nerven.«

Rosemary musste über Marjies starke Intuition lächeln. Woher wusste sie von ihrem Geschmack bei Teemischungen, geschweige denn von ihren Nerven?

»Und hier, meine Liebe. Das ist dein Lieblingstee.« Sie stellte eine hellblaue, mit Gänseblümchen gesprenkelte Teekanne vor Athena hin. »Erdbeeren mit Sahne, habe ich recht?«

Athena warf ihr einen ausdruckslosen Blick zu, doch als sie an dem Tee vor ihr schnupperte, konnte sie sich ein Lächeln nicht verkneifen. »Er riecht fantastisch!«, rief sie aus.

»Sie ist ein bisschen magisch, glaube ich«, sagte Rosemary zu ihrer Tochter, während Marjie davoneilte, um die Kuchen zu holen.

»So etwas gibt es nicht«, sagte Athena. Doch nur wenige Augenblicke später nahm sie einen Schluck Tee und ein Ausdruck purer Freude überzog ihr Gesicht. »Obwohl, womöglich hast du recht damit.«

»Was hast du mit etwas für die Nerven gemeint?«, fragte Rosemary behutsam, als Marjie zurückkam. »Hast du … etwas in meinen Tee geschüttet?«

»Oh … na ja.« Marjie stellte das Tablett ab und fummelte nervös daran herum. »Mir ist klar, dass du hier sein musst, weil Galdie weg ist. Das wissen wir natürlich alle. Eine schlimme Sache.«

»Galdie?«, fragte Athena.

»Deine Urgroßmutter, Liebes«, sagte Marjie. »Galdie Thorn, und was für eine Frau sie war. Ich vermisse sie so sehr.«

»Üble Sache?«, sagte Rosemary. »Ich dachte … ich dachte, es wäre ein Herzinfarkt gewesen.«

»Das ist die offizielle Version«, sagte Marjie. »Aber die örtliche Polizei sagt, es wäre verdächtig. Das ist alles, was ich weiß … und wenn man bedenkt, dass jemand die arme alte Galdie absichtlich verletzt haben könnte!« Sie fasste sich an ihr Herz.

Rosemary spürte ein Rauschen in ihren Ohren. Es war erst ein paar Wochen her, dass sie von Oma Thorns Tod erfahren hatte, und obwohl es Jahre her war, dass sie sie zuletzt gesehen hatte, hatte Rosemary tage-

lang geweint, als sie davon erfahren hatte. Sie wurde immer noch stoß-
weise von Wellen der Trauer überflutet, die sie noch nicht verarbeitet
hatte. Zu hören, dass möglicherweise falsches Spiel dahintersteckte,
machte alles noch viel schlimmer.

»Das wusste ich nicht«, sagte Rosemary und nahm einen Schluck
von ihrem »besonderen« Tee. Es war eine herrlich duftende Lady Grey-
Mischung, die sie riechen und schmecken konnte, aber sie konnte sie
nicht so recht genießen, als hätte sich der Genuss-Teil ihres Gehirns
abgeschaltet. Es durchströmte sie ein warmes Gefühl, obwohl er überhaupt nicht nach Alkohol schmeckte.

»Es tut mir leid, Liebes. Wir sind hier alle solche Klatschtanten. Jeder
kennt die Angelegenheiten des anderen. Wie auch immer, trink deinen
Tee und nimm einen Bissen Kuchen, dann geht es dir wieder besser.«

Marjie ging zurück in die Küche und brummte vor sich hin, während
sie mit den Tellern klapperte.

»Geht es dir gut?«, fragte Athena.

»Ich ... ich glaube schon«, sagte Rosemary. Das warme Gefühl hatte
sich mit jedem Schluck Tee verstärkt, und sie fühlte sich langsam ganz
leicht, fast schwindlig. Sie nahm einen Bissen von ihrem Zitronenbiskuit
und verschmolz fast mit dem Tisch, als der intensive, köstliche
Geschmack sie durchströmte. »Oh, mein Gott. Das ist unglaublich.«

Athena hob die Augenbrauen und nahm einen Bissen von ihrem
eigenen Kuchen. »Wow! Das ist himmlisch. Probier mal!«

Rosemary nahm einen Bissen von dem samtigen, cremigen Schokoladenkuchen. »Oh ... nein!«

»Was?«

Sie warf einen Blick auf ihre Uhr.

»Ich bin spät dran!«

KAPITEL

DREI

Rosemary eilte in Richtung des Myrtlewood-Büros von Clifford und Burk und kämpfte sowohl mit der widersprüchlichen Angst vor dem Wissen, dass ihre Großmutter möglicherweise ermordet worden war, als auch mit der brodelnden Wärme von Marjies »speziellem« Tee, der sie unüblich fröhlich machte. Es war alles sehr verwirrend, und obwohl der Tee eine beruhigende Wirkung zu haben schien, war das heitere Gefühl wahrscheinlich nicht besonders gut, wenn sie kurz vor einem sehr ernsten Treffen mit einem sehr ernsten Anwalt stand.

Als sie am Stadtplatz vorbeikam, fielen ihr die Leute auf, die weitere Zweige der Frühlingsblumen, die sie vorhin an den Bäumen befestigt gesehen hatte, trugen, um sich auf das bevorstehende Fest vorzubereiten. Wie auch immer es heißen mochte. Sie wirkten alle so ruhig und gelassen, verglichen mit der Verwirrung in Rosemarys Kopf.

Sie stürmte durch die Eingangstür des Gebäudes und fand die beigebeigefarbene Rezeption leer vor.

Es ist Samstag, erinnerte sich Rosemary. *Die Anwälte sind wahrscheinlich alle unterwegs und spielen Golf oder was auch immer sie tun. Ich frage mich, ob Percy-wasauchimmer es aufgegeben hat, auf mich zu warten, und mit ihnen spielen gegangen ist.*

In diesem Moment wurde Rosemary durch das Räuspern eines Mannes aufgeschreckt. Sie drehte sich um und entdeckte einen großen, dunkelhaarigen Mann in einem schwarzen Anzug. Er schien zu jung zu sein, um der Anwalt zu sein, den Rosemary suchte.

»Ähm, hallo«, sagte sie. »Ich suche nach Percy Burk.«

Der Mann räusperte sich erneut und sah verlegen aus. »Ich bin Perseus Burk«, sagte er.

»Oh, ja … Perseus, richtig. Wie der antike Krieger oder so?« Rosemary murmelte. »Sie klangen am Telefon älter und … na ja, irgendwie altmodisch, aber Sie müssen jünger als ich sein, und Sie wissen ja, was man heutzutage über junge Leute sagt – Gen Z oder wie auch immer wir heißen—«

»Ich nehme an, Sie sind Rosemary Thorn«, sagte Perseus und schnitt Rosemarys Geschwafel dankenswerterweise ab.

»Das bin ich.«

»Sie sind spät dran«, erwiderte er. »Und ich versichere Ihnen, dass ich gewiss nicht jünger bin als Sie.«

Er schmunzelte ein wenig, als er das sagte, und Rosemary fragte sich, ob es sich um eine Art Insiderwitz handelte, in den sie nicht eingeweiht war. Sie fragte sich auch, wie seine Hautpflege aussah.

»Hier entlang, Frau Thorn«, sagte er.

»Okay, aber nennen Sie mich bitte nicht Frau Thorn«, sagte Rosemary, überrascht von seinem kühlen und distanzierten Auftreten. Er sah ziemlich gut aus, wie ein Filmstar aus einem Spionagefilm, aber er bildete sich eindeutig etwas darauf ein, und das schmälerte seine Attraktivität.

»Fräulein dann?«, sagte er, wobei er die Nase rümpfte, als wäre er leicht beleidigt.

»Nur Rosemary, bitte.«

»Nun gut«, sagte er, obwohl er nicht wirklich so klang, als ob er es ernst meinte. »Bitte nehmen Sie Platz.« Er geleitete sie in ein Büro mit einem großen Holzschreibtisch und Ledersesseln. Sie setzte sich in einen der Stühle, wobei ein knarrendes Geräusch unter ihr ertönte, das fast wie ein Furz klang und Rosemary erröten ließ. »Ich war das nicht«, sagte sie.

»Dessen bin ich mir bewusst, Frau Tho- ich meine, Rosemary. Ich bitte um Verzeihung.«

»Also, worum geht es denn? In dem Brief stand, dass Sie sich laut Omas Testament allein mit mir treffen sollen.«

»In der Tat, das stimmt.«

»Und …?«

»Frau Rosemary«, sagte Perseus.

Sie schmunzelte, sowohl darüber, dass er sich offensichtlich bemühte, aus seiner gewohnten Art auszubrechen, als auch darüber, dass er es überhaupt versuchte, was befriedigend war.

Er räusperte sich. »Sie wissen vielleicht, dass die Umstände um den Tod Ihrer Großmutter … ungewöhnlich waren.«

»Ungewöhnlich inwiefern?«, fragte Rosemary, und das flaue Gefühl kehrte zu ihr zurück, zusammen mit dem Rauschen in ihren Ohren.

»Es ist mir nicht gestattet, über Einzelheiten zu sprechen, die von den Behörden noch untersucht werden«, sagte Perseus.

»Aber es gibt eine Untersuchung?«, fragte Rosemary. »Jemand hat Oma etwas angetan.«

Ein Gefühl der Panik machte sich in ihr breit. Sie versuchte es als unlogisch abzutun. Schließlich hatte man ihr es erst vor ein paar Minuten mehr oder weniger gesagt. Dann versicherte ihr eine noch vernünftigere Stimme in ihrem Kopf, dass es ein normaler Teil der Trauer sei, diese Wellen zu erleben. In der Zwischenzeit stellte sie fest, dass sie all dies laut aussprach, während sie im Büro des Anwalts weinte — desselben Anwalts, der sie angesichts ihres offensichtlichen Wahnsinns und ihrer Emotionen beschämt ansah und ihr eine Schachtel Taschentücher reichte.

»Danke«, sagte Rosemary und tupfte sich die Augen ab. »Es war ein Risiko, mich ohne meine Anstandsdame hierher kommen zu lassen. Normalerweise hält sie das Gröbste in Schach.«

»Ihre Anstandsdame?«, fragte Perseus und sah noch entsetzter aus.

»Meine Tochter, Athena. Sie weiß, wann sie mich zum Schweigen bringen muss.«

»Oh«, sagte er, erholte sich und stieß ein kleines Glucksen aus, als würde er endlich begreifen, dass Rosemary einen Scherz gemacht hatte.

»Aber warum wollten Sie, dass ich heute den ganzen Weg hierherkomme? Hat das etwas mit den 'verdächtigen Umständen' zu tun?«

»Ich bitte um Entschuldigung, Rosemary. Ich hätte es von Anfang an besser erklären sollen.« Er zog einen Stapel alter Papiere hervor. »Im Testament Ihrer Großmutter steht, dass Sie und Ihre Tochter die einzigen Erben ihres gesamten Vermögens sind, das Sie mit großer Sorgfalt verwalten und an Ihre Nachkommen weitergeben sollen.«

Rosemarys Kinnlade klappte herunter.

»Geht es Ihnen gut?«

»Wie bitte?«, sagte Rosemary. »Ich habe den letzten Teil nicht ganz verstanden. Es hörte sich an, als hätten Sie gesagt, Oma hätte mir alles hinterlassen. Aber das kann nicht stimmen. Ich habe sie seit Jahren nicht mehr gesehen!«

»Es stimmt tatsächlich«, sagte der Anwalt in trockenem Ton. »Es scheint, dass die verstorbene Frau Thorn ein sehr altes Testament hatte.«

»Oh – nun, ich denke, das macht Sinn«, sagte Rosemary. »Wir standen uns früher sehr nahe. Das ist etwas, was andere Verwandte anfechten könnten, nicht wahr? Ich meine, wenn tatsächlich Geld im Spiel ist, und ich bin sicher, dass es nicht viel ist. Omas Haus war ziemlich alt, und die Instandhaltung muss für sie allein viel zu viel gewesen sein. Es könnte inzwischen ein Scherbenhaufen sein. Ich bin mir sicher, dass es hohe Grundsteuern gibt, also sind die Schulden wahrscheinlich höher als der Wert. Bei Rentnern heißt es immer: Ein gesparter Pfennig ist ein Pfennig im Sarg oder so. Vielleicht habe ich mir das auch nur ausgedacht.«

Rosemary war sich bewusst, dass sie sich selbst von einer Klippe der möglichen Enttäuschung herunterredete, nur tat sie es laut, und der Anwalt schien durch ihr weiteres Geschwafel beunruhigt zu sein.

»Es tut mir leid«, fügte sie hinzu. »Sie können Marjie die Schuld geben – sie hat mir etwas in den Tee getan, obwohl ich mich auch normalerweise immer so verhalte, also ist das wahrscheinlich keine Entschuldigung.«

»Wenn Sie mir erlauben, zu Ende zu sprechen«, sagte Perseus. »Ihr Testament war sehr alt, aber sie hat es erst vor zwei Monaten geändert ...«

»Oh«, sagte Rosemary. »Also erbe ich nicht ...«

Perseus räusperte sich erneut.

»Tut mir leid«, sagte Rosemary. »Ich halte jetzt die Klappe.«

»Das wäre vielleicht klug, wenn Sie den Rest hören wollen«, sagte er schroff. »Um fortzufahren. Die ältere Version von Frau Thorns Testament stammte aus dem Jahr vor Ihrer Geburt und sah eine gleichmäßige Aufteilung ihres gesamten Vermögens unter ihren Nachkommen vor, mit Ausnahme des Anwesens, das an eine bestimmte Nachfahrin gehen sollte: die älteste Enkelin.«

»Aber das bin doch ich«, sagte Rosemary.

»Ja«, sagte er geduldig. »Aber wie gesagt, erst vor zwei Monaten kam Frau Thorn zu uns – ihren Anwälten – und bat um ein neues Testament, in dem sie Ihnen ihr gesamtes Vermögen vermachte.«

»Vermögen?«

»Es ist eine beträchtliche Erbschaft. Manche würden es ein kleines Vermögen oder sogar ein mittelgroßes Vermögen nennen. Das kommt ganz auf den Kontext an. Und das bezieht sich nur auf das Barvermögen. Es gibt auch bedeutende Kunstgegenstände von Wert. Und auch das Haus wird eine ordentliche Summe wert sein. Aber wie Sie schon sagten, ist es alt und baufällig, und da Sie nicht von hier sind, nehme ich an, dass Sie es wahrscheinlich verkaufen wollen, ungeachtet dessen, was im Testament steht.«

Rosemary fühlte sich wie betäubt.

Ein Vermögen! Ob klein oder mittelgroß, ein Vermögen musste doch ausreichen, um sie aus den Schulden zu holen und mehr.

»Darf ich mir das mal ansehen?«, fragte Rosemary und deutete auf das Testament, das Perseus Burk in der Hand hielt. Er reichte es ihr, und Rosemary las es mehrmals, wobei sie ihren Augen nicht ganz traute. Es enthielt keine Angaben über die Höhe des Vermögens. Aber es stand genau das drin, was der Anwalt ihr gerade gesagt hatte.

»Nun, es steht mir nicht zu, darüber zu urteilen«, sagte Perseus. »Und bitte verstehen Sie, dass Frau Thorn aus juristischer Sicht zu dem Zeitpunkt, als sie dieses Testament verfasste, bei klarem Verstand war. Aber ganz unter uns, die Polizei könnte es verdächtig finden.«

»Verdächtig?«

»Verdächtig, dass sie ihr Testament nur wenige Wochen vor ihrem Tod erheblich geändert hat – was sie ebenfalls für *verdächtig* halten.«

»Oh, ich nehme an, das ist es«, sagte Rosemary, verschränkte die Arme und runzelte die Stirn.

»Wenn Sie einen Grund kennen, warum sie das getan haben könnte, bin ich gerne bereit, die rechtlichen Konsequenzen mit Ihnen zu besprechen, kostenlos und inoffiziell natürlich.

»Gründe?! Wollen Sie damit andeuten, dass ...«

»Ich will gar nichts andeuten«, sagte Perseus seidenweich, verschränkte seine Finger und lehnte sich in seinem Stuhl zurück. »Ich biete Ihnen lediglich meine Unterstützung an – so wie ich auch beabsichtige, Sie beim Verkauf des Hauses zu unterstützen.«

Rosemary war verblüfft. *Das Haus verkaufen.* Thorn Manor war in der Tat ein verfallenes altes Gebäude, an dem viel getan werden musste, aber Oma hatte in ihren Testamenten – in beiden wohlgemerkt – ganz genau festgelegt, dass das Haus an Rosemary, die älteste Enkelin, gehen sollte und dass sie sich gut darum kümmern sollte. Und genau das hatte sie auch vor – oder zumindest so gut, wie sie es sich leisten konnte.

»Ich glaube nicht, dass das nötig sein wird«, sagte Rosemary. »Ich kann Omas Andenken nicht in Ehren halten, wenn ich ihr Haus in dem Moment verkaufe, in dem ich es erbe.«

»Nehmen Sie sich Zeit; denken Sie darüber nach«, sagte Perseus. »In der Tat – hier sind die Schlüssel.«

Er reichte ihr einen großen Schlüsselbund voller rostiger alter Schlüssel.

»Warum verbringen Sie nicht die Nacht dort und denken darüber nach«, sagte er. »Sie könnten feststellen, dass es mehr Arbeit ist, als Sie auf sich nehmen wollen. Und ich muss Sie darauf hinweisen, dass das Erbe noch von den polizeilichen Ermittlungen abhängt. Es wird eine Weile dauern, bis die Gelder von den Konten Ihrer Großmutter an Sie freigegeben werden können.«

»Sie meinen, sie müssen mich von jeglichem Fehlverhalten freisprechen?«

»So in etwa. Ich fürchte, viel mehr kann ich Ihnen nicht sagen. Das Haus gehört noch nicht offiziell Ihnen, aber da Sie mit der verstorbenen Besitzerin verwandt sind, wird Sie niemand daran hindern, dort zu wohnen – aber seien Sie gewarnt, es ist in einem ziemlich schlechten Zustand.«

Rosemary streckte die Hand aus, um die Schlüssel zu nehmen, und ihr Finger berührte Perseus Burks Hand, die erschreckend kalt war. Sie fröstelte. »Geht es Ihnen gut?«, fragte sie.

»Warum fragen Sie?«

»Ihre Hand – sie ist eiskalt.«

»Das ist nur eine Krankheit, die ich habe«, sagte Perseus und wandte sich ab. »Es beeinträchtigt meinen ... Blutdruck. Ich bin anfällig für kalte Gliedmaßen.«

»Wenn Sie das sagen«, sagte Rosemary. »Ähm. Ich danke Ihnen, glaube ich.«

»Es war mir ein Vergnügen, Frau Thorn«, sagte er, und diesmal versuchte er nicht einmal, sich zu korrigieren.

Rosemary verließ die Anwaltskanzlei mit dem Gefühl, dass es schlimmer als je zuvor war, dass Oma gestorben war, bevor sie die Gelegenheit gehabt hatte, sie noch einmal zu besuchen, aber es war wunderbar, sich von ihrer Großmutter so wertgeschätzt zu fühlen – dass ihr alles hinterlassen wurde, während der Rest ihrer elenden, hinterhältigen Familie nichts bekam.

Geschieht ihnen recht, so wie sie mich behandelt haben.

Sie mochte es nicht, in der Vergangenheit zu schwelgen. Es war zu unangenehm und herzzerreißend, und außerdem hatte sie gerade ein mittleres Vermögen geerbt.

Rosemary hüpfte förmlich vor Freude, als sie die Straße entlang ging, um Athena zu treffen, die zufrieden in der Teestube saß, genau dort, wo Rosemary sie verlassen hatte. Marjie war in voller Fahrt und gestikulierte wild, während sie Athena mit einer Geschichte erfreute.

»Wir saßen gerade beim Tee, als die junge Rosemary schreiend ins Wohnzimmer kam und mit den Händen in der Luft fuchtelte, weil sie glaubte, ein Bär sei hinter ihr her ... dabei war es nur mein Herbert im Schuppen mit seiner Kreissäge!«

Athena beugte sich über den Tisch und lachte. Ihre Wangen waren rosig, und Rosemary war froh, das zu sehen.

»Wie ich sehe, amüsiert ihr euch prächtig auf meine Kosten«, sagte sie und trat zu den beiden.

»Du siehst aus, als wärst du richtig munter geworden«, sagte Marjie. »Ich habe dir ja gesagt, dass mein Spezialtee genau das Richtige ist.«

»Das war auf jeden Fall *etwas* speziell«, sagte Rosemary. »Was hast du da eigentlich hineingetan?«

»Das ist ein Familiengeheimnis, das ich nicht verraten möchte«, sagte Marjie. »Aber glaub mir, es wird dir guttun.«

Rosemary setzte sich wieder an den Tisch und schaute auf die Uhr, um festzustellen, dass erst eine halbe Stunde vergangen war und ihr Kuchen noch gut schmeckte.

Sie nahm einen weiteren Bissen und ließ sich von dem köstlich säuerlichen Zitronenquark die Sinne beleben, während Marjie losging, um ihr eine frische Kanne Tee zu machen.

»Und?«, forderte Athena sie auf.

»Wo soll ich anfangen?«

»Was erben wir?«

»Hm, alles!«, sagte Rosemary. »Und ich wusste nicht einmal, dass es so viel ist.«

»Geld?«, fragte Athena. »Wirklich?! Wird es reichen, damit wir nicht arm sind?«

»Es klingt, als könnte es das«, antwortete Rosemary. »Allerdings war der Anwalt etwas vage, was die Details angeht – irgendetwas über die noch laufenden Ermittlungen.«

»Jippie!«, jubelte Athena. »Wir können zurück nach Stratham, und ich kann wieder auf meine alte Schule gehen, und wir können in einem schönen normalen Haus wohnen, und alles wird wunderbar sein! Ich werde wieder Freunde haben!«

»Nun ... die Sache ist die.«

»Oh nein – nicht diese Stimme.«

»Welche Stimme?«

»Diese   Wie-kann-ich-dich-sanft-auf-dem-Boden-der-Tatsachen-absetzen-Stimme. So redest du immer, wenn du vorhast, mich zu enttäuschen.«

Rosemary seufzte. »Wirklich?«

»Wirklich.«

»Aber ich versuche so sehr, dich vor den harten Realitäten der Welt zu schützen.«

»Genau das ist dein Problem, Mama. Wenn du versuchst, mich zu beschützen, enttäuschst du mich nur noch mehr. Ich bin kein Baby – sag mir einfach die Wahrheit.«

»Also, es ist so, dass Oma uns ihr großes altes Haus hinterlassen hat.«

»Das ist okay«, sagte Athena. »Das kannst du verkaufen.«

»Du klingst genau wie er.«

»Wie wer?«

»Dieser lächerliche Mann mit seiner seidigen Stimme und seinen schönen italienischen Anzügen.«

»Der Anwalt? Er sah gut aus, nicht wahr?« Athena kniff die Augen zusammen.

»Woher willst du das wissen?«

»Das ist die Stimme, die du für gutaussehende Männer benutzt.«

»Ach – halt die Klappe! Die Sache ist die, dass es ein besonderes Haus ist. Es war etwas Besonderes für Oma Thorn, und für mich als Kind war es auch etwas Besonderes.«

»Aber du hast es seit Jahren nicht mehr besucht.«

»Du weißt, dass ich das bedaure. Reib es mir nicht auch noch unter die Nase.« Unwillkürlich stiegen Tränen in Rosemarys Augen auf, und sie tat ihr Bestes, um sie zu unterdrücken.

»Es tut mir leid«, sagte Athena etwas sanfter. »Es ist nur so, dass ... du bist kaum eine handwerklich begabte Frau. Wie willst du dich um ein großes altes Haus kümmern, bei dem wahrscheinlich eine Menge Arbeit anfällt?«

»Ich weiß es nicht«, gab Rosemary zu. »Aber Oma hat es mir testamentarisch vermacht, mit der ausdrücklichen Anweisung, darauf aufzupassen.«

Athena verschränkte die Arme. »Machst du Witze?«

»Nein. Kein Scherz.«

»Du willst, dass wir *hierher* ziehen?«

»Nun, ich weiß es noch nicht. Das kommt alles ein bisschen plötzlich. Lass uns einfach hingehen und uns das Haus ansehen. Ich habe die Schlüssel vom Anwalt. Wir können sogar dort übernachten und das Geld für das Gasthaus sparen.«

»Ich dachte, durch die Erbschaft müssten wir nicht mehr sparen.«

»Nun, das werden wir noch eine Weile tun. Ich weiß nicht, wann die Ermittlungen abgeschlossen sein werden, und außerdem ist es doch gut, wenn wir etwas sparen, oder?«

Athena verdrehte die Augen. »Na schön. Wir übernachten heute in dem großen alten Haus, das deiner toten Großmutter gehörte. Hoffentlich spukt es da nicht.«

Ein seltsames Gefühl überkam Rosemary, ein fast sehnsüchtiges

Gefühl, als ob sie hoffte, dass Oma noch da war und in dem Haus spukte. Dann hätte sie wenigstens die Möglichkeit, sich richtig zu verabschieden.

Und mit dieser Sehnsucht kam ein Hauch von Schicksal.

VIER

Thorn Manor war nur einen kurzen Spaziergang vom Stadtzentrum entfernt, aber was normalerweise zehn Minuten gedauert hätte, dauerte viel länger, da Rosemary und Athena beide ihre Taschen schleppten. Athena murrte und beschwerte sich, aber Rosemary war zu sehr damit beschäftigt, den Anblick des Dorfes zu genießen, das langsam der Landschaft wich. Es war schön, wieder hier zu sein, irgendwie beruhigend, so als ob die Welt nicht mehr so hart sein müsste wie in den letzten Jahren.

»Hier ist es«, sagte Rosemary, als sie auf eine überwucherte Einfahrt zuhielten.

»Hier ist was? Alles, was ich sehen kann, sind Bäume und Ranken.«

»Genau so sollte es sein«, sagte Rosemary. »Das hat Oma auch immer gesagt. Pflanzen wollen wachsen, und es hat keinen Sinn, sie dazu zu bringen, menschlichen Regeln zu folgen.«

»Sie klingt ganz wie du«, sagte Athena.

»Danke.«

»Das war kein Kompliment.«

»Ich weiß, aber ich fasse es als Kompliment auf.«

Rosemary nahm die vertraute Szenerie in Augenschein, die wuchernden Büsche und das wilde Unkraut, das dem Wald wich, der Thorn Manor umgab. Obwohl sie das Haus noch nicht sehen konnte, spürte sie fast seine Anwesenheit und noch etwas anderes, ein Gefühl, beobachtet zu werden. Rosemary fröstelte und blickte sich um, obwohl niemand in Sicht war.

»Also, was sehe ich hier?«, fragte Athena.

»Das ist nur der Eingang zur Auffahrt«, sagte Rosemary.

Als sie nähertraten, konnten sie durch die Bäume hindurch die Umrisse des alten Hauses auf dem Hügel ausmachen.

»Es sieht aus wie aus einem Film, nicht wahr?«, fragte Athena, und Rosemary glaubte, in der Stimme ihrer Tochter einen schwachen Ton von Ehrfurcht zu erkennen.

»Es ist etwas ganz Besonderes«, sagte Rosemary. »Lass uns gehen.«

Als sie auf die Einfahrt traten, flog ein Schwarm winziger goldener Schmetterlinge in die Luft, und der Wind pfiff vorbei und zerzauste die Büsche, als würde das Land selbst aufatmen, weil es wieder von seinem rechtmäßigen Wächter bewohnt wurde.

Die Kiesauffahrt führte steil den Hügel hinauf in ein Waldgebiet mit Blick auf das Meer. Athena hatte aufgehört, sich zu beschweren, was Rosemary ein ungewohntes Gefühl der Ruhe vermittelte. Sie beobachtete ein kleines Rotkehlchen, das auf dem Weg vor ihnen von Ast zu Ast flog und sie willkommen hieß.

Zuhause ... So fühlte es sich auf jeden Fall an. Rosemary hatte sich seit so vielen Jahren nicht mehr zu Hause gefühlt. Sie hatte von einer Wohnung zur nächsten ziehen müssen, und eine Wohnung war ihr armseliger als die andere erschienen. Ihr Leben hatte sich so eingesperrt angefühlt, so beengt und verzweifelt. Hier war alles so offen und ruhig, wild und herrlich frei.

Sie näherten sich dem Haus. Rosemary stellte fest, dass es viel baufälliger war als das letzte Mal, als sie es gesehen hatte. Die Fensterläden hingen in seltsamen Winkeln aus den Angeln, und der Ostflügel war von Ranken überwuchert. Das untere Dach schien einzustürzen, und der Turm hatte definitiv schon bessere Tage gesehen.

»Das ist der Teil im Märchen, in dem wir die Hexe treffen«, sagte Athena.

In diesem Moment wurden sie durch ein krachendes Geräusch aufgeschreckt.

»Ist da jemand drin?«, fragte Athena, während Rosemary zum Haus rannte. »Mama! Du sollst vor dem unheimlichen Geräusch wegrennen. Ehrlich, das ist wie in einem Horrorfilm.«

»Sei nicht albern«, rief Rosemary, als sie das Haus erreichte. »Es war wahrscheinlich nur eine Katze. Aber wenn da drin jemand in unser Erbe einbricht, dann steht ihm etwas bevor.«

Rosemary spähte durch die vorderen Fenster in die ehemalige Stube. Es sah schlimm aus. Das Haus war praktisch eine Ruine. Innen war es schmuddelig und staubig.

»Es sieht aus, als hätte hier seit Jahren niemand mehr gelebt«, sagte Athena und schloss sich ihr an.

»Ich kann nicht glauben, dass ich Oma hier habe verrotten lassen.«

»Können wir nicht einfach zurück ins Dorf gehen?«, fragte Athena. »Ich will da nicht reingehen. Es sieht nicht sicher aus. Was ist, wenn das Dach einbricht oder der Boden nachgibt?«

»Lass es mich einfach ...«, sagte Rosemary und fummelte an den Schlüsseln herum, »mal anschauen.«

»Na schön«, sagte Athena und verschränkte wieder die Arme. »Aber ich warte hier draußen, falls ich den Notdienst rufen muss, um dich herauszuholen.«

Rosemary fand den grünen Schlüssel, von dem sie annahm, dass es der richtige für die grüne Haustür war, und probierte ihn aus. Er passte perfekt, und als sich das Schloss drehte, erschien ein kleines Glitzern.

Rosemary trat zurück und blinzelte, nicht sicher, ob sie ihren Augen trauen sollte.

»Vielleicht ist es elektrisch oder so?«, murmelte sie vor sich hin.

»Das ist verdammt unwahrscheinlich«, sagte Athena, die ein paar Meter entfernt stand, in einem Abstand, den sie scheinbar für sicher genug vor dem alten, bröckelnden Haus erachtete.

»Nein«, sagte Rosemary. »Schau!«

»Ich komme nicht näher«, beharrte Athena.

Das Funkeln begann in einem Radius um den Türknauf herum zu schimmern und ließ ihn in einem tieferen, dunkleren Grün erscheinen. Es breitete sich weiter aus und schien den hölzernen Türrahmen von dem Staub und den Jahren zu befreien, sodass er frisch und poliert aussah.

»Ich muss wohl halluzinieren«, sagte Rosemary.

»Na, wenigstens gibst du es endlich zu«, scherzte Athena.

»Was in aller Welt?« Der Schimmer breitete sich weiter aus, bis die gesamte Fassade des Hauses frisch und gepflegt aussah. Rosemary trat einen Schritt zurück, um zu sehen, wie sich sogar das Dach aufrichtete und wieder in geordnete Ziegelreihen rückte. »Siehst du das?«

»Sehe ich was?«, fragte Athena.

»Oh, verdammt. Dieser spezielle Tee muss irgendeine Art von psychedelischer Komponente enthalten haben.«

»Äh, Mama, geht es dir gut?«

»Natürlich geht es mir gut«, sagte Rosemary. »Ich bin es nur nicht gewohnt, dass Häuser sich selbst reparieren.«

»Wovon redest du?«

»Siehst du?« Rosemary gestikulierte zurück zum Haus, nur um festzustellen, dass es wieder in seinem verfallenen Zustand war. »Oh ... na ja. Macht nichts«, murmelte sie und stieß die Tür auf. »Ich muss mich vielleicht ein wenig hinlegen und eine Tasse Tee trinken, in der nichts Besonderes ist.«

Drinnen war das Haus dunkel, aber nicht ganz so schlimm, wie Rosemary befürchtet hatte. Der Boden war noch fest und die Wände auch. Im Inneren wuchsen ein paar auffällige Ranken, aber zumindest schien es sicher zu sein, es zu betreten. Ihr Sehvermögen hatte sich gnädigerweise wieder normalisiert. Es gab kein schimmerndes Glitzern mehr, das sie täuschen konnte. Es fühlte sich einigermaßen trocken und fast bewohnbar an, aber der Gedanke, dass Oma so gelebt hatte, mit dem eingestürzten Dach und den Ranken, die im Inneren wuchsen, machte Rosemary immer noch zu schaffen.

Sie erstickte einen Schluchzer und unterdrückte ein Gefühl der Schuld, weil sie ihr nicht zu Hilfe gekommen war.

Omas geliebter Schmuck und das Porzellan lagen verstreut auf dem schmutzigen Boden. Schimmel bedeckte die Tapeten, und Bilder von Landschaften und Blumensträußen hingen schief an den Wänden, sofern sie überhaupt noch hingen.

Als sie an der offenen Tür zu dem Raum vorbeiging, der früher die Bibliothek ihrer Großmutter gewesen war, hatte Rosemary ein Gefühl der Vorahnung, als ob dort etwas im Dunkeln lauerte. Sie schritt schnell weiter und kam zur Treppe. Zumindest diese sah solide aus. Das Geländer glänzte unter einer Staubschicht. Rosemary nahm zwei Stufen auf einmal, so wie sie es als Kind getan hatte. Als sie das oberste Stockwerk erreichte, fand sie alles weitgehend intakt und viel aufgeräumter als im Erdgeschoss.

Hier muss Oma ihre ganze Zeit verbracht haben, dachte sie, als sie den Flur entlangging. Die Erkenntnis gab ihr ein Gefühl der Erleichterung. *Hier oben ist es viel bewohnbarer. Wenigstens lebte sie nicht im totalen Elend.*

Rosemary überprüfte die anderen Zimmer, die alle gut aussahen, sogar ihr altes Schlafzimmer aus ihrer Kindheit mit der geblümten Patchwork-Decke. Das Zimmer war nicht verstaubt, als ob Oma es für sie bereitgehalten hätte. Der Gedanke trieb ihr eine Träne in die Augen.

Rosemary wollte nicht in das Schlafzimmer ihrer Großmutter gehen. Sie war noch nicht bereit, sich dem zu stellen, aber als sie den Flur wieder hinunterging, um Athena über den Stand der Dinge im Haus zu informieren, öffnete sich Omas Tür knarrend, und Rosemary konnte nicht umhin, einen Blick hineinzuwerfen.

Das Bett war mit Omas lavendelfarbener Bettdecke perfekt bezogen. Sogar die Fenster waren sauber und ließen das helle Sonnenlicht hereinscheinen. Die holzgetäfelten Wände leuchteten warm, als wären sie erst kürzlich geölt worden.

Rosemary bemerkte ein Stück gefaltetes cremefarbenes Papier, das auf dem Bett lag, als ob es auf sie wartete.

Sie betrat das Zimmer, und die Tür schloss sich leise hinter ihr, was ihr ein unheimliches Gefühl gab.

»Bist du das, Oma?«, flüsterte sie. »Bist du noch hier, in irgendeiner Form?«

Es kam keine Antwort, aber Rosemary tröstete sich mit der Gewissheit, dass, wenn jemand über das Grab hinaus bleiben konnte, es sicherlich Oma Thorn mit ihrem scharfen Verstand und ihrem starken Charakter sein würde.

Rosemary hob den Brief auf, der in der langen, schrägen Kursivschrift ihrer Großmutter geschrieben war.

Meine liebste Rosemary,

Meine Zeit auf dieser irdischen Ebene ist fast vorbei. Ich spüre, dass mein Ende näher rückt, und es ist auch an der Zeit, dass du die Wahrheit erfährst. Du weißt, ich war noch nie jemand, der lange zaudert, und deshalb sage ich es ganz offen.

Du, meine Liebe, bist eine Hexe – ja, wirklich eine Hexe – so wie wir alle in der Familie, ob es uns gefällt oder nicht.

Der Grund, warum ich es dir nicht früher sagen konnte, ist etwas, das vor vielen Jahren passiert ist. Ich musste eine schwere Entscheidung treffen, um deine Kräfte zu binden – alle Kräfte der Familie, einschließlich des größten Teils meiner eigenen Magie. Es ist Jahrzehnte her, und du wirst dich nicht daran erinnern, weil ich auch dein Gedächtnis binden musste. Ich fürchte, das könnte sich nachteilig auf deinen Verstand ausgewirkt haben, aber sagen wir einfach, du hast noch viel Charakterentwicklung vor dir!

Diese ganze Geheimniskrämerei tut mir sehr leid, und auch die Entfernung tut mir leid. Es war ein Nebeneffekt des Zaubers, dass du dich mit zunehmender Wirkung immer weiter von diesem Ort entfernt hast, so dass es für dich zu schwer wurde, ihn zu besuchen. Es war die einzige Möglichkeit, dich und die junge Athena zu schützen – und euch von diesem Ort und der Quelle eurer Kräfte fernzuhalten. Ich weiß, du hast dich schrecklich gefühlt, weil du mich im Stich gelassen hast, aber weißt du, meine Liebe, das war wirklich nicht deine Schuld.

Jetzt hat uns die Gefahr jedoch erreicht. Ich habe mein Bestes getan, um sie so lange in Schach zu halten, aber nun weiß ich, dass ich diese Festung der Energie nicht mehr halten kann. Ich wünschte nur, ich hätte dir davon erzählen können, richtig – dass ich dich hätte unterrichten können – aber ich war naiv – ja, sogar alte Weiber wie ich können naiv sein. Ich dachte, ich könnte sie noch viel länger zurückhalten – nur um dir ein wenig mehr Zeit und eine Chance auf ein normales Leben zu geben.

Es tut mir leid, dass ich mich geirrt habe, und jetzt kann ich nur hoffen, dass du deine Kräfte freisetzen kannst. Du wirst sie brauchen, wenn du eine Chance haben willst, den Feind zu bekämpfen. Ich kann hier nicht viel sagen, falls jemand diese Notiz vor dir findet, aber ich werde dir Folgendes verraten:
<u>Sie kommen mit Hörnern, Krallen und Reißzähnen.</u>
Das ist alles, was ich sagen kann.
Ich liebe dich unendlich, und ich wünsche dir alles Gute, das ich aufbringen kann.
Auf ewig dein,
Oma.

• • •

Rosemary las den Brief zweimal durch und seufzte dann, weil sie sich noch schuldiger fühlte als zuvor.

Oma war verrückt und senil, und ich habe mir nicht einmal die Mühe gemacht, es herauszufinden ... Ich habe nichts getan, um ihr zu helfen.

Sie nahm den Zettel wieder mit nach unten, durch den schmutzigen Eingangsbereich und ging nach draußen, wo Athena auf sie wartete.

»Das hat ja lange genug gedauert,« brummte Athena, dann hielt sie inne, als sie Rosemarys Gesichtsausdruck sah. »Was ist los?«, fragte sie. »Du siehst aus, als hättest du einen Geist gesehen.«

»Es fühlt sich ein bisschen so an«, sagte Rosemary. »Schau dir das an.«

Athena nahm das dicke cremefarbene Papier und las es. »Also ... wir sind alle Hexen und werden von einer Art Bestie mit Krallen bedroht?«, fasste sie zusammen.

»Das schien Oma jedenfalls zu denken, bevor sie den Löffel abgab. Ich kann nicht glauben, dass ich sie hier zurückgelassen habe – senil und im Elend lebend.«

»Also ist es drinnen genauso schlimm?«, fragte Athena.

»Unten ist es ziemlich schlimm, aber oben ist es eigentlich ganz nett.«

»Willst du immer noch ein Geizhals sein und uns zwingen, hier zu bleiben, anstatt für das Gasthaus zu bezahlen?«

»Was, hierbleiben und riskieren, dass du ohne mich zu Marjies Häuschen flüchtest?«, fragte Rosemary.

»Da hast du mich erwischt. Ich habe mich nur gefragt, ob die Alte ein freies Zimmer hat, in dem ich schlafen könnte.«

Rosemary seufzte. »Ich glaube nicht. Ich muss zugeben, dass es viel schlimmer ist, als ich dachte – nun, jedenfalls draußen und unten. Oben ist es fast genauso, wie ich es in Erinnerung habe. Es macht nicht wirklich Sinn.«

»Bist du sicher, dass du es dir nicht nur eingebildet hast, dass es oben schöner ist?«, scherzte Athena. »Du und dein Zaubertee!«

»Hey, das war nicht wirklich meine Entscheidung. Marjie hat mir den Tee gereicht, und ich fand es unhöflich, ihn nicht zu trinken. Aber ja. Ich bin mir sicher. Dieses Mal gab es kein magisches Schimmern. Es war ganz normal. Wie auch immer, wir können zurück in die Stadt gehen und dort übernachten, bevor wir morgen früh mit dem Zug weiterfahren.«

Rosemary blickte in den sich verdunkelnden Himmel. Sie konnten von Glück reden, wenn sie es vor Einbruch der Dunkelheit in die Stadt schafften. Eine Bewegung erregte ihre Aufmerksamkeit. Sie blickte in Richtung des Waldes und sah das Glitzern von Augen, die sie aus der Dunkelheit anstarrten. Ihr Herz raste, aber sie war sich sicher, dass es nur ein wildes Tier war, ein Eichhörnchen oder ein Frettchen vielleicht, vielleicht auch ein Fuchs. Die Wälder hier waren voll von solchen Kreaturen. Kein Grund, Athena zu beunruhigen.

Das Geräusch eines Motors lenkte Rosemary ab, und sie drehte sich um, um etwas zu sehen, das wie ein altmodisches Polizeiauto aussah, das die Einfahrt hinauffuhr. Sie warf einen Blick zurück, aber die Kreatur, was auch immer es war, war verschwunden.

Ein Beamter stieg aus dem Auto, gekleidet in eine Uniform, die ebenfalls wie aus einer anderen Zeit aussah. Er schien in den Fünfzigern zu sein, etwas rundlich, mit grauen Haaren, die sich um seine Ohren ringelten, und stahlgrauen Augen.

»Guten Tag, Frau ... Fräulein ...«, sagte er und nickte den beiden abwechselnd zu.

»Äh, hallo«, sagte Rosemary verwirrt. »Wenn Sie einen Junggesellinnenabschied suchen, sind Sie hier am falschen Ort.«

»Wie bitte?«, fragte er. »Junggesellinnenabschied?«

»Nun, Sie können kein gewöhnlicher Polizist in dieser Uniform oder mit diesem Auto sein, also dachte ich mir, Sie müssen ein Stri...«

»Mama!«

»Was?«

»Lass einfach den Mann sprechen, bevor du uns beide in Verlegenheit bringst!«

»Oh, Entschuldigung.«

»Verstehe, verstehe«, sagte der Beamte mit einer übermäßig ernsten Miene. »Sie müssen wissen, dass ich ein echter Polizist bin. Wir gehen die Dinge in Myrtlewood etwas anders an, verstehen Sie? Wir sind hier abseits der ausgetretenen Pfade, und niemand kontrolliert uns, um zu sehen, ob wir die neuesten technischen Spielereien haben, also machen wir, was wir für richtig halten.«

Rosemary kicherte, aber der Polizist machte ein ernstes Gesicht.

»Hören Sie, ich bin Wachtmeister Perkins«, sagte er und hob die

Hand zu einem kleinen Winken. »Und Sie müssen die Verwandten von Galdie Thorn sein – Sie sehen ihr sehr ähnlich.«

»Ich bin Rosemary Thorn und das ist meine Tochter Athena.«

»Die Göttin und die Pflanze«, sagte Wachtmeister Perkins.

»Wie bitte?«

»Oh, wissen Sie – Athena, die Göttin, und Rosmarin ist eine Pflanze – ich habe welchen in meinem Garten, wenn ich es recht bedenke.«

»Wie können wir Ihnen helfen, Wachtmeister?«, fragte Athena, die es gewohnt war, Unterhaltungen wieder in Gang zu bringen.

»Ach so, na ja. Ich werde Ihnen ein paar Fragen stellen müssen.«

Es gab eine Pause, während Rosemary und Athena auf die Fragen warteten. Als keine kamen, fragte Athena erneut nach. »Wie zum Beispiel?«

»Was zum Beispiel?«

»Welche Fragen haben Sie an uns?«

»Oh ... zum Beispiel, wo waren Sie am zweiundzwanzigsten Dezember?«

»Wir waren in Burkenswood, um uns auf Weihnachten vorzubereiten«, antwortete Athena.

Das stimmte, obwohl die Erinnerung Rosemary traurig machte, denn es war ein so erbärmliches Weihnachten gewesen, da es ihnen an Geld mangelte.

»Und ich nehme an, Sie haben kein Alibi?«

»Füreinander?«, schlug Rosemary vor.

»Wie praktisch«, sagte Wachtmeister Perkins. »Sonst noch jemand?«

»Unsere Nachbarn, nehme ich an«, sagte Athena.

»Und ich nehme an, wenn ich bei diesen Nachbarn nachfragen würde, würden sie Ihre Geschichte bestätigen.«

»Ich nehme an, das würden sie«, sagte Rosemary, obwohl sie sich nicht sicher war, ob die alte Marcy Podge sich daran erinnern würde, sie gesehen zu haben, da sie sich bei jeder Gelegenheit volllaufen ließ, während ihr Nachbar auf der anderen Seite, Herr Finch blind war.

»Nun gut, nun gut«, sagte Wachtmeister Perkins und zog an seinen Hosenträgern. »Wann haben Sie Galdie Thorn das letzte Mal gesehen?«

Rosemarys Schultern sackten in sich zusammen, und in Wachtmeister Perkins' Augen funkelte es.

»So, so. Ist das die Körpersprache der Schuld, die ich hier sehe?«

»Ja«, sagte Rosemary. »Aber nicht für die Schlussfolgerung, zu der Sie vielleicht voreilig kommen. Es ist nur so, dass ich Oma Thorn seit Jahren nicht mehr gesehen habe. Nicht mehr, seit Athena ein Kleinkind war. Ich war eine so schreckliche Enkelin.«

»Und doch hat sie Ihnen das ganze Haus und ihr ganzes Geld vermacht, wie ich höre«, sagte Wachtmeister Perkins misstrauisch. »Nicht diesem anderen Haufen, der jeden Monat zu Besuch kam.«

»Welchen anderen Leuten?«, fragte Rosemary.

»Das sollten Sie wissen. Es sind *Ihre* Angehörigen.«

»Ich ... ich weiß es nicht«, gab Rosemary zu. »Ich weiß nicht, warum sie es mir hinterlassen hat, außer vielleicht, weil ich die älteste Enkelin bin – hat sie das nicht in ihrem ursprünglichen Testament geschrieben?«

»Woher wissen Sie das?«, fragte Perkins. Er runzelte die Stirn und blickte Rosemary an.

»Der Anwalt hat es mir gesagt.«

»Hat er das? Was hat dieser Herr Burk Ihnen noch erzählt?«

»Nicht viel«, gab Rosemary zu. »Ich wünschte, ich wüsste mehr. Wirklich, das tue ich. Waren es meine Cousins, die Oma hier so regelmäßig besucht haben? Elamina und Derse?«

»Könnte sein«, sagte Perkins und lehnte sich auf seinen Fersen zurück. »Ich bin nicht befugt, das zu sagen.«

»Entweder das, oder er kann sich nicht erinnern«, sagte Rosemary leise, so leise, dass nur Athena es hören konnte. Athena stupste sie an, damit sie den Mund hielt.

»Was war das, gnädige Frau?«

»Nichts«, sagte Rosemary. »Ich ... ich kenne meine Cousins nur nicht so gut. Das ist alles.«

»Interessant«, sagte Perkins, nahm ein kleines Notizbuch aus seiner Tasche und machte sich Notizen. »Ich komme wieder, um diese Untersuchung fortzusetzen«, sagte er. »Betrachten Sie sich als gewarnt. Verlassen Sie nicht die Stadt.«

»Was?« Athena schaute entsetzt.

»Aber ...« sagte Rosemary. »Wir sind nur für eine Nacht zu Besuch gekommen.«

»Und Sie können zu Besuch bleiben, bis das alles vorbei ist«, sagte er und klang dabei sehr zufrieden mit sich selbst.

Rosemary und Athena beobachteten, wie Wachtmeister Perkins

langsam zu seinem Auto zurückging und alle paar Schritte innehielt, um sich umzudrehen und ihnen misstrauische Blicke zuzuwerfen. Es war fast schon komisch. Rosemary hätten sicher versucht, nicht zu lachen, wenn sie nicht so gestresst gewesen wären.

»Was zum Teufel hat der genommen?«, fragte Athena, als das Polizeiauto wieder die Einfahrt hinunterfuhr. »Wir müssen hier in dieser verrückten Kleinstadt bleiben, bis er seine 'Ermittlungen' beendet hat, was sich eher wie eine Schnitzeljagd anhört als alles andere. Wie kann er es wagen, uns zu verdächtigen, wenn wir nichts damit zu tun haben. Das ist einfach nicht fair!«

»Immer mit der Ruhe«, sagte Rosemary. »Ich bin diejenige, die so herumschwafeln sollte. Du bist für die schnellen Sprüche zuständig, denk dran.«

»Aber ...«

»Ich weiß.«

»Diese Reise wird einfach immer seltsamer!«

»Ja, das stimmt, aber hey – wir werden wahrscheinlich ein kleines Vermögen erben«, sagte Rosemary. Sie hatte die ohnehin schon vage Summe heruntergespielt, um Athenas Hoffnungen nicht zu wecken, und auch, weil sie noch nicht verraten wollte, wie groß das derzeitige Loch auf ihren Konten war.

»Wenn man uns nicht vorher wegen Mordes ins Gefängnis steckt. Und angesichts seiner Uniform wette ich, dass es im örtlichen Gefängnis noch Kerker und Folterwerkzeuge gibt.«

»Zumindest kann es heute nicht mehr schlimmer werden«, bot Rosemary an.

Wie als Antwort auf ihre Aussage verdunkelte sich der Himmel über ihnen, und Donner grollte über ihnen, gefolgt von einem eiskalten Regenschauer.

»Das hättest du nicht sagen sollen«, sagte Athena.

»Schnell, lass uns reingehen!«

Rosemary schnappte sich ihre Tasche, nahm die Hand ihrer Tochter und lief mit ihr in Richtung Haus.

»Ich bleibe hier vorne«, sagte Athena, als Rosemary die Tür aufstieß. »Ich will da nicht reingehen. Es ist unheimlich.«

»Oh, das ist es nicht«, sagte Rosemary und spähte in das dunkle

Haus. »Außerdem kommt der Regen von der Seite, also gehst du besser rein, sonst erkältest du dich.«

»Na gut«, sagte Athena, obwohl sie sich gar nicht danach anhörte.

Das schattige Innere des Hauses schien in besserem Zustand zu sein, als noch vor ein paar Minuten, als Rosemary hineingekommen war.

»So schlimm ist es gar nicht«, gab Athena zu. »Von außen sieht es schlimmer aus. Hier muss nur mal ordentlich Staub gewischt werden.«

»Siehst du, ich hab's dir doch gesagt«, sagte Rosemary, obwohl sie befürchtete, dass sie sich all die zusätzlichen Spinnweben und die Unordnung, die sie vorher gesehen hatte, irgendwie eingebildet hatte.

Vielleicht beeinträchtigt dieser spezielle Tee immer noch meine Sinne.

»Die Lichter gehen nicht«, sagte Athena und legte einen Schalter zu oft um.

»Nein. Ich vermute, der Strom wurde abgestellt. Es ist schon eine Weile her, dass Oma da war, um die Rechnungen zu bezahlen.«

»Und was machen wir jetzt?«

»Sieh mal.« Rosemary zeigte auf einen Kerzenständer auf dem Kaminsims. »Wir können das auf die altmodische Art machen.« Sie fand eine Schachtel mit Streichhölzern und zündete die drei weißen Kerzen an, so dass das Kerzenlicht im ganzen Raum verteilt wurde.

»Es ist eigentlich ganz nett hier drin, auf eine gruselig-altmodische Art«, sagte Athena.

»Nett und gruselig?«

»So ungefähr. Also, was machen wir jetzt?«

»Ich werde versuchen, einen Tee zu machen«, sagte Rosemary und ging in die Küche.

»Aber der Strom wurde abgestellt.«

Rosemary hielt die Streichhölzer hoch und ließ sie klappern.

»Bitte mach kein Lagerfeuer, um Tee zu kochen«, sagte Athena.

»Das tue ich nicht«, versicherte Rosemary ihr. »Oma hat ... ich meine, hatte sowohl einen alten Holzofen als auch einen moderneren. Ich schätze, der gehört jetzt uns, zusammen mit dem restlichen Zeug hier.«

»Ist etwas davon wertvoll?«, fragte Athena und folgte Rosemary in Richtung des Ofens.

»Denk nicht einmal daran, die Besitztümer deiner Urgroßmutter zu verhökern.«

»Ich habe ja nur gefragt«, sagte Athena abwehrend. »Und wir brauchen diesen ganzen alten Kram doch gar nicht.«

»Der Anwalt hat erwähnt, dass es ... ähm ... wie hat er es genannt? Artefakte? Oder so ähnlich. Vielleicht auch nur Antiquitäten. Er schien sich für sie zu interessieren – eigentlich wollte er mir das ganze Haus abkaufen.« Rosemary sagte das alles, bevor sie sich selbst stoppen konnte.

»Perfekt! Dann verkaufe es ihm!«, sagte Athena. »Wir brauchen diesen alten Schrott nicht, und du weißt, dass du dich nicht um ein altes Haus wie dieses kümmern kannst. Du kannst kaum eine Glühbirne wechseln.«

»Oma hat das ganz gut hinbekommen«, sagte Rosemary. »Und es gab nur sie hier mit ihrer alten Glückskatze, Molly.«

»Was ist mit der Katze passiert?«, fragte Athena.

»Molly? Sie ist wahrscheinlich schon vor Jahren gestorben«, sagte Rosemary traurig, als ihr das klar wurde. »Sie war schon alt, als ich noch ein Kind war.«

»Na schön, das tut mir leid«, sagte Athena. »Aber du musst das Haus verkaufen. Es ist unsere Chance, ein normales Leben zu führen, und du bist nicht gerade geschickt. So ein altes Haus würde um uns herum einfach zusammenbrechen.«

»Athena.«

»Was? Es ist wahr.«

»Können wir bitte aufhören, über den Verkauf des Hauses meiner Großmutter zu reden, wenn sie es uns gerade erst vermacht hat?«

»Aber ...«

»Bitte? Wenigstens für diese Nacht. Ich kann nur ... es gibt nur so viel, mit dem ich umgehen kann.«

»Na gut, aber wir reden morgen darüber.«

»Wir können darüber reden, sicher«, räumte Rosemary ein und kramte in den Schränken herum. »Versteh doch bitte, dass das Haus für mich einen hohen sentimentalen Wert hat. Es ist etwas Besonderes.«

»Ich werde die Psychiater anrufen und ihnen sagen müssen, dass meine Mutter in ein Haus verliebt ist, nicht wahr? Sie werden kommen müssen und dich hier rausholen, bevor du mit hundert Katzen zusammenlebst und das ganze Haus um dich herum zusammenfällt.«

Rosemary zuckte mit den Schultern. »Du wolltest doch schon immer eine Katze haben.«

»Das ist wahr«, sagte Athena. »Kann ich eine Katze haben? Vor allem, wenn du am Ende Hunderte haben wirst. Es wäre unfair, wenn du alle Katzen in deinem neuen, verwahrlosten Leben als Katzenlady bekommst.«

»Ich schließe das nicht aus«, scherzte Rosemary, während sie etwas Holz fand und den alten Holzofen anzündete. »Es wäre nicht meine schlechteste Lebensentscheidung.«

»Nein – das wäre Papa.«

Rosemary runzelte die Stirn. Sie wusste, dass Dain ihr Leben immer wieder durcheinandergebracht hatte, aber aus irgendeinem mysteriösen Grund konnte sie sich nie an die Details erinnern. Trotzdem hatte Athena nicht unrecht. »Reib's mir nicht unter die Nase.«

Das Feuer knisterte, und Rosemary lehnte sich zurück, um ihr Werk zu bewundern. »Siehst du, deine Mutter ist nicht völlig nutzlos.«

»Ich bin sogar ziemlich beeindruckt«, gab Athena zu. »Aber nur weil du effektiv Feuer legen kannst, heißt das noch lange nicht, dass du dich auch um ein altes, kaputtes Haus wie dieses kümmern kannst.«

Rosemary seufzte. »Wahrscheinlich hast du recht«, sagte sie, nahm den alten Wasserkocher und füllte ihn mit Wasser aus dem Wasserhahn. »Aber dieses Haus ist mir wichtig – es war auch für Oma wichtig, und ich kann es nicht einfach verkaufen. Ich fühle mich schon schuldig genug.«

Athena legte ihren Arm um ihre Mutter. »Dir gefällt es hier wirklich gut, was?«

»Dir gefällt es wirklich nicht, was?«

»Es ist unheimlich, und selbst wenn wir Geld für die Restaurierung haben, muss so ein Haus ständig instandgehalten werden. Das Geld wird nicht reichen, und es wird ungefähr so fruchtbar sein, wie Wasser in einen Eimer voller Löcher zu gießen.«

»Seit wann bist du denn so weise?«, fragte Rosemary ihre Tochter.

»Seit Ewigkeiten.«

»Und selbst wenn wir es uns leisten könnten, würdest du nicht in Betracht ziehen, nach Myrtlewood zu ziehen?«

»Mama, wir sind schon so oft umgezogen, weil wir ... Geldprobleme hatten.«

Die Worte stachen und verbargen kaum die Anschuldigung. Rosemary trat einen Schritt zurück, als wäre sie geohrfeigt worden.

Athena gab ihr die Schuld, und natürlich war es ihre Entscheidung gewesen, überhaupt mit Dain zusammenzukommen, auch wenn es sich immer so angefühlt hatte, als hätte sie keine Kontrolle darüber. Dieser Mann hatte eine Macht über sie, die sie sich nicht erklären konnte.

Rosemary hielt sich ungern für eine schwache Frau, die ihr Leben für einen Mann wegwerfen würde, und doch schmolz sie in Dains Gegenwart dahin wie Glibber.

»Du denkst an ihn, nicht wahr?«, sagte Athena. »Du denkst an Papa.«

»Woher weißt du das?«

»Du hast immer diesen benommenen Gesichtsausdruck, wenn du an diesen Mann denkst ... und du hast recht. Unsere Probleme sind größtenteils seine Schuld, wie ich dich immer wieder daran erinnere – aber du bist diejenige, die ihn immer wieder damit durchkommen lässt.«

Rosemary spürte den scharfen Riss in ihrer Mutter-Tochter-Beziehung, den Dain verursacht hatte. Als kleines Kind hatte Athena ihren Vater vergöttert, aber als sie ins Teenageralter gekommen war, hatte sie ihn durchschaut.

»Du vergisst einfach alles Schlechte, was er tut«, fuhr Athena fort und stemmte die Hände in die Hüften. Das war etwas, was sie schon öfters betont hatte. »Du hast diesen seltsamen blinden Fleck in deinem Gedächtnis, wenn es um ihn geht. Wenn er etwas anstellt oder sich danebenbenimmt, wirst du für ein paar Minuten wütend, manchmal sogar so wütend, dass du einen Racheplan schmiedest, und dann ist alles wieder vergessen.«

»An so etwas würde ich mich doch sicher erinnern«, sagte Rosemary. »Und außerdem ist es nicht meine Schuld, wenn ich etwas vergesse. Mein Gedächtnis wurde ja verwirrt, schon vergessen?«

»Es ist trotzdem deine Verantwortung.«

Rosemary ließ die Schultern sinken. »Ist es ein Naturgesetz, dass Teenager ihren Eltern die Schuld an allem geben müssen?«

»Ich glaube ja«, sagte Athena. »Obwohl man als Teenager kein Handbuch bekommt. Manchmal wünschte ich, es wäre so. Ich möchte einfach ein normales Leben führen, so wie damals, als wir in Stratham lebten und ich tatsächlich Freunde hatte.«

Das Pfeifen des Wasserkochers unterbrach ihre leicht angestaubte Unterhaltung. Rosemary kochte den Tee und war dankbar, dass sie in der Speisekammer eine Packung H-Milch gefunden hatte, so dass er nicht schwarz serviert werden musste, weil die Gerbstoffe ihr sonst Kopfschmerzen bereiten würden.

Draußen regnete es in Strömen, und der Himmel verdunkelte sich noch mehr, während Rosemary und Athena auf den Fensterbänken in der Nische neben der Eingangstür ihren Tee tranken.

»Es sieht nicht so aus, als würde es bald aufhören«, sagte Rosemary. »Wir sollten uns lieber hier ausruhen. Wie ich dir gesagt habe, sind die Zimmer oben viel schöner und sauberer als unten.«

»Können wir nicht einfach eine Mitfahrgelegenheit oder so etwas anrufen?«, fragte Athena hoffnungsvoll.

»Glaubst du, die haben hier draußen Uber?« Rosemary lachte.

»Na ja, einen Versuch war es wert.«

»Komm schon«, sagte Rosemary. »Ich zeige es dir.« Sie führte eine zögernde Athena die Treppe hinauf.

»Du hast recht. Hier oben ist es nicht einmal staubig«, sagte Athena. »Es sieht fast wie ein normales Haus aus.«

»Genug mit dem 'normal'.«

Rosemary fragte sich zum millionsten Mal, was an 'normal' überhaupt so gut war. Ihre Eltern hatten sich verzweifelt ein normales Leben gewünscht, waren mit ihr aus Myrtlewood weggezogen, weg von der exzentrischen Oma Thorn, und hatten sich ihrer christlichen Kirche gewidmet. Sie waren bescheidene Menschen, denen Gott wichtiger war als alles andere, ganz im Gegensatz zu Oma, die sagte, Gott solle sich in Acht nehmen, weil sie es auf den Job abgesehen hatte. Dass sie so gläubige Christen waren, machte ihre Eltern in Rosemarys Augen zu etwas Ungewöhnlichem. Das bedeutete auch, dass sie ihren gesamten zusätzlichen Verdienst an die Kirche abgaben und nie in der Lage waren, ihrer Tochter zu helfen, obwohl sie es ohnehin nicht getan hätten. Sie hatten Rosemary in ihren frühen Zwanzigern verstoßen, als sie erfuhren, dass sie ein außereheliches Kind erwartete, und sie weiter in die Arme des Mannes getrieben, der ihr Verderben sein würde. Rosemary versuchte, Athena die Einzelheiten zu ersparen und so wenig wie möglich über die Ablehnung ihrer Eltern zu sagen.

»Das ist mein altes Zimmer«, sagte Rosemary und führte Athena herein. »Du kannst hier schlafen, wenn du willst. Es ist sehr gemütlich. Ich werde das Gästezimmer nehmen.«

»Warum schläfst du nicht hier, da es dein Zimmer ist, und ich nehme das Gästezimmer?«

»Okay, gerne«, sagte Rosemary und setzte eine fröhliche Stimme auf, obwohl das bedeutete, dass sie das Einzelbett statt des Doppelbetts nehmen musste. »Wenn du das willst.«

Sie führte Athena nach nebenan in das Zimmer, das Oma für Gäste hergerichtet hatte. In Rosemarys Jugend hatte sie oft die Gesellschaft von ungewöhnlichen Gästen genossen. Manchmal trugen sie Umhänge und Capes, ein anderes Mal Zylinder oder altmodische, bestickte Kleider. Als Rosemary ihre Großmutter nach den seltsamen Kleidern ihrer Freunde gefragt hatte, hatte Oma nur etwas Vages über »mittelalterliche Jahrmärkte und andere solche Dinge« gemurmelt.

Das Gästezimmer war in passendem Vergissmeinnicht-Blau gehalten. Es war genauso sauber und aufgeräumt wie die anderen Zimmer im Obergeschoss.

»Es ist schön«, sagte Athena. »Willst du wirklich das Einzelbett nehmen und mich hier schlafen lassen?«

»Klar, warum nicht?«, sagte Rosemary.

»Oder das andere Zimmer – ich glaube, das war ihres.«

»Das Zimmer von Oma. Ja. Nein, da werde ich nicht bleiben.«

»Zu früh?«

»Ich habe das Gefühl, dass es dafür immer zu früh sein wird«, sagte Rosemary.

Athena tätschelte ihr sanft die Schulter.

»Hast du Hunger?«, fragte Rosemary.

»Ich verhungere.«

»Ich habe unten ein paar Dosen Bohnen gesehen, und ich wette, es gibt noch andere Sachen, die wir zum Abendessen essen können.«

»Im Moment würde ich alles essen.«

Zum Abendessen gab es tatsächlich Bohnen in Dosen auf Toast, eine Lieblingsspeise von Athena, als sie noch klein war. Rosemary hatte ganz sparsam einen halben Laib Brot von zu Hause mitgebracht, damit es nicht altbacken wurde und sie wenigstens eine Mahlzeit auf ihrer Reise hatten. Sie toastete jeweils zwei Scheiben mit der Toastgabel über dem Feuer, während die Dose Bohnen in einem Topf auf dem Herd köchelte.

»Das ist gut«, sagte Athena, als sie ihr provisorisches Essen am Küchentisch aßen, nachdem Rosemary ihn von einer dicken Staubschicht befreit hatte. »Meinst du, es schmeckt besser, weil wir so viel dafür schuften mussten?«

»Schuften?« Rosemary lachte. »In was für einem Märchen lebst du denn? Ich habe die ganze Zeit gekocht, und du hast nur dagestanden und mir gesagt, dass es nicht klappen wird.«

»Ich muss dir mitteilen, dass das sehr viel Konzentration erfordert hat«, scherzte Athena.

»Na gut, du armer, schuftender Teenager – Zeit fürs Bett.«

Erschöpft machten sie sich auf den Weg nach oben und sagten sich auf dem Treppenabsatz gute Nacht.

Rosemary schlüpfte in ihr Kinderbett und schlief schnell ein.

FÜNF

E in lauter Knall ließ Rosemary aufschrecken, gefolgt von einem Schrei aus dem Nebenzimmer.

Athena!

Rosemarys Gedanken kreisten um die schrecklichen Möglichkeiten von gefährlichen Eindringlingen bis zu Naturkatastrophen. Sie sprang aus dem Bett und riss die Tür auf, um nach ihrer Tochter zu sehen, die bleich und zitternd im trüben Mondlicht stand.

»Was? Was ist denn los?«

»Hast du das Geräusch nicht gehört?«, fragte Athena.

»Natürlich habe ich es gehört. Warum sollte ich sonst hier stehen?«

Ein lautes Krachen ertönte von unten.

»Oh ... Mist«, sagte Rosemary. »Bei uns wird wirklich eingebrochen, nicht wahr?«

»Pst!«

»Oh, tut mir leid«, sagte Rosemary flüsternd. »Du hast recht. Wir wollen nicht, dass sie mitbekommen, dass wir hier sind.«

»Offensichtlich!«, zischte Athena. »Wo ist dein Telefon? Ruf die Polizei an.«

»Es ist unten, glaube ich«, sagte Rosemary. Sie erwähnte nicht, dass es wahrscheinlich keinen Akku mehr hatte, weil sie vergessen hatte, es aufzuladen, denn das war genau die Art von Verantwortungslosigkeit, über die Athena sich immer ausließ.

»Mist«, flüsterte Athena. »Meins auch.«

»Ist das ein schlechter Zeitpunkt, um sich zu wünschen, dass du an deinem Telefon kleben würdest wie ein normaler Teenager?«, murmelte Rosemary. »Ich bin sicher, die lassen ihre Handys nicht unten liegen.«

»Pst, Mama«, zischte Athena. »Was bringt es mir, an meinem Telefon zu kleben, wenn ich keine Freunde habe?«

Ein weiteres Krachen und noch eines, das ihr sinnloses und frustrierendes Gespräch unterbrach.

»Meinst du, wir sollten versuchen, uns an sie heranzuschleichen?«, fragte Rosemary leise. »Du weißt schon – den Überraschungseffekt nutzen, um sie zu erschrecken. Sie mit einem Schläger niederschlagen?«

»Hast du einen Schläger?«, fragte Athena.

»Nein, aber ich habe ...« Rosemary sah sich um, bevor sie eine schwere Lampe von der Anrichte holte. »Die hier.«

»Großartig, wir werden sie mit einer Lampe erschrecken.«

»Hast du eine bessere Idee?«

Athena zuckte mit den Schultern. »Warten, bis sie weg sind?«

»Das ist eine schöne Idee, aber was ist, wenn sie nicht gehen?«, fragte Rosemary und bemühte sich, keine Angst zu zeigen, was ihr nicht ganz gelang. Sie hatte Athena noch nie so verängstigt gesehen, mit klappernden Zähnen und großen Augen.

»Hör mal«, flüsterte Rosemary.

»Hör was?«

»Ganz genau. Jetzt ist es still. Vielleicht sind sie weg – oder vielleicht war es nur ein Tier oder etwas anderes, ein kaputter Fensterladen, der im Wind weht.«

Athena schaute zweifelnd, aber es stimmte. Draußen hatte es aufgehört zu regnen, und im Haus herrschte absolute Stille. »Ähm ... Mama.«

»Was?«

»Wenn es nur ein Fensterladen im Wind war, wie erklärst du dir dann dieses Geräusch?«

»Welches Geräusch?«

»Es ist wie ... eine Art von Musik.«

Rosemary spitzte ihre Ohren, um zu lauschen, und tatsächlich, da war ein Geräusch, das ein bisschen wie ein Glockenspiel klang.

»Das ist mir alles viel zu unheimlich«, sagte Athena und griff nach Rosemarys Arm, als wäre sie noch ein kleines Kind, das sich an seiner Mutter festhalten müsste.

»Das ist wahrscheinlich ein Windspiel oder so etwas.«

»Ich habe vorhin kein Windspiel gehört, du etwa?«

Rosemary schüttelte den Kopf. »Hör zu, lass uns einfach nachsehen, okay?«

»Okay, aber du gehst zuerst und nimm diese blöde Lampe mit.«

Sie schlichen die Treppe hinunter, wobei sie leise auftraten, um knarrende Stufen zu vermeiden. Es war so dunkel, als sie in das Erdgeschoss des Hauses hinunterschauten, dass Rosemary fast umgekehrt wäre, aber Athena drängte sie weiter.

»Es könnte gefährlich sein«, zischte Rosemary. »Da unten könnte ein Serienmörder mit einer Axt auf uns warten.«

»Meinst du nicht, dass ein Serienmörder inzwischen einfach hierher gewandert wäre und uns in winzig kleine Stücke gehackt hätte?«, flüsterte Athena zurück. »Lass uns einfach nachsehen, was dieses Geräusch verursacht. Ich muss es jetzt wissen. Ich werde auf keinen Fall schlafen, ohne es herausgefunden zu haben.«

»Na schön«, sagte Rosemary. »Aber ich sehe, dass du nicht neugierig genug bist, um zuerst zu gehen.«

»Du bist meine Mutter. Es ist buchstäblich deine Aufgabe, mich zu beschützen.«

Rosemary holte tief Luft und atmete langsam aus, so wie es ihr in den Online-Angsttherapievideos geraten worden war, obwohl diese nicht speziell eine Situation vorsahen, in der man eine alte Lampe in der Hand hielt, um sich auf die Konfrontation mit dem musikalisch veranlagten, axtschwingenden Serienmörder vorzubereiten, den ihre Fantasie gerade erdachte.

Im Haus herrschte Stille, abgesehen von dem Glockenspiel, das weiterhin leise ertönte, als wolle es sie heranlocken.

Rosemary und Athena folgten dem Geräusch die Treppe hinunter und den Gang entlang bis zu einer geschlossenen Tür.

»Nicht hier drin«, sagte Rosemary und erschauderte.

»Warum nicht? Was ist da drin?«

»Ich hatte vorhin nur so ein Gefühl – als ob dort etwas Großes und Mächtiges lauern würde.«

»War das, als du auf dem magischen Tee-Trip warst?«, stichelte Athena.

»Wahrscheinlich«, sagte Rosemary. »Aber das heißt nicht, dass ich mich geirrt habe.«

»Was ist das überhaupt für ein Zimmer?«

»Omas Bibliothek. Sie hat mich als Kind nie hineingelassen.«

»Schau. Das ist wahrscheinlich nur eine alte Spieluhr oder so«, sagte Athena und stieß die Tür auf.

Der Raum war genauso finster wie der Rest, bis auf eine rechteckige Form in der Mitte, die zu leuchten schien. Das Licht, das von dort ausging, offenbarte ein kompliziertes Muster, das wie Spitze aussah und die glänzende Oberfläche von Omas großem Holztisch beleuchtete.

»Es ist eine Schachtel ... eine Art Kästchen«, sagte Athena und trat einen Schritt vor. Rosemary streckte die Hand aus und versuchte, sie zurückzuhalten.

»Es könnte gefährlich sein.«

»Es ist eine verdammte Kiste, Mama.«

»Vielleicht ist es Sprengstoff oder so.«

»Mama!«

»Was?«

»Mach dich nicht lächerlich – es ist nur eine alte Spieluhr. Sie wurde wahrscheinlich während des Sturms bewegt oder so.«

»Du weißt, dass das keinen Sinn macht, oder?«, sagte Rosemary.

»Und was denkst *du*, was es ist?«, fragte Athena.

Das Kästchen spielte weiter, und nach einem Moment schob Athena ihre Mutter vor.

»Hey! Pass auf.«

»Mach schon«, sagte Athena.

»Was soll ich denn tun?«

»Es aufmachen, natürlich. Lass uns sehen, woher das Geräusch kommt.«

»Na schön«, sagte Rosemary und bemerkte, dass ihre eigene Stimme so bockig und jugendlich klang wie die von Athena, wenn sie schmollte.

Sie machte einen Schritt nach vorne und griff nach der Kiste. Als ihre Finger sie berührten, flog der Deckel auf und tauchte den ganzen Raum in blendendes weißes Licht.

»Was zum ...?«, fragte Athena.

Rosemary duckte sich und zog Athena neben sich zu Boden, weil sie befürchtete, dass es sich doch um eine Explosion handelte, aber als das Licht zu einem goldenen Schimmer verblasste, sah sie das Glitzern, von dem sie angenommen hatte, dass sie es zuvor halluziniert hatte.

Diesmal bewegte es sich schneller, strahlte nach außen, entfernte den Staub vom großen Schreibtisch und bewegte sich dann weiter in den Raum hinein.

»Siehst du das?«, fragte Rosemary und rieb sich die Augen.

»Natürlich sehe ich es«, sagte Athena und machte sich nicht mehr die Mühe, leise zu sein.

»Tritt zurück«, sagte Rosemary. »Es könnte eine Art Bakterium sein.«

»Bakterien?«, fragte Athena zweifelnd. »Wirklich?! Du glaubst, es sind staubfressende Bakterien?«

»Nun, was glaubst du denn, was es ist?«

»Eine Art Halluzination, die wir beide haben. Hast du mir etwas von diesem speziellen Tee gegeben?«

»Nein. Natürlich nicht.«

»Nun, wenn diese 'Bakterien' Schmutz und Dreck fressen, sollten wir beide besser aus dem Weg gehen. Wir sind nicht gerade blitzsauber«, sagte Athena.

Sie traten beide zurück, als das golden schimmernde Licht den Raum in Ordnung brachte – nicht nur abstaubte, sondern auch die Kissen auf dem Stuhl aufpolsterte und die Bücher in den Regalen im Raum aufrichtete.

»Das ist wirklich seltsam«, sagte Athena, als sie rückwärts den Raum. »Ich kann nicht aufhören hinzusehen, es ist zu cool – wie Mary Poppins oder so. Ich hatte vorhin doch etwas von dem Tee zu trinken.«

»Ich habe dir doch gesagt, dass ich dir keine Dosis verpasst habe«, sagte Rosemary.

»Nun, jemand hat es getan. Das kann unmöglich echt sein.«

»Selbst wenn wir beide halluzinieren, wie wahrscheinlich ist es, dass wir genau das Gleiche sehen?«

»Ich weiß es nicht«, sagte Athena. »Ich bin kein Experte für psychedelische Drogen.«

In diesem Moment erreichte das schimmernde Licht die Grenzen der Bibliothek. Es verlangsamte sich und brach dann aus – und erleuchtete das Haus um sie herum, putzte, räumte auf und reparierte alles, was in Sicht war.

»Das ist unmöglich!«, sagte Athena, als sie nach draußen rannten, um den herumfliegenden Haushaltsgegenständen zu entkommen – darunter ein Besen, ein Stuhl, mehrere Bücher und die Tassen und Teller, die sie achtlos an den Fensterbänken zurückgelassen hatten. »Was ist das für ein Haus, das sich selbst aufräumt?«

»Das perfekte Haus?«, schlug Rosemary vor.

Sie standen draußen und sahen zu, wie das Äußere des Hauses eine rasante Veränderung erfuhr, von wettergegerbt und bröckelnd zu etwas, das wie glänzende Farbe und frisch geschrubbtes Mauerwerk aussah. Das untere Dach schob sich nach oben, und jeder Ziegel rutschte zufriedenstellend an seinen Platz, und der Turm baute sich selbst wieder auf.

»Super seltsam«, sagte Athena.

»Ja«, stimmte Rosemary zu. »Es ist genau wie vorher – und das hat nur etwa dreißig Sekunden gehalten. Mal sehen, wie lange das hier anhält.«

»Du meinst diese Halluzination?«

»Oder was auch immer es ist.«

»Was könnte es denn sonst sein?«

»Wer weiß, Kleines«, sagte Rosemary und legte ihren Arm um Athenas Schultern. Sie konnte nicht umhin, sich an die Notiz ihrer Großmutter von vorhin zu erinnern – *du bist eine Hexe. Das sind wir alle in unserer Familie.* Die Worte hallten in ihrem Kopf nach, während das Haus weiter wie eine Rose erblühte und sich wieder in einen makellosen Zustand versetzte, die Fensterläden sich an den Angeln hochzogen und der Efeu sich wieder auf ein etwas weniger chaotisches Niveau zurückzog.

»Das gibt's doch nicht«, sagte Athena. »Das ist eine starke Droge, unter der wir stehen, was?«

»Ich glaube nicht, dass es eine Droge ist, Liebes«, sagte Rosemary. »Aber ich kann auch nicht so recht glauben, dass es real ist. Meinst du, wir könnten träumen?« Sie zwickte sich, aber sie wachte nicht auf.

»Muss so sein«, sagte Athena. »Autsch.«

»Du hast dich auch eben gezwickt, was?«

»Theoretisch ist es möglich, sich im Traum zu zwicken und dabei Schmerzen zu empfinden, oder? Es wäre nur ein geträumter Schmerz«, sagte Athena, als das Haus endlich aufhörte, sich aufzurichten, und im blühenden Licht der frühen Morgendämmerung ruhig und still und erhaben vor ihnen stand.

»Ich denke schon«, sagte Rosemary.

»Du musst in *meinem* Traum sein«, sagte Athena.

»Nein, du bist definitiv in meinem«, widersprach Rosemary.

»Das ist genau das, was Traum-Mama sagen würde.«

»Nun gut, oh weise und mächtige Meisterin dieses Traums, meinst du, es ist sicher, wieder ins Haus zu gehen? Ich glaube, es fängt an zu regnen, und meine Füße sind kalt und matschig.«

In der Tat hatte um sie herum ein leichtes Regenprasseln eingesetzt.

»Ich denke schon«, sagte Athena. »Oder vielleicht ist es super gefährlich und die Gefahr weckt uns auf.«

Sie schritten zurück ins Haus. Jede Oberfläche war makellos und glänzte in dem schwachen Licht. Ihre Augen waren groß, als sie die Treppe hinaufgingen. Rosemary bestand darauf, dass sie ihre schlammigen Füße mit Handtüchern aus dem Wäscheschrank abwischten, obwohl Athena betonte, dass es sowieso keine Rolle spielen würde, wenn sie aufwachten.

»Kannst du im selben Zimmer wie ich schlafen?«, fragte Athena. »Das war alles viel zu verrückt, und ich will nicht allein sein, falls etwas noch Verrückteres passiert.«

»Verrückter als ein Haus, das sich selbst repariert und aufräumt?«, fragte Rosemary.

»... vielleicht?«, sagte Athena.

»Sicher. Wir passen beide in das große Gästebett, aber du musst versprechen, mich nicht zu treten.«

»Solche Versprechen mache ich nicht«, sagte Athena.

Sie legten sich ins Bett und fühlten sich sofort schläfrig.

»Es ist seltsam«, sagte Athena und gähnte. »Ich glaube nicht, dass ich jemals zuvor ins Bett gegangen bin, um mich selbst aufzuwecken.«

Und damit schliefen sie beide schnell ein.

»Die Vögel sind zu laut«, stöhnte Rosemary in ihr Kissen. »Und das Licht ist zu ... hell.«

»Wie spät ist es?«, fragte Athena und setzte sich im Bett auf.

»Ich weiß es nicht. Mein Telefon ist unten, weißt du noch?«

»Nun, laut der Uhr, die noch auf der Kommode dort drüben tickt, ist es neun Uhr.«

»Es ist Sonntag«, brummte Rosemary. »Sie sollten den Tag später beginnen.«

»So funktioniert das nicht, Mama«, sagte Athena und stand aus dem Bett auf. »Hey, ich hatte letzte Nacht einen sehr merkwürdigen Traum.«

»Du meinst – dass es laute Geräusche gab und dann Musik und ein helles, explodierendes Lichtkästchen, und dann hat sich das Haus selbst repariert und geputzt?«, fragte Rosemary.

»Du hast das auch geträumt?!«

»Ähm, Athena«, murmelte Rosemary, noch halb schlafend und benommen.

»Was?«

»Wenn das ein Traum war, warum glaubst du, schlafen wir dann im selben Zimmer?«

»Nein … das ist nicht wahr!«, schrie Athena auf. »Das ist doch nicht möglich.«

Sie sprang aus dem Bett und rannte aus dem Zimmer. Rosemary hörte ihre Schritte auf der Treppe, aber trotz der Aufregung ihrer Tochter wünschte sie sich immer noch, das Tageslicht würde einfach verschwinden und sie eine Stunde länger schlafen lassen. Das Poltern der Schritte ertönte erneut, und Athena stürmte ins Zimmer.

»Das gibt's doch nicht! Das gibt's doch nicht!«, rief sie und sprang auf und ab.

»Hey, beruhige dich«, sagte Rosemary. »Ich versuche hier zu schlafen.«

»Mama. Steh auf, sofort!«

»Aber …«

»Jetzt!«

Athena packte den Arm ihrer Mutter und begann zu zerren.

»Hey! Lass mich in Ruhe.«

»Mama!«

»Na schön«, sagte Rosemary und schob sich aus dem Bett.

Als sie die Treppe hinunterging, dämmerte es ihr langsam, dass Athena zu Recht aufgeregt war. Das Haus, einschließlich des Erdgeschosses, war wirklich sauber und so schön, wie Rosemary es von ihren früheren Besuchen, als Oma noch lebte, in Erinnerung hatte.

Die Tapeten waren makellos und sahen frisch aus. Die Bilder hingen alle genau so, wie sie sollten, und selbst die Vasen, Kristalle und das Geschirr, die auf dem Schrank im Flur standen, sahen so aus, als hätte Oma gerade an diesem Morgen Staub gewischt. Rosemary unterdrückte die Hoffnung, dass Omas Tod ein schreckliches Missverständnis gewesen war und dass sie jeden Moment auftauchen würde, um ihnen zu sagen, dass sie ihre schmutzigen Schuhe ausziehen und sofort den Kessel aufsetzen sollten. Trauer hat eine seltsame Art, sich über jede Logik hinwegzusetzen, und obwohl Rosemarys Verstand wusste, dass ihre Großmutter tot war, hatte ihr Herz andere Vorstellungen.

»Wie erklärst du dir das dann?«, fragte Athena. Sie stand mit verschränkten Armen am oberen Ende der Treppe und sah ihre Mutter an, als sei Rosemary ein ungezogenes Kind und Athena die Mutter, die sie gerade mit der Hand in der Keksdose erwischt hatte.

»Wie *ich* das erkläre?«, sagte Rosemary. »Wie erklärst *du* es?«

»Entweder halluzinieren wir jetzt immer noch, oder wir taten es, als wir ankamen«, schlug Athena schwach vor.

»Oder das Haus hat sich auf magische Weise selbst wiederhergestellt, nachdem ich dieses ... Ding berührt habe.«

Sie drehten sich beide in Richtung von Omas Bibliothek. Als sie genauer hinsahen, lag das Kästchen immer noch unschuldig auf dem Schreibtisch. Es hatte sich irgendwie selbst verschlossen und sah aus wie ein gewöhnlicher geschnitzter Holzgegenstand.

Beide traten einen Schritt näher und sahen sich dann vorsichtig an.

In diesem Moment ertönte draußen ein Rumpeln. Sie drehten sich wieder zur Vorderseite des Hauses. Durch das nun saubere Fenster sahen sie ein blassrosa Auto, das die Einfahrt zum Thorn Manor hinauffuhr.

»Nicht noch ein Besucher«, sagte Rosemary.

»Wenigstens ist es nicht wieder dieser Polizist«, sagte Athena. »Der war anstrengend.«

Rosemary seufzte. »Man sollte meinen, das Haus einer toten Frau mitten im Nirgendwo wäre Grund genug für die Leute, es nicht zu besuchen.«

»Komm schon, Mama. Lass uns einfach gehen und herausfinden, was sie wollen.«

»Aber es regnet schon wieder.«

Rosemary und Athena sahen vom Fenster aus zu, wie sich die Autotür öffnete und ein marineblauer Schuh mit vernünftigem Absatz darunter zum Vorschein kam, gefolgt von einem weiteren. Dann erschien ein Regenschirm, die Tür schloss sich und gab den Blick frei auf eine eher kurzgeratene, dunkelhaarige Frau mit einem perfekt geschnittenen Pony. Sie trug einen marineblauen Bleistiftrock und eine blassrosa Strickjacke, die sowohl zu ihrem Auto als auch zu ihrer Handtasche passte.

»Es ist wie in einem Zeichentrickfilm«, sagte Rosemary, als die Frau innehielt und das Haus musterte, bevor sie sich ihm näherte.

»Pst, Mama. Nur weil es nicht dein Stil ist, heißt das nicht, dass du darüber urteilen musst.«

»Warum urteilst du dann immer über meinen Kleidungsstil?«

»Sieh dir an, was du trägst.«

Rosemary sah an ihrer abgewetzten Bluejeans und dem dunkelroten, langärmeligen T-Shirt hinunter. Es war ein ganz normales Outfit, aber Athena bewertete ein solches Ensemble oft als langweilig.

»So unhöflich!«, sagte Rosemary und stieß Athena in die Schulter. »Wie habe ich dich nur zu so einer Unverschämtheit erzogen? Außerdem, was ist falsch an Jeans und einem roten T-Shirt?«

»Das ist nicht einmal ein Stil. Du ziehst einfach das an, was du zuerst findest. Sieh dich doch mal genau an«, scherzte Athena.

Es klopfte dreimal heftig an der Tür, und Rosemary ging hin, um sie zu öffnen.

»Hallo?«, sagte sie.

»Guten Morgen, Madam«, sagte die Frau mit hoher, leicht rauer Stimme. »Erlauben Sie mir, mich vorzustellen. Mein Name ist Despina Crepe, und ich bin von der örtlichen Immobilienagentur in der Stadt.«

»Ich wusste gar nicht, dass es in Myrtlewood ein Immobilienbüro gibt«, sagte Rosemary. »Als Nächstes erzählen Sie mir, dass sie auch einen eigenen Zoo und ein Gefängnis haben. Alles, was man braucht – genau hier – au!«

Athena hatte ihr einen Stoß in die Rippen versetzt. Rosemary schaute finster drein.

»Ist alles in Ordnung?«, fragte Despina.

»Mir geht's gut, danke«, sagte Rosemary. Es ging ihr nicht wirklich gut. Tatsächlich hatte Rosemary eine leichte Phobie vor Immobilienmaklern, die durch einige schlechte Erfahrungen in ihrer Jugend entstanden war, und die besondere Angst, die sie vor ihnen hatte, ließ sie manchmal Ausschlag bekommen. Dies hatte sie zu der Annahme geführt, sie sei allergisch. In diesem Moment bemerkte sie ein leichtes Jucken an den Handgelenken, was sie darin bestärkte, das Gespräch so kurz wie möglich zu halten.

»Nun gut«, sagte Despina. »Darf ich reinkommen?«

»Äh ... na ja, eigentlich waren wir gerade beschäftigt, also wenn es Ihnen nichts ausmacht.« Rosemary versuchte, die Tür zu schließen, aber sie prallte zurück. Despina hatte ihren Schuh bereits hineingezwängt.

»Es wird nicht lange dauern«, sagte Despina. »Und Ihr Name ist?«

»Rosemary Thorn, und ich muss jetzt wirklich gehen«, sagte Rosemary und versuchte, das Jucken zu vertreiben.

»Rosemary – natürlich! Ich habe gehört, dass Sie Galdies altes Haus geerbt haben. Ich muss sagen, ich habe es mir neulich angesehen, und ich bin sicher, es war in einem viel schlechteren Zustand. Sie müssen es mit Ihrer Magie bearbeitet haben.« Sie zwinkerte.

Was weiß diese Frau bloß?, fragte sich Rosemary. *Und warum bekomme ich von ihr eine Gänsehaut – und Ausschlag?!*

Despina lächelte ein kränklich-süßes Lächeln. »Nun, ich kann mir nicht vorstellen, dass Stadtmenschen wie Sie beide in einem alten Haus wie diesem leben wollen. Ich will euch nicht länger aufhalten, aber ihr sollt wissen, dass ich jederzeit für euch da bin, wenn ihr über das Verkaufen reden wollt. Hier ist meine Karte.«

Sie hielt ihr eine blassrosa Visitenkarte hin. Dabei bemerkte Rosemary ein Aufblitzen von etwas Silbernem. Es war eine Brosche an Despinas Revers, die ein kreisförmiges Wappen mit einer Krähe, einer Schlange und einem Wolf trug, sowie ein Symbol, das wie eine Art keltischer Knoten aussah. Es war so ungewöhnlich, dass Rosemary zweimal hinschaute, obwohl sie die Frau unbedingt loswerden wollte.

»Das ist eine interessante Brosche«, sagte sie.

»Dieses alte Ding?«, sagte Despina sanft und bedeckte sie. »Nur ein Familienerbstück. So etwas gibt es hier sehr oft. Das ganze Dorf ist voll von altem Zeug. Ich wette, in dem großen alten Haus gibt es jede Menge Gerümpel, das Sie loswerden wollen.« Ihre Augen funkelten, als sie versuchte, an ihnen vorbei ins Haus zu schauen.

»Nicht wirklich, nein«, sagte Rosemary.

»Mama!« Athena stupste ihre Mutter an.

»Ich muss jetzt gehen«, sagte Rosemary.

Despina entfernte ihren Fuß vom Türrahmen, und Rosemary schloss die Tür schnell, bevor die Maklerin etwas anderes versuchen konnte.

»Was?«, fragte Rosemary, als Athena sie anfunkelte.

»Das hätte deine Chance sein können.«

»Meine Chance für was?«

»Um etwas Geld zu verdienen, damit wir hier rauskommen und wieder ein normales Leben führen können.«

»Oh.« Rosemarys Schultern sackten in sich zusammen. »Du bist immer noch von der Idee besessen, hm?«

»Ja, natürlich. Warum sollte ich das nicht sein?«

»Ich dachte nur, dass nach der letzten Nacht …«

»Du meinst die Halluzinationen?«

»Oder die Magie?«

»Ist das dein Ernst?«, fragte Athena. »Du solltest hier die Erwachsene sein.«

»Ich habe gerade gedacht, dass … Moment mal.«

»Was?«

»Wir haben noch nicht gegessen.«

»Und?«

»Und – erinnerst du dich daran, dass unser Gehirn nicht mehr richtig funktioniert, wenn der Blutzucker zu niedrig ist?«

»Sprich für dich selbst«, sagte Athena. »Meinem Gehirn geht es bestens.«

»Nein. Ich fühle mich etwas benebelt.«

»Okay. Lass uns etwas essen, und dann kannst du diese Frau anrufen und ihr sagen, dass du an einem Verkauf interessiert bist.«

Das Problem war nur, dass Rosemary überhaupt nicht daran interessiert war, zu verkaufen. Die Maklerin anzurufen, war so ziemlich das Letzte, was sie tun wollte, aber ihr Blutzucker war zu niedrig, als dass sie das hätte richtig ausdrücken können.

In der blitzsauberen Küche fanden sie nicht nur den alten Holzofen, sondern auch einen neu aussehenden Backofen, und zu ihrem Erstaunen schaltete er sich ein – ebenso wie der elektrische Wasserkocher.

»Ich dachte, der Strom sei aus«, sagte Athena.

»War er auch!«, beharrte Rosemary. »Vielleicht war es ein Stromausfall wegen des Sturms? Ich bin sicher, das meiste von dem Zeug war gestern Abend noch nicht da.«

»Es war ziemlich dunkel«, sagte Athena, aber ihr Tonfall war unsicher.

Rosemary lachte.

»Was?«, fragte Athena.

»Findest du es nicht komisch, dass wir wegen eines Wasserkochers ausflippen, nach dem, was wir gestern Nacht gesehen haben?«

»Ich finde das alles nicht lustig.«

»Oh, Schatz, du bist immer so ernst, wenn du etwas essen musst. Schauen wir mal ...«

Rosemary öffnete die zuvor kahle Speisekammer, um nach dem restlichen Brot zu suchen, das sie am Abend zuvor dort gelagert hatte, und stellte fest, dass sie nun ein Sortiment an Konserven enthielt. Sie überprüfte den Kühlschrank und fand auch dort verschiedene essbare Dinge. Bei der Überprüfung stellte sie fest, dass nichts das Verfallsdatum überschritten hatte.

Sie beschloss, dies alles vor Athena geheimzuhalten, zumindest bis sie gegessen hatten. Sie kochte Speck und Eier und servierte sie auf Toast mit einer Tasse Tee. Athena war so hungrig, dass sie gar nicht daran dachte, nach den Zutaten zu fragen, bis sie ihr Frühstück an dem polierten Holztisch in der Küche verschlungen hatte.

»Wo kommt das denn alles her?«

»Es war in der Küche – obwohl ich mich nicht erinnern kann, es gesehen zu haben ...«

»Muss wohl wieder etwas gewesen sein, das wir gestern Abend übersehen haben«, sagte Athena und entschied sich für die plausibelste Erklärung. »Gut, jetzt, wo wir beide etwas zu essen bekommen haben, ist es an der Zeit, diese Despina anzurufen.«

»Nein.«

»Warum nicht?«

»Du weißt doch, dass ich allergisch gegen Makler bin«, sagte Rosemary.

»Ach, hör doch auf. Das bist du nicht!«

»Von denen bekomme ich Ausschlag.«

»Das ist absurd und das weißt du.«

»Dann bin ich eben absurd.«

»Mama!«

»Das ist nicht der einzige Grund«, gab Rosemary zu. »Ich will das Haus nicht verkaufen. Ich liebe dieses Haus sogar.«

»Mehr als du mich liebst?«

»Athena!«

»Was?«

»Mach dich nicht lächerlich.«

»Willst du nicht, dass ich glücklich bin, Mama?«

»Natürlich will ich das, und ich werde dich nicht zwingen, hierher zu ziehen, aber ich werde es auch nicht verkaufen. Es ist alles, was ich noch von Oma habe.« Tränen stiegen in Rosemarys Augen auf, und ihre Stimme nahm einen hohen Ton an, während sie sich anstrengte, um nicht völlig zusammenzubrechen.

Athena seufzte und legte den Arm um ihre Mutter.

»Hey, ich versteh schon. Es ist okay«, sagte Athena. »Du musst das Haus nicht verkaufen.«

»Danke für deine Erlaubnis«, sagte Rosemary und wischte sich über die Augen.

»Na ja, ich wollte nicht, dass du völlig zusammenbrichst.«

»Aber ich meine es ernst. Ich danke dir.«

»Für was?«

»Dafür, dass du verstehst, dass das für mich wichtig ist.«

»Wozu sind Töchter da?«

»Offensichtlich dafür, dass sie ihren Müttern noch eine Tasse Tee machen.«

»Oh, na schön«, sagte Athena und brachte ihre Tassen und Teller in die Küche.

Rosemary lächelte vor sich hin und erhob sich vom Tisch. Sie schüttelte ihre Arme und Beine aus und wanderte dann im Erdgeschoss umher, um Omas Sachen zu betrachten, während Athena den Kessel aufsetzte.

An der Wand gegenüber dem unteren Ende der Treppe sah Rosemary das vertraute Porträt einer Galderall Thorn, die etwas jünger war, als sie es je erlebt hatte. Es war geschickt in Öl gemalt, im klassisch-romantischen Stil, aber das Gesicht hatte auch etwas so Lebensechtes. Aus den Augenwinkeln hätte Rosemary schwören können, dass ihre Großmutter ihr zuzwinkerte.

»Seltsam.«

»Was?«, sagte Athena und kam mit einem vollen Teetablett zu Rosemary.

»Das Gemälde. Es ist einfach so lebensecht.«

»Ich weiß nicht, wie deine Augen funktionieren, aber dieses Bild entspricht nicht dem, wie ich das Leben sehe«, sagte Athena. »Es ist zu neblig und verwirbelt.«

»Wie alt muss sie wohl gewesen sein? Um die vierzig, als das gemalt wurde? Das ist nur ein kleines bisschen älter als ich.«

»Das ist also die berühmte Oma Thorn, ja?«, sagte Athena. »Sie sieht ... anders aus, als ich es mir vorgestellt habe.«

»Du hast sie getroffen, weißt du nicht?«

»Oh, sicher, als ich wie alt war? Zwei?«

»Wahrscheinlich.«

»Zweijährige sind nicht gerade für ihr Erinnerungsvermögen bekannt, Mama.«

»Ich wünschte, du hättest mehr Zeit mit ihr verbringen können«, sagte Rosemary. »Sie war ... sie war erstaunlich.«

Rosemary dachte, dass das Gemälde vor ihr möglicherweise leicht lächelte, beschloss aber, dass sie für einen Tag schon genug Aufregung gehabt hatten, und versuchte, Athena nicht auf diese Möglichkeit anzusprechen. Stattdessen folgte sie ihrer Tochter zurück in die Küche und setzte sich dann mit ihr auf die Fensterbank, um Tee zu trinken.

»Also, was jetzt?«, fragte Athena. »Können wir einpacken und zurückfahren?«

»Ich denke, das müssen wir. Du hast morgen Schule.«

»Oh, erinnere mich nicht daran. Die Schule ist im Moment furchtbar.«

»So schlimm, ja?«, fragte Rosemary.

Athena erzählte Rosemary in letzter Zeit nicht viel über ihr Schulleben. Sie war in einem Alter, in dem sie ihrer Mutter viele Informationen über ihr Leben lieber vorenthielt.

»Es sind nicht nur die Lehrer oder der Unterricht«, sagte Athena. »Ich meine, die sind schon in Ordnung. Es ist eher ...«

»Der soziale Kram?«, schlug Rosemary vor.

»Ja, es ist scheiße, Außenseiter zu sein.«

»Wem sagst du das, Kleine?«

»Moment mal«, sagte Athena. »Hat dieser Polizist nicht gesagt, dass wir hierbleiben müssen, bis er seine Ermittlungen abgeschlossen hat?«

Rosemary kratzte sich am Kopf und versuchte, sich an ein Detail zu erinnern, das schon gestern passiert war. »Ich glaube, das hat er. Aber er kann dich doch nicht daran hindern, zur Schule zu gehen – ich meine, welche Macht hat er, uns dazu zu bringen, im Dorf zu bleiben? Das Land, sicher, die Region vielleicht, aber das Dorf?«

»Es ist schon seltsam«, gab Athena zu. »Aber das ist alles an diesem Ort.«

»Also, was machen wir?«, fragte Rosemary.

»Ähm, du bist doch die Erwachsene, schon vergessen?«

»Oh ja ... Mist. Ich weiß es nicht.«

»Wir könnten zu ihm gehen und nachfragen, ob er es wirklich ernst meint«, schlug Athena vor. »Vielleicht bitten wir darum, mit seinem Vorgesetzten zu sprechen. Der Typ ist bestimmt ein korrupter Polizist.«

»So vernünftig«, sagte Rosemary.

»Warum versuche ich, mich dazu zu bringen, wieder *zur* Schule zu gehen, wenn ich doch eigentlich versuchen sollte, mich da herauszuwinden?«, fragte Athena.

»Ich dachte, du hasst diesen verrückten Ort und willst so weit wie möglich weg.«

»Das mag es sein«, sagte Athena. »Aber dann hast du von der Schule gesprochen, und das ist eine ganz andere Art von Grusel, die ich lieber vermeiden würde.«

»Pech gehabt, Kleine«, sagte Rosemary. »Ziehen wir uns an und packen zusammen, dann können wir uns überlegen, wie du deine Ausbildung fortsetzen kannst.«

»Weißt du, wenn du es so sagst, ist es gar keine so schlechte Idee, in Myrtlewood zu bleiben.«

»Ich weiß, dass du das nur sagst, weil du Burkenswood hasst«, sagte Rosemary. »Also mach mir keine Hoffnungen, dass du hierherziehen würdest, wenn du eigentlich in Stratham sein willst.«

»In Stratham war einfach alles besser«, sagte Athena.

»Das sagst du immer, aber du vergisst, dass auch dort nicht alles rosig war. Deine Freunde haben sich ständig zerstritten, und das hat dich sehr geärgert.«

»Wenigstens hatte ich ein paar Freunde.«

»Du wirst mehr finden. Das verspreche ich.«

»Was wäre, wenn ich einfach hierbliebe und mich vor der Welt versteckte?«

»Das wird nicht passieren. Wenn wir uns entscheiden, hierher zu ziehen, kannst du dich auf die Schule hier freuen. Lass uns zurück in die Stadt fahren und sehen, ob wir etwas darüber herausfinden können, was wir eigentlich tun dürfen, während wir 'unter Beobachtung' stehen. Wenn wir nicht bald zurück nach Burkenswood kommen, verliere ich meinen Job!«

»Vielleicht musst du nicht mehr hinter einem Tresen arbeiten, wenn du das kleine Vermögen geerbt hast.«

»Gott, ich hoffe, das ist der Fall. Wenn ich nie wieder mit einem Gutschein zu tun haben werde, ist das noch nicht genug.«

Sie zogen ihre Mäntel und Schuhe an und schlossen das Haus ab, dann machten sie sich auf den Weg in die Stadt und genossen die Aussicht auf die Landschaft. Das Wetter hatte sich gebessert, und die Vögel schienen alle draußen zu sein und miteinander zu singen, als ob sie sich über den Regensturm in der Nacht zuvor austauschen würden.

»Können wir zurückgehen und noch mehr Kuchen holen?«, fragte Athena wehmütig.

»Nachdem diese Frau mir etwas in den Tee getan hat? Ich glaube nicht, dass das klug ist«, sagte Rosemary, aber als sie das Dorf betraten, steckte Marjie ihren Kopf aus der Ladentür und begrüßte sie herzlich.

»Kommt doch rein zum Mittagessen«, sagte sie.

»Äh, nein«, antwortete Rosemary. »Wir müssen jetzt wirklich los. Wir haben ein paar Besorgungen zu machen.«

»Blödsinn«, sagte Marjie. »Ihr habt genug Zeit, Besorgungen zu machen, wenn ihr gefüttert und getränkt worden seid.«

»Die Sache ist die ...«, sagte Rosemary und rang nach Worten, um ihre Beschwerde vorzubringen, zumal Marjie so warmherzig und freundlich war. »Gestern hast du mir etwas in mein Getränk geschüttet.«

»Ach das«, sagte Marjie mit einem abweisenden Winken. »Nur eine spezielle Mischung aus Zitronenmelisse und Kardamom. Es war nicht alkoholisch, falls du das gedacht hast.«

»Das habe ich ursprünglich auch gedacht«, sagte Rosemary. »Wirklich, es waren nur gewöhnliche Kräuter und Gewürze?«

»Und ein bisschen Zauber von mir«, sagte Marjie. »Es sollte dir ein schönes, helles, warmes Gefühl geben, das ist alles.«

Rosemary sah Athena an, die mit den Schultern zuckte.

»Könnte es sein, dass es mich dazu gebracht hat, … ähm … Dinge zu sehen?«

»Dinge sehen, Liebes?«

»Ja – du weißt schon … wie Halluzinationen? Ich meine … Athena und ich haben beide letzte Nacht einige seltsame Dinge gesehen.«

»Ganz sicher nicht«, sagte Marjie, führte sie in die Teestube und setzte sie an einen Tisch. »So etwas würde ich nicht tun, und außerdem habe ich nur dir den Zauber gegeben, nicht deinem Mädchen.«

Rosemary und Athena sahen sich verdutzt an, als Marjie ihnen beiden die Speisekarte brachte.

»Was für seltsame Dinge hast du denn gesehen, Liebes?«, fragte Marjie.

»Oh, das ist schwer zu erklären.« sagte Rosemary, sah sich die Speisekarte an und entschied sich für die Pilzpastete. Athena bestellte Würstchen mit Kartoffelbrei, und Marjie ging in die Küche, um ihrem Mann Herb zu sagen, er solle anfangen zu kochen. Kurz darauf kam sie mit einem Tablett mit Tee zurück, der, wie sie versicherte, dieses Mal ganz normal war.

»Es lag am Haus, nicht wahr?«, sagte Marjie wissend.

»Wie bitte?«, fragte Rosemary.

»Das Haus – Thorn Manor – hat euch einen Streich gespielt, nicht wahr?«

»Streiche spielen, wie meinst du das?«, fragte Rosemary. Athena sah erschrocken über die Möglichkeit eines intelligenten Hauses aus. Auch Rosemary hätte das nicht für möglich gehalten, obwohl die Erlebnisse der letzten Nacht eine ganz neue Messlatte für das, was »möglich« war, gesetzt hatten.

»Ist es … lebendig?«, fragte Rosemary, und Athena gab ihr einen leichten Tritt unter den Tisch.

»Nicht so, wie du oder ich es sind«, sagte Marjie. »Aber es hat eine gewisse Präsenz … eine Macht, einen eigenen Willen, könnte man sagen. Was genau ist passiert, Liebes?«

Rosemary war sich nicht sicher, ob sie die Einzelheiten der sehr merkwürdigen Vorkommnisse noch jemandem offenbaren sollte, nicht einmal einer engen Freundin ihrer Großmutter wie Marjie. Das Letzte, was sie gebrauchen konnte, war, dass Gerüchte die Runde machten, sie sei verrückt, während sie offensichtlich in eine Mordermittlung verwickelt war.

Allerdings kam ihr der Gedanke, dass Marjie der Schlüssel zur Deutung von Omas Notiz sein könnte, die ihr immer plausibler erschien, je mehr ihre Welt sich auflöste.

Ist »Hexe« ein Code für etwas anderes, oder ist es wirklich das, wovon Oma gesprochen hat?

Rosemary wollte gerade fragen, hielt sich dann aber doch zurück, weil sie unsicher war. Sie beschloss, all ihre Fragen aufzuschreiben und sie zu einem späteren Zeitpunkt anzusprechen, am besten, wenn Athena nicht da war, um sie zu treten.

KAPITEL

SECHS

R osemary und Athena unterbrachen ihr Gespräch, während sie das köstliche Essen genossen, das Herb mit einem knappen Nicken gebracht hatte.

»Er ist kein Mann vieler Worte«, erklärte Marjie. »Ihr werdet euch an ihn gewöhnen.« Dann drehte sie sich auf den Fersen um und quietschte. »Oh, es ist so schön, dass du wieder zu Hause bist!«

Danach musste Rosemary Marjie den Vorfall mit dem Zaubertee endgültig verzeihen. Es war unmöglich, jemandem, der so aufrichtig, warmherzig und gastfreundlich war, etwas übel zu nehmen, und ja, Myrtlewood fühlte sich tatsächlich wie ein Zuhause an, zumindest für Rosemary.

Sie beendeten ihre Mahlzeit und machten sich auf den Weg zum Polizeirevier, von dem Marjie ihnen erzählt hatte, dass es auf der anderen Seite des Stadtplatzes lag. Das Gebäude sah genauso altmodisch aus wie die Uniform von Wachtmeister Perkins.

Als sie den Platz überquerten, liefen zwei Reihen kleiner Kinder in Pastellfarben im Kreis und hielten Weidenkörbe im Arm. Rosemary sah auch eine große, schlanke Frau in einem leuchtend roten Umhang, die ihr schwarzes Haar zu einem strengen Dutt hochgesteckt trug.

»Was für ein seltsamer Ort«, sagte Athena, als sie die Tür zur Polizeiwache aufstießen. Das Foyer war leer, und das ganze Gebäude war still und leise.

Rosemary ging zur Rezeption und läutete die silberne Glocke, die in der Mitte angebracht war. Sie zuckte zurück, als plötzlich eine dunkle Gestalt hinter dem Tresen hervorkam.

»Was zum …!«, kreischten Rosemary und Athena beide.

»Hallo. Wie kann ich Ihnen behilflich sein?«, fragte Wachtmeister Perkins.

»Sie!«, sagte Rosemary.

»Ach, Sie sind es«, sagte Wachtmeister Perkins.

»Was haben Sie da unten gemacht?«, fragte Athena.

»Ich bin derjenige, der die Fragen stellt, junge Dame«, antwortete Wachtmeister Perkins, holte sein kleines Notizbuch aus der Brusttasche und klickte mit dem Stift.

»Aber wir waren diejenigen, die Sie besuchen wollten«, argumentierte Athena.

»Oh, richtig«, sagte er. »Also, was kann ich für Sie tun?«

»Okay, die Sache ist die«, sagte Rosemary. »Gestern kamen Sie zu uns nach Hause und sagten uns, wir sollten die Stadt nicht verlassen, bis Sie mit den Ermittlungen fertig sind, aber wir wohnen in Burkenswood. Athena muss zurück zur Schule und ich muss zur Arbeit.«

»Das mag ja sein, gnädige Frau, aber wir können Sie nicht weglaufen lassen, solange die Ermittlungen laufen. Woher soll ich denn wissen, ob Sie nicht einfach das Land verlassen?«

»Ernsthaft?«, sagte Rosemary.

»Ernsthaft. Sie müssen in Myrtlewood bleiben, bis Sie von jeglichem Fehlverhalten freigesprochen wurden.«

»Aber das macht für uns keinen Sinn – ich muss für meinen Lebensunterhalt arbeiten, und wenn ich nicht auftauche, werde ich nicht bezahlt«, sagte Rosemary und fühlte die Verzweiflung in sich aufsteigen. Sie wusste nicht, wann das Geld aus der Erbschaft eintreffen würde und wie viel davon tatsächlich vorhanden war.

»Das ist nicht mein Problem«, sagte Wachtmeister Perkins. »Ich bin nur hier, um professionell zu sein und … professionell meine Aufgabe zu erfüllen, das Gesetz aufrechtzuerhalten … professionell.«

»Ich werde mit meinem Anwalt darüber sprechen. Ich glaube nicht, dass es legal ist, Leute in einer bestimmten Stadt festzuhalten.«

»Tun Sie sich keinen Zwang an, Frau Thorn«, sagte Wachtmeister Perkins. »Aber ich denke, Sie werden feststellen, dass wir in Myrtlewood die Dinge anders handhaben, unabhängig davon, was irgendwelche hochtrabenden Anwälte sagen.«

Rosemary sah ihn an und war entsetzt darüber, dass ein uniformierter Polizeibeamter einen Begriff wie »hochtrabend« verwenden würde.

»Ich möchte mit Ihrem Vorgesetzten sprechen«, sagte Rosemary.

»Ich denke, Sie werden feststellen, dass mir niemand vorgesetzt ist«, sagte Wachtmeister Perkins und zupfte an seinem Schnurrbart.

»Ich meine, Ihren Chef.«

»Ich komme ganz gut allein zurecht, danke«, antwortete er.

»Wollen Sie damit sagen, dass es keinen Polizeichef oder jemanden über Ihnen gibt, den ich fragen kann?«

»Oh, es gab einen, aber der ist in Rente gegangen und nach Bath gezogen.«

Rosemary und Athena verließen die Polizeiwache verwirrt.

»Das Gute daran ist, dass ich nicht zur Schule gehen muss«, sagte Athena. »Aber andererseits bin ich in dieser verrückten kleinen Stadt mitten im Nirgendwo gefangen, die eine Art Parodie ihrer selbst ist, in der sich die Dinge auf eine Weise verhalten, die den Gesetzen der Wissenschaft widerspricht.«

»Du hast dich also endlich damit abgefunden, dass das Haus sich tatsächlich selbst repariert hat?«, fragte Rosemary.

»Ich weiß nicht mehr, was ich glauben soll.«

Rosemary legte ihren Arm um Athena. »Das Problem ist, dass wir nicht wissen, wie lange diese Untersuchung dauern wird. Wenn es Monate dauern sollte, musst du dich an der örtlichen Schule anmelden, damit du nicht zu weit in Rückstand gerätst, bevor die Prüfungen anstehen.«

»Oh, nein. Bitte sag so etwas nicht!«, sagte Athena. »Ich habe schon zu oft die Schule gewechselt, und ich wette, die Schule hier ist hoffnungslos.«

»Komm, lass uns zum Anwalt gehen und sehen, ob er uns besser beraten kann, was unsere Rechte sind.«

»Aber es ist Sonntag«, sagte Athena.

»Nun, er war derjenige, der darauf bestand, dass ich am Samstag herkomme, also ist das Büro vielleicht auch am Sonntag geöffnet.«

Sie gingen die Straße hinunter in Richtung der Myrtlewood-Filiale von Clifford und Burk, die tatsächlich geöffnet hatte. Eine blasse, dünne Frau, die viel zu jung aussah, um silbriges Haar zu haben, saß mit einem Stirnrunzeln hinter dem Empfangstresen. Sie schien auf dem Notizblock vor sich komplexe mathematische Gleichungen zu lösen.

»Hallo«, sagte Rosemary.

»Wie kann ich Ihnen helfen?«, fragte die Frau, obwohl sie verärgert aussah, weil sie bei ihren Gleichungen unterbrochen wurde.

»Ich möchte wissen, ob Perseus, ich meine, Herr Burk, verfügbar ist.«

»Haben Sie einen Termin?«

»Nein.«

Die Frau runzelte wieder die Stirn und blätterte in einem altmodischen, in Leder gebundenen Terminkalender. »Er wird heute nicht im Büro erwartet«, sagte sie. »Er ist in Burkenswood und ... ähm ... spielt heute Nachmittag Golf.«

»Natürlich tut er das«, sagte Rosemary, bevor sie sich zurückhalten konnte.

»Wie bitte?«

»Ich meine nur, ist das nicht das, was man erwartet, das Anwälte sonntags tun? Wenn ich es mir recht überlege, warum haben Sie überhaupt geöffnet?«

Die Frau runzelte die Stirn, und sie murmelte: »Wir haben immer geöffnet. Das ist Teil des Problems an diesem Ort.«

»Okay. Wir werden dann mal gehen.«

»Nachricht?«, fragte die Empfangsdame.

»Was?«

»Welche Nachricht soll ich für Perseus hinterlassen?«

»Oh ... äh ...« Sie sah Athena an, die ihr aufmunternd zunickte. »Sagen Sie ihm einfach, dass Rosemary Thorn ihn wegen einiger Dinge befragen wollte.«

»Sehr gut«, sagte die Frau und ging zurück zu ihren Berechnungen, ohne die Nachricht aufzuschreiben.

KAPITEL

SIEBEN

Athena folgte ihrer Mutter aus dem Büro des Anwalts. Der Himmel über ihr war bedeckt, und die Luft war leicht schwül, was ihr das Gefühl gab, dass die Wolken das Land in eine kuschelige Decke hüllten. Es war die Art von Beobachtung, die sie selten mit ihrer Mutter teilte, zum Teil, weil sie nicht wollte, dass Rosemary sich zu noch ungewöhnlicheren Gedanken hinreißen ließ als sonst, aber vor allem, weil sie den Anschein von Ernsthaftigkeit wahren wollte, der ihr Respekt einflößte.

Rosemary war die Alberne. Athena war die Logische.

Dies war Teil des Spiels, das Athena in ihrem Kopf spielte und das ihr das Gefühl gab, etwas mehr Kontrolle über ein Leben zu haben, das oft unkontrollierbar war. Athena wusste, dass es nur zum Teil die Schuld ihrer Mutter war. Rosemary hatte es zumindest versucht. Ihr Vater hingegen war ein totaler Chaot, und Athena hatte sich geschworen, sich von ihm und seinesgleichen fernzuhalten.

Das erklärte auch, warum sie sich nie besonders für Jungs interessiert hatte. Aber als sie das Büro des Anwalts verließen und sich auf den Marktplatz begaben, konnte Athena nicht umhin, *ihn* zu bemerken. Sein dunkles Haar fiel ihm ins Gesicht, während er unter einem kahlen, blattlosen Baum saß und in einem ziemlich dicken, gebundenen Buch las.

Das Bild von ihm, wie er dort saß, hatte etwas unersättlich Romantisches an sich. Er war so in sein Buch vertieft, dass Athena das Gefühl

76

hatte, er würde sie vielleicht gar nicht bemerken. Der Gedanke verursachte einen unerwarteten Schmerz in ihrer Brust.

Wie als Antwort auf ihr Gefühl blickte er auf und seine blassen, blaugrauen Augen trafen die ihren.

Es war definitiv ein Augenblick von ... *etwas.*

Athena hatte keine Worte, um es zu benennen, aber der Junge sah sie an, als würde er sie sehen... alles an ihr. Sie hatte fast das Gefühl, dass er durch ihren Verstand hindurch in ihre Erinnerungen eindringen und alles offen vor sich sehen konnte ... *aber das ist natürlich unmöglich*, sagte sie sich.

Sie merkte, dass sie ihn anstarrte und errötete. Dann riss sie ihren Blick schnell von ihm los und beeilte sich, Rosemary einzuholen.

Irgendetwas in ihrem Kopf flüsterte ihr zu: *Ich sehe dich ...*

Als Athena wegging, warf sie einen Blick zurück in die Richtung des Jungen, aber er war verschwunden.

KAPITEL

ACHT

Athena folgte Rosemary auf ihrem Weg zum Marktplatz und war so sehr mit ihren Gedanken beschäftigt, dass sie direkt in jemanden hineinlief.

»Entschuldigung«, sagte Rosemary und wich einen Schritt zurück.

»Wofür entschuldigen Sie sich?«, fragte der Mann. Rosemary erkannte ihn als Ferg, den seltsamen Kerl, der ihnen am Vortag den Weg gezeigt hatte. Nur trug er jetzt eine blaue Mütze und einen dazu passenden blauen Pullover, der über seine Schultern fiel, und nicht mehr das braune Ensemble von gestern.

»Tut mir leid, dass ich Sie angerempelt habe«, sagte Rosemary.

»So sieht man sich wieder, Rose Thorn.«

»Rosemary«, korrigierte sie.

»Wenn Sie darauf bestehen«, sagte er. »Nächstes Mal sollten Sie aufpassen, wo Sie hingehen, wissen Sie.« Er brachte diese Bemerkung nicht als Ermahnung, sondern beiläufig an, als wäre es eine unbedeutende Tatsache.

»Das habe ich vor«, versicherte Rosemary ihm.

»Nun gut. Während Sie hier sind, können Sie, die Thorn-Frauen, mir bei etwas helfen.«

»Äh … können wir das?«, fragte Rosemary und sah ihre Tochter an, die seit ihrem Besuch auf dem Polizeirevier seltsam ruhig war. Athena zuckte nur mit den Schultern.

»Ja. Bei den Festvorbereitungen für Imbolc«, sagte Ferg in seinem etwas hölzernen Ton.

»Imbolc?«

»Ja. Imbolc ist das Fest des ersten Lichtes. Es markiert das Ende des Winters und die ersten Anzeichen des Frühlings. Deshalb haben wir auch die Blumen. Wir müssen die Göttin Brigid ehren.«

»Sie sprechen von den ersten Anzeichen des Frühlings«, sagte Athena, »aber es sieht so aus, als ob die Saison bereits in vollem Gange ist, mit all diesen Blüten und Narzissen überall.«

»Wenn wir die Götter und Göttinnen ehren, erweisen sie uns im Gegenzug ihre Gunst«, sagte Ferg.

Rosemary und Athena sahen sich verwirrt an, als ob sie herausfinden wollten, ob Ferg das ernst meinte oder nur metaphorisch sprach.

»Was genau sollen wir denn tun?«, fragte Rosemary.

Ferg hob seinen Arm und offenbarte, dass er Dutzende von pastellfarbenen Bändern in der Hand hielt. »Binden Sie diese an die Bäume rund um den Stadtkreis.«

»Sie meinen den Stadtplatz.«

»Nein, den Kreis – den Kreis der Bäume und die große runde Rasenfläche innerhalb des Platzes.«

Rosemary schaute über den Platz und sah, dass ein großer Kreis von Bäumen auf dem Platz verteilt war.

»Oh … na ja.« Sie sah Athena an.

»Wir würden gerne helfen«, sagte Athena.

Rosemary starrte sie schockiert an. Das war nicht die Reaktion, die sie von ihrem Teenager erwartet hatte.

»Großartig!«, sagte Ferg. »Hier, bitte sehr.« Er reichte ihnen die Bänder, die er in der Hand hielt, sowie eine weitere Tüte mit Bändern. »Bindet sie einfach zu Schleifen. Es sollte nicht lange dauern.«

»Alle?«, fragte Rosemary und betrachtete die Tüte mit den Bändern. »Da müssen mindestens hundert drin sein.«

»Ja, alle. Sie können sie mit den Händen oder mit Ihrer Magie binden, wenn Sie es eilig haben, aber ich möchte keine überstürzte Arbeit sehen.«

»Meine Magie?«

»Das habe ich doch gesagt.«

»Ohh...kay.«

Ferg warf ihr einen seltsamen Blick zu. »Die ganze Stadt weiß es, wissen Sie.«

Es war etwas unheimlich, so etwas zu sagen, und Rosemary hatte das Bedürfnis, sich so weit wie möglich von diesem seltsamen Mann zu entfernen, aber er schien das, was er sagte, ganz sachlich zu meinen.

»Ich weiß nicht, wovon Sie reden«, sagte Rosemary. Aber vielleicht wusste sie es doch. In ihrem Kopf fügte sich langsam alles zusammen: der Brief von Oma, in dem sie behauptete, die Familie bestünde aus Hexen, aber dass sie ihre Kräfte vor Jahren hatte binden müssen, das Haus, das sich selbst reparierte, die Kiste auf Omas Schreibtisch, die wie ein Feuerwerk aufleuchtete. *Konnte das alles wirklich magisch sein?*

Ferg nickte leicht, als ob er Rosemarys Gedankengang verstanden hätte. Sie warf ihm einen komischen Blick zu und hoffte, dass er nicht wirklich ein Gedankenleser war, sonst müsste sie sich merken, dass sie sich so weit wie möglich von ihm fernhalten sollte.

»Also, wie läuft dieses Imbolc-Fest?«, fragte Athena und wechselte das Thema, als sie Rosemary einige der Bänder abnahm. »Wird die ganze Stadt da sein?«

»Natürlich«, sagte Ferg. »Aber was die Details angeht, müssen Sie sich gedulden und abwarten. Wir brauchen ein paar Überraschungen.«

»Solange es keine Menschenopfer oder Nackttänze gibt«, sagte Athena, und diesmal war es Rosemary, die *ihr* einen leichten Tritt versetzte.

»Das wäre höchst unpassend«, sagte Ferg. »Es ist kaum die richtige Jahreszeit dafür. Zu kalt. Und außerdem ist das nicht die moderne Art, Dinge zu tun«. Er schüttelte traurig den Kopf, als würde er den Verlust der Tradition beklagen. »Wenn wir heutzutage etwas in Ritualen verbrennen, dann sind es nur Kräuter und gelegentlich eine Holzfigur, die zu Samhain auf dem Herbstfeuer verbrannt wird.«

»Äh ... sehr gut«, sagte Athena, obwohl sie aussah, als wäre sie nicht mehr so scharf darauf, zu helfen.

»Fangt einfach im Osten an und bewegt euch in der Sonne um den Kreis herum«, sagte Ferg und schien nicht zu bemerken, dass er etwas Ungewöhnliches oder Befremdliches gesagt hatte.

Er ging weg und ließ sie mit den Bändern stehen.

»Wie sind wir hier gelandet?«, fragte Athena. »Dieser Ort ist noch merkwürdiger, als ich dachte.«

»Du warst diejenige, die sich mit Begeisterung freiwillig zum Helfen gemeldet hat.«

»Ja, aber das war, bevor ich von Fergs Nostalgie über die guten alten Zeiten der Menschenopfer erfuhr.«

»Das war ausgesprochen unangenehm«, stimmte Rosemary zu. »Aber fangen wir lieber an. Sonst kommt er zurück und wir müssen wieder mit ihm reden.«

Sie machten sich an die Arbeit und banden Bänder an die Bäume. Es machte mehr Spaß, als Rosemary erwartet hatte. Tatsächlich hatte sie das Gefühl, dass sie mit dieser einfachen Handlung auch einen Teil von sich selbst wieder zusammenfügen konnte, wenn auch eher unbeholfen und unüberlegt. Es war keine dauerhafte Lösung, eher wie ein alter Muskel, der zum ersten Mal seit Ewigkeiten wieder gedehnt wurde. Es war schon eine Weile her, dass sie etwas Ruhiges und relativ Alleinstehendes getan hatte. Sie und Athena teilten die Bänder auf und nahmen verschiedene Bäume, dann bewegten sie sich zwischen ihnen und versuchten, die seidigen Satinstreifen zu pastellfarbenen Schleifen zu formen. Gerade als sie ein zitronengelbes Band an eine silberne Birke band, klingelte ihr Telefon.

Rosemary war erstaunt über das Geräusch. Sie war sich absolut sicher gewesen, dass der Akku ihres Telefons zu diesem Zeitpunkt schon ziemlich leer sein würde, da sie es an diesem Morgen nur ein paar Minuten lang aufgeladen hatte.

»Hallo?«, antwortete sie mit vorsichtigem Tonfall.

»Frau Rosemary«, sagte eine vertraute Stimme.

»Herr Burk?«, fragte Rosemary.

»Bitte, nennen Sie mich Perseus. Wenn Sie wollen, dass ich Sie mit Vornamen anspreche, dann ist das nur angemessen.«

»Also gut, Perseus. Wie kann ich Ihnen helfen?«

»Ich habe mich tatsächlich gefragt, wie ich Ihnen helfen kann«, sagte er. »Sie waren in meinem Büro, erinnern Sie sich?«

»Oh ja«, erinnerte sich Rosemary. Sie hatte es irgendwie vergessen, obwohl es nur ungefähr fünfzehn Minuten zuvor gewesen sein musste. »Ich dachte, Sie wären mit Ihrem Golfspiel beschäftigt und würden mich nicht an einem Sonntag zurückrufen. Was hat es eigentlich mit Anwälten und Golf auf sich? Ist das eine Art Statussymbol oder macht es Ihnen tatsächlich Spaß? Es scheint ein bisschen langweilig zu sein – nichts für ungut. Werden alle Anwälte mit der Vorliebe für Golf geboren, oder ist es eine erlernte Sache?«, fragte sie sich laut und hielt sich dann die Hand vor den Mund, um nicht weiter zu reden.

»Ich bitte um Verzeihung, Rosemary. Ich rief an, um zu sehen, wie ich helfen kann, nicht, um mich leichtfertig beleidigen zu lassen.«

Sie konnte das Lächeln in seiner Stimme hören und musste lachen.

»Es tut mir leid, Perseus«, sagte sie. »Nächstes Mal werde ich Sie sicher etwas förmlicher beleidigen.«

»Ich weiß das zu schätzen«, sagte er. »Also, was brauchen Sie?«

»Sie lassen uns nicht aus der Stadt«, sagte Rosemary und erinnerte sich an das, was dem Besuch bei den Anwälten vorausgegangen war.

»Wer tut das nicht?«

»Die Polizei ... Wachtmeister Perkins sagte, wir dürften Myrtlewood nicht verlassen, bis die Ermittlungen gegen uns abgeschlossen sind. Die Sache ist die, dass wir in Burkenswood leben. Athena geht zur Schule. Ich habe so etwas wie Arbeit, auch wenn sie miserabel bezahlt wird. Ich brauche diesen schrecklichen Lohn, um die Miete zu bezahlen und nicht obdachlos zu sein.«

»Rosemary, Sie haben gerade ein ziemlich großes Haus und ein mittleres Vermögen geerbt.«

»Irgendwie schon«, sagte sie. »Aber wie Sie schon sagten, komme ich da noch nicht heran, und wir haben kein Geld bis ... na ja, wer weiß wann. Sie scheinen es nicht zu wissen. Jedenfalls ist es für Athena ungünstig, die Schule zu verpassen, und sie will nicht hier wohnen.«

»Will sie nicht?«

»Nein, nicht wirklich. Sie mag Burkenswood auch nicht besonders, aber Stratham gefällt ihr besser und sie möchte, wenn möglich, wieder dorthin zurückziehen.«

»Und was wollen Sie?«

»Es spielt im Moment kaum eine Rolle, was ich will, oder? Wir haben anscheinend keine andere Wahl. Wir können hier nicht weg und ... na ja ... können wir weg? Ist das überhaupt legal?«

»Ich werde mich für Sie darum kümmern«, sagte Perseus Burk.

»Allerdings fürchte ich, dass Sie, solange die Ermittlungen andauern, am besten in der Stadt bleiben und helfen ... ähm ... die Probleme zu lösen.«

»Was in aller Welt meinen Sie damit?«

»Die Dinge scheinen ziemlich kompliziert zu sein, und Sie haben vielleicht wichtige Informationen, um die Person – oder die Personen – zu finden, die Ihrer Großmutter etwas angetan haben«, sagte er und zögerte dann. »Und nicht nur das, ich habe gerade von einer weiteren unerwarteten Entwicklung erfahren.«

»Was für eine Entwicklung?«, fragte Rosemary mit wachsender Furcht.

»Ihre Cousine Elamina hat das Testament von Galderall Thorn rechtlich angefochten.«

»Sie machen Witze!«, sagte Rosemary. »Was sollte Elamina mit einem alten Haus wollen? Bargeld ist es sicher nicht. Sie ist stinkreich.«

»Sie hat kein bestimmtes Ziel genannt, nur dass sie glaubt, das neue Testament von Frau Thorn sei irgendwie kompromittiert.«

Rosemarys Gedanken rasten ... *kompromittiert? Will sie damit andeuten, dass ich versucht habe, Oma zu überreden, mir ihr gesamtes Vermögen zu geben?*

Der Gedanke an diese Anschuldigung machte Rosemary wütend. »Nun, sie kann an einem Fliegenpilz lutschen«, sagte sie. »Ich habe in all der Zeit nicht einmal mit Oma gesprochen, geschweige denn versucht, sie zu manipulieren. Elamina war diejenige, die sie regelmäßig besucht hat laut diesem Polizisten. Vielleicht war es einfach ihre Persönlichkeit, die Oma abtörnte.«

»Das könnte durchaus der Fall sein«, sagte Perseus Burk. »Allerdings bringt das gewisse ... Komplikationen für Sie mit sich.«

»Wie meinen Sie das?«

»Nun, angesichts des verdächtigen Charakters von Frau Thorns Tod ...«

»Oh nein – nein, das ist ja großartig! Vielleicht ist es das, worum es hier geht. Elamina versucht, mich zu verleumden!«

»Ich schlage vor, keine voreiligen Schlüsse zu ziehen«, sagte Burk. Rosemary hatte es versucht, aber sie konnte ihn nicht wirklich beim Vornamen ansprechen. Er war viel zu förmlich. »Ich will Sie nicht beunruhigen«, fuhr er fort. »Ich möchte Sie nur auf die Risiken aufmerksam machen. Die Polizei wird schließlich nach einem Motiv suchen. Eine juristische Anfechtung des Testaments wie diese wird ihren Verdacht wecken.«

»Sagen Sie mir doch bitte, wer davon profitieren würde, wenn ich wegen Mordes ins Gefängnis käme? Wer würde dann erben?«

»Ich nehme an, das Testament und der Nachlass müssten erneut vor einem Richter verhandelt werden«, sagte er. »Je nachdem, wie gut der Anwalt Ihrer Cousine ist, könnte Elamina als zweitälteste Enkelin durchaus das Anwesen erben. Oder es könnte verkauft werden, und das Geld würde wahrscheinlich zu gleichen Teilen unter den in Frage kommenden Familienmitgliedern aufgeteilt werden.«

»Das ist also das Motiv von Elamina!« krähte Rosemary. »Das werde ich diesem lächerlichen Wachtmeister auch sagen.«

»Ich verstehe, dass Sie verärgert sind, Rosemary«, sagte Burk.

»Verärgert? Nein. Ich bin wütend. Können Sie sich vorstellen, wie es ist, in so eine Situation zu geraten?«

»In der Tat, das kann ich«, sagte Burk ruhig. »Ich war vor einigen Jahren mit meiner eigenen Familie in einer ähnlichen Situation, und aus dieser Erfahrung heraus rate ich Ihnen, nicht mit Steinen zu werfen. Vermeiden Sie es, schwere Anschuldigungen zu erheben, solange Sie keine konkreten Beweise haben, und wenn Sie sich mit Ihren Bedenken an die Behörden wenden wollen, tun Sie es auf subtile Weise.«

»Das soll wohl ein Witz sein«, sagte Rosemary. »Es ist nichts Subtiles daran, wenn man mir den Mord an dem einzigen Familienmitglied anhängt, das ich – abgesehen von meiner Tochter – wirklich liebe!«

»Rosemary. Die Polizei hält sich gerne für clever. Sie wollen diejenigen sein, die die Dinge aufklären. Das ist der einzige Grund, warum ich Ihnen als Ihr Rechtsbeistand diesen Rat gebe. Es ist ein praktischer Rat. Wenn Sie die Behörden auf subtile Weise dazu bringen, die Sache 'selbst' zu regeln, werden sie die Dinge viel eher so sehen, wie Sie sie sehen wollen, als wenn Sie sie mit wütenden und falschen Anschuldigungen überfallen.«

Rosemary seufzte. »Ich nehme an, dass Sie Recht haben.«

»Nun gut. Gibt es sonst noch etwas, womit ich Ihnen helfen kann?«

»Nein«, sagte sie und fügte dann ein leicht mürrisches »Danke« hinzu.

»Wie gesagt, ich helfe Ihnen gerne. Wenn Sie einen juristischen Rat brauchen, rufen Sie mich bitte an. Golfratschläge sind allerdings nicht inbegriffen.«

Rosemary lachte und legte den Hörer auf.

»Was war das denn?«, fragte Athena von hinten.

Rosemary drehte sich um und bemerkte, dass ihre Tochter grinste.

»Was denn?«, fragte sie. »Ich wollte mich nur rechtlich beraten lassen.«

»Du hast geflirtet!«

»Ach, Unsinn. Du weißt doch, dass ich nicht weiß, wie man flirtet!«

»Nun ... du *hast* es schlecht gemacht.«

»Athena, das ist nicht der richtige Zeitpunkt, um mir noch mehr Dinge vorzuwerfen. Wir sind mitten in einer Mordermittlung.«

»Oh, diese alte Leier.«

»Ja. Diese alte, faulige, glitschige, schleimige Leier, die immer schlimmer wird.«

»Wovon redest du?«

»Elamina fechtet Omas Testament an, was es so aussehen lässt, als wären wir an etwas schuld.«

»Toll ... aber mit 'wir' meinst du doch 'du', oder? *Ich* habe niemanden ermordet.«

»Danke für die Unterstützung, Kleines«, zischte Rosemary. »Aber ich möchte dich daran erinnern, dass ich es *auch* nicht war! Und außerdem — sprich nicht so laut, wenn du solche verdächtigen Dinge sagst. Man weiß ja nie, wann dieser komische Polizist mit seinem Notizblock auftaucht und unsere dummen Witze gegen uns verwendet.«

»Tut mir leid«, sagte Athena und hob ihre Handflächen zur Kapitulation.

Sie sahen sich beide um, aber Wachtmeister Perkins war zum Glück nicht in Sicht.

»Wir können also nicht einfach die Stadt verlassen?«, fragte Athena.

»Offenbar ist es in unserem besten Interesse, hier zu bleiben«, sagte Rosemary. »Was auch immer das bedeutet.«

»Ich nehme an, es bedeutet genau das, wonach es klingt.«

Rosemary zuckte mit den Schultern.

»Also, was machen wir dann?«, fragte Athena. »Wir können nicht einfach hier in der Vorhölle bleiben und nichts tun.«

»Das ist es!«, sagte Rosemary aufgeregt.

»Was?«

»Wir werden diese verdammte Ermittlung selbst lösen!«

»Mama, man kann eine Ermittlung nicht 'lösen'. Man *führt* Ermittlungen durch, man *leitet* sie vielleicht. Man löst Probleme.«

»Du weißt, was ich meine. Wir werden das schon alles herausfinden.«

»Bist du dir da sicher?«, fragte Athena skeptisch.

»Ja«, sagte Rosemary und fühlte sich mehr und mehr entschlossen. »Wir müssen nur alle Beweise zusammentragen und die Muster und Motive und so weiter herausfinden. Das kann doch sicher nicht so schwer sein.«

»Äh, Mama, du hast zu viele Krimis im Fernsehen gesehen. Im wirklichen Leben ist so etwas wirklich schwer. Deshalb trainieren die Leute dafür – professionell!«

»Willst du damit sagen, dass du nicht glaubst, dass wir es besser machen können als der alte Perkins da drüben?«, sagte Rosemary und deutete auf das Polizeirevier.

»Da könntest du allerdings Recht haben«, sagte Athena. »Also, wie gehen wir dabei vor?«

»Wir reden mit den Leuten, stellen Fragen, nicht wie bei einem Verhör, sondern so, als ob wir freundliche Menschen wären.«

»Ich bin nicht freundlich, und ich bin keine gute Schauspielerin«, sagte Athena.

»Oh doch, das bist du – beides – wenn du es willst. Wir werden gemeinsam Informationen sammeln, und wenn wir es herausgefunden haben, werden wir Wachtmeister Perkins subtile Hinweise geben, so wie es Perseus vorgeschlagen hat.«

»Perseus?«, sagte Athena und zog die Augenbrauen hoch. »Du nennst den Anwalt beim Vornamen?«

»Lange Geschichte«, sagte Rosemary. »Obwohl ich ihn immer noch Burk nennen möchte. Er ist ein bisschen spießig. Und schau mich nicht so an. Das wird nicht passieren.«

»Also, was genau hat *Perseus* gesagt? Warum lassen wir subtile Andeutungen fallen, anstatt direkt zur Sache zu kommen?«

»Weil Polizisten große Egos haben«, improvisierte Rosemary. »Und sie wollen alles selbst herausfinden. Wenn du ihnen etwas direkt sagst, nehmen sie an, dass du dich irrst, weil sie denken, dass sie schlauer sind als du. Also muss man die Dinge von der Seite angehen und sie ohne ihr Wissen führen, damit sie denken, dass sie die Klugen sind, die alles herausgefunden haben.«

»Das ist eine viel zu komplizierte Art, es auszudrücken«, sagte Athena. »Aber ich glaube, Perseus ist da an etwas dran.«

KAPITEL

NEUN

S ie wurden mit dem Anbinden der Bänder fertig und machten einen kurzen Halt im Lebensmittelgeschäft, denn Athena hatte Rosemary davon überzeugt, dass sie dringend Snacks brauchten.

»Wir haben zu Hause noch Essen«, sagte Rosemary. »Es wäre besser, wenn wir kein Geld verschwenden würden.«

»Neunundneunzig Pence für Jaffa Cakes werden wohl kaum die Bank sprengen«, sagte Athena. Sie wählte gerade eine zweite Packung aus, sehr zu Rosemarys Missfallen, als eine Stimme sie aufschreckte.

»Rosey?«

Sie drehte sich um und blickte direkt in ein Paar blaugrüner Augen, an die sie sich noch von früher erinnerte.

»Liam?«

»Natürlich«, sagte er und strich sich das helle, sandfarbene Haar aus den Augen. Rosemary erinnerte sich daran, dass er immer ein Problem damit zu haben schien, sich rechtzeitig die Haare schneiden zu lassen, aber der Look stand ihm auch gut. Liam war ein schlaksiger Jugendlicher gewesen, aber er hatte so viel zugelegt, dass er auf eine etwas raue Art fast peinlich attraktiv war, als gehöre er in ein Fotoshooting für ein Männermagazin über das Leben in einer Blockhütte. Rosemary betrachtete die Stoppeln, die sein Kinn bedeckten, und die definierten Muskeln, die sogar durch sein Hemd hindurch zu sehen waren.

Sie schwelgte in alten Erinnerungen – an den ersten Winterkarneval in Myrtlewood, wo Liam und sie sich von der Menge weggeschlichen hatten, um sich süß und unschuldig unter dem Mistelzweig zu küssen, als sie erst vierzehn waren. Der Sommer, den sie zusammen verbracht hatten, nachdem sie sich ein Jahr lang durch Briefe kennengelernt hatten. Es war das reinste Glück gewesen – unten am Fluss spazieren zu gehen, Händchen haltend in jubelnder Teenagerschwärmerei. Der Herbst, in dem Rosemary gemerkt hatte, dass es nie funktionieren würde – ihr Herz schmerzte von der großen Entfernung, und ihre Briefe waren immer seltener geworden. Außerdem hatte ein anderer junger Mann ihr Interesse geweckt. Sie hatte Liam angerufen, um ihm mitzuteilen, dass es aus war, und an seiner Stimme gehört, wie er am anderen Ende des Telefons in Tränen ausbrach.

Der andere junge Mann hatte sich als sehr, sehr schlecht für sie erwiesen, und sie fragte sich immer, was wohl passiert wäre, wenn sie bei dem süßen und bodenständigen Liam geblieben wäre.

»Du lebst immer noch in Myrtlewood«, sagte Rosemary und errötete leicht.

»Ja, natürlich. Für mich ist das der beste Ort zum Leben und du?«

»Oh ...« sagte Rosemary. »Nun ...«

»Wir sind im Moment hier«, fügte Athena hinzu und versuchte, ihrer Mutter zu helfen, die richtigen Worte zu finden, ohne gleich mit der ganzen Mordermittlungssache anzufangen.

»Du bist sicher ...?«, sagte er und sah Athena an.

»Das ist meine Tochter, Athena.«

»Ach du meine Güte«, sagte Liam. »Ich habe gehört, dass du eine Tochter hast, Rosey, aber ich wusste nicht, dass die Zeit ...«

»Sie vergeht wirklich schnell, nicht wahr? Vor allem, wenn man nicht zur Gruppe der Eltern gehört.«

»Mama!«

»Wie auch immer, wie Athena schon sagte, wir sind für den Moment hier.«

»Natürlich«, sagte Liam. »Deine Großmutter. Es tat mir so leid, das zu hören.«

Er sah auf den Boden, als wüsste er nicht weiter.

»Ja«, sagte Rosemary und versuchte, nicht mit der ganzen Geschichte anzufangen, doch dann wurde ihr klar, dass Liam als Einheimischer vielleicht hilfreiche Informationen hatte. »Eigentlich würde ich gerne wissen, was du über die Situation gehört hast. Wir haben ein paar … widersprüchliche Nachrichten erhalten.«

»Von Frau Thorn?«

»Nein. Wie sollte Oma uns Nachrichten schicken?«, fragte Rosemary und erinnerte sich dann an die Schachtel und den Zettel und das seltsam lächelnde Gemälde. »Schon gut. Ich habe mehr daran gedacht, was die Leute in der Stadt sagen. Wer könnte deiner Meinung nach eine Rolle gespielt haben bei ihrem … na ja, du weißt schon.«

»Ich bin kein Freund von Klatsch und Tratsch, aber dies ist eine kleine Stadt und die Leute reden«, sagte Liam. »Ich weiß nur, dass sie oben im Haus gefunden wurde. Ich habe gehört, dass es Tierfußabdrücke verschiedener Art gab – es könnten Vögel und Hunde gewesen sein.«

»Oh«, sagte Rosemary und spürte, wie sie blass wurde. »Damit habe ich nicht gerechnet.«

»Tut mir leid, Rosey«, sagte Liam. »Ich wollte nicht …«

»Nein, ist schon gut«, sagte sie, obwohl sie sich nicht besonders gut fühlte. »Wie auch immer, wir gehen jetzt besser.«

»Schau mal – hier ist meine Karte«, sagte Liam und reichte ihr ein kleines gelbes Quadrat mit der Aufschrift »Haversham Books« auf der Vorderseite.

»Deine … Karte?«

»Ja – ich betreibe den Buchladen auf der anderen Seite der Straße. Du kannst jederzeit vorbeikommen, wenn du plaudern willst oder … du weißt schon, mich anrufen, wenn du etwas brauchst.«

»Danke, Liam.«

Rosemary sah ihm nach, als er wegging, und wandte sich dann wieder Athena zu.

»Was war das alles?«, fragte Athena.

»Was?«

»Die ganze Schwärmerei, *Rosey*! All die Rehaugen!«

»Sei nicht albern. Er war eine Jugendliebe. Das ist alles.«

»Wirst du *ihn* anrufen?«

»Nicht auf diese Weise, Athena. Du weißt, dass ich mich nicht verabrede. Außerdem ist er wahrscheinlich verheiratet oder anderweitig gebunden.«

»Du kommst immer mit solchen Ausreden.«

»Athena!«

»Was?«

»Können wir bitte einfach bei der Sache bleiben? Wie zum Beispiel, oh, ich weiß nicht – einen Mord aufklären, damit wir nicht dafür verantwortlich gemacht werden?«

»Na schön, Spielverderberin«, sagte Athena und nahm zwei Tüten Chips aus dem Regal, um sie in den Korb zu legen. »Dann lass uns zurück ins Haus gehen. Wir können nicht ständig in der ganzen Stadt von Mord reden, sonst machen wir uns noch mehr verdächtig.«

Sie verließen den Lebensmittelladen und machten sich auf den Weg zurück zu Thorn Manor.

Das Haus sah immer noch prächtig und gut gepflegt aus. Rosemary war dankbar, dass es nicht wieder zu einem heruntergekommenen Scherbenhaufen verkommen war, auch wenn es ihr ein Rätsel blieb, wie sich das Haus überhaupt hatte reparieren können.

»Ich nehme an, wir müssen meinem Chef und deiner Schule Bescheid sagen, dass wir morgen nicht da sind«, sagte Rosemary.

»Ich denke schon«, antwortete Athena. »Es kommt mir immer noch so komisch vor. Ich will nicht unbedingt zur Schule gehen, aber es fühlt sich an, als wären wir hier gefangen, und das gefällt mir nicht.«

»Ich weiß, Liebes«, sagte Rosemary. »Es ist eine ungewöhnliche Situation, aber ich glaube, wir sind der Aufgabe gewachsen. Lass uns dieses Rätsel lösen und unsere Freiheit zurückgewinnen.«

»Was schlägst du vor, wie wir anfangen sollen?«

»Mit einer Tasse Tee?« schlug Rosemary vor. »Ja, das ist immer der beste Anfang: eine Tasse Tee, und wir können uns über die Dinge unterhalten, die wir bisher gelernt haben.«

Sie gingen hinein, und Rosemary setzte den Kessel auf und bereitete die Teekanne vor. Als der Tee aufgebrüht war, setzten sie sich auf die Fensterbank und überlegten, welche Verdächtigen in Frage kommen könnten.

»Wer würde von dieser Situation profitieren?«, fragte Athena. »Abgesehen von uns, meine ich.«

»Nun, da ist natürlich Elamina«, sagte Rosemary. »Sie hat sicher etwas vor – für wen hält sie sich, dass sie das Testament anfechten will? Ich wette, es ist alles ihre Schuld. Sie und ihr Bruder Derse und ihre hochnäsigen Eltern, Tante Cecilia und Onkel Cyril. Der Wachtmeister sagte, dass jemand aus der Familie Oma regelmäßig besucht hat. Ich wette, sie war es, die versucht hat, Oma zu zermürben.«

»Ich dachte, du hättest gesagt, dass sie kein Geld braucht. Diese Seite der Familie ist reich.«

»Vielleicht haben sie schlecht investiert, sind in Geldnöte geraten, oder vielleicht wollen sie etwas anderes. Sie waren immer so wettbewerbsorientiert. Ich wette, sie können es einfach nicht ertragen, etwas zu verlieren. Einschließlich des alten Familienanwesens.«

»Wir werden sie als *mögliche* Verdächtige eintragen, okay?«, sagte Athena und schrieb in ihr Notizbuch. »Aber lege dich nicht zu sehr darauf fest, dass sie es sind. Auf diese Weise verpassen sie im Fernsehen immer den wahren Mörder. Es ist ein Ablenkungsmanöver oder so. So gerät man auf eine falsche Fährte.«

Rosemary zuckte mit den Schultern. »Gut, wer ist noch da?«

»Was ist mit den Leuten, die das Haus haben wollen? Da war doch diese seltsame Immobilienmaklerin.«

»Ach, erinnere mich nicht daran«, sagte Rosemary schaudernd. »Allein bei ihrer Erwähnung kribbeln meine Hände.«

»Sei nicht so hypochondrisch«, sagte Athena. »Es ist unmöglich, dass du tatsächlich allergisch gegen Immobilienmakler bist.«

»Du glaubst deiner eigenen Mutter nicht!«

»Würdest du das, wenn Oma so etwas sagen würde?«

»Wahrscheinlich nicht«, räumte Rosemary ein. »Okay, schreib sie auf. Schau ...« Sie nahm die rosa Karte vom Couchtisch. »Hier ist sie: Despina Crepe.«

»Es könnte natürlich sie sein oder jemand anderes, für den sie arbeitet«, schlug Athena vor.

»Oooh ... wie eine Doppelagentin«, sagte Rosemary.

»Nein, Mama. Eine Einzelagentin. Das ist buchstäblich ihr Job.«

»Ich schätze, du hast recht. Vielleicht können wir ihr mehr Fragen stellen, um etwas über die potenziellen Käufer herauszufinden, die sie im Sinn hat, und so tun, als wären wir an einem Verkauf interessiert, damit sie uns mehr Informationen gibt.«

»Gute Idee«, sagte Athena. »Und wir können auch mehr über deine Cousins herausfinden. Wir könnten ihnen sogar direkt Fragen stellen.«

»Oh, ja. Das wird gut gehen«, sagte Rosemary. »Hey Elamina, wie geht es dir? Es ist schon so lange her. Hast du deine Haare verändert?

Es sieht gut aus. Ach, und übrigens, hast du zufällig Oma umgebracht?«

»Nein, Mutter. Nicht auf diese Weise. Nur ein normales Gespräch, bei dem wir herausfinden können, ob sie irgendwie angespannt oder nervös sind.«

»Wir führen keine normalen Gespräche«, sagte Rosemary. »Ein normales Gespräch in unserer Familie besteht darin, dass wir getrennt voneinander, in unseren getrennten Wohnungen, übereinander reden. Ich bin mir sicher, dass sie im Moment ein ganz normales Gespräch darüber führen, wie hoffnungslos ich bin.«

Athena seufzte.

»Okay, okay«, räumte Rosemary ein. »Wir können es in Erwägung ziehen.«

»Wer ist noch da?«, fragte Athena. »Hat noch jemand Interesse an dem Haus gezeigt?«

»Nun, Marjie interessiert sich für alles«, sagte Rosemary.

»Komm schon, Mama. Sie kann unmöglich eine Mörderin sein.«

»Es sind immer diejenigen, die sie am wenigsten verdächtigen«, sagte Rosemary.

»Das ist im Fernsehen so, nicht in der Wirklichkeit«, sagte Athena. »Aber sie hat dir doch diesen 'Zauber' oder was auch immer verabreicht. Was, wenn sie Oma auch etwas verabreicht hat?«

»Warum? Warum sollte ihre beste Freundin das tun?«

»Du hast recht. Das ist zu unheimlich«, sagte Athena. »Außerdem ist Marjie nicht der mörderische Typ.«

»Woher willst du das wissen?«

»Ich bin eine gute Menschenkennerin, denk dran. Und wer hat sich sonst noch für das Haus interessiert?«

»Da war Burk«, sagte Rosemary.

»Du meinst deinen Anwaltsfreund, *Perseus*? Er will das Haus auch haben, oder? *Interessant.*« Athena sagte es mit *dieser Stimme,* und Rosemary warf ihr einen bösen Blick zu.

»Als wir uns das erste Mal trafen, war er sehr daran interessiert, dass ich es verkaufe, das ist alles. Es kam mir seltsam vor, da ich es zu diesem Zeitpunkt noch nicht einmal gesehen hatte.«

»Ich schreibe ihn auf, aber jetzt kannst du dich nicht mehr mit ihm verabreden.«

»Seit wann verabrede ich mich denn mit jemandem?«, fragte Rosemary. »Und warum nicht?«

»Es wäre ein Interessenkonflikt«, beharrte Athena. »Oh, eigentlich … solltest du mit ihm ausgehen!«

»So konsequent.«

»Nein, im Ernst. Das würde dir einen Grund geben, ihn kennenzulernen und Fragen zu stellen.«

»Zum Beispiel, bitte reich mir das Salz, und übrigens, hast du in letzter Zeit irgendwelche Gelegenheitsmorde begangen?«

»Auf eine unverdächtige Weise«, sagte Athena. »Du weißt schon, frag ihn, wie lange er schon hier ist und warum er sich für das Haus interessiert.«

»Es ist wirklich ein interessantes Haus«, sagte Rosemary und sah sich das glänzende Holz an. »Gestern, das muss ich zugeben, hatte ich noch Angst davor, aber jetzt fühlt es sich einfach so …«

»Gemütlich an?«, schlug Athena vor und sah sich in dem Raum um, um all die Deckchen und Ornamente zu betrachten.

»Ja, und einladend. Als ob es hier wäre, um sich um uns zu kümmern.«

»Nun, ich hoffe, das ist der Fall, denn ein Mörder läuft frei herum. Welche anderen Verdächtigen haben wir?«, fragte Athena.

»Mir fällt noch keiner ein, aber vielleicht kommen noch mehr dazu, wenn wir mit anderen Leuten in der Stadt gesprochen haben. Hey! Warum suchen wir uns nicht ein großes Stück Papier, damit wir alle Namen und Verbindungen aufschreiben können, wie auf einer dieser Polizei-Whiteboards im Fernsehen.«

Rosemary stand auf und sah sich nach etwas Brauchbarem um. Natürlich war Omas Bibliothek der naheliegendste Ort, um nach Papier zu suchen, aber sie hatte diesen Raum seit dem Vorfall mit dem Lichtkästchen gemieden.

Sie spähte um die Tür herum, aber alles schien ganz gewöhnlich zu sein. Selbst das Kästchen auf dem Schreibtisch schien unschuldig und aus Holz zu sein. Sie stieß die Tür weiter auf, trat vorsichtig in den Raum und machte einen großen Bogen um das Kästchen, als sie vorbeiging.

Die Bibliothek war gut mit Schreibwaren bestückt. Es dauerte nicht lange, bis Rosemary einen großen Bogen Papier in einem der Regale hinter dem Schreibtisch fand. Sie drehte sich um und wollte es gleich zu

Athena bringen, aber das Kästchen fiel ihr wieder ins Auge. Rosemary war neugierig, was sich darin befand und was in der Nacht zuvor geschehen sein könnte, um eine solche Reaktion auszulösen.

Wie gefährlich konnte es schon sein? Ihre Neugierde übermannte sie. Sie legte das Papier auf den Schreibtisch und griff nach der Kiste. Als sie sie berührte, ertönte ein Glockenspiel.

Rosemary starrte die Schachtel an. Sie konnte ein leichtes Glühen darin wahrnehmen, das einen Moment zuvor noch nicht da gewesen war.

Ein Teil von ihr wollte so schnell wie möglich wegrennen, aber der andere Teil fragte sich, ob dies eine Art Nachricht von Oma war.

Sie erinnerte sich an den Zettel, der ihr von den angeblichen magischen Kräften der Familie erzählt hatte, und an das Gemälde, das sie anzulächeln schien, und an das Licht aus der Kiste, das das alte Haus irgendwie reparierte und reinigte.

Wenn es sich wirklich um Magie handelt und sie irgendwie ein Haus reinigt, wie kann das etwas Schlechtes sein?

Sie überlegte, ob sie nach Athena rufen sollte, aber dann wollte sie sie nicht erschrecken.

»Oma?«, flüsterte sie. »Bist du das?«

Das Innere des Kästchens schien heller zu leuchten.

»Oma?«

Rosemary streckte ihre Hand wieder nach dem Kästchen aus. Als ihre Hand das Kästchen berührte, breitete sich das Leuchten von ihren Fingerspitzen aus und wanderte ihren Arm hinauf.

Sie wollte überrascht zurückzucken, aber das Licht war warm und angenehm und beruhigend und erinnerte Rosemary daran, wie Oma sie als kleines Kind in den Schlaf gesungen hatte. Anstatt sich zurückzuziehen, beugte sich Rosemary weiter vor. Das Licht durchflutete ihren ganzen Körper. Diesmal befand sich etwas anderes in dem Kästchen. Ihr Zeigefinger berührte die kühle, harte Oberfläche.

Rosemary griff nach dem Gegenstand und hob ihn vom hellen Licht weg, um festzustellen, dass sie einen Quarzkristall in der Hand hielt.

Er leuchtete hell in ihrer Hand, und der Raum um sie herum wurde schwarz.

Sie stand in einer Leere.

»Athena?«, rief sie. Ihre Stimme hallte in dem leeren Raum um sie herum wider. Rosemarys Herz raste. *Was ist gerade passiert? Wo bin ich hier?*

Zaghaft ging sie in die Dunkelheit. Der Kristall glühte wie eine Laterne in ihrer Hand und strahlte Licht aus, das von der Dunkelheit verschluckt wurde, ohne irgendetwas um sie herum zu erleuchten.

Alles schien wie ein Nichts, eine große schwarze Leere. Wenigstens der Boden unter ihr war fest, aber genauso pechschwarz wie alles andere.

»Hallo?«, rief sie, und dann packte sie die Angst. Wenn da draußen etwas Gefährliches auf sie wartete, dann machte sie es gerade auf ihre Anwesenheit aufmerksam. Als ob das Licht nicht schon genug wäre.

Sie nahm den Kristall in die Hand und versuchte, sein Glühen zu dämpfen. Doch er leuchtete hartnäckig zwischen ihren geballten Fingern weiter.

Eine weitere Lichtquelle flackerte in der Nähe. Es gab eine hektische Bewegung, und Rosemary erstarrte, aber auch das, was sie ansah, erstarrte. Als sich ihre Augen an die neue Lichtquelle gewöhnten, erkannte sie, dass es sich um eine Art Spiegel handelte – ein Spiegelbild von ihr. Es atmete wie sie und drehte seinen Kopf im Takt mit ihr, aber diese Frau war wild und selbstbewusst, gekleidet in aufwändige düstere Spitze und mit wunderschönen Tätowierungen botanischer Pflanzen auf ihren Armen.

Rosemary starrte die Frau im Spiegel an, die gleichzeitig sie selbst und nicht sie selbst war. Die Frau starrte zurück, so stark und selbstbewusst. Rosemary spürte ein tiefes Ziehen, als ob die Frau, die sie anstarrte, der lang vermisste Teil von ihr war, den sie gesucht hatte und der im Glas gefangen war, oder vielleicht ein zukünftiges Ich, das darauf wartete, sich wie eine wilde Blüte zu entfalten. Ein weiteres Licht flackerte vor ihr auf, und das Spiegelbild löste sich wie Rauch auf. Rosemary schritt auf das hellere Licht zu. Es wirkte einladend und sicher und zog sie an.

Vor ihr stand eine andere Frau auf einer steinernen Plattform, gebeugt und schlank, in hellgrauen Gewändern. Sie hatte langes weißes Haar, das halb geflochten war und ihr über den Rücken fiel. Sie hielt eine große Schale aus Stein in der Hand. Ihr Lächeln war echt, warm und irgendwie vertraut.

»Wer sind Sie?«, fragte Rosemary. »Kenne ich Sie?«

»Natürlich, meine Liebe«, sagte die Frau. »Du bist von meinem Geschlecht und mir ähnlich. Mein Blut fließt durch dich, so wie es durch Generationen vor dir geflossen ist.«

»Du bist ... meine Vorfahrin?«

»Ich bin deine Älteste«, sagte die Frau und nickte. »Und es ist an der Zeit, dass du dich wieder mit deinem Lebensblut verbindest.«

»Was meinst du damit?«, fragte Rosemary.

»Hier«, sagte die Frau. »Trink davon, um deine Verbindung mit der Familienlinie wiederherzustellen.«

Die Frau nahm einen silbernen Kelch und schöpfte aus der Steinschale, die sie in der Hand hielt. Eine schimmernde Flüssigkeit, wie Quecksilber, tropfte von den Seiten und Rosemary fragte sich, ob dies ein Trick war, ein Feind, der versuchte, sie zu vergiften ... aber das Lächeln der Frau war so freundlich und, wirklich, welche Wahl hatte Rosemary denn? Sie hatte keine Ahnung, wo sie war oder wie sie zurückkommen sollte.

Rosemary griff nach dem Kelch und nahm ihn in beide Hände. Sie betrachtete die Flüssigkeit, die sich zu bewegen schien, als hätte sie ein Eigenleben. Sie hob ihn an ihre Lippen und nahm einen großen Schluck, dann schloss sie die Augen, um den komplexen Geschmack zu genießen.

Es schmeckte nach Rost und Honig, nach kühlen Sommernächten, nach frisch geschnittenem Gras und Holunderwein. Er schmeckte nach Omas Hackfleischpasteten, nach Sonntagmorgenschläfchen, nach langen Nächten am Strand und danach, sich in jugendlicher Verliebtheit auf einer Decke unter dem Sternenhimmel zu räkeln. Sie schmeckte nach Geheimnissen und Samt und danach, aus dem kalten Regen zu kommen, um heißen Glühwein zu trinken. Es war bitter und sauer und süß und ein bisschen salzig. Es war köstlich und auch etwas schmerzhaft zu trinken, und doch wollte Rosemary mehr.

Rosemary öffnete ihre Augen und stellte fest, dass die Frau verschwunden war. Sie befand sich wieder in der Dunkelheit. Sie rief nach ihr, aber niemand antwortete. Sie spürte ein deutliches Unbehagen ... eine schleichende Angst, und dann ...

»Mama!«

Athena rüttelte sie wach, und Rosemary öffnete ihre Augen im blendenden Tageslicht der Bibliothek.

»Ich war nicht bereit«, sagte Rosemary.

»Was?«, fragte Athena. »Du bist eingeschlafen.«

»Nein. Ich war... ich war woanders, und ich habe einen Trank getrunken, und dann war es dunkel und ungemütlich, aber ... ich habe das Gefühl, dass etwas anderes hätte passieren sollen.«

»Wovon redest du?«

»Ach, schon gut«, sagte Rosemary und erhob sich vom Boden. »Ich erkläre es dir später.«

»Hast du wenigstens das Papier gefunden?«

»Oh ... oh ja, Papier«, sagte Rosemary und griff nach dem Schreibtisch. Gerade als sie das tat, zuckte das Papier und flog ihr direkt in die Hand.

»Hast du das gerade gesehen?«, fragte Rosemary. Sie drehte sich um und sah, wie Athenas Kinnlade herunterfiel. »Das war seltsam. Lass uns von hier verschwinden.«

»Nein«, sagte Athena. »Versuch es noch einmal.«

»Warum?«, fragte Rosemary. »Es war schon beim ersten Mal seltsam genug.«

»Versuch es einfach«, sagte Athena. »Ich will sehen, ob du das Papier tatsächlich mit deinen Gedanken bewegen kannst oder ob es nur ein Windstoß war.«

»Genau. Es weht ein Sturm hier drin«, sagte Rosemary in den vollkommen stillen Raum hinein.

»Oder statische Elektrizität. Ich weiß es nicht. Versuch es einfach.«

Rosemary streckte ihre Hand nach dem Papierstapel auf dem untersten Regal aus und stellte sich vor, dass er zu ihr kam. Alles blieb still und gewöhnlich.

»Was hast du beim letzten Mal gesagt?«, fragte Athena.

»Ähm, Papier?«

Noch immer rührte sich nichts von dem Regal.

»Versuch es noch einmal, aber gebieterischer«, sagte Athena.

»Papier!« rief Rosemary. Der Papierstapel blieb vollkommen still, und Rosemary war trotz ihrer anfänglichen Zurückhaltung seltsam enttäuscht. »Vielleicht funktioniert es nur manchmal«, sagte sie.

»Was funktioniert manchmal?«, fragte Athena.

»Meine Magie«, sagte Rosemary. »Die Älteste hat sie wiederhergestellt. Zumindest glaube ich, dass es so war. Sie gab mir eine Art silbernen Trank aus einem Kelch zu trinken, der schmeckte wie ... nun, wie alles Gute mit einem Hauch von Traurigkeit.«

»Hast du dir den Kopf gestoßen, oder so?«

»Nein, ich meine es ernst«, sagte Rosemary. »Du hast es mit deinen eigenen Augen gesehen. Das Papier hat sich bewegt. Es kam zu mir.«

»Ich habe etwas gesehen, aber ich bin nicht überzeugt, dass es Magie ist.«

»Und das Haus!«, sagte Rosemary. »Du hast gesehen, wie das Haus sich selbst repariert hat.«

Athena schüttelte den Kopf, als wolle sie Spinnweben abschütteln. »Komm schon«, sagte sie. »Ich glaube, wir brauchen noch eine Tasse Tee.«

»Im Ernst«, sagte Rosemary und folgte ihrer Tochter in die Küche. Sie griff in ihre Tasche und holte den Zettel von Oma heraus. »Erinnerst du dich daran?«

»Du dachtest, sie sei verrückt und senil, weißt du noch?«

»Ja, das dachte ich anfangs ... aber nicht nach allem, was passiert ist.«

»Du glaubst wirklich, dass es Magie ist?«, fragte Athena, »dass du magisch bist?«

»Unsere Familie ist es. Das hat Oma in diesem Brief geschrieben, aber irgendwie haben wir sie verloren. Es gab eine große Gefahr und Oma hat die Kräfte der Familie gebunden. Deshalb haben wir es nie erfahren, und deshalb habe ich auch aufgehört, so viel Zeit in Myrtlewood zu verbringen. Oma sagt hier, dass das alles Teil des Zaubers war.«

»Praktisch, dass sie dich im Grunde dafür entschuldigt, dass du sie vernachlässigt hast«, sagte Athena.

»Autsch. Das war hart.«

»Du hast dich schuldig gefühlt, und jetzt hast du plötzlich einen Grund für dein Handeln.«

»Ich versuche nicht, es als Entschuldigung zu benutzen«, sagte Rosemary.

Athena hatte inzwischen den Wasserkocher mit Wasser gefüllt. Sie versuchte, ihn zu erhitzen, aber der Schalter leuchtete nicht auf. »Er funktioniert nicht. Vielleicht ist es wieder ein Stromausfall. Verflixt. Dann müssen wir wieder den Holzofen benutzen.« Stattdessen begann sie, den altmodischen Kessel zu füllen.

»Oder wir könnten den Gasherd benutzen«, schlug Rosemary vor und deutete auf den glänzenden Edelstahlofen mit den Gaskochfeldern obendrauf. »Wir müssen ihn nur mit Streichhölzern anzünden. Das geht viel schneller als das Anzünden des Holzofens.«

»Warum haben wir das dann nicht gleich bei unserer Ankunft gemacht?«

»Ich glaube, der Gasherd war nicht da«, sagte Rosemary.

»Ach, Unsinn. Hier.« Athena reichte Rosemary den gefüllten Kochkessel.

»Du glaubst mir wirklich nicht, oder?«, sagte Rosemary, den Kessel immer noch in der Hand. »Ich meine ... ich kann verstehen, warum. Es ist nicht leicht, so etwas zu glauben ... aber wenn man es mit eigenen Augen gesehen hat.«

»Es ist lächerlich, Mama.«

»Ich weiß, dass es lächerlich ist!«, sagte Rosemary. Sie spürte ein leichtes Kribbeln in ihren Fingern, die ungewöhnlich warm waren, aber sie ignorierte es, um das leidenschaftliche Gespräch fortzusetzen. »Meinst du, das ist mir nicht klar? Ich bin eine erwachsene Frau. Warum sollte ich mir so etwas ausdenken?«

»Ich habe nie gesagt, dass du es erfunden hast«, sagte Athena mit ihrer beruhigenden Stimme. »Ich denke nur, dass du dich leicht hinreißen lässt.«

»Hinreißen?!«

Der Teekessel begann in ihren Händen zu pfeifen, ungefähr zu dem Zeitpunkt, als Rosemary merkte, dass er unerträglich heiß war.

»Autsch«, sie ließ ihn auf den unbeleuchteten Herd fallen. »Was ...?!«

Dampf quoll aus dem Kessel, der weiter pfiff und dann verstummte, als wäre der Herd unter ihm ausgeschaltet worden.

»Das gibt's doch nicht!«, rief Athena. »Auf keinen Fall. Hast du den Kessel gerade mit deinen *Händen* zum Kochen gebracht?«

»Ich ... ich glaube schon«, sagte Rosemary.

»Ist das Wasser sicher zum Trinken?«, fragte Athena.

»Ich wüsste nicht, warum nicht«, sagte Rosemary.

»Vielleicht hast du es so verzaubert, dass es ganz komisch ist.«

Athena nahm den Kessel und schüttete ein wenig von dem heißen Wasser in die Spüle, nur um es zu prüfen, aber es sah ganz normal aus. Sie kochte den Tee und trug das Teetablett zu den Fensterplätzen hinüber, während Rosemary die Hände rang und unverständlich vor sich hinmurmelte.

»Der Tee schmeckt gut«, sagte Athena. »Ich hoffe, er lässt uns nicht wieder halluzinieren.«

»Ich denke, wir haben mittlerweile bewiesen, dass es keine Halluzination war«, sagte Rosemary.

»Meinst du, du kannst es noch einmal machen? Das Wasser kochen, meine ich.«

»Oh, ich weiß nicht«, antwortete Rosemary. »Ich konnte das Papier nicht bewegen, als ich es absichtlich versucht habe. Vielleicht ist das die Art von Magie, die nur aus Versehen funktioniert.«

»Das ist eine *Art*?«, fragte Athena. »Oh, hallo, Rosemary, welche Art von Magie praktizierst du denn? Nur die versehentliche Art.«

»Ach, hör doch auf«, sagte Rosemary. »Du weißt ungefähr so viel wie ich.«

»Dann gib mir den Brief«, sagte Athena.

Rosemary überreichte ihn widerwillig, obwohl sie wenigstens froh war, dass Athena ihr endlich zu glauben schien.

»Hier steht, dass es sich um Familienmagie handelt«, sagte Athena. »Und wo sind dann meine Kräfte?«

»Ich weiß es nicht«, sagte Rosemary. »Ich glaube, es hat alles mit der Kiste in der Bibliothek zu tun, aber die Älteste sagte auch, dass die Magie in der Familienlinie wiederhergestellt werden würde. Vielleicht hast du die Magie auch, und du hast sie nur noch nicht aus Versehen benutzt.«

»Wir könnten Marjie danach fragen«, schlug Athena vor. »Sie scheint sich mit Zaubersprüchen und dergleichen auszukennen.«

»Das könnten wir, aber wir haben sie als Verdächtige noch nicht ganz ausgeschlossen«, erinnerte Rosemary sie. »Ich hoffe wirklich, dass sie nicht diejenige ist, die Oma etwas angetan hat, denn das wäre furchtbar. Ihre eigene beste Freundin.«

»Sie wird es nicht sein«, sagte Athena.

»Woher weißt du das?«

»Ich sagte doch, ich habe einen Instinkt für diese Dinge.«

»Du meinst, du hast zu viele Krimis gesehen?«

»Nein. In einem Krimi wäre sie eine mögliche Verdächtige, aber im wirklichen Leben kann sie es nicht sein.«

»Und warum ist das so, Frau Detektivin?«, fragte Rosemary.

»Sie ist zu ... gut«, sagte Athena. »Das spürt man einfach bei ihr. Sie ist gut und freundlich und durch und durch warmherzig. Sie kann auf keinen Fall diejenige sein, die deine Großmutter getötet hat.«

»Nun, ganz so voreilig bin ich nicht«, sagte Rosemary und holte das große Stück Papier hervor. »Fangen wir an. Wir müssen methodisch vorgehen. Wer waren die Leute in Oma Thorns Leben, die ihr etwas angetan haben könnten? Wer hatte es auf sie abgesehen? Wer hatte etwas von ihrem Tod zu gewinnen? Da ist diese Immobilienmaklerin. Despina. Wer noch?« Sie begann auf dem Papier herumzukritzeln.

»Was ist mit dem Anwalt, den du so sehr magst?«, sagte Athena neckend.

»Perseus Burk. Ja, ich denke, wir können ihn nicht ausschließen. Er schien seltsam begierig darauf zu sein, bei all dem zu helfen, und er war sehr daran interessiert, dass ich das Haus verkaufe. Okay. Das sind schon zwei. Dann sind da natürlich noch unsere lieben Verwandten, die Bracewell-Thorns. Ich schreibe erstmal nur Elamina und Derse auf, obwohl ihre Eltern genauso schlimm sind, nur entfernter. Ich habe das Gefühl, wenn sie es wären, würden sie alle mitmischen. Oh... und dieser Wachtmeister. Er war ein seltsamer Kerl. Ich frage mich, ob er etwas zu verbergen hat.«

»Sicherlich gibt es noch einen Haufen Leute, von denen wir noch nichts gehört haben«, sagte Athena.

»Du hast recht. Wir müssen anfangen, Fragen zu stellen, und es gibt keinen besseren Vorwand, als zum Abendessen in die Stadt zu gehen und unschuldige Gespräche zu führen, um mehr Details herauszufinden.«

»Das soll wohl ein Scherz sein«, sagte Athena. »Du willst ein unschuldiges Gespräch führen? Da trittst du doch bestimmt ins Fettnäpfchen. Außerdem sagst du ständig, wie pleite wir sind, aber du schlägst immer wieder vor, dass wir essen gehen.«

»Ich bin zu müde zum Kochen«, sagte Rosemary. »Ich nehme an, unsere finanzielle Situation reicht für ein Essen im Pub.«

»Sagt die Frau, die nicht einmal weniger als ein Pfund für Kekse ausgeben wollte.«

»Kekse sind kein Essen. Aber du hast recht. Ich werde bestimmt etwas Dummes sagen. Ich werde versuchen, vorsichtig zu sein.«

»Oh, na schön«, sagte Athena. »Lass uns gehen. Ich bin am Verhungern.«

KAPITEL

ZEHN

Athena und Rosemary zogen ihre Mäntel an, um sich gegen den kalten Wind zu schützen, und machten sich auf den Weg ins Dorf.

Es war später Nachmittag, der in den frühen Abend überging, und der Himmel begann sich gerade zu verdunkeln. Athena freute sich über den Anblick einer Schneeeule, die sie aus einer Höhle in einem nahen Baum beobachtete. Sie hielten inne, um sie zu bewundern.

»Vielleicht ist es hier gar nicht so schlecht«, sagte Athena.

»Oh, okay, du glaubst mir also nicht, aber vertraust auf diese Eule.«

»Natürlich. Eulen sind von Natur aus vertrauenswürdig«, sagte Athena, aber gerade als die Worte ihren Mund verließen, hörten sie ein lautes Kratzgeräusch aus der nahen Baumgruppe, gefolgt von einem unheimlichen Kreischen.

»Lass uns von hier verschwinden!«, flüsterte Athena, und Rosemary stimmte zu. Sie eilten weiter und atmeten beide erleichtert auf, als sie das Dorf erreichten. Marjies Teeladen war geschlossen, ebenso wie die meisten anderen Geschäfte, was dem ganzen Ort ein unheimliches, dämmriges Gefühl verlieh, aber die Lichter waren an, und aus dem Gebäude namens »Hexenwurz«, dem einzigen Pub im Ort, dröhnten fröhliche Klänge. Dankbar machten sie sich auf den Weg ins Warme.

Alle anderen Gäste drehten ihre Köpfe, um zu beobachten, wie sie eintraten. Es herrschte Stille, und Rosemary hörte nur das Seemannslied, das leise aus den Lautsprechern erklang.

Die Frau hinter der Bar lächelte sie an. »Herzlich willkommen«, sagte sie. »Und wen haben wir hier?«

Die Frau war nicht viel älter als Rosemary, hatte ein rundes Gesicht und langes erdbeerblondes Haar, das sie zu einem Zopf gebunden trug.

Rosemary war eine so persönliche Begrüßung von jemandem, den sie nicht kannte, nicht gewohnt, aber sie beschloss, sich darauf einzulassen. Schließlich war dies eine kleine Stadt.

»Ähm, ich bin Rosemary«, sagte sie. »Und das ist meine Tochter Athena.«

»Das gibt's doch nicht ... Rosemary Thorn!«, sagte die Bardame. »Erinnerst du dich nicht an mich?«

»Äh, nein«, gab Rosemary zu.

»Ich bin Sherry Hume. Ich habe deiner Großmutter im Haus geholfen, als ich noch ein Kind war. Ich habe dich Huckepack durch den Garten getragen.«

Rosemary lächelte, das Aufflackern einer Erinnerung half ihr, zustimmend zu nicken, obwohl es so vage war, dass sie diese Frau ohne Aufforderung nie erkannt hätte.

»Setzt euch, setzt euch! Ich bringe euch beiden die Speisekarten.«

Rosemary und Athena setzten sich an einen leeren Tisch.

»Nun, das hat unseren Nachforschungen einen Dämpfer verpasst, nicht wahr?«, sagte Athena.

»Wie meinst du das?«

»Die ganze Stadt weiß jetzt, wer wir sind und mit wem wir verwandt sind. Sie werden uns kaum verraten, dass sie Oma umgebracht haben.«

»Nun, der Mörder wird es nicht«, flüsterte Rosemary und versuchte, Athena zu ermutigen, leiser zu sprechen. »Aber sie würden wahrscheinlich auch nicht einfach so auftauchen und völlig Fremden von ihrem schrecklichen Verbrechen erzählen. Die Sache ist die, dass es hier wahrscheinlich eine Menge Leute gibt, die etwas wissen und es uns sagen wollen, weil sie wollen, dass das Verbrechen aufgeklärt wird – um Omas willen.«

»So habe ich das noch nicht gesehen«, gab Athena zu.

Sherry brachte ihnen, wie versprochen, die Speisekarte und zwei kleine braune Tonkrüge, die dampften und köstlich rochen – süß und würzig.

»Was ist das?«, fragte Rosemary. »Wir haben keine Getränke bestellt.«

»Geht aufs Haus«, sagte Sherry. »Das ist unser berühmter Glühwein!«

Rosemary sah Athena an, die mit großen Augen auf das ungewöhnliche Getränk starrte.

»Und keine Sorge«, fuhr Sherry fort. »Er ist nicht zu alkoholisch, eher wie ein Ingwerbier, versprochen.«

»Äh. Okay«, sagte Rosemary. »Es ist doch nicht mit ... irgendetwas anderem versetzt, oder?«

Sherry gackerte. »Oh, du hast zu viel Zeit mit Marjie verbracht, stimmt's?«

»Ein bisschen«, gab Rosemary zu.

»Hör zu, ich will ehrlich mit dir sein«, sagte Sherry. »Unser Glühwein wird nach einem alten und sehr geheimen Rezept hergestellt, und er enthält ein kleines bisschen Magie – nichts Ernstes. Es ist nur etwas, das einen ein wenig aufmuntert und vor der Kälte schützt, das ist alles.«

»Magie«, sagte Rosemary. »Natürlich.«

Sherry lächelte wieder und überließ es ihnen, die Speisekarte zu studieren.

Rosemary nahm einen Schluck von dem Glühwein. Er war wirklich köstlich und wärmend. Athena tat dasselbe und lächelte. Sie blickte in Sherrys Richtung auf die Bar.

»Es ist also wirklich etwas, worüber man hier ganz beiläufig spricht«, sagte Rosemary und sah sich in dem Pub um. »Magie – als wäre es Handarbeit oder Tennis oder Szechuanpfeffer.«

»So scheint es zumindest«, sagte Athena. »Es sei denn, es ist eine Metapher.«

»Du bist zu vernünftig für dein eigenes Wohl«, sagte Rosemary.

»Die Preise sind gut«, sagte Athena, ignorierte ihre Mutter und sah sich die Speisekarte an.

»Das ist auch gut so«, erwiderte Rosemary. »Wir werden in nächster Zeit knapp bei Kasse sein. Zahltag ist erst am Donnerstag, und es wird nicht viel sein, wenn ich nicht zurückkommen kann, um weitere Schichten zu übernehmen.«

»Umso wichtiger ist es, herauszufinden, was mit Oma Thorn passiert ist«, sagte Athena. »Wenn wir dieses Rätsel lösen können, können wir vielleicht unsere Freiheit zurückbekommen und ...«

»'tschuldigung«, sagte eine alte Frau und stolperte in die Kabine. Sie hatte wildes Haar und eine Augenklappe. »Erlauben Sie mir, mich vorzustellen. Mein Name ist Agatha Twigg, und ich habe zufällig mitbekommen, was ihr jungen Damen über die alte Galdie gesagt habt.«

»Oh, ja?«, sagte Rosemary und erbleichte. Sie hatte nicht bemerkt, dass sie sich so laut unterhalten hatten, dass es auch andere hören konnten. »Sie kannten also meine Großmutter?«

»Natürlich kannte ich sie«, sagte Agatha und schüttelte traurig den Kopf. »Und wie schade es war, sie in ihrer Blütezeit so zu verlieren.«

»In ihrer Blütezeit? Sie war in ihren Achtzigern.«

»Ganz genau«, sagte die alte Frau. »Ich wette, sie hatte noch ein paar Jahrzehnte vor sich. Sie war eine starke Frau.«

Athena hob Rosemary gegenüber die Augenbrauen in einer Weise, die darauf hindeutete, dass sie besser nichts von dem glauben sollten, was die alte Frau sagte, aber Rosemary war weniger skeptisch. Schließlich ... war Magie wahrscheinlich real. Wer wusste schon, wie lange eine magisch verstärkte Lebensspanne sein konnte? Und Oma Thorn war immer fit wie ein Turnschuh gewesen.

»Wissen Sie etwas darüber, was mit ihr passiert ist?«, fragte Rosemary. »Wir wollen es wissen, wissen Sie. Für uns als Familie ist es so schwer, ihren Tod zu akzeptieren, ohne überhaupt zu wissen, was passiert ist.«

»Ich war es nicht, falls Sie das wissen wollen«, sagte Agatha. »Ich meine, Galdie hatte ihre Feinde, aber ich gehörte nicht zu ihnen. Ich würde es besser wissen, als mich mit einer so mächtigen Person anzulegen.«

»Feinde?«, fragte Athena und schien ihr eigenes Misstrauen für einen Moment zu vergessen. »Wer waren denn ihre Feinde?«

»Nun, sie mochte nicht viele Leute, wissen Sie. Sie kam weder mit der Polizei hier noch mit dem Postboten zurecht. Sie verabscheute die Kurierdienste. Sie mochte den Kerl in der Buchhandlung nicht, der ständig davon faselte, dass er echte magische Bücher nicht von falschen unterscheiden konnte. Sie stand definitiv im Widerspruch zur Blutstein-Gesellschaft ...«

»Der was?«

»Ach, Sie wissen schon. Niemand soll wissen, dass es sie gibt, aber natürlich weiß es jeder. Sie sind nur eine dieser Geheimbünde. Sie halten sich für etwas Besseres als alle anderen. Die alte Galdie hasste sie abgrundtief. Sie hat ihnen gesagt, sie sollen sich von ihrem Haus fernhalten.«

»Es scheint, dass viele Leute hinter ihrem Haus her waren«, sagte Rosemary. »Ich meine, ich hatte schon ein paar Leute, die es kaufen wollten, und es gehört mir noch nicht einmal.«

Sie wollte eigentlich »noch« sagen, aber irgendetwas sagte ihr, dass sie ihren Mund halten sollte. Schließlich wusste sie nicht, ob sie dieser ungewöhnlichen Fremden wirklich trauen konnte.

»Natürlich wollen viele Leute dieses Haus haben. Die Legende besagt, dass dort die Macht versteckt ist.«

»Welche Macht?«, fragte Athena.

»Die alte Thorn-Magie. Wissen Sie, Sie sind beide zu jung, um sich daran zu erinnern, aber einst war diese Macht so offensichtlich. Man konnte sie meilenweit spüren. Dann, wahrscheinlich erst vor ein paar Jahrzehnten, verschwand sie von der Bildfläche. Das Haus war immer noch da, und Galdie war immer noch da, aber obwohl sie immer noch ein bisschen Kraft für Kleinigkeiten zu haben schien, war sie nicht mehr so stark wie früher. Die Thorns waren eine der alten magischen Familien, und die Macht wuchs und wuchs über Generationen hinweg. Verstehen Sie mich nicht falsch, Myrtlewood ist ein besonderer Ort, und fast jeder hier hat eine Spur der einen oder anderen Kraft, aber das ist nichts im Vergleich zu dieser alten Magie ... nichts«, murmelte sie.

»Seid ihr bereit zu bestellen?«, sagte Sherry, und Rosemary wurde klar, dass sie schon eine ganze Weile in Hörweite gestanden haben musste. »Tut mir leid, wenn Agatha euch belästigt. Sie ist eine tolle Geschichtenerzählerin.«

»Ja, ich bin ausgehungert«, sagte Athena. »Ich nehme Fish 'n Chips, bitte.«

»Wunderbar, und für dich, Rosemary?«

»Ich nehme das Gleiche, danke.«

»Sonst noch etwas?«

»Nein, danke«, sagten Rosemary und Athena gleichzeitig im Chor.

»Dieses junge Mädel hat ein bisschen zu viel abgebissen«, murrte

Agatha. »Sie denkt, ihr gehört der Laden. Nun ... das tut er auch. Aber nur, weil der alte Merle gestorben ist und es ihr vererbt hat. Keiner weiß, warum er es nicht seinen eigenen Kindern hinterlassen hat. Das war schon verdächtig, wenn Sie mich fragen, aber versuchen Sie mal, das den örtlichen Gesetzeshütern zu erzählen. Was für ein Witz.«

Agatha Twigg nahm einen großen Schluck von ihrem Bier und trollte sich dann vor sich hin murmelnd davon.

»Nun, ich denke, wir sollten das alles mit Vorsicht genießen«, sagte Rosemary.

»Eimerweise Vorsicht«, sagte Athena. »Vielleicht einen ganzen See voller Vorsicht.«

»Ich bin mir ziemlich sicher, dass die Hälfte von dem, was sie gesagt hat, absolut Sinn macht«, sagte Rosemary. »Ich bin mir nur nicht sicher, welche Hälfte genau.«

»Ach, macht euch nichts aus der alten Aggie«, sagte Sherry. Sie war wieder da und hielt zwei Teller mit köstlich aussehenden, goldenen, frittierten Speisen in der Hand.

»Das ging aber schnell!«, riefen Rosemary und Athena, als die beiden Teller vor ihnen auf dem Tisch abgestellt wurden.

»Nun, ich habe meine Mittel und Wege«, sagte Sherry und tippte sich an die Nase. »Sie hingegen ...« Sie wies mit der Hand auf die Stelle, an der Agatha jetzt stand, in der Nähe der Bar, wo sie ein junges Paar ansprach, das dort saß. »Nun, sie ist eine Unruhestifterin. Achtet nicht auf das, was sie euch erzählt.«

»Sie hat von Oma Thorn gesprochen«, sagte Athena. »Sie wissen nicht zufällig etwas darüber, oder? Darüber, was mit ihr passiert ist?«

»Ich habe einige Gerüchte gehört, dass ihre eigene Magie nach hinten losgegangen sein könnte«, sagte Sherry. »Andere Leute hier sagen, dass das nicht der Fall war, aber ich kann den Gedanken nicht ertragen, dass jemand diese wunderbare alte Frau absichtlich verletzt hat.«

»Agatha sagte, dass sie Feinde hatte«, fügte Athena hinzu, die offensichtlich nach weiteren Informationen fischte.

»Oh, haben wir das nicht alle?«, sagte Sherry. »Niemand kann es allen recht machen, und Agatha am allerwenigsten. Sie und Galdie waren nie einer Meinung.«

Rosemary räusperte sich. »Agatha sagte, sie zähle nicht zu Omas vielen Feinden.«

»Natürlich würde sie das sagen«, sagte Sherry. »Niemand will als Feind der Toten gesehen werden, vor allem nicht, wenn der Tod verdächtig war.«

»Du glaubst also, dass es verdächtig war?«, fragte Rosemary. »Nicht nur ihr eigenes ... versehentliches Handeln?«

Sie konnte sich nicht dazu durchringen, »Magie« zu sagen, obwohl alle anderen in Myrtlewood darüber zu sprechen schienen, als wäre es sonnenklar.

»Es liegt nicht mehr an mir, oder?«, sagte Sherry. »Ich bin keine Expertin, aber eines ist sicher. Es war Magie, die deine Oma getötet hat.«

»Wie können Sie das wissen?«, fragte Athena.

Rosemary war sich nicht sicher, ob sie bluffte oder begann, die Sache mit der Magie zu begreifen.

»Ich bin am nächsten Tag hingefahren«, sagte Sherry. »Ich sollte ein paar Gurken für Galdie vorbeibringen. Als ich ankam, war der Eingang von der Polizei versperrt. Ich habe nichts gesehen, aber ich konnte es in der Luft spüren. Das war definitiv ein starker Zauber. Entweder hat sich Galdie also mit etwas Mächtigerem angelegt, als sie es für möglich gehalten hätte, oder jemand hat starke Kräfte gegen sie eingesetzt. Wie auch immer, genug von mir. Ich lasse euch jetzt essen.«

Als Sherry wegging, warfen sich Rosemary und Athena einen bedeutungsvollen Blick zu.

»Das können unmöglich wir gewesen sein«, sagte Rosemary.

»Mama, das wussten wir doch schon, oder?«

»*Wir* wussten es schon, aber die Behörden? Wir müssen den Wachtmeister nur davon überzeugen, dass wir keine Ahnung von Magie haben und dass wir deshalb Oma nicht wehgetan haben können.«

»Sicher, aber wie sollen wir das der Polizei erklären? Hey, wir haben bis vor fünf Minuten noch nicht einmal an Magie geglaubt, also können wir unmöglich eine alte Dame damit umgebracht haben.«

»Das ist genau das, was ich sagen will«, sagte Rosemary. »Aber mit anderen Worten.«

»Du willst wirklich zur Polizei gehen und über Magie reden?«, fragte Athena. »Die werden dich einsperren, weil du verrückt bist.«

»Nicht irgendeine Polizei«, sagte Rosemary. »Die Behörden von

Myrtlewood. Du weißt doch, dass sie schon mindestens halb verrückt sind, also sollte meine Verrücktheit sie nicht allzu sehr stören.«

Athena zuckte mit den Schultern. »Da hast du allerdings recht. Sollen wir jetzt essen?«

Sie aßen ihr Essen und stellten fest, dass es genauso knusprig und sättigend war, wie es aussah, und dass es trotz der ablenkenden Gespräche immer noch kochend heiß war.

»Wir sollten besser zurückgehen«, sagte Rosemary, nachdem sie aufgegessen hatten. »Draußen ist es noch ein bisschen hell, aber bald wird es ganz dunkel sein, und ich bin mir nicht sicher, ob es Straßenlaternen gibt.«

»Können wir nicht noch ein bisschen länger bleiben?«, fragte Athena. »Hier muss es doch sicher eine Art Taxiservice geben.«

»Was ist denn plötzlich in dich gefahren?«, fragte Rosemary sie. Sie folgte dem Blick ihrer Tochter quer durch den Raum, wo ein blasser, dunkelhaariger Junge saß. Er sah nur wenig älter aus als Athena, und er schaute sie eindeutig an.

»Oh ... ich verstehe«, sagte Rosemary und lächelte. »Deine plötzliche Zuneigung für den Myrtlewood-Pub hat nichts mit dem feinen Essen zu tun, nicht einmal mit der warmen Kleinstadtatmosphäre, sondern mit ziemlicher Sicherheit etwas mit einem gewissen ...«

»Mama!«, sagte Athena in einem dringenden Flüsterton. »Es geht dich nichts an, auf wen ich stehe.«

»Ich wusste es! Du stehst auf ihn!«

»Sei bitte leise, ja? Ich will hier mit einem Rest von Würde weggehen.«

»Na schön«, sagte Rosemary und verschränkte schmollend die Arme. »Aber wir müssen wirklich bald von hier weg, und ich bin mir ziemlich sicher, dass es in Myrtlewood keine Taxis gibt.«

»Hat hier jemand Taxi gesagt?« Ferg erschien an der Seite des Tisches.

»Äh ...«, sagte Rosemary verblüfft.

»Ja!«, sagte Athena. »Wir würden gerne später ein Taxi nehmen, aber wir wissen nicht, ob es in Myrtlewood eins gibt.«

»Ich betreibe zufällig den einzigen herausragenden Taxiservice der Stadt«, sagte Ferg.

»Ist es herausragend, wenn er der einzige ist?«, murmelte Rosemary.

Athena gab ihr einen Tritt, und zwar nicht so sanft wie sonst.

»Autsch.«

»Sie können uns also in etwa einer halben Stunde nach Hause bringen?«, fragte Athena.

»Ja, das kann ich. Im Grunde verbringe ich meine Abende hier und warte darauf, ob jemand eine Mitfahrgelegenheit nach Hause braucht. Ich kann schließlich nicht dulden, dass jemand betrunken Auto fährt«, sagte Ferg.

»Äh, wie viel wird es denn kosten?«, fragte Rosemary. »Es sind nur fünf oder zehn Minuten Fußweg nach Thorn Manor, also wird es kaum eine Minute dauern, um zu fahren.«

»Die erste Fahrt ist kostenlos«, versicherte Ferg ihnen. »Danach kostet es 20 Pence pro Minute.«

»Das ist sehr vernünftig«, sagte Rosemary.

»Danke«, sagte Ferg. »Man nennt mich nicht oft so.« Er salutierte wie ein Seemann. »Ich bin in zwanzig Minuten zurück.«

»Das war ziemlich seltsam«, sagte Rosemary. »Bist du sicher, dass du mit diesem Mann in einem Auto mitfahren willst?«

»Oh, er ist harmlos«, sagte Athena. »*Ich* bin eine gute Menschenkennerin, schon vergessen?« Sie warf Rosemary einen bedeutungsvollen Blick zu.

»Hey, wie lange willst du mir noch die Schuld für deinen Vater geben?«

»Ich weiß es nicht. Wie wär's mit für immer? Immerhin muss ich mit seinen Genen leben.«

»Hm, na gut«, sagte Rosemary. »Aber du hast dich ganz gut entwickelt.« Sie streckte die Hand aus, um Athena auf die Schulter zu klopfen, hielt aber schnell inne, als Athena ihr einen bedeutungsvollen Blick zuwarf und sich dann wieder dem Jungen zuwandte.

Rosemary seufzte und stand vom Tisch auf. Sie dachte sich, dass sie genauso gut die Rechnung bezahlen könnte, bevor Athena beschloss, dass sie Nachtisch wollte und sie zusätzliches Geld kostete, das sie nicht hatten. Sie nahm einen letzten Schluck des Glühweins, leerte die Tasse und genoss das würzige, wärmende Gefühl. Dann murmelte sie Athena zu, dass sie sich bald auf den Weg machen sollten, wurde aber geflissentlich ignoriert.

Als Rosemary sich der leeren Bar näherte, kam Sherry aus dem Hinterzimmer zurück.

»Ich rechne nur ab«, sagte Rosemary.

»Oh nein«, beharrte Sherry. »Das war deine erste Mahlzeit hier seit einer gefühlten Ewigkeit. Du kannst nicht erwarten, dass ich dir das in Rechnung stelle.«

»Kann ich nicht?«, fragte Rosemary verblüfft.

»Gewiss nicht. Wir haben unsere Bräuche in Myrtlewood, und die erste Mahlzeit ist für Leute, die hierherziehen, immer kostenlos.«

»Aber …« sagte Rosemary. »Wir ziehen vielleicht gar nicht hierher. Wir sind nur wegen Oma hier …«

»Ach, Unsinn«, sagte Sherry ganz sachlich. »Ihr gehört hierher. Das ist offensichtlich. Und deine Tochter wird das auch noch früh genug merken. Siehst du, sie freundet sich schon mit den Einheimischen an.«

Rosemary drehte sich um und stellte mit leichtem Erschrecken fest, dass der Junge von der anderen Seite des Raumes sich Athena genähert hatte und nun an ihrem Tisch stand und mit ihr plauderte. Er lächelte jedoch nicht, wie Rosemary dachte, dass er es sollte. Stattdessen hatte er einen mürrischen, grüblerischen Blick aufgesetzt. Teenager!

»Weißt du was?«, sagte Rosemary und wandte ihre Aufmerksamkeit wieder Sherry zu. »Ich hoffe wirklich, dass du Recht hast. Mir gefällt es hier sehr gut. Es ist so anders als der Rest der Welt – oder zumindest die anderen Orte, an denen ich gelebt habe. Myrtlewood ist etwas Besonderes. Es ist wie eine kuschelige Decke und eine heiße Tasse Tee in einer kalten, regnerischen Nacht.«

»Das ist es«, sagte Sherry.

Rosemary warf einen Blick zurück über die Bar und sah, dass Athena immer noch mit dem mürrischen jungen Mann plauderte. Sie hätte ihren kleinen Zeh dafür gegeben, um zu erfahren, worüber sie sprachen, aber sie wusste, dass sie nicht lauschen sollte. Das würde Athena nicht gefallen. Sie versuchte, nicht zu starren, aber etwas anderes fiel ihr ins Auge. In der Eckkabine saß eine bedrohliche, vermummte Gestalt. Wer auch immer es war, er hatte die Kapuze seines Umhangs – ja, seines Umhangs – so weit nach vorne gezogen, dass sie sein Gesicht verdeckte.

Sie drehte sich zu Sherry um, um nach der seltsamen Gestalt zu fragen, aber diese war damit beschäftigt, einem anderen Gast ein Bier zu servieren.

»Du siehst aus, als hättest du ein Gespenst gesehen«, sagte Sherry, die kurz darauf zurückkehrte.

»Ach, es ist nur ...«

Rosemary drehte sich um und wies mit einer Geste auf die Eckkabine, doch diese war leer. Die Kapuzengestalt war verschwunden. »Oh, du hast hier ein paar seltsame Gestalten, nicht wahr?«, fragte sie Sherry.

»Wir sind hier alle merkwürdige Gestalten, meine Liebe«, sagte Sherry warmherzig.

»Touché«, erwiderte Rosemary. »Es ist nur ...«

»Hör zu, Rosemary, ich wollte dir schon etwas sagen, als du das erste Mal hereinkamst«, sagte Sherry. »Nur wird es wahrscheinlich nicht viel Sinn ergeben.«

»Was ist es?«, fragte Rosemary. »Ich meine, ich bin es gewohnt, keinen Sinn zu machen, falls das ein Trost ist. Ich weiß nicht, ob das die Wahrscheinlichkeit erhöht oder verringert, dass ich das, was du mir sagen willst, missverstehe.«

»Also, die Sache ist die, dass die alte Galdie etwas wusste. Etwas, das sie zu der Zeit nicht hätte wissen dürfen. Tatsächlich wissen es die meisten Leute immer noch nicht. Ich weiß es nur, weil sie es mir anvertraut hat, als ich ihr eines Tages das Abendessen brachte. Sie bestellte gerne den Hammeleintopf, und ich hatte nie etwas dagegen, ihn ihr zu bringen. Eines Tages, vor etwa einem Monat oder mehr, wollte ich ihr den Eintopf bringen, und sie war in einem sehr schlechten Zustand. Sie wusste nicht genau, worum es ging, aber sie war an diesem Tag unten im Rathaus gewesen, um ihre Steuern zu bezahlen, und auf ... Oh, ich weiß nicht, worum es ging, aber es hatte etwas mit dem Bürgermeister zu tun. Ich bin mir ganz sicher, dass er nichts Gutes im Schilde führte.«

»Nichts Gutes im Sinne von Veruntreuung oder einer Affäre oder ...« Rosemary brachte es immer noch nicht über sich, Magie vorzuschlagen, obwohl das in den letzten vierundzwanzig Stunden immer wahrscheinlicher geworden war.

»Ich kenne die Details nicht. Deshalb macht es auch keinen Sinn, wirklich nicht. Ich dachte nur, du solltest es wissen, falls es dir hilft. Es wirkte so, als hättest du herumgeschnüffelt, um herauszufinden, wer es auf sie abgesehen hat.«

Rosemary wurde wieder blass. *So viel zu unseren geheimen Ermittlungen ...*

»Du glaubst also, dass sie im Rathaus etwas Schlimmes gesehen hat und der Bürgermeister dann alles getan hat, um sie zum Schweigen zu bringen?«

»Du hast nicht gehört, dass ich etwas dergleichen gesagt habe«, sagte Sherry. »Ich werde so etwas nicht zu Protokoll geben, falls es mir in den Hintern beißt.«

»Ich verstehe«, sagte Rosemary.

»Die Sache ist die, dass es vielleicht nicht einmal beabsichtigt war. Der Bürgermeister, Herr June, ist einfach nicht besonders gut in Sachen Zauberei. Ihm geht es nur um Pomp und Zeremonien, und niemand sonst will den Job, sich die Beschwerden von Hinz und Kunz anhören zu müssen, also hat er keine wirkliche Konkurrenz. Er wird einfach immer wiedergewählt, aber wenn er dort oben war und versucht hat, die Erinnerung deiner Oma zu löschen, könnte das nach hinten losgegangen sein.«

»Interessante Theorie«, sagte Rosemary. »Und ja, wir versuchen herauszufinden, was mit Oma Thorn passiert ist. Es ist furchtbar, es nicht zu wissen.«

Es war auch schrecklich, eine potenzielle Verdächtige zu sein, aber Rosemary wollte das nicht vor dem ganzen Pub verkünden.

»Ich denke, wir sollten besser gehen«, sagte Rosemary. »Anscheinend ist Ferg unser Taxifahrer für heute Abend. Ist er vertrauenswürdig?«

»Wer? Fergus?«, sagte Sherry. »Oh, ja, er ist ein guter Junge. Ein bisschen seltsam, aber wer bin ich schon, dass ich das beurteilen kann?«

»Ich nehme dich beim Wort«, sagte Rosemary.

»Nun gut, aber wo ist dein junges Mädchen?«, fragte Sherry.

Rosemary blickte zurück zu ihrem Tisch und sah, dass er leer war. Athena war nirgends zu sehen.

KAPITEL

ELF

Athena seufzte, als ihre Mutter weiter über ihre größtenteils unbegründeten Verdächtigungen plapperte. Sie nahm einen weiteren Bissen von ihrem knusprig panierten Fisch. Es war gutes Essen – magisch oder nicht. Die ganze Sache mit der Magie begann sich langsam festzusetzen, auch wenn Athenas logischer Geist es komplett ablehnte.

Die Dinge wurden immer seltsamer in ihrem Kopf und sie wollte Rosemary nicht davon erzählen. Der Pub war ziemlich gut gefüllt, und das würde alles nur noch schlimmer machen.

Da waren merkwürdige Geräusche in ihrem Kopf, als ob in ihren Gedanken eine Radiostation angepeilt und wieder wegeschaltet wurde – und in der Nähe von Menschen wurde es schlimmer.

Es wäre einfacher gewesen, wenn die Geräusche Sinn ergeben würden, aber es handelte sich größtenteils um Kauderwelsch, halb geformte Sätze und einzelne Worte ohne jeglichen Kontext. Manchmal kam es ihr vor, als würde sie Bruchstücke der Gedanken von Leuten hören, aber nichts deutlich genug, um es interessant zu machen, nur undeutlicher Lärm. Athena fürchtete, sie könnte vielleicht bald nicht mehr alle Tassen im Schrank haben.

Es hatte alles angefangen, als sie diesen Jungen gesehen hatte.

Ich sehe dich ...

Das war das erste Mal gewesen, dass sie eine Stimme in ihrem Kopf gehört hatte und sicher war, dass es nicht ihr innerer Monolog war. Aber er war so schnell verschwunden und hatte Athena mit Fragen und unverständlichen Lauten zurückgelassen.

Sie hatte begonnen, sich zu fragen, ob er überhaupt je existiert hatte oder ob er lediglich das Resultat ihrer lebendigen Fantasie gewesen war? *Bin ich so einsam geworden, dass ich mir imaginäre Freunde einbilde?* Sie unterdrückte ein Lachen. *Selbst meine Halluzinationen wollen nicht mit mir reden.*

Rosemary sah sie nachdenklich an, aber Athena schaute ausdruckslos zurück und sie aßen schweigend weiter.

Da bist du ja ...

Sagte die Stimme wieder. Athena erstarrte. Sie schaute über den Tisch zu ihrer Mutter, die mit ihren Pommes beschäftigt schien und offensichtlich nichts Ungewöhnliches bemerkt hatte. Athena nutzte den kurzen Moment der Ruhe, während Rosemary ihr frittiertes Essen verschlang und nicht bemerkte, dass ihre Tochter den Pub nach jemand Bestimmten absuchte.

Er muss real sein ... dachte sie sich. *Und wenn er es ist, wird Mama ihn auch sehen.*

Da war er. Der Junge von vorhin saß auf der Kante einer Sitzecke gegenüber. Athena erkannte sein dunkles Haar. Er drehte sich zu ihr um und starrte sie mit diesen grau-blauen Augen direkt an.

Du bist es ... dachte Athena.

Ja, das bin ich, kam die überraschende Antwort in ihrem Kopf.

Athena schüttelte sich, froh darüber, dass Rosemary damit beschäftigt war, ihr Abendbrot herunterzuschlingen. Es war nur ein Augenblick vergangen, aber er fühlte sich an wie eine Ewigkeit.

Sie drehte sich wieder zu dem Jungen um.

Du kannst mich hören?, fragte Athena.

Der Junge nickte auf der anderen Seite des Raumes.

Athena errötete und fragte sich, wie sie möglicherweise ihre Gedanken ausblenden konnte, um sich etwas Privatsphäre in der Gegenwart von jemandem zu bewahren, der offensichtlich ein Gedankenleser war ... *und ein Gedankensprecher? Gab's das überhaupt?*

Sie wendete sich wieder ihrem Abendessen zu. Die ganze Zeit über raste ihr Herz genauso schnell wie ihre Gedanken.

Bin ich total plemplem? Ist es überhaupt möglich, eine telepathische Unterhaltung mit einem Fremden zu haben? Ich muss aufhören zu denken ... Er kann bestimmt alles hören!

Sie nahm einen Schluck von dem Getränk, das Sherry ihr gebracht hatte und spürte, wie es sie beruhigte.

Mach dir keine Sorgen, sagte die Stimme des Jungen in ihrem Kopf. *Ich kann nicht alles in deinem Kopf sehen. Ich kann nur die Gedanken hören, die du deutlich aussendest. Stell es dir wie ein Gespräch vor.*

Oh ... okay ..., dachte Athena zurück.

Ich kann dir helfen, es zu beherrschen, wenn du magst, schlug der Junge vor.

In dem Moment sagte Rosemary: »Wir sollten besser zurückgehen. Draußen ist es noch ein bisschen hell, aber bald wird es ganz dunkel sein, und ich bin mir nicht sicher, ob es Straßenlaternen gibt.«

Nein ..., dachte Athena. *Ich bin gerade dabei, dieses Geheimnis zu lüften.*

Sie war noch nicht bereit, ihrer Mutter alles darüber zu erzählen, was in ihrem Kopf vor sich ging. Zum einen, weil sie sich so viel Privatsphäre wie möglich bewahren wollte. Da sie immer in kleinen Wohnungen und Pensionen gelebt hatten, musste Athena um jeden Fitzel Privatsphäre kämpfen. Zweitens wollte sie Rosemary nicht beunruhigen – nicht nach allem, was in letzter Zeit passiert war. Sie betrachtete ihre Mutter, die recht dünn war. Sie hatte nicht genug gegessen, womöglich durch den Stress oder um Geld zu sparen. Es gab immer zu vieles, um dass sie sich Sorgen machen musste!

Athena blickte durch den Raum zu dem mysteriösen Fremden, der irgendwie mit ihr kommunizieren konnte. »Können wir nicht noch ein bisschen länger bleiben? Hier muss es doch sicher eine Art Taxiservice geben.«

»Was ist denn plötzlich in dich gefahren?«, fragte Rosemary.

Athena konnte sich nicht helfen. Ihr Blick huschte zurück in Richtung des Jungen.

Rosemary folgte ihrem Blick, bis er auf dem Jungen landete.

»Oh ... ich verstehe«, sagte Rosemary lächelnd. »Deine plötzliche Zuneigung für den Myrtlewood-Pub hat nichts mit dem feinen Essen zu tun, nicht einmal mit der warmen Kleinstadtatmosphäre, sondern mit ziemlicher Sicherheit etwas mit einem gewissen ...«

»Still!«

Athena versuchte zu verhindern, dass sie errötete. Immerhin war sie erleichtert, dass ihre Mutter den Jungen sehen konnte. Er war doch kein Produkt ihrer Fantasie. Abgesehen davon gefiel ihr Rosemarys Ton jedoch nicht.

Athena hatte genug um die Ohren, ohne dass sie von ihrer Mutter wegen dem Interesse an einem Jungen aufgezogen werden wollte. Es war noch nicht mal so, dass Athena Interesse an ihm hatte. Sie wusste nichts über ihn als seine ungewöhnliche Fähigkeit, aber das würde sie ihrer Mutter nicht auf die Nase binden.

Nichtsdestotrotz wollte sie das Geheimnis lüften und war froh, dass der merkwürdige Mann, Ferg, anbot, sie nach Hause zu fahren. Noch besser war, dass Rosemary kurz darauf hinüber zum Tresen ging, um zu bezahlen und dort durch ein Gespräch mit Sherry abgelenkt wurde. Athena hatte endlich Zeit für sich, um in Ruhe zu denken, oder zumindest dachte sie das.

Endlich alleine, sagte seine Stimme in ihrem Kopf.

Ja, na und?

Gut. Kann ich rüberkommen und mit dir reden?

Vermutlich, antwortete Athena, auch wenn der Gedanke sie nervös machte. Ihre Nervosität wurde nur noch schlimmer, als sie sah, wie er aufstand und zu ihr rüberkam. Obwohl sie saß, konnte sie erkennen, dass er einen Kopf größer als sie war und sein Haar ihm cool über die Augen hing. Sie schluckte, nicht wissend, was sie sagen sollte.

»Wie heißt du?«, fragte er.

»Athena«, antwortete sie und betrachtete die Holzmaserung des Tisches, um nicht in seine sturmgrauen Augen zu schauen.

»Athena, die Göttin der Weisheit«, sagte er.

»So in etwa«, antwortete Athena. »Was ist mit dir? Wie heißt du?«

»Finnigan«, sagte er.

Es gab einen Moment der Stille, während ihr tausend ohrenbetäubende Fragen durch den Kopf schossen und ein Rauschen erzeugten.

»Also ...«, sagte sie schließlich. »Wieso bist du rübergekommen, wenn du doch ...«

»Wenn ich schon mit dir hier drin reden kann?«, fragte er und deutete auf seine Schläfe. »Ich wollte dich richtig kennenlernen.« Er wirbelte mit der Hand in einer komplizierten Geste und verbeugte sich.

Athena lachte überrascht.

»Ich kann dich in deinem Kopf nicht lächeln sehen«, sagte er.

Athena schluckte. *Flirtet er etwa mit mir?*

»Also, was ist das überhaupt?«, fragte sie. »Telepathie?«

»Ssh«, sagte Finnigan und hob einen Finger an seine Lippen. »Du weißt wirklich nichts darüber?«, fragte er.

Athena schüttelte den Kopf, unsicher darüber, was sie laut sagen konnte.

»Komm mit mir«, sagte Finnigan.

»Wohin?«

»Nur raus hier.«

»Aber ...«, sagte Athena.

»Es wird nur eine Minute dauern.«

Athena zögerte. Sie wusste so gut wie nichts über diesen Jungen und dennoch musste sie auf jeden Fall herausfinden, was in ihrem Kopf vor sich ging und er schien die Antworten zu haben. Sie blickte zur Bar hinüber, wo ihre Mutter immer noch mit Sherry sprach.

»Okay«, sagte sie, obwohl sie sich nicht sicher war, dass Finnigan sie hören konnte, da er bereits davonschritt. Sie stand hastig auf und folgte ihm.

KAPITEL

ZWÖLF

»Athena? Athena!«

Rosemary rief quer durch die Bar. Mehrere Köpfe drehten sich in ihre Richtung, aber keiner trug das Gesicht, das sie sehen wollte. Ihr Herz raste.

Wie lange dauert es, einen Teenager zu entführen? Wahrscheinlich nicht sehr lange, vor allem, wenn der Teenager freiwillig gegangen war! Wie konnte Athena nur so etwas tun? Sie sollte doch die Vernünftige sein – zumindest in ihrer Vorstellung. Sie schimpft mich immer, weil ich unvorsichtig und forsch bin. Und jetzt sieh sie dir an, wie sie mitten in der Nacht nach Gott-weiß-wohin verschwindet!

Rosemary lief wütend durch den Pub und schaute in allen Ecken und Nischen nach, aber Athena war nirgends zu finden. Sie warf einen Blick vor die Tür, aber auch dort war niemand. Die leere Straße ließ ihr das Blut in den Adern gefrieren.

Hoffentlich ist sie wenigstens freiwillig gegangen, dachte Rosemary, und ihre Wut verwandelte sich schnell in Angst. *Was, wenn jemand – der Junge – sie bedrohte? Was, wenn er eine Waffe hatte oder eine Art Zauberspruch benutzte!*

Ihre Wut richtete sich nun auf den Jungen, und sie beabsichtigte, ihn bereuen zu lassen, dass er ihre Tochter jemals angesehen hatte. Sie wandte sich wieder dem Pub zu, in der Hoffnung, Athena würde aus dem

120

Gebälk auftauchen oder aus dem Bad kommen und ihr sagen, sie solle aufhören, so dumm zu sein, aber ihre Hoffnung blieb unerfüllt. Sie schritt wieder in den Hauptraum und sah auf dem Tisch nach, ob ihre Tochter einen Zettel hinterlassen hatte. Nichts.

»Athena!«, rief Rosemary erneut. Sie drehte sich wieder zur Tür, nur um direkt in etwas Festes zu laufen. Es war ein großer, hochgewachsener Mann mit einem vernarbten Gesicht und grauem, struppigem Haar. Er packte Rosemary sanft an beiden Armen und sagte mit ruhiger Stimme: »Beruhige dich, Mädel. Sie ist nur dort draußen.«

»Oh, Gott sei Dank!«

Dankbar folgte Rosemary dem Mann zu einer Seitentür.

»Hier.« Er gestikulierte durch das Fenster.

Athena saß auf der Treppe neben dem Jungen. Seine Hand lag auf dem Stein neben ihnen, während ihre Hand darauf ruhte.

Sie hielt Händchen MIT EINEM JUNGEN!

Rosemary holte tief Luft und erinnerte sich daran, dass dies ganz normales Teenagerverhalten war. So normal, dass es sie eigentlich hätte überraschen müssen, dass Athena sich bisher nicht sonderlich für Jungs interessiert hatte – jedenfalls soweit sie es ihrer Mutter erzählt hatte. Aber das war ein Junge, den sie gerade erst kennengelernt hatte!

»Danke«, sagte sie zu dem älteren Mann, ohne diesmal den Blick von ihrer Tochter zu nehmen.

»Es ist mir ein Vergnügen, eine gute Tat zu vollbringen«, sagte er. »Mein Name ist Covvey.«

»Covvey«, murmelte Rosemary. Der Name kam ihr bekannt vor, aber Rosemary konnte sich nicht erklären, warum.

»Wenn Sie jemals etwas brauchen, helfe ich Ihnen gerne.« sagte Covvey. »Galdie hat mir viele Gefallen getan, und ich verdanke ihr mehr als mein Leben.«

»Danke«, sagte Rosemary und riskierte einen Blick auf sein faltiges und vernarbtes Gesicht, bevor sie sich wieder ihrer Tochter zuwandte.

»Ich bin Rosemary.«

»Ich weiß«, sagte Covvey.

Rosemary drehte sich zu ihm um und fragte sich, ob sie ihn schon vor Jahren kennengelernt hatte, aber alles, was sie sehen konnte, war sein Rücken, während er zurück zur Bar humpelte.

Rosemary holte tief Luft und stieß die Tür auf.

»Entschuldige mal, junge Dame. Was glaubst du eigentlich, was du hier tust?«

Athena riss sich von dem Jungen los. »Was für ein Klischee, Mama! Lass mir etwas Privatsphäre.«

»Ich gebe dir Privatsphäre, wenn du mir genug Respekt entgegenbringst, um mir zu sagen, wo du hingehst, bevor ich den ganzen Pub panisch nach dir absuche!«

»Puh, hol mal tief Luft!«, sagte Athena, wobei ihr die Verlegenheit einen hellen Rotschimmer auf die Wangen zauberte.

»Das habe ich schon.«

»Bereit für Ihren Transport?«, sagte eine näselnde Stimme hinter Rosemarys linker Schulter.

»Siehst du? Zeit zu gehen!«, sagte Rosemary und griff nach Athenas Arm. »Keine Zeit für Privatsphäre – oder irgendetwas anderes.« Sie funkelte den Jungen an, der ihr einen desinteressierten Blick zuwarf.

Teenager!

Athena wischte die Hand ihrer Mutter von ihrer Schulter, stand aber trotzdem auf.

»Gut, ich gehe, aber lass mich Finnigan wenigstens auf Wiedersehen sagen.«

»Finnigan«, wiederholte Rosemary leise und versuchte, sich den Namen zu merken, damit sie wusste, wen sie aufspüren musste, falls Athena noch einmal unerwartet verschwand. »Gut. Verabschiede dich. Du hast zwei Minuten, und ich warte drinnen an der Tür.«

»Mama!«

»Übertreib's nicht.«

»Oh Mann!«, schimpfte Athena und verschränkte die Arme.

Rosemary trat zurück in den wohlig warmen Pub und fand dort Ferg vor, der ihr die Jacke hielt.

»Oh … äh, danke«, sagte sie.

»Sie haben sie an Ihrem Tisch vergessen, Ma'am.«

»Ich wusste nicht, dass dieses Taxi mit einem kompletten Parkservice ausgestattet ist.«

»Wie bitte?«

»Sie wissen schon, Parkservice – wie in noblen Hotels, wo sie das Auto für einen fahren.«

»Ich denke, Sie werden feststellen, dass ich nichts über einen Parkservice weiß«, sagte Ferg. »Und niemand außer mir fährt mein Auto. Tut mir leid, dass ich Sie enttäuschen muss.«

»Äh, schon gut«, sagte Rosemary. »Ich bin nicht enttäuscht, keine Sorge.«

Athena trat durch die Seitentür, starrte Rosemary finster an und folgte ihr mürrisch nach draußen, wo ein leuchtend orangefarbener VW Käfer wartete. Ferg öffnete die Tür.

»Wie ein Parkservice«, scherzte Athena, die sich offensichtlich von ihrer schlechten Laune erholt hatte.

»Nein, Sie dürfen nicht mit meinem Auto fahren, junge Dame«, sagte Ferg.

Athena warf ihrer Mutter einen verwirrten Blick zu.

»Frag nicht«, antwortete Rosemary. Sie fühlte sich immer noch ziemlich auf Krawall gebürstet, wütend auf Athena.

»Warum hast du so überreagiert?«, fragte Athena sie.

»Du hast mir vorhin einen ziemlichen Schrecken eingejagt. Ich fange an, mich zu fragen, ob es so eine gute Idee war, nach Myrtlewood zu ziehen.«

»Du bist diejenige, die es hier liebt«, sagte Athena.

»Du hast recht. Dieser Ort scheint ein wahr gewordener Traum zu sein, aber er könnte sich so leicht in einen Albtraum verwandeln. Vielleicht war ich zu voreilig mit meinem Wunsch umzuziehen.«

»Oh, fang jetzt nicht damit an«, sagte Athena. »Ich bin gerade dabei, den Ort zu mögen, und außerdem ...« Sie deutete auf Ferg, der einen ernsten Gesichtsausdruck aufgesetzt hatte, als ob er sich sehr auf die Straße konzentrierte. »Sprich nicht so laut«, flüsterte Athena.

»Jetzt gefällt es dir hier also?«, sagte Rosemary, ohne sich darum zu kümmern, ob Ferg sie hörte. »Und was soll ich tun, wenn du auf die schiefe Bahn gerätst?«

»Sei nicht albern, Mama. Du reagierst völlig über. Wir waren draußen und haben uns fünf Minuten lang die Sterne angesehen! Finnigan hat mir die Sternbilder gezeigt.«

»Na, das ist ja reizend. Sterne gucken, während ich hektisch durch den Pub rannte und deinen Namen rief. Ich habe mich wie eine schreckliche Mutter gefühlt, weil ich Angst hatte, du wärst entführt worden, um Himmels willen.«

»Es ist nicht meine Schuld, dass du überreagiert hast«, sagte Athena.

»Überreagiert? Ja, wirklich? Und was wäre, wenn du entführt worden wärst, in einer fremden Stadt mitten im Nirgendwo?«

»Wurde ich aber nicht.«

Rosemary seufzte. »Du hast noch nie so etwas Leichtsinniges getan, und jetzt, ein oder zwei Tage nach deiner Ankunft, schlägst du alle Vorsicht in den Wind und gehst mit einem Jungen aus dem Haus, den du nicht einmal kennst, ohne mir etwas zu sagen!«

»Ach, komm schon«, sagte Athena. »Ich wollte nicht zu dir gehen und es dir erklären müssen … Kannst du mir nicht ein bisschen Privatsphäre gönnen?«

»Ich sage es dir nur ungern, Liebes, aber in einer Kleinstadt wie dieser gibt es keine Privatsphäre.«

»Sie hat recht, wissen Sie«, sagte Ferg vom Beifahrersitz aus.

Athena sah Rosemary beschämt an.

»Siehst du, ich habe es dir gesagt.«

»Möchten Sie einen Rat?«, fragte Ferg.

»Nein!« sagten Rosemary und Athena gleichzeitig.

»Wie Sie wollen«, sagte Ferg, während er den Wagen in die Einfahrt zum Thorn Manor lenkte.

»Das hat länger gedauert, als ich erwartet hatte«, sagte Rosemary, wobei sie sich bemühte, einen neutralen Ton zu bewahren, denn es war nicht Ferg, über den sie sich wirklich ärgerte.

»Ich habe die malerische Route genommen, da Sie neu in der Stadt sind.«

»Bei Nacht?«

»Es ist Nacht«, sagte Ferg.

»Oh … danke«, sagte Rosemary, als sie vor dem Haus hielten.

Irgendetwas sah anders aus. Das konnte Rosemary schon vom Auto aus erkennen. Thorn Manor wirkte noch imposanter als sonst – bedrohlich und dunkel ragte es gegen den blauschwarzen Himmel empor.

»Ich hoffe, dass Sie am nächsten Saturntag beim Frühlingsfest dabei sein werden«, sagte Ferg.

»Samstag?«, schlug Athena vor.

»Ich ziehe es vor, nicht die Kurzform für den Tag des Saturns zu verwenden. Ich respektiere die Götter.«

»Oh, okay, in Ordnung«, sagte Athena und zuckte mit den Schultern.

»Hier ist meine Karte, falls Sie einen weiteren Transport benötigen.«

Ferg hielt Rosemary die Karte hin. Sie steckte sie in ihre Tasche und dankte ihm. Dann stiegen sie und Athena in die kühle Nachtluft hinaus und machten sich auf den Weg zum Haus.

»Geht es nur mir so, oder sieht das Haus anders aus?«, fragte Athena.

»Es liegt nicht nur an dir«, sagte Rosemary. »Und glaube nicht, dass du wegen dem, was vorhin passiert ist, aus dem Schneider bist.«

»Ach, komm schon, Mama!«, sagte Athena und zitterte in der Kälte. »Was ist denn nur los mit dir? Es ist wirklich keine große Sache. Ich hätte mich nicht rausschleichen dürfen, ohne es dir zu sagen, und das tut mir leid. Aber du hättest darauf vertrauen sollen, dass ich für fünf Minuten auf mich selbst aufpassen kann. Ich bin nicht weit gegangen. Ich wollte verantwortungsbewusst sein.«

»Oh, sicher«, sagte Rosemary. »Du bist in Ordnung – du warst verantwortungsbewusst – aber was ist mit ihm? Was ist mit dem Jungen?!«

»Finnigan war auch in Ordnung.«

»Ich weiß nichts über ihn, und du auch nicht. Er könnte ein totaler Fiesling sein.«

»Ich bin eine gute Menschenkennerin«, murmelte Athena leise vor sich hin. »Und so sehr ich dir auch hätte sagen sollen, wohin ich gehe, du hättest nicht so ausflippen sollen. Das ist albern. Ich bin sechzehn, nicht sechs!«

Rosemary schnaubte, zu verärgert für eine Antwort, während sie mit ihren kalten Fingern an den Hausschlüsseln herumfummelte. Die Haustür schwang auf und gab den Blick frei auf ... nichts.

Eine wirbelnde schwarze Leere war das Einzige, was im Haus zu sehen war. Die Dunkelheit hatte alles verschlungen. An ihren Rändern schimmerten silbrige Wellen, die in einem chaotischen Strudel kreisten. Er schien mit einer eigenen Lebenskraft zu pulsieren, was Rosemary ein unheimliches Gefühl gab. Sie wollte sich auf keinen Fall damit anlegen.

»Was zum ...?«

Rosemary zog die Tür sofort zu.

»Was ist gerade passiert?«, fragte Athena, während sie beide sicherheitshalber einige Schritte vom Haus zurücktraten.

»Erwartest du wirklich, dass ich das weiß?«, fragte Rosemary, ihre Stimme bissig.

»Nun, nein, ich kann wohl nicht erwarten, dass du es weißt oder vernünftig bist. Ich kann überhaupt nicht viel von dir erwarten.«

»Oh, Athena.«

»Hör auf, so wütend auf mich zu sein«, brummte Athena.

Rosemary verschränkte die Arme gegen die eisige Nachtluft und warf Athena einen strengen Blick zu, weil sie sicher war, dass ihre Tochter ihr etwas verheimlichte.

»Oh, ich geb's auf«, sagte Athena und warf die Arme in die Luft. »Meinst du nicht, dass wir im Moment größere Probleme haben, wie zum Beispiel die Tatsache, dass unser neu geerbtes Haus eine klaffende Leere des Verderbens ist?«

Sie standen einen Moment lang schweigend da, während ihr Atem vor ihnen in Wölkchen aufstieg, und blickten zu dem Haus hinauf, das über ihnen aufragte.

»Da magst du Recht haben«, gab Rosemary zu. »Vielleicht war es eine normale Teenagersache, und ich habe vielleicht ein paar schlechte Erinnerungen, die davon ausgelöst werden.«

»Ich bin froh, dass das geklärt ist«, sagte Athena und verschränkte die Arme. »Und jetzt zurück zu dem anderen dringenden Thema. Was machen wir mit dem Haus?«

Rosemary atmete ein paar Mal tief durch, um sich zu beruhigen, und dachte über ihre Situation nach. »Wir könnten jemanden anrufen, der uns hilft«, schlug sie vor.

»Diesen Fergkerl? Er hat dir seine Karte gegeben.«

»Das würde ich lieber nicht tun«, sagte Rosemary. »Und warum hat eigentlich jeder zweite Mensch in dieser Stadt eine Visitenkarte? Sind wir in einem 80er-Jahre-Film oder so?«

»Ich hoffe nicht«, sagte Athena. »Mein Haar ist viel zu glatt.«

»Na ja, meins ist heute ganz kraus, also passe ich immerhin dazu.«

»Wenn nicht Ferg, wen dann?«, fragte Athena. »Wir haben hier sonst keine Nummer.«

»Hast du noch nie etwas von einem Telefonbuchdienst gehört?«

»Ehrlich gesagt, nein. Was ist das?«, fragte Athena.

Rosemary war verblüfft. »Das ist wie ein Telefonbuch, nur dass man online nachschlägt oder eine Person anruft, die einen dann einfach durchstellt.«

»Wirklich? Das klingt nach einem massiven Eingriff in die Privatsphäre.«

»Ich glaube, es funktioniert nur im Festnetz«, sagte Rosemary.

»Haben die Leute noch Festnetzanschlüsse?«, fragte Athena. »Du hast Glück, dass ich weiß, was *das* ist. Wir hatten keins mehr, seit wir in dem großen alten Gemeinschaftshaus in St. Austell gewohnt haben, und das ist Jahre her.«

»Nun, diese veralteten Technologien erweisen sich in Zeiten wie diesen als recht hilfreich«, sagte Rosemary. »Oh verflixt!«

»Was ist los?«

»Kein Empfang.«

Athena überprüfte auch ihr Telefon. »Ich auch nicht.«

»Toll«, sagte Rosemary. »Wir sitzen also hier draußen fest, mitten im Nirgendwo, kalt und erschöpft ... und das Haus ist ein wirbelnder Strudel des Verderbens, und es ist zu dunkel, um irgendwo anders hinzugehen.«

»Das fasst es in etwa zusammen«, sagte Athena. »Seltsam, ich bin mir sicher, dass ich vorhin Empfang hatte.«

»Das findest du seltsam?« Rosemary lachte. »Warte, bis ich dir die Küche zeige.«

»Willst du es noch einmal versuchen?«, fragte Athena.

»Die Tür, meinst du?«

»Klar, warum nicht. Was haben wir schon zu verlieren?«

»Ich würde sagen, es steht ziemlich viel auf dem Spiel«, sagte Rosemary, die das alles plötzlich absurderweise amüsant fand. »Wir könnten uns völlig in einem großen, spiralförmigen Abgrund verlieren.«

»Stimmt«, gab Athena zu. »Wie wär's, wenn du es mit der Tür versuchst, und wir halten uns an den Verandapfosten fest, falls das Haus versucht, uns hineinzusaugen. Die sehen einigermaßen stabil aus.«

»Hältst du das wirklich für eine so gute Idee?«, fragte Rosemary.

»Mama, es ist eiskalt hier draußen, und wenn wir nicht bald aus der Kälte herauskommen, könnten wir an Unterkühlung sterben.«

»Da hast du wohl recht. Okay, dann mal los.«

Rosemary näherte sich vorsichtig der Tür und hielt sich mit einer Hand am Verandageländer fest, während sie mit der anderen ihren Schlüssel in das Schloss steckte. »Bist du bereit?«, rief sie Athena zu, die in einem deutlich angenehmeren Abstand zur Tür stand.

»So gut wie möglich«, antwortete Athena.

»Gut. Halt dich gut fest!«

Die beiden Thorns stemmten sich gegen die unbekannten möglichen Kräfte des neuen Wirbels im Haus. Für den Bruchteil einer Sekunde überkam Rosemary die Angst vor riesigen, bestialischen Kreaturen, die aus der Leere entkamen, um sie zu fressen, aber sie überwand ihre Angst und drehte den Schlüssel. Die Tür schwang mit einem unschuldigen Knarren auf und gab den Blick auf einen ganz normalen Eingang frei.

Rosemary seufzte vor Erleichterung.

»Das ist die Art von Anti-Höhepunkt, mit der ich leben kann«, sagte Athena und trat näher.

»Warte«, sagte Rosemary. »Was, wenn es nur eine Illusion ist?«

»Meinst du, es ist wahrscheinlicher, dass es jetzt eine Illusion ist, wo wir das normale Haus sehen, in dem wir schon einmal waren, als der Blick auf das absurde Chaos, das wir kurz gesehen haben?«

»Ein klein *bisschen* wahrscheinlicher,« gab Rosemary zu. »Aber ich bin mir nicht sicher, ob ich dem traue.«

»Na gut«, sagte Athena. »Gehen wir erst einmal langsam und vorsichtig hinein, und wenn ein weiterer Strudel auftaucht, eilen wir wieder hinaus, in Ordnung?«

»In Ordnung.«

Sie traten vorsichtig in das Haus und waren dankbar, dass der Boden unter ihnen fest war. Außerdem war es angenehm warm – viel wärmer, als es wahrscheinlich hätte sein sollen, aber Rosemary wollte dem Haus diese Besonderheit nicht verübeln, wo sie sich doch aufwärmen mussten. Sie fand den Lichtschalter und betätigte ihn, um festzustellen, dass alles so zu sein schien, wie sie es vorhin verlassen hatten.

»Tee?«, fragte sie und ging in die Küche, um den Kessel aufzusetzen.

»Ja, bitte«, sagte Athena. »Ich muss mich innerlich aufwärmen. Es ist eiskalt da draußen. Ich bin froh, dass das Haus warm ist. Gibt es eine Zentralheizung oder so etwas? Ich hätte gedacht, dass ein so altes Haus wie dieses nur mit einem Kamin ausgestattet ist.«

»Nach den Erfahrungen, die wir gerade gemacht haben, hoffe ich wirklich, dass es nur eine Zentralheizung ist. Ich habe von all dem magischen Zeug genug für ein ganzes Leben. Ich hoffe wirklich, dass ich so schnell wie möglich zu einem normalen Leben zurückkehren kann.«

»Ich fange gerade an, es zu genießen«, sagte Athena.

»Wirklich?«

»Ja. Ich meine, es kommt nicht jeden Tag vor, dass man entdeckt, dass die eigene Mutter magische Kräfte hat. Hey ... du glaubst doch nicht, dass ...«

»Was?«, fragte Rosemary.

»Vielleicht warst du es, die es hier drin unheimlich gemacht hat.«

»Das war ich ganz sicher nicht.«

»Aber du warst ganz aufgebracht, Mama.«

»Aufgebracht? Du hättest mich vorhin im Pub sehen sollen. Wenn ich hier drin eine Leere des Verderbens schaffen konnte, warum habe ich dann nicht das ganze Lokal in ein magisches Chaos verwandelt?«

»Gutes Argument«, sagte Athena. »Vielleicht ist deine Magie mit dem Haus verbunden.«

»Wie das?«

»Nun, sie schien nur zu funktionieren – zufällig – als wir vorhin hier waren. Als wir in der Stadt waren, ist nichts Merkwürdiges passiert. Vielleicht ist sie hier irgendwie – gebunden.«

»Das ist eine gute Theorie, obwohl ich nicht für dieses Ding verantwortlich gemacht werden kann. Ich meine, erstens wissen wir nicht, ob ich es wirklich verursacht habe – es könnte eine ganze Reihe anderer Faktoren gegeben haben – und zweitens, selbst wenn ich es gewesen sein sollte, hatte ich keine Ahnung!«

»Ich mache dir keine Vorwürfe, Mama«, sagte Athena. »Aber versuch bitte, ein ruhiges Gemüt zu bewahren, nur für den Fall.«

»In Ordnung. Na gut«, sagte Rosemary und gähnte, als die Erschöpfung des Tages sie wieder einholte. »Aber vergnüge dich nicht ohne mein Wissen oder meine Erlaubnis mit mürrischen jungen Männern.«

»Ich habe mich nicht vergnügt. Die eigentliche Frage ist, warum es für dich so triggernd ist.«

»Oh, na schön«, sagte Rosemary. »Es ist nur so, dass du mich an deinen Vater erinnert hast.«

»Harsch.«

»Nein ...«, sagte Rosemary. »Das war etwas, wofür er bekannt war. Er konnte in eine Bar gehen und wurde innerhalb von fünf Minuten von den Frauen umgarnt.«

»Du machst Witze!«, sagte Athena.

»Ich wünschte, es wäre so. Es war, als ob er eine Art Macht über sie hätte. Und vielleicht hat er das wirklich, jetzt wo wir wissen, dass es Magie gibt.«

»Das ist doch lächerlich.«

»Das mag sein, aber es ist auch die Wahrheit. Du wirfst mir vor, dass ich immer wieder zu ihm zurückgekehrt bin … oder besser gesagt, dass ich ihn jedes Mal aufgenommen habe, wenn er wieder in unserem Leben aufgetaucht ist, aber die Sache ist die, dass ich nie das Gefühl hatte, viel Macht über die Situation zu haben. Dain hatte einfach diesen Charme, der alle meine Abwehrmechanismen in Luft auflöste.«

»Das ist ekelhaft, Mama.«

Rosemary seufzte. »Nicht auf diese Weise.«

»Ich bin nicht Papa«, sagte Athena fest. »Ich bin ganz und gar nicht wie Papa.«

»In vielerlei Hinsicht ist das wahr«, sagte Rosemary. »Aber du musst zugeben, heute Abend war… nun ja, es war ungewöhnlich. Du hast diesen Jungen angestarrt, den du noch nie in deinem Leben gesehen hast.«

»Das ist nicht wahr. Ich habe ihn bereits vorher gesehen.«

»Was? Wann denn?«

»Als wir das Anwaltsbüro verließen. Ich sah ihn unter einem Baum sitzen, mit einem Buch, und er sah so … na ja, jedenfalls. Ich habe ihn gesehen. Er hat mich gesehen.« Athena zuckte mit den Schultern.

»Es gab einen Moment?«, schlug Rosemary vor.

»Igitt. Bitte sag nicht so etwas Kitschiges. Aber ja, ich denke schon. Dann sah ich ihn in dem Pub, und es schien wie … ach, ich weiß auch nicht. Es war ein netter Zufall, nehme ich an.«

»Ihr habt euch also angeschaut«, sagte Rosemary. »Dieser Teil ist normal, aber was dann geschah, ist ein bisschen seltsam. Er kam zu deinem Tisch, und dann habt ihr euch die Sterne angesehen!«

»Das war völlig normal, Mama«, sagte Athena, obwohl Rosemary bemerkte, dass ihre Stimme eher abweisend klang. »Er kam rüber, stellte sich vor und sagte, er würde mich nicht kennen, ob ich von außerhalb sei?«

»Schüchterne und grüblerische Teenager machen das einfach, ja?«

»Manchmal.«

»Mach das bitte nicht noch einmal, okay?«

»Na gut.«

Sie tranken schweigend ihre Tassen Tee, überwältigt von der Müdigkeit, die durch den Schlafmangel der vergangenen Nacht noch verstärkt wurde.

Rosemary gähnte. »Schlafenszeit.«

»Was ist das?«, fragte Athena und klang erschrocken.

»Was?«

»Da draußen. Ich bin mir sicher, dass ich gerade Augen gesehen habe, die uns vom Wald aus beobachten.«

»Es ist wahrscheinlich nur ein Fuchs oder ein Kaninchen oder so etwas«, sagte Rosemary und schaute in die Dunkelheit hinaus. »So etwas habe ich schon einmal gesehen, als wir hier ankamen.«

»Und du hast mir nichts davon erzählt?«

»Die Wälder sind wild hier«, sagte Rosemary. »Da draußen wird es viele Kreaturen geben. Aber mach dir keine Sorgen.«

»Klar, Mama. Jetzt mache ich mir bestimmt keine Sorgen.«

»Sie sind harmlos«, betonte Rosemary, während sie von der Couch aufstand und sich vorsichtig auf den Weg nach oben machte, aber auch im oberen Stockwerk schien alles in Ordnung zu sein.

»Soll ich wieder in deinem Zimmer schlafen?«, fragte Rosemary.

»Nein, alleine bin ich sicherer«, sagte Athena. »Wenn man bedenkt, wie unkontrolliert deine neu entdeckten magischen Kräfte sind.«

»Na gut.«

»Es ist aber nicht wirklich fair, oder?«, sagte Athena und verschränkte ihre Arme.

»Worauf willst du hinaus?«

»Du darfst Kräfte haben und ich nicht.«

»Du kannst meine haben«, sagte Rosemary. »Ich will sie nicht.«

»Ist das dein Ernst?«, fragte Athena. »Willst du wirklich nicht magisch sein?«

»Es macht mehr Mühe, als es wert ist, glaub mir.«

»Das ist sogar noch unfairer. Du willst deine Kräfte nicht einmal, und ich will sie, aber was bekomme ich?«

»Ach, geh einfach ins Bett, ja?«, sagte Rosemary und lächelte ihr Kind warmherzig an. »Hoffen wir, dass das alles morgen früh mehr Sinn ergibt.«

»Ich schätze deinen wilden Optimismus«, sagte Athena. »Und es tut mir leid wegen vorhin. Ich verspreche, dir zu sagen, wo ich bin, wenn wir das nächste Mal in einer fremden Kleinstadt sind und ich einen Jungen treffe.«

»Das weiß ich zu schätzen«, erwiderte Rosemary und hob ihre Arme für eine Umarmung. »Es tut mir leid, dass ich dich angeschnauzt habe – und du bist deinem Vater wirklich überhaupt nicht ähnlich.«

»Danke, Mama«, sagte Athena und erwiderte die Umarmung.

Ihre Wege trennten sich. Rosemary ging zurück in ihr Kinderzimmer und dachte daran, ihr Telefon einzustecken, das wie durch ein Wunder wieder Empfang hatte.

»Logisch«, murmelte sie vor sich hin, während sie sich umzog und ins Bett kletterte. »Es ist nie da, wenn man es braucht.«

Sie schloss die Augen und schlief ein, wobei sie zu jeder magischen Gottheit betete, die ihr vielleicht zuhörte, dass sich die Dinge nun beruhigten und sie in Sicherheit waren.

DREIZEHN

Ein Heulen zerriss die Nachtluft und weckte Rosemary gerade noch rechtzeitig, um von einem lauten Krachen aufgeschreckt zu werden.

»Oh, nein ... nicht schon wieder!«

Sie sprang aus dem Bett, schob die Vorhänge zurück und spähte hinaus in die Nacht.

»Irgendetwas greift das Haus an!«, rief Athena und stürmte in Rosemarys Zimmer.

»Pssst. Ich versuche zu sehen, was es ist.«

»Ist es nicht wieder unten?«, fragte Athena. »Wie letzte Nacht.«

»Könnte sein. Ich habe hier draußen etwas gehört. Sieh mal!«

Eine helle orangefarbene Flamme brannte in der Dunkelheit und wurde immer größer, je näher sie kam.

»Es kommt auf das Haus zu!«, kreischte Athena. »Duck dich!«

Sie duckten sich beide, als ein weiteres Krachen ertönte. Das Haus bebte und Rosemary spähte nach oben, um den Schaden zu überprüfen, in der Erwartung, Flammen zu sehen.

Draußen war wieder alles dunkel und still.

»Seltsam«, sagte sie. »Es ist, als wäre nichts passiert.«

»Du hast zu früh gesprochen«, sagte Athena. »Schau, da ist noch einer.«

Ein weiterer heller, feuriger Ball war erschienen und kam direkt auf sie zu. Diesmal sahen sie zu, machten sich auf den Aufprall gefasst, waren aber zu neugierig, um sich vollständig zu ducken. Gerade als der große Feuerball die Begrenzung des Vorgartens erreichte, schien er zu erlöschen, als wäre er mit etwas Unsichtbarem in der Luft zusammengestoßen.

»Heiliger Strohsack!«, rief Athena aus. »Es ist ein Kraftfeld!«

»Niemals!«, sagte Rosemary. »Habe ich das getan?«

Sie betrachtete ihre Hände, als ob sie sie auf magische Kräfte untersuchen wollte.

»Das ist verdammt unwahrscheinlich«, sagte Athena. »Vergiss nicht, wir sind in einem Haus, das sich selbst reparieren kann. Wahrscheinlich kann es sich auch vor dummen Ganoven schützen.«

»Ganoven?«, fragte Rosemary. »Ist es das, was du glaubst, was hier vor sich geht?«

»Wie sonst sind die Feuerbälle entstanden, Mama?«

»Ich weiß es nicht. Ich kenne mich mit der Geschichte der Feuerbälle und deren Gewohnheiten nicht aus.« Sie schielte hinunter in den Wald, aus dem das Feuer gekommen war. »Ich glaube, ich sehe da unten etwas herumlaufen.«

»Schau. Da sind sie!« Athena deutete auf die andere Seite des Rasens.

Rosemary konnte etwas sehen, das wie schwarz gekleidete Menschen aussah, die sich wie Schatten durch die Nacht bewegten. »Sie sind durch das Kraftfeld gekommen!«, rief sie.

»Vielleicht lenkt es nur magische Angriffe ab und keine Leute, die hier einfach hereinspazieren«, schlug Athena vor.

»Wann bist du denn zu einer solchen Expertin geworden?«

»Es ist nur ein bisschen gelassene Vernunft, aber ich erwarte nicht, dass du das verstehst«, sagte Athena.

Ein schepperndes Geräusch kam von unten, gefolgt vom Klirren von zerbrechendem Glas.

»Oh, verflixt. Das ist wohl kaum der richtige Zeitpunkt, um gelassen zu sein«, sagte Rosemary, wobei sie ihre Stimme leise hielt, um die Aufmerksamkeit der Eindringlinge nicht zu erregen.

»Diesmal bricht definitiv jemand ins Haus ein!«, sagte Athena in einem dringenden Flüsterton. »Meinst du, es sind dieselben Leute, die gestern Abend so viel Krach gemacht haben?«

»Klingt plausibel«, sagte Rosemary. »Ich frage mich, ob das alles sie abgeschreckt hat oder ob das Haus mehr Schutz bietet als nur ein Kraftfeld.«

»Sollen wir sie einfach gewähren lassen?«, fragte Athena. »Ich habe nicht besonders Lust, mich mit Einbrechern anzulegen, wenn sie das denn sind – vor allem nicht mit solchen, die riesige Feuerbälle zur Verfügung haben.«

»Keine Chance«, sagte Rosemary, wobei Adrenalin zusammen mit rechtschaffener Wut durch ihren Körper pumpte und sie sich mindestens fünfzig Prozent mutiger als sonst fühlte. »Angriff ist die beste Verteidigung, vergiss das nicht, und ich werde nicht das Risiko eingehen, dass sie hier hochkommen könnten. Wo ist meine treue Lampe?«

Sie fand die besagte Lampe auf der Kommode und machte sich auf den Weg nach unten. »Bleib hier«, sagte Rosemary. »Ich tue das nur, um dich zu beschützen.«

»Ich weiß nicht, ob du mutig oder einfach nur töricht bist«, murmelte Athena und folgte ihr in sicherem Abstand.

Rosemary erreichte den Fuß des Treppenhauses und fand dort absolute Stille vor. Es war sogar zu still. Sie machte einen zaghaften Schritt in Richtung der Westseite des Hauses, wo sie das zerbrochene Glas vermutete.

»Ahh!«

Rosemary duckte sich, als ein geflügeltes Wesen auf sie zu flog und ihr das Gesicht und die Arme zerkratzte. Sie hob die Lampe hoch und versuchte, es abzuwehren.

»Was tust du da?«, flüsterte Athena aus dem Treppenhaus.

»Ahh – dieses Biest! Es greift mich an«, kreischte sie.

»Es ist nur eine Krähe, Mama«, sagte Athena und versuchte, ein Kichern zu unterdrücken.

»Sie ist böse!«, rief Rosemary und versuchte, die Krähe mit ihrer Lampe zu schlagen. Sie schaffte es, sie zu erwischen. Gleichzeitig schossen goldene Funken aus ihren Fingerspitzen und lähmten den Vogel mitten im Flug. Er fiel benommen zu Boden, und Rosemary atmete erleichtert auf. Sie hob die Hände zu ihrem Gesicht und spürte die kleinen Kratzer, die der Vogel hinterlassen hatte.

»Was für eine Show«, sagte eine Männerstimme. Rosemary drehte sich um und sah eine dunkle Silhouette in der Tür zur Küche stehen. Sie konnte sein Gesicht in den Schatten nicht erkennen, aber irgendetwas an seiner Stimme kam ihr bekannt vor. Sie konnte erkennen, dass er lässig am Türrahmen lehnte – viel zu entspannt für das, was diese Situation ihrer Meinung nach rechtfertigte.

»Wie bitte?«, sagte Rosemary. »Was machen Sie in meinem Haus? Raus hier!«

»Das ist noch nicht Ihr Haus«, sagte der Mann. »Und ich vermute, bei diesen Killerinstinkten wird es das auch nie sein. Es wäre besser, wenn Sie den nächsten Zug aus der Stadt nehmen würden – wenn Sie überleben wollen.«

»Wie nett von Ihnen, dass Sie mein Bestes im Sinn haben«, spottete Rosemary. »Und jetzt verschwinden Sie, oder Sie werden das gleiche Schicksal erleiden wie diese Krähe. Sie haben ja gesehen, was ich mit ihr gemacht habe.«

Der Mann lachte. »Sie haben keine Kontrolle über Ihre Magie. Sie haben kaum Zugang zu ihr. Ihre Kräfte sind eher eine Gefahr für Sie als für andere. Ich dagegen ...«

»Oh, nein ...« sagte Rosemary, als der Mann seine Handflächen etwa einen Meter auseinanderhielt und zu singen begann. In der Mitte loderte Feuer auf, und sie war definitiv NICHT darauf vorbereitet, mit Feuerbällen im Haus umzugehen.

Die Flammen flackerten auf und erloschen dann.

»Was?«, fragte der Mann, sichtlich verblüfft.

Rosemary lächelte.

»Es scheint, als hätten Sie die Magie der Familie Thorn doch unterschätzt«, sagte sie und tätschelte die Wand neben sich, um sich beim Haus zu bedanken.

»Das macht nichts«, sagte der Mann. »Ich habe andere Vorteile.«

Er stürzte sich auf sie, voller Muskeln und Kraft, was eindeutig bedeutete, dass er die Oberhand über Rosemarys eher unscheinbare Statur hatte, aber sie konzentrierte sich genau so, wie ihr Selbstverteidigungslehrer es ihr gesagt hatte, und platzierte ihre Füße in einem festen Stand. Sie hob ihre Lampe hoch in die Luft und ließ sie auf den Kopf des Eindringlings krachen.

Die Lampe zersprang in Stücke, und Rosemarys Kräfte knisterten durch sie hindurch und funkelten in der Dunkelheit. Sie lächelte triumphierend und hoffte, dass dies ausreichen würde, um den Mann zu betäuben, aber obwohl es ihn etwas zu verwirren schien, machte es ihn nur noch wütender. Er holte aus und stieß Rosemary zu Boden. Instinktiv rollte sie sich weg und ging dann in die Hocke, um ihr Gleichgewicht wiederzuerlangen. Als der Mann sich wieder umdrehte und erneut auf sie zustürzte, konnte sie seinen Arm ergreifen, ihn herumschleudern und gegen einen Beistelltisch prallen lassen.

Omas Nippes verstreute sich auf dem Boden, und Rosemary hoffte, dass nichts Besonderes dabei war, das dauerhaft beschädigt worden war. Sie war von ihrer eigenen Kraft und ihrem Kampfinstinkt überrascht. Sie wusste nicht, ob es das Adrenalin war, das durch ihre Adern pumpte, oder die Magie, die ihr irgendwie einen Vorteil gegenüber ihrem deutlich muskulöseren Gegner verschaffte.

Der Mann richtete sich auf und knurrte. An seinen Mundwinkeln traten Reißzähne hervor.

»Das gibt's doch nicht«, sagte Rosemary. »Das soll wohl ein Scherz sein. Das ist doch kein paranormales Teenagerdrama. Wie kann so etwas real sein?«

»Sie werden feststellen, dass das echte Leben in Myrtlewood viel gefährlicher ist, als Sie erwartet haben.«

»Den Eindruck habe ich bereits«, erwiderte sie, als der Mann – oder Vampir – sich wieder auf sie stürzte.

Diesmal duckte sie sich einfach und wich zur Seite aus, so dass er direkt gegen eine Wand prallte und die Holzverkleidung zersplitterte.

Das ist es ... Ich werde in diesem Kampf definitiv von Magie unterstützt.

Rosemary beschloss, ihre neu gewonnene Macht zu nutzen. Der Mann richtete sich auf, um erneut anzugreifen, und wurde von mehreren Tritten gegen Beine und Brust getroffen, gefolgt von einem harten Schlag ins Gesicht.

»Autsch!«, schrie er und sprang zurück.

»Damit haben Sie jetzt sicher nicht gerechnet, oder?«, sagte Rosemary, hüpfte auf und ab und stemmte ihre Fäuste wie ein Boxer in die Luft.

Sie sprang nach vorne und versetzte dem Eindringling einen weiteren schnellen Tritt in den Bereich, den Oma wohl als seine Unterleibsregion bezeichnet hätte. Der Eindringling krümmte sich vor

Schmerzen, und Rosemary warf einen zufriedenen Blick zum Treppenhaus hinauf, wo Athena auf dem Treppenabsatz kauerte.

Großer Fehler.

Sie drehte sich wieder zu dem Vampir um und sah ein raubtierhaftes Glitzern in seinen Augen, als er das Teenager-Mädchen erblickte.

»Oh. Nein. Das. Werden. Sie. Nicht!«

Rosemary griff nach ihm, um ihn in eine andere Richtung zu zerren, aber es war zu spät. Er hatte sich aus ihrem Griff befreit und sprang in Richtung Treppenhaus.

Holz. Omas Stimme ertönte in Rosemarys Kopf.

Natürlich, wurde es ihr klar. Holz tötet Vampire.

Rosemary streckte ihre Hand aus und griff nach dem nächstgelegenen Stück Holz: ein Splitter der Vertäfelung, der zufällig genau die richtige Größe hatte, um ihre Faust darum zu ballen. *Danke, Haus.*

Sie sprang höher, als sie es für möglich gehalten hatte, und stürzte sich auf den Mann, als er die Treppe hinaufkletterte, und klammerte sich an seinem Rücken fest wie ein Stierkämpfer. Sie hob den hölzernen Behelfspfahl hoch und stieß ihn nach unten, um ihn in den Rücken des Mannes zu treiben.

Er stöhnte vor Schmerz auf und drehte den Kopf zu ihr. Das Entsetzen stand in seinen Augen geschrieben. Aus der Nähe, im schwachen Licht des Treppenhauses, konnte Rosemary in seinem Gesicht eine deutliche Ähnlichkeit zu Perseus Burk erkennen, kurz bevor der Eindringling in einer Staubwolke zerbarst und sie auf die Treppe plumpste.

»Also ... ein Vampir?«, fragte Athena und hustete.

»Ich denke schon«, antwortete Rosemary und fühlte sich leicht gedemütigt.

»Das war großartig!«, sagte Athena. »Du bist eine verdammte Superheldin.«

»Ach, Quatsch«, sagte Rosemary. »Und sprich nicht so laut. Wir wissen nicht, ob es nur ein Eindringling war – und seine Krähe – oder ob es noch mehr Auseinandersetzungen geben wird. Ich hoffe inständig, dass das nicht der Fall ist.«

»Aber Mama«, sagte Athena, diesmal etwas leiser. »Du bist die Auserwählte.«

»Hör auf damit.«

»Im Ernst, Mama, sogar die Kratzer in deinem Gesicht sind wieder verheilt. Du hast wirklich Superkräfte.«

Rosemary griff nach oben, um mit den Fingern über ihre Wange zu fahren, wo die Kratzer gewesen waren, und fand nur glatte Haut vor. »Was zum ...«

Athena kicherte leise. »In jeder Generation wird eine Jägerin geboren.« Dann hielt sie sich die Rippen, kippte auf der Treppe um und versuchte, ihr eigenes hysterisches Lachen zu unterdrücken.

»Hörst du wohl auf mit den Buffy-Anspielungen?«, zischte Rosemary. »Das ist eine ernste Situation. Wir sitzen in einem dunklen Haus und haben keine Ahnung, ob noch andere Eindringlinge angreifen werden oder welche Art von ... besonderen Fähigkeiten ... sie haben könnten.«

Wie als Antwort auf ihre Worte flackerten plötzlich alle Lichter im Haus auf.

Rosemary und Athena sahen sich erstaunt an.

»Das Haus?«, fragte Athena.

Rosemary zuckte mit den Schultern.

Sie warteten einige Augenblicke schweigend, aber es gab keine ungewöhnlichen Geräusche, also standen sie auf und begannen nachzusehen.

Als Rosemary vom Treppenabsatz ins Erdgeschoss ging, stolperte sie über etwas.

»Oh, verflixt«, sagte sie, als sie ihr Gleichgewicht wiedergefunden hatte. Dann erkannte sie, was es war. »Mist. Mist. Mist!«

»Was ist das?«, fragte Athena.

»Es ist ... ein Körper?«, sagte Rosemary.

In der Tat lag die Gestalt eines Mannes auf dem Boden, ganz in Schwarz gekleidet.

»Ich dachte, er wäre zu Staub geworden«, sagte Athena. »Ist er womöglich einfach teleportiert oder so?«

»Einfach teleportiert?«, sagte Rosemary. »Als ob das die normalere der beiden Möglichkeiten wäre?«

»Oh, du weißt, was ich meine.«

»Es ist ein anderer Mann«, sagte Rosemary und betrachtete sein Gesicht, das ganz und gar nicht wie Burk aussah. Dieser Mann hatte dunkles, kurz geschnittenes Haar, kleinere Augen, dicke dunkle Augenbrauen und eine Narbe auf seiner Wange. Sie drückte ihre Finger an seinen Hals. »Und tot ist er auch nicht, was wohl gut ist?«

»Wie kommst du darauf?«, fragte Athena.

»Nun, wir befinden uns mitten in einer Mordermittlung«, erinnerte Rosemary sie. »Ich vermute, je weniger Mord wir *tatsächlich* begehen, desto besser.«

»Gute Idee«, sagte Athena. »Hey! Er ist von Federn umgeben. Du glaubst doch nicht, dass das die Krähe ist?«

»Ist das wieder eine Hollywood-Referenz?«, fragte Rosemary.

»Nun, irgendwie schon«, sagte Athena. »Ich meine, wenn es Vampire gibt, dann gibt es vielleicht auch Gestaltwandler. Ich glaube, dieser Kerl könnte die Krähe gewesen sein, die dich vorhin angegriffen hat.«

»Das scheint mir ein bisschen weit hergeholt«, sagte Rosemary abweisend. »Wäre er nicht nackt, wenn er vor einer Minute noch eine Krähe gewesen wäre?«

»Mama, wenn die Magie ihn in eine Krähe verwandeln kann, kann sie ihn sicher auch bekleidet machen, und all das hier ist weit hergeholt. Finde dich damit ab!«

»Oh, gut«, sagte Rosemary, während sie begann, im Haus herumzugehen und die Zimmer zu überprüfen. »Ich werde es als Möglichkeit in Betracht ziehen. Zumindest sieht es nicht so aus, als gäbe es andere Eindringlinge, um die wir uns Sorgen machen müssen. Wenn es mehr waren, sind sie vielleicht schon weggelaufen, als sie gesehen haben, wie stark ich bin.«

Athena lachte. »Dieser Teil ist der am weitesten hergeholteste von allen.«

»Hey! Ich habe Selbstverteidigungskurse besucht«, sagte Rosemary. »Mein Ausbilder hat gesagt, ich wäre sehr vielversprechend.«

»War das bevor oder nachdem du ihm mit deiner Handtasche die Nase gebrochen hast?«

»Das war ein Paradebeispiel für Selbstverteidigung!«, beharrte Rosemary.

»Nun, das wäre es vielleicht gewesen, wenn du nicht mit jemand ganz anderem im Nahkampf gestanden hättest.«

»Ach, sei still. Erinnere mich nicht daran. Wie auch immer, lass uns Tee trinken gehen.«

»Und die alte Krähe einfach hier lassen?«, fragte Athena.

»Er ist bewusstlos. Wir werden uns überlegen, was wir mit ihm machen. Ich brauche dringend eine Tasse Tee, damit mein Gehirn arbeiten kann«, sagte Rosemary.

»Lasst ihn uns wenigstens erst einmal fesseln«, sagte Athena. »Bevor wir einfach weggehen und uns angreifbar für einen weiteren Überfall machen.«

»Gutes Argument«, sagte Rosemary. »Daran wollte ich auch gerade denken.«

»Klar, wolltest du«, sagte Athena. Sie hatte bereits in einer Schublade gekramt und etwas dicke Schnur gefunden. »Das wird fürs Erste reichen.«

»Ich nehme an, wir sollten die Polizei rufen.«

»Das hätten wir eigentlich schon vor einer Stunde tun sollen, als wir die Feuerbälle zum ersten Mal gesehen haben«, meinte Athena.

»Du hast wahrscheinlich recht. Aus irgendeinem Grund ist mir Wachtmeister Perkins nicht in den Sinn gekommen, als ich mich in unmittelbarer Gefahr befand.«

»Verständlich«, sagte Athena und folgte ihrer Mutter in die Küche, um Tee zu kochen.

Rosemary setzte den Kessel auf und setzte sich dann an den Küchentisch. Sie stützte ihr Gesicht in die Hände und drückte sanft gegen ihre geschlossenen Augen, in der vergeblichen Hoffnung, dass sie aus diesem sehr seltsamen Traum erwachen würde.

»Das ist alles ein bisschen viel, nicht wahr?«, sagte Athena sanft.

Rosemary nickte.

»Ich bin sicher, dass sich die Dinge bald beruhigen, Mama. Ich meine, diese Angreifer waren es bestimmt, die Oma Thorn getötet haben. Das wäre sonst ein zu großer Zufall. Ruf Wachtmeister Perkins an und sag ihm, was passiert ist.«

»Meinst du, er wird uns überhaupt glauben?«, fragte Rosemary.

»Das muss er, wenn er den Schaden sieht, und außerdem ist da drüben die alte Krähe.«

»In Ordnung«, sagte Rosemary. »Ich werde ihn anrufen. Aber ich glaube trotzdem nicht, dass wir hier bleiben können. Was ist, wenn es noch mehr von ihnen gibt, wer auch immer *sie* sind? Was, wenn sie zurückkommen, um den Job zu beenden? Was ist, wenn sie dir wehtun?«

»Mir wird nichts passieren, Mama.«

»Es ist zu gefährlich«, sagte Rosemary. »Wir müssen von hier verschwinden.«

»Typisch.«

»Was?«

»Wenn ich den Ort hasse, willst du bleiben, aber sobald ich anfange, ihn zu mögen, willst du so schnell wie möglich von hier weg.«

»Aus gutem Grund«, brummte Rosemary. Der Kessel pfiff, und sie stand auf, um Tee zu kochen. Während der Tee kochte, suchte sie die Nummer der örtlichen Polizeistation heraus und rief dort an. Obwohl es kurz vor der Morgendämmerung war, meldete sich Wachtmeister Perkins, obwohl er klang, als wäre er gerade aufgewacht. Rosemary fragte sich, ob die Telefonleitung der Polizeistation direkt in sein Schlafzimmer führte! Sie erzählte ihm die Kurzfassung des Geschehens. Er sagte ihr müde und misstrauisch, dass er gleich vorbeikommen würde, nachdem er einige dringende Angelegenheiten erledigt habe, was, wie sie annahm, seine Morgenroutine war.

Rosemary schüttete den Tee in die Tassen am Tisch, war aber zu unruhig, um still zu sitzen. Sie stand auf und ging auf und ab, nippte an ihrem Tee und hüpfte unruhig von einem Gedanken zum anderen, dann beschloss sie, den Schaden an der Treppe zu begutachten.

»Oh ... verflixt!«

Auf dem Boden war ein unheilvoller leerer Fleck, umgeben von einigen schwarzen Federn und Schnüren, wo der Eindringling gelegen haben musste.

»Was ist los?«, rief Athena, als sie sich Rosemary näherte.

»Er ist weg.«

»Nein!«, kreischte Athena. »Aber wir haben nichts gehört!«

Rosemary spürte, wie ihr ein kalter Schauer über den Rücken lief bei der Vorstellung, dass der Mann noch im Haus war – ob in humanoider Form oder in einer anderen. Sie sah sich um, aber es gab keine Spur von ihm. Sie durchsuchte den größten Teil des Hauses, konnte das unheimliche Gefühl aber nicht abschütteln. Selbst wenn sie sicher war, dass er weg war, bestand die Möglichkeit, dass er jeden Moment zurückkehren würde, und dieses Mal hatten sie vielleicht nicht so viel Glück.

»Das ist alles zu viel«, sagte sie. »Athena, pack deine Sachen!«

»Was? Wohin gehen wir denn?«

»Weg von den Vampiren und Werkrähen, um der Göttin willen! Das ist kein Ort, an dem eine junge Frau leben sollte!«

»Aber mir gefällt es hier!«

»Athena!«

»Komm schon, Mama. Das war viel aufregender als Burkenswood je war, und du warst fantastisch. Du hast es voll drauf.«

Rosemary konnte nicht anders, als über das seltene Lob zu strahlen.

»Das habe ich, nicht wahr?«

Athena nickte. »Sehr beeindruckend.«

»Trotzdem ist es mein Vorrecht als deine Mutter, dich aus der Gefahr herauszuhalten. Wir müssen uns so weit wie möglich von diesem Ort entfernen.«

»Und was schlägst du vor, was wir um vier Uhr dreißig morgens tun sollen?«, fragte Athena. »Ich werde meine Tasche nicht noch einmal den ganzen Weg schleppen. Das letzte Mal hätte ich mir dabei fast den Rücken verrenkt.«

»Na schön«, sagte Rosemary. »Ich schlage vor, wir ziehen uns an und packen. Dann rufen wir Ferg an, damit er uns zum Bahnhof bringt, um deinen empfindlichen Rücken zu schonen. Wir nehmen das nächste Verkehrsmittel, das uns von hier wegbringt – Zug, Bus, Besen – mir egal, was es ist.«

»Was ist mit Wachtmeister Perkins?«

»Wir erzählen ihm, was passiert ist, und erklären ihm dann, dass wir zu unserer eigenen Sicherheit so schnell wie möglich aus der Stadt verschwinden müssen, es sei denn, er ist bereit, rund um die Uhr Sicherheitsleute für das Haus zu engagieren, und ich kann dir garantieren, dass das in einer Kleinstadt wie dieser nicht finanzierbar ist. Wir werden gehen, ob es ihm gefällt oder nicht, und es ist mir egal, ob ich vor Gericht ziehen muss, um ihn zu überstimmen.«

»Aber ...«

»Nein. Das ist nicht verhandelbar. Wir hätten beide vor wenigen Minuten sterben können.«

»Oh, mit dir kann man keinen Spaß haben.«

»Das Leben ist hart, nicht wahr? Wir gehen jetzt.«

Rosemary brachte Athena dazu, ihr die Treppe hinauf zu folgen. Sie packten schweigend ihre Koffer.

»Das wirst du noch bereuen, weißt du«, brummte Athena, als sie ihre Tasche wieder nach unten hievte.

»Ach, ja?«, sagte Rosemary. »Ich werde es also bereuen, dass ich das Leben meiner Tochter beschützt habe, indem ich sie aus der Gefahrenzone gebracht habe? Und warum ist das so?«

»Weil diese Stadt etwas Besonderes ist – wie du immer wieder sagst. Ich glaube sogar, dass es der einzige Ort ist, an den du je gepasst hast ... an dem du dich je zu Hause gefühlt hast.«

»Das sagst du nur, weil du den schneidigen und grüblerischen Finnigan wiedersehen willst«, stichelte Rosemary, obwohl ein Teil von ihr wusste, dass Athena recht hatte. Myrtlewood hatte sich immer wie ein Zuhause angefühlt, so sehr, dass Rosemary sich manchmal danach gesehnt hatte, wenn sie weg war, und nie ganz verstanden hatte, warum sie nicht lange in dem malerischen, verschrobenen Dorf bleiben konnte.

Das habe ich wohl Omas Zauber zu verdanken, dachte sie bei sich, während sie ihre eigene Tasche die Treppe hinunter schleppte und Athena folgte. *Und jetzt, wo der Zauber gebrochen ist, kann ich immer noch nicht hier bleiben. Typisch.*

Es war ein häufiges Muster in Rosemarys Leben, dass die Dinge, die sie wollte, sich ihrem Zugriff entzogen, sobald sie glaubte, sie erreichen zu können.

Sie seufzte und blickte zum Fenster hinaus in den sich aufhellenden Himmel. *Sicherlich ist es jetzt spät genug, um Ferg anzurufen. Wenn es direkt zum Anrufbeantworter geht, könnte er kommen, sobald er die Nachricht erhält, und je eher wir aus Myrtlewood herauskommen, desto besser.*

Ferg nahm nach dem zweiten Klingeln ab. »Fergs Nützliche Dienste, was kann ich für Sie tun?«, sagte die ungewöhnliche Stimme, die ihr mittlerweile ziemlich vertraut war.

»Guten Morgen, Ferg.«

»Ist er das?«

»Nun, vielleicht nicht. Wie auch immer, hier ist Rosemary Thorn. Athena und ich müssen zum Bahnhof und könnten Ihre Taxidienste in Anspruch nehmen.«

»Sofort, gnädige Frau«, sagte Ferg und legte den Hörer auf, bevor Rosemary noch weitere erfolglose Höflichkeitsfloskeln mit ihm austauschen konnte.

»Er ist auf dem Weg«, sagte sie zu Athena. »Lass uns auf der Veranda warten.«

»Bitte überleg es dir noch einmal«, flehte Athena.

»Auf gar keinen Fall. Wir bleiben hier keine Sekunde länger – und wir kommen erst zurück, wenn wir genau wissen, dass es sicher ist.«

Sie näherte sich der Eingangstür und versuchte, sie zu öffnen, während sie immer noch ihre Tasche trug, aber es gelang ihr nicht.

»Oh, Mist.« Sie stellte ihre Tasche ab und versuchte es noch einmal, aber der Riegel bewegte sich nicht. »Was ist denn mit dieser Tür los?«

»Klemmt sie?«, fragte Athena.

»Es ist mehr als nur verklemmt. Sie bewegt sich überhaupt nicht! Ich wette, diese Eindringlinge haben etwas damit angestellt. Sie wollten uns hier drin einsperren, damit sie zurückkommen und die Sache zu Ende bringen können.«

»Oder vielleicht ist es das Haus.«

»Natürlich liegt es am Haus, Athena. Die Tür ist ein Teil des Hauses.«

»Nein – ich meine, vielleicht will das Haus uns davon abhalten zu gehen. Es will, dass wir bleiben.«

»Das ist noch schlimmer!«, sagte Rosemary. »Wir werden hier nicht wegen eines störrischen empfindungsfähigen Gebäudes gefangen bleiben! Wenn das Haus wirklich in unserem besten Interesse handeln würde, würde es uns selbst entscheiden lassen. Ich kann nicht glauben, dass ich das gerade gesagt habe. Siehst du, was dieser Ort mit mir anstellt? Ich bin fertig mit ihm. Ich bin fertig mit allem. Ich will so weit wie möglich weg von Myrtlewood.«

Sie sah Athena verzweifelt an.

»Es tut mir leid, das zu hören, Liebes«, sagte Oma Thorns Stimme, die aus der Richtung der Tür kam.

Rosemary riss erschrocken den Kopf zurück und sah das Gesicht ihrer Großmutter auf der glänzenden Mahagonifläche vor sich prangen.

»Oma?«

»Natürlich bin ich es. Wer sollte es sonst sein?«

»Bist du ... ein Geist?«

»Ich scheine keine körperliche Form zu haben, also ja, ich nehme es an.«

»Äh ...« Rosemary warf Athena einen noch verzweifelteren Blick zu. »Siehst du das auch?«

Athena lächelte nervös und nickte.

»Es ist schön, dich zu sehen«, sagte Rosemary. »Auch wenn du ... körperlos bist. Ich habe dich vermisst.«

»Ich habe dich auch vermisst, Liebes, aber wir haben nicht viel Zeit. Ich verbrauche eine Menge Energie, nur um mit dir zu sprechen, aber du musst verstehen, dass du in Myrtlewood bleiben musst.«

»Oh.« Rosemary sackte zusammen. »Nicht du auch noch! Siehst du denn nicht, dass es gefährlich ist?«

»Ich fürchte, das sehe ich sehr wohl ... ein bisschen zu deutlich, um genau zu sein.«

»Oh ... entschuldige, natürlich siehst du das«, sagte Rosemary. »Und warum willst du dann, dass wir bleiben?«

»Ich bedaure sehr, dass ich euch in diese Gefahr bringen musste«, sagte Oma Thorn. »Aber das war nur, um euch und viele andere vor einer noch größeren Gefahr zu schützen.«

»Na, das ist ja wundervoll«, sagte Rosemary sarkastisch. »Gibt es denn sonst niemanden, der sich darum kümmern kann, während wir aus der Stadt verschwinden?«

»Nein, Rosemary. Ihr seid die Einzigen, die den Thornzauber anwenden können. Ich traue deinen Cousins nicht und das solltest du auch nicht. Es gibt kein Entrinnen aus dem, was in Gang gesetzt wurde. Wenn ihr jetzt die Stadt verlasst, wird euch die Gefahr folgen. Aber du wärst nicht so gut geschützt wie hier in meinem Haus.«

»Verflixt«, sagte Rosemary.

»Bleib in Myrtlewood, Rosemary«, sagte der Geist von Oma. »Es ist dein rechtmäßiges Zuhause, und es tut mir leid, dass ich eine solche Distanz zwischen uns geschaffen habe, dass ich dich so lange ferngehalten habe. Es geschah aus Angst um deine und Athenas Sicherheit, aber jetzt, wo ihr beide starke Frauen seid, seid ihr bereit.«

»Ich bin nicht bereit«, beharrte Rosemary. »Und Athena ist absolut nicht bereit. Sie ist erst sechzehn.«

»Ein mächtiges Alter.«

»Zu mächtig, wenn du mich fragst«, brummte Rosemary.

»Lass mich dich ansehen, Liebes«, sagte Oma und winkte Athena näher heran.

Das Mädchen trat zögernd vor.

»Oh, ja. Du bist wahrhaft mächtig.«

»Das glaube ich nicht, Oma Thorn ... Ich meine, Mama ist diejenige mit den Superkräften.«

»Du weißt es noch nicht, aber es lauert direkt unter der Oberfläche, und nicht nur von unserer Seite der Familie«, sagte Oma und zwinkerte. »Du bist etwas Besonderes.«

»Oma«, sagte Rosemary. »So sehr ich dich auch liebe und respektiere, ich kann das Athena nicht zumuten. Es ist nicht richtig. Du hättest die Männer sehen sollen, die gestern Abend in dieses Haus – dein Zuhause – eingedrungen sind. Sie hatten Feuerbälle und Reißzähne und ... ähm, Vögel.«

»Unsere Feinde versuchen, euch zu vertreiben. Verstehst du das nicht?«, erwiderte Oma. »Sie denken, ihr seid schwach. Sie versuchen, euch zu verjagen.«

»Aber warum? Warum sollten sie sich so viel Mühe machen? Das verstehe ich nicht«, sagte Rosemary.

»Sag niemandem, dass du mich gesehen hast. Ich kann es nicht gebrauchen, dass mich jederman anruft und um Hilfe bei magischen Kleinigkeiten bittet.«

Omas Bild in der Tür verblasste schnell. »Nein! Geh nicht!«, schrie Rosemary. »Wir brauchen dich!«

»Es tut mir leid, Liebes. Meine Energie geht zur Neige. Viel Liebe und Segen für euch!«

Damit verschwand sie in dem polierten Mahagoniholz.

»Verflixt!«, sagte Rosemary. »Verflixt, verflixt, verflixt! Wir haben sie nicht gefragt, wer ihr Mörder ist!«

»Mama!«, sagte Athena. »Das hätte doch auf der Hand liegen müssen! Ganz zu schweigen davon, dass es uns eine ganze Menge Ärger erspart hätte. Was hast du dir dabei nur gedacht?«

»Ich habe auch nicht gehört, dass du sie gefragt hast«, sagte Rosemary mürrisch.

»Du solltest hier die Erwachsene sein.«

»Nun, laut Oma sind wir beide starke Frauen, und du bist etwas Besonderes. Was um alles in der Welt hat sie damit gemeint, dass das nicht alles von unserer Seite der Familie kommt? Ich meine, dein Vater ist ... er ist auf seine Art besonders, aber im Allgemeinen nicht auf eine gute Art.«

»Ich habe keine Ahnung«, sagte Athena. »Ich denke, ich habe überhaupt keine Eigenschaften von ihm geerbt.«

»Er ist aber nicht magisch, oder?«, fragte Rosemary. »Ich meine, er hat genug Charme, um alle Frauen zu umwerben, aber soweit ich weiß, sind ihm noch nie Funken aus den Händen geflogen. Er hat auch nicht gegen einen Vampir gekämpft und gewonnen.«

»Das ist kein Wettbewerb, Mama«, sagte Athena. »Wie auch immer, woher weißt du, dass wir ihr vertrauen können?«

»Oma? Natürlich können wir ihr vertrauen. Sie ist die vertrauenswürdigste Person, die ich kenne.«

»Abgesehen davon, dass sie die Familienmagie vor uns versteckt und einen Zauber ausgesprochen hat, um uns von diesem Ort zu vertreiben?«

»Nun, sie hatte gute Gründe dafür«, sagte Rosemary, aber ein bitterer Beigeschmack breitete sich in ihrem Mund aus, als sie erkannte, dass Athena Recht hatte. Oma war zumindest teilweise für all das verantwortlich, und sie hatte sich nicht die Mühe gemacht, ihnen etwas mitzuteilen, als sie noch lebte. Rosemary spürte, wie eines der wenigen Dinge in ihrem Leben, die sie als sicher empfunden hatte, ins Wanken geriet – ihre Beziehung zu ihrer geliebten Großmutter. Die ganze Zeit über plapperte Athena weiter, ohne den inneren Aufruhr ihrer Mutter zu bemerken.

»Selbst wenn das der Fall ist und Oma Thorn gute Gründe hatte, woher wissen wir, dass ... diese Erscheinung an der Tür ... wirklich sie war?«

»Sie war es auf jeden Fall«, murmelte Rosemary. »Es gibt niemanden, der so ist wie Oma Thorn, und so etwas kann man nicht vortäuschen.«

»Nicht einmal mit Magie?«

»Das glaube ich nicht«, sagte Rosemary, obwohl sie sich selbst nicht ganz sicher war. »Wir müssen sie dazu bringen, zurück zu kommen!«

»Was?«, fragte Athena.

»Ja – das ist es«, sagte Rosemary. »Wir können sie dazu bringen, zurückzukommen und sie sofort fragen, wer sie getötet hat, und dann können wir uns einen Test ausdenken, den nur sie kennt, um sicherzugehen, dass sie es war und nicht irgendein Trick.«

»Wie sollen wir das anstellen?«

»Oma!«, sagte Rosemary zur Tür. »Oma! Wenn du mich hören kannst ... ähm ... klopf dreimal?«

In diesem Moment klopfte es an der Tür.

Rosemary blickte triumphierend zu Athena.

»Äh, Mama«, sagte Athena und schaute durch das Fenster an der Seite.

»Was? Es hat funktioniert!«

»Nein, hat es nicht«, versicherte Athena ihr in einem wütenden Flüsterton. »Es sei denn, du wolltest eigentlich Wachtmeister Perkins herbeirufen!«

»Was!?«

Rosemary warf einen Blick durch das Fenster, um zu sehen, dass der seltsame Polizist tatsächlich vor der Tür stand.

»So ein Mist!«, fluchte Rosemary vor sich hin. »Was macht der denn hier?«

»Du hast ihn angerufen, weißt du noch?«, flüsterte Athena.

»Das scheint Jahre her zu sein.«

Wachtmeister Perkins klopfte erneut.

»Eher wie eine Stunde. Was sollen wir tun?«, sagte Athena mit leiser Stimme.

»Ich nehme an, wir müssen ihn hereinlassen«, sagte Rosemary. »Ich meine ... wir können ihm das Chaos zeigen, das die Eindringlinge angerichtet haben und alles ... Deshalb habe ich ihn ja angerufen.«

»Natürlich musst du ihn reinlassen!«, sagte Athena. »Was solltest du denn sonst tun?«

»So tun, als ob wir schon weg wären?«, schlug Rosemary vor.

»Ach ja, und wenn er reinkommt, um nachzusehen, was dann?«

»Daran habe ich nicht gedacht.«

»Lass ihn einfach rein«, sagte Athena. »Und versuch, nichts allzu Lächerliches zu sagen, sonst kriegen wir noch mehr Ärger.«

»Was ist mit der Tür?«, sagte Rosemary. »Sie hat vorher nicht funktioniert.«

»Versuch es einfach.«

»Gut«, sagte Rosemary und drehte den Griff und die Klinke, die sich mühelos öffnen ließen.

»Das hat ja lange genug gedauert«, brummte Wachtmeister Perkins. »Und was soll das alles nun?«

»Es ist ...«, begann Rosemary und verlor dann ihren Gedankengang.

»Es gab Eindringlinge, Sir«, mischte sich Athena ein, die vielleicht die unmittelbare Gefahr witterte, dass ihre Mutter noch mehr belastenden Unsinn von sich geben würde.

Wachtmeister Perkins wechselte von seinem missbilligenden Blick auf Rosemary zu einem beschwichtigenden Blick auf ihre Tochter. Offensichtlich gefiel es ihm, »Sir« genannt zu werden.

»Fahren Sie fort«, sagte er.

»Wir haben oben in den Zimmern geschlafen, als wir Geräusche hörten«, sagte Athena und versuchte, ihm die Abläufe zu erklären.

»Laute, krachende, heulende Geräusche!«, fügte Rosemary enthusiastisch hinzu.

Athena stupste sie subtil mit dem Fuß an.

»Wir wurden davon wach, Sir. Als wir zum Fenster gingen, um nachzusehen, sahen wir einige schwarz gekleidete Leute da draußen.«

»Mehr als einen?«, fragte Wachtmeister Perkins.

»Mindestens zwei«, sagte Athena.

»Aber es war dunkel. Wie können Sie so sicher sein?«, fragte er.

»Wir wissen, dass es mindestens zwei waren, weil sie ins Haus kamen und wir sie gesehen haben«, sagte Athena. »Mama hat sie abgewehrt. Es war wirklich ziemlich beeindruckend.«

Rosemary lächelte zufrieden, bis sie sich an das Schicksal des Vampirs erinnerte, den sie entsorgt hatte. Sie wünschte, Athena hätte nicht erwähnt, wie viele es waren, nur für den Fall. Doch die Geschichte war vage genug, dass die Chance bestand, dass diese spezielle Zerstäubung nicht auf sie zurückgeführt werden konnte.

»Wo ist das alles passiert?«, fragte Wachtmeister Perkins.

»Da drüben, am Treppenabsatz«, sagte Athena und deutete den Flur hinunter in Richtung Treppe. »Ich werde es Ihnen zeigen.«

»Moment mal!«, sagte Wachtmeister Perkins in einem so schroffen und anklagenden Ton, dass Rosemary sich fragte, ob er den Vampirmord schon irgendwie herausgefunden hatte.

»Was hat es mit den Taschen auf sich?«, fragte Wachtmeister Perkins und deutete auf die Koffer, die noch immer in der Nähe auf dem Boden lagen. »Sie hatten doch nicht etwa vor, die Stadt zu verlassen, oder? Nachdem ich Ihnen ausdrücklich gesagt habe, dass Sie das nicht tun sollen?«

»Wir wollten sicher nicht in einem Haus bleiben, das von Einbrechern heimgesucht wird«, schnauzte Rosemary. »Wir wollten … ach, ich weiß nicht, vielleicht irgendwo anders in der Stadt übernachten? Wir könnten zum Beispiel Marjie fragen. Wie auch immer, wir sind nicht diejenigen, die Sie verdächtigen sollten. Ich bin mir ziemlich sicher, dass die, die letzte Nacht eingebrochen sind, genau dieselben Täter waren, die Oma umgebracht haben, oder dass sie eng mit ihnen verbunden sind.«

»Warten Sie, warten Sie. Ich bin derjenige, der hier die Anschuldigungen macht«, sagte Wachtmeister Perkins. »Was, wenn Sie das alles nur erfunden haben, um einen Vorwand zu haben, das Land zu verlassen und nie wieder zurückzukehren?«

»Wachtmeister Perkins«, sagte Rosemary mit ihrer Mama-Stimme. »So sehr Sie mich auch auf unerklärliche Weise verachten mögen, glauben Sie mir bitte, wenn ich Ihnen sage, dass ich nicht die Absicht habe, ein internationaler Flüchtling zu werden.«

Athena warf Rosemary einen alarmierten Blick zu, der ihr sagte, sie solle jetzt den Mund halten.

»Ihr Thorn-Frauen seid alle so streitsüchtig«, brummte der Polizist. »Dann zeigen Sie mir jetzt den Schaden.«

»Schaden?«, fragte Rosemary.

»Von der Schlägerei, die Sie angeblich mitten in der Nacht geführt haben.«

»Äh, natürlich. Hier entlang«, sagte Rosemary und führte ihn zum Treppenhaus. »Oh, verdammt!«

»Was ist los, Mama?«, fragte Athena und folgte dem Wachtmeister.

»Das war vorhin noch ein richtiges Chaos!«, rief Rosemary aus. »Ehrlich! Ich hätte nie gedacht, dass es so viel Mühe macht, ein Haus zu haben, das sich selbst repariert.«

Der gesamte Bereich unter der Treppe sah perfekt und poliert aus, ohne dass auch nur eine Krähenfeder den Boden verschmutzt hätte.

»Wovon reden Sie da?«, fragte Wachtmeister Perkins.

»Es ist ...« Rosemary versuchte, eine gute Ausrede zu finden, gab aber schnell auf. »Ach, was soll's. Es ist nur so, dass dieses Haus sich irgendwie selbst repariert und aufräumt. Ich weiß, das klingt verrückt ...«

»Nein«, sagte Wachtmeister Perkins. »Nicht verrückt, nur magisch. Und ich glaube, so ehrlich waren Sie noch nie zu mir, seit wir uns kennengelernt haben.«

»Sie... glauben mir?«, fragte Rosemary.

»Ich merke immer, wenn jemand etwas vor mir verheimlicht, und bei Ihnen steht die Geheimniskrämerei auf der Stirn geschrieben«, brummte er. »Das ist ein weiteres Problem mit euch Thorn-Frauen, ihr scheint immer die Wahrheit zu verbergen. Selbst wenn ihr glaubt, dass es im Interesse der anderen ist. Ist es aber nicht.«

»Sie glauben mir also?«, fragte Rosemary.

»Dass das Haus sich selbst repariert und putzt, sicher. Das klingt plausibel.«

»*Das* klingt plausibel?«

»Es wäre typisch für die alte Galdie, dass sie ihre Hausarbeit und die Instandhaltung nicht selbst erledigen will«, sagte er. »Obwohl es mir ein Rätsel ist, wie sie ihre Zaubersprüche aufrechterhält, nachdem sie bereits auf die andere Seite gegangen ist.«

»Gut«, sagte Rosemary. »Das klärt die Sache also auf.«

»Das tut es ganz sicher nicht«, antwortete er. »Sie verheimlichen mir immer noch Dinge. Ich kann Ihnen nicht glauben, was Sie über die Eindringlinge sagen, weil zu viel Geheimniskrämerei im Spiel ist. Das Einzige, was ich glaube, ist, dass das Haus sich selbst repariert, aber alles andere ist nur eine wilde Geschichte, soweit es mich betrifft.«

»Aber es ist wahr ... und ... und ...« Rosemary klammerte sich an einen Strohhalm und versuchte, sich an die andere Sache zu erinnern, die sie dem Polizisten sagen wollte. »Wir können Oma unmöglich umgebracht haben!«, sagte sie triumphierend.

»Ach ja, und warum das?«, fragte Wachtmeister Perkins misstrauisch.

»Nun ... nun ... jemand hat uns gesagt, dass ihr Tod definitiv durch Magie verursacht wurde. Mächtige Magie. Wir konnten es also nicht gewesen sein. Wir wussten nichts von diesen Dingen, bevor wir nach Myrtlewood kamen.«

»Von welchen Dingen?«

»Magie«, sagte Athena und versuchte, die Lücken in Rosemarys willkürlicher Erklärung zu füllen. »Wir haben vorher nicht hier gelebt, wissen Sie, Sir. Wir haben in gewöhnlichen Städten gelebt, wo die Leute nicht an Zaubersprüche oder Ähnliches glauben, und erst als wir nach Myrtlewood kamen und hier in diesem Haus wohnten, begannen Dinge zu geschehen, die wir uns nur mit Magie erklären konnten. Jeder hier redet darüber, als wäre es das Normalste der Welt – wie Sonnenschein oder Elektrizität.«

»Ich habe der Elektrizität noch nie getraut«, brummte Wachtmeister Perkins.

»Äh ... jedenfalls«, sagte Rosemary. »Athena und ich sagen gerade die Wahrheit. Sie müssen das mit Ihrer ... Fähigkeit erkennen können. Wir wussten ehrlich nichts von Magie, bevor wir am Samstag hierher kamen.«

»Schon gut, schon gut«, sagte Wachtmeister Perkins und zerrte an seinen Hosenträgern, während er sich von einer Seite zur anderen bewegte. »Ich habe hier genug gesehen.«

»Haben Sie?«, sagte Rosemary hoffnungsvoll. »Heißt das, wir sind entlastet?«

»Sicherlich nicht«, sagte er. »Ich muss noch eine vollständige Untersuchung durchführen. Nur weil Sie in einigen bestimmten Punkten die Wahrheit sagen, heißt das nicht viel im Ganzen. Sie verheimlichen noch einiges.« Er sah sie misstrauisch an. »Ich muss mir ein vollständiges Bild machen, verstehen Sie?«

»Oh ... okay«, sagte Rosemary und folgte dem Polizisten aus dem Haus, um Ferg auf der Veranda stehen zu sehen, der diesmal eine gelbe Mütze und einen gelben Pullover trug.

»Hallo«, sagte er. »Das Taxi zum Bahnhof steht bereit.«

»Zum Bahnhof, ja?«, sagte Wachtmeister Perkins und seine Stimme triefte vor Misstrauen. »Ich dachte, Sie wollten bei der alten Marjie bleiben.«

Rosemary seufzte. Sie war in die Enge getrieben und wusste, dass ihr nichts anderes übrigblieb als die Wahrheit zu sagen. »Um ganz ehrlich zu sein, war ich heute Morgen ziemlich aufgebracht und wollte so weit wie möglich von Myrtlewood weg.«

»Ach, das wollten Sie, ja?«

»Ich wollte es Ihnen sagen«, sagte sie. »Ich meine – warum hätte ich Sie sonst anrufen sollen?«

Rosemarys Stimme klang ein wenig zweifelnder, als sie es beabsichtigt hatte.

Wachtmeister Perkins hob eine Augenbraue. »Tatsächlich, warum eigentlich?«

»Es war einfach ... schrecklich. Ich hatte Angst um mein Leben, aber vor allem wollte ich Athena beschützen. Einer der Angreifer ... er hat sich auf sie gestürzt.«

»Ach ja«, sagte Wachtmeister Perkins und kratzte sich am Kinn, als ob er sich gerade an ein kleines Detail erinnerte, das er vergessen hatte zu erfragen. »Diese Angreifer, wie sahen sie aus?«

Rosemarys Bauch schien sich bei dieser Frage zu einem Stein zu formen. »Äh ... nun, wie Athena schon sagte, sie waren schwarz gekleidet ... und es war dunkel, also habe ich nicht viel gesehen. Es waren allerdings Männer ... ähm ... mit kurzen Haaren.«

»Sie wirken nervös«, sagte der Polizist.

»Ich hatte Angst«, sagte Rosemary und fragte sich, ob es als abscheuliches Verbrechen galt, einen Vampir zu zerstäuben, oder eher als gemeinnützige Arbeit. Sie wollte nicht das Risiko eingehen, es selbst herauszufinden. »Und ich bin es immer noch. Was ist, wenn sie zurückkommen? Ich meine... das ist wahrscheinlich, besonders wenn sie diejenigen sind, die Oma getötet haben. Vielleicht sind sie hinter uns her oder wollen etwas stehlen, das sie im Haus versteckt hat ... Ich weiß es wirklich nicht.«

»Sie wissen mehr, als Sie zugeben, das ist sicher«, sagte Wachtmeister Perkins. Er nickte Rosemary und Athena zu. »Sehen Sie zu, dass Sie in der Stadt bleiben.«

Er zog seinen Hut vor Ferg, der daraufhin salutierte und sagte: »Guten Tag, Sir.«

Als der Wagen von Wachtmeister Perkins die Auffahrt hinunterbrauste, sah Ferg von Rosemary zu Athena. »Ich nehme an, wir fahren doch nicht zum Bahnhof?«, sagte er.

Rosemary hatte das Gefühl, dass sich die ganze Welt unter ihren Füßen drehte. Die letzten Stunden waren eine Achterbahn des Schreckens und der Wut auf die Eindringlinge gewesen, des sturen Wunsches, aus Myrtlewood zu entkommen, und des Verlangens, ihre Oma wiederzusehen. Selbst wenn es in zweidimensionaler Geistergestalt war, was ihr gleichzeitig einen Schmerz des Verlustes und des Glücks und der Verwirrung bescherte. Oma hatte ihr gesagt, sie solle bleiben, und das wog schwerer als alles, was der Wachtmeister hätte sagen können.

»Ich schätze, wir bleiben«, sagte Rosemary und sah ihre Tochter an, die mit den Schultern zuckte, aber trotzdem recht zufrieden aussah.

»Nun gut«, sagte Ferg und ging rückwärts zu seinem orangefarbenen Auto.

»Eigentlich könnte ich ein Frühstück gebrauchen«, sagte Rosemary. »Was ist mit dir, Athena?«

»Ja! Ich bin am Verhungern«, sagte Athena.

»Ferg, statt zum Bahnhof«, sagte Rosemary, »wie wäre es, wenn du uns zu Marjie's bringst, damit wir nicht laufen müssen? Es ist bereits ein langer Morgen gewesen, und ich weiß nicht, ob wir die Kraft haben, selbst dorthin zu gehen.«

»Sehr gut«, antwortete Ferg. Er ging zu seinem Auto hinüber und öffnete ihnen die Hintertür.

»Gelb steht Ihnen übrigens gut«, bemerkte Rosemary, als sie Athena ins Auto folgte.

Ferg zuckte mit den Schultern. »Es ist Montag.«

Rosemary wartete darauf, dass er erklärte, was der Montag mit seiner Kleiderwahl zu tun hatte, aber Ferg stieg ins Auto, ohne darauf einzugehen.

»Hat der Montag etwas mit dem Gelb zu tun?«, drängte Rosemary und versuchte, trotz ihrer schleichenden Erschöpfung Smalltalk zu machen.

»Natürlich«, sagte Ferg. »Montag ist der helle Tag, an dem die Woche beginnt. Ich trage jeden Tag eine andere Farbe. Der Saturntag ist braun, der Sonntag ist blau, der Mondtag ist gelb, der Dienstag ist orange, der Mittwoch lila, der Donnerstag grün und der Freitag rot.«

Rosemary und Athena sahen sich erstaunt an.

»Toll«, sagte Rosemary. »Ich kann also anhand der Farbe, die Sie tragen, erkennen, welcher Wochentag es ist.«

»Wenn Ihnen das gefällt«, sagte Ferg.

»Es ist wie ein Regenbogen«, sagte Athena.

»Nein.«

»Aber ...« Athena setzte an, aber Ferg unterbrach sie.

»Nein, es ist absichtlich nicht in dieser Reihenfolge – und es enthält Braun. Regenbögen haben kein Braun«, beharrte Ferg.

»Also gut«, sagte Athena.

»Ich bin ein Individuum.«

»Das sind Sie«, sagte Rosemary mit einem leicht amüsierten Grinsen. Sie war jedoch nicht lange amüsiert. Als sie eine Stunde später auf ihr Handy schaute, fand sie eine Nachricht von ihrem Chef, in der stand, dass sie gefeuert worden war, weil sie an diesem Morgen nicht zu ihrer Frühschicht erschienen war.

Rosemary presste ihre Handflächen an ihr Gesicht. Sie wollte es Athena nicht sagen, noch nicht. Es war hauptsächlich ihre Schuld. Sie hatte vorgehabt, ihn anzurufen und ihm zu sagen, dass sie länger wegbleiben würden, aber entweder hatte sie es aufgeschoben oder vergessen, wahrscheinlich beides. Natürlich war es möglich, dass sie so oder so gefeuert worden wäre, wenn sie die Schicht versäumt hätte, selbst wenn es einen guten Grund gegeben hätte, aber jetzt war es zu spät. Das Schicksal hatte es für sie entschieden.

KAPITEL

VIERZEHN

Sie hielten vor dem Teeladen, als Marjie gerade das Schild »Geöffnet« anbrachte.

»Hallo Marjie, bereit für deine ersten Kunden?«, fragte Rosemary, als sie und Athena aus dem Auto stiegen.

»Na klar!«, sagte Marjie. »Kommt rein und raus aus der Kälte, und ich bringe euch beiden Tee. Es sieht so aus, als ob ihr heute meine Spezialmischung gebrauchen könnt.«

Rosemary zuckte mit den Schultern. »Da könntest du Recht haben. Das war ein schockierender Morgen.«

»Ihr braucht nicht mehr zu sagen«, sagte Marjie und führte sie ins Haus.

Während Marjie in der Küche herumwuselte und Tee kochte, stupste Athena Rosemary am Arm an.

»Was?«, fragte Rosemary.

»Meinst du, wir sollten es ihr sagen?«, fragte Athena, wobei sie ihre Stimme so leise hielt, dass Marjie sie nicht hören konnte.

»Ihr was sagen?«

»Alles«, sagte Athena.

»Warum in aller Welt sollten wir das tun?«, fragte Rosemary.

»Wir brauchen einen Verbündeten«, erklärte Athena. »Wir brauchen jemanden, dem wir vertrauen können, der hier lebt, jemanden, der diesen Ort in- und auswendig kennt und der uns helfen kann, uns einen Reim auf all das zu machen.«

»Und wenn wir ihr nicht trauen können?«, fragte Rosemary.

»Ach, komm schon, Mama. Sieht es so aus, als wäre Marjie gestern Abend in einem schwarzen Ninja-Outfit vor unserem Haus gewesen? Was denkst *du*?«

»Nein, das wollte ich damit nicht andeuten«, sagte Rosemary. »Es ist nur … was, wenn ihre Loyalität nicht bei Oma liegt? Was, wenn sie eine Art Superhirn ist, das hinter der ganzen Sache steckt?«

»Sieht das für dich wie ein kriminelles Superhirn aus?«, fragte Athena und gestikulierte in Richtung Küche, wo Marjie sich gerade eine geblümte Schürze umband.

»Nein, aber …«

»Ich denke, im Augenblick überwiegen die Vorteile einer Verbündeten das Risiko, dass Marjie eine schwarze Magierin ist«, sagte Athena.

»Oh, gut. Wir werden es Marjie sagen.«

»Mir was sagen, Liebes?«, fragte Marjie, als sie sich mit einem Teetablett näherte, das nicht nur mit Tee, sondern auch mit Toast und weichgekochten Eiern in kleinen geblümten Eierbechern beladen war.

»Du hast uns Frühstück gebracht!«, sagte Athena, und das mit viel mehr Enthusiasmus, als Rosemary von ihrem Teenager gewohnt war.

»Natürlich habe ich das«, sagte Marjie. »Ihr beide müsst gemästet werden. Also, was wolltet ihr mir erzählen? Ich bin ganz Ohr.«

Rosemary nahm einen Schluck von Marjies Spezialmischung und fühlte sich augenblicklich aufgewärmt und beruhigt. Sie begann mit der langen Geschichte über das Haus: die Geräusche und die Zauberkiste und die Selbstreparatur und die Angriffe und die Eindringlinge, wobei sie nur den Teil über das Vampirpfählen ausließ, bei dem sie sich nicht sicher war, ob es ein sicheres Thema war, es zu diesem Zeitpunkt anzusprechen.

Marjie lächelte und nickte, wobei ihr Gesichtsausdruck immer besorgter wurde, je mehr sie über die Angriffe auf das Haus erzählten. Bei diesem letzten Detail sah sie ziemlich beeindruckt aus.

»Du hast ihn wirklich abgewehrt, nicht wahr?«, fragte Marjie mit mehr als nur einem Hauch von Stolz in der Stimme.

»Ja, so scheint es. Ich schätze, es hatte etwas mit der Magie zu tun. Ich verstehe sie immer noch nicht sehr gut«, sagte Rosemary.

»Oh, Magie kann man nicht hier oben verstehen.« Sie tippte sich an den Kopf. »All die Logik wird dir nichts nützen. Du musst sie hier verstehen.« Sie hielt ihre Handfläche an ihr Herz. »Dort ist die Magie wirklich zu Hause.«

»Ah, okay«, sagte Rosemary, obwohl sie nicht ganz sicher war, ob sie es verstanden hatte.

»Es überrascht mich allerdings, dass du nach all dem nicht gleich wieder aus der Stadt verschwinden willst«, sagte Marjie.

»Eigentlich wollte ich das schon«, gab Rosemary zu. Sie war sich nicht sicher, ob sie Marjie von Omas Auftauchen erzählen sollte, und entschied sich für die Vorsicht. »Wachtmeister Perkins hat uns verboten, die Stadt zu verlassen.«

»Ich bin froh, dass ihr uns nicht verlassen habt«, sagte Marjie. »Hier seid ihr viel sicherer. Aber sei versichert, dass ich diesem Wachtmeister Perkins eine Standpauke halten werde, weil er euch belästigt hat.«

»Wer belästigt hier wen?«, ertönte eine kräftige, dröhnende Stimme von der Tür her.

»Aber, aber, Herr June. Sie sind heute Morgen früh dran!«, rief Marjie laut.

Rosemary drehte sich um und betrachtete den Kunden, der gerade eingetreten war. Er trug ein schwarzes, besticktes Jackett mit einem königsblauen Kragen, und obwohl er etwa in ihrem Alter sein mochte, trug er einen schwarzen, stilisierten Spazierstock mit einer silbernen Spitze. Sein Haar war zurückgekämmt. Der Look war so altmodisch, dass Rosemary annahm, dass er tatsächlich älter war, oder dass er einen bestimmten Grufti-Look anstrebte. Sie konnte nicht genau sagen, was von beidem.

Marjie ging, um sich um Herrn June zu kümmern, und brachte ihm seinen üblichen englischen Frühstückstee und ein Stück Karottenkuchen.

»Der Arzt sagt, ich muss mein Gemüse essen«, brummte er und nahm einen großen Bissen von dem Kuchen.

Rosemary und Athena warfen sich einen fragenden Blick zu.

»Perfekt, wie immer, Marjoram«, sagte Herr June und klatschte sich auf die Schulter. »Und wer sind Ihre reizenden weiblichen Gäste? Ich erkenne sie nicht. Man sollte meinen, dass ich als Bürgermeister einen guten Überblick über das Treiben in der Stadt habe, aber das ist, ehrlich gesagt, nicht der Fall.«

Bürgermeister ... da schrillten bei Rosemary die Alarmglocken. Sie konnte sich nicht recht erinnern, was sie über den Bürgermeister von Myrtlewood gehört hatte oder wer es ihr gesagt hatte. Sie zerbrach sich den Kopf und wollte Athena fragen, ob sie sich an etwas erinnerte, aber sie wollte nicht verdächtig wirken, indem sie flüsterte. Athena sah nicht misstrauisch aus, nur beunruhigt über die ungewöhnliche Person.

»Das ist Rosemary Thorn und ihre Tochter Athena, natürlich! Sehen Sie nicht die Familienähnlichkeit?«

Zum ersten Mal wünschte sich Rosemary, dass Marjie nicht ganz so freundlich wäre, vor allem nach allem, was sie ihr gerade über die letzten Tage erzählt hatten. Sie wünschte, sie hätte Marjie sagen können, dass das ganze Gespräch streng vertraulich war, und jetzt würde es schwer werden, etwas zu sagen. Sie versuchte, Marjie einen warnenden Blick zuzuwerfen.

»Aber natürlich! Die Thornigen Nachkommen«, sagte Herr June. »Sehen Sie, was ich da gemacht habe.«

»Ja, äh, sehr clever«, sagte Rosemary.

Athena rollte mit den Augen, und Rosemary war dankbar, dass der Bürgermeister es nicht bemerkt hatte. Jetzt war sie an der Reihe, ihrer Tochter einen sanften Tritt unter den Tisch zu verpassen, was ihr einen wütenden Blick einbrachte.

»Ich nehme an, Sie sind hier, um das alte Haus zu besichtigen«, fuhr Herr June fort. »Ich vermute, Sie wollen es so schnell wie möglich auf den Markt bringen. Ein altes Herrenhaus wie dieses macht eine Menge Arbeit.«

»Eigentlich«, sagte Rosemary, »haben wir beschlossen, in Myrtlewood zu bleiben.«

Athena sah Rosemary an, erschrocken über die Bestimmtheit in der Stimme ihrer Mutter.

»Ach herrje«, stotterte Mr June und verschluckte sich an seinem Tee.

Rosemary war nicht ganz so sicher, wie sie versucht hatte, zu klingen. Eigentlich wollte sie nur die Reaktion des Bürgermeisters abwägen, um herauszufinden, wie wahrscheinlich es war, dass er der Hauptverdächtige war, aber es wurde immer wahrscheinlicher, dass sie in Myrtlewood bleiben würden. Immerhin hatte sie gerade ihren Job verloren, und es gab nicht viel, wegen dem es sich lohnte, zurückzugehen, außerdem vertraute sie Omas Instinkten.

»Wirklich?«, fragte er. »Ich kenne nämlich ein paar Leute, die bereit wären, das Haus zu kaufen – Leute, die solche alten, historischen Häuser lieben.«

»Wirklich. Wir bleiben hier«, sagte Rosemary.

Herr June sah einen Moment lang beunruhigt aus, dann klatschte er begeistert in die Hände. »Zwei neue Mitglieder von Myrtlewood! Zwei neue Wählerinnen! Herzlich willkommen!«

Er schritt zu ihrem Tisch hinüber und schüttelte beiden die Hand.

»Danke, Herr June«, sagte Rosemary.

»Oh bitte, nennen Sie mich Don«, sagte der Bürgermeister.

»Don June?«, fragte Rosemary und versuchte, ein Kichern zu unterdrücken.

»Das ist mein Name. Was ist damit?«, fragte er.

»Nichts«, sagte Rosemary. »Es ist nur ... ein ungewöhnlicher Name, das ist alles.«

»Ich bin stolz darauf, außergewöhnlich zu sein«, sagte er und zupfte an seinem lila Kragen.

»Wie ich sehe, haben Sie damit Erfolg«, sagte Rosemary und versuchte, nicht spöttisch, sondern höflich zu klingen. Schließlich könnte er ein Mörder sein, mit dem sie nichts zu tun haben wollte, und selbst wenn er es nicht war, würde es sich auszahlen, einen Beamten auf ihrer Seite zu haben, falls sich die Lage mit Wachtmeister Perkins verschlechterte.

»Wenn Sie mich jetzt entschuldigen würden«, sagte Herr June. »Ich werde dort drüben sein und meine Zeitung lesen. Das ist die beste Art, den Tag zu beginnen – eine Tasse Tee und die Morgenzeitung, finden Sie nicht auch?«

Rosemary und Athena nickten beide begeistert und hofften, dass er sich verziehen und sie in Ruhe lassen würde. Sie aßen den Rest ihres Frühstücks schweigend, während weitere Kunden eintrafen und der Lärm um sie herum zunahm.

Nach einer Weile faltete der Bürgermeister seine Zeitung zusammen und verkündete Marjie, dass »die Pflicht ruft«, bevor er aus dem Teeladen schritt.

Rosemary wandte sich an Athena. »Was denkst du?«, fragte sie. »Verdächtig?« Sie deutete auf den Tisch, an dem Herr June kurz zuvor noch gesessen hatte.

»Ich weiß es nicht«, sagte Athena. »Wie kommst du darauf?«

»Jemand hat mir etwas Zwielichtiges über ihn erzählt, aber ich kann mich beim besten Willen nicht erinnern, was es war. Weißt du es?«

»Mama, dein Gedächtnis ist schockierend, aber mal ehrlich, woher soll ich das wissen?«

»Nun, wahrscheinlich warst du dabei, als sie es gesagt haben.«

»Da klingelt bei mir gar nichts. Wer war es denn?«

»Ich sagte doch, ich kann mich nicht erinnern. Wenn ich mich erinnern könnte, wer es gesagt hat, könnte ich zurückgehen und sie fragen. Warte mal, das ist es!«

»Was ist es?«

»Es war kurz bevor du verschwunden bist. Diese Barfrau hat mir etwas erzählt, und es muss so interessant gewesen sein, dass ich dich eine Minute zu lange aus den Augen gelassen habe – großer Fehler.«

»Hey! Ich dachte, wir wären über all das hinweg.«

»Wir sind über einiges davon hinweg«, korrigierte Rosemary. »Ich bin noch dabei, es zu verarbeiten. Wie auch immer, wie war ihr Name?«

»Sherry«, sagte Athena. »Daran erinnere ich mich nur, weil ich es lustig fand, dass sie mit so einem Namen in einem Pub arbeitete. Aber das ist doch hier überall so, oder? Ich kann nicht glauben, dass du dir jetzt so sicher bist, dass wir hierherziehen werden. Heute Morgen konntest du gar nicht schnell genug wegkommen.«

»Nun ... ich bin mir nicht hundertprozentig sicher, aber Oma hat gesagt, wir sollen bleiben, also bleiben wir erst mal hier. Ich wollte ihn nur testen.«

»Wen testen?«

»Den Bürgermeister, natürlich. Ich wollte sehen, wie er darauf reagiert. Wenn er uns abschrecken wollte, dann wäre er nicht glücklich darüber, dass wir hierbleiben, oder?«

»Auf mich wirkte er ziemlich glücklich darüber«, sagte Athena.

»Eigentlich sah er zuerst schockiert aus und verschluckte sich an seinem Tee, weißt du noch? Erst als er sich davon erholt hatte, kam er rüber und rollte den Willkommensteppich aus.«

»Und, was hat dir dein Test gebracht?«

»Ich bin mir noch nicht sicher.«

Rosemary nahm einen weiteren Schluck Tee und beobachtete, wie sich ein Lächeln auf Athenas Gesicht ausbreitete.

»Wir bleiben also wirklich hier?!«

»Ja, so scheint es.«

»Hast du nicht einen Job, zu dem du zurückkehren musst?«

»Äh, was das angeht ...«

»Was?«

»Anscheinend habe ich keinen Job. Nicht mehr.«

»Was? Oh nein ... das hast du nicht!«, sagte Athena. »Du hast vergessen, Herrn Lindon anzurufen, nicht wahr?«

Rosemary seufzte. »Nimm es mir nicht übel, okay? Es waren ein paar harte Tage, und ... ich bin mir sicher, dass er mich auch dann gefeuert hätte, wenn ich ihn angerufen und ihm gesagt hätte, dass ich es tagelang – oder wochenlang – nicht schaffe, ohne eine gute, nicht belastende Erklärung oder eine Idee, wann wir abreisen können. Und, na ja, *du* wolltest ja sowieso hierbleiben. Du solltest also froh darüber sein.«

»Ich bin froh da«, sagte Athena. »Aber es geht um das Prinzip der Sache.«

»Und dieses Prinzip ist?«

»Du machst immer alles falsch«, stichelte Athena.

»Hart!«, sagte Rosemary und gab ihr einen spielerischen Schubs.

»Aber es stimmt«, beharrte Athena. »Was machen wir jetzt wegen des Geldes, wo du arbeitslos bist?«

»Das werden wir schon herausfinden«, sagte Rosemary. »Das tun wir immer.«

FÜNFZEHN

Sie bedankten sich bei Marjie für das Frühstück, und Rosemary versuchte vergeblich zu bezahlen.

»Eure Oma wäre damit nicht einverstanden, dass ich euch etwas in Rechnung stelle«, beharrte Marjie. »Ihr Thorns seid wie eine Familie für uns. Es wird auf keinen Fall etwas berechnet.«

Rosemary fühlte sich furchtbar schuldig, obwohl ihr schwindendes Bankkonto sich dankbar gezeigt hätte, wenn es gekonnt hätte.

»Lass mich mich wenigstens revanchieren und dich mal einladen«, sagte Rosemary.

»Oh, wenn es sein muss«, sagte Marjie.

»Nochmals danke, Marjie. Du bist großartig«, sagte Rosemary und gab der älteren Frau einen Kuss auf die Wange.

»Ach, es ist wirklich nichts«, betonte Marjie.

»Komm doch mal zum Abendessen vorbei«, sagte Rosemary, als sie sich zum Gehen wandte, und erinnerte sich dann an die andere Sache, die sie Marjie sagen musste. Sie drehte sich noch einmal um. »Äh, und bitte erzähl niemandem, was mit uns im Haus passiert ist. Es ist streng vertraulich, okay? Es ist nicht so, dass wir etwas zu verbergen hätten. Wir wollen nur nicht, dass die Angreifer durch die Gerüchteküche herausfinden, dass sie uns verärgert haben.«

»Natürlich nicht«, sagte Marjie. »Ich werde schweigen wie ein Grab.«

Rosemary und Athena verließen den Laden, leicht beruhigt durch Marjies Versprechen, ein Geheimnis zu bewahren, obwohl sie tatsächlich so wenig über sie wussten, dass es schwer war zu sagen, wie locker ihre Zunge war.

»Sie könnte die städtische Klatschtante sein, weißt du«, bemerkte Rosemary auf ihrem Weg zurück zum Haus.

»Deine Oma hat ihr vertraut. Das sollte genügen«, erinnerte Athena ihre Mutter. »Außerdem, was hast du dir dabei gedacht, sie einfach so zum Essen einzuladen? Was ist, wenn wir wieder angegriffen werden?«

»Eigentlich ist das eine brillante Idee!«

»Was!? Angegriffen zu werden ist nichts, was man anstrebt«, schimpfte Athena.

»Nicht angegriffen zu werden, aber Abendessen.«

»Abendessen ist immer eine gute Idee«, stimmte Athena zu. »Worauf willst du hinaus?«

Rosemary senkte ihre Stimme und sah sich um, als sie sich dem Dorfrand näherten. »Wir werden eine Dinnerparty veranstalten und alle Verdächtigen einladen und sie beobachten, um zu sehen, was sie tun und wer sich verdächtig verhält.«

»Du willst also alle potenziellen Mörder in einen Raum mit uns bringen und sie füttern?«, fragte Athena.

»Ja.«

»Lächerlich! Was ist, wenn sie dir Gift unterjubeln oder dich angreifen?«

»Ich habe gehofft, dass das Haus uns ein wenig helfen wird «, sagte Rosemary verlegen.

»Das hat Oma Thorn aber sehr geholfen«, murmelte Athena.

»Wir können auch diesen Polizisten einladen«, sagte Rosemary. »Und jeden, der freundlich zu uns ist, damit es mehr Augenpaare gibt, die auf etwas Unpassendes achten.«

»Du willst das wirklich durchziehen?«, fragte Athena.

»Ja. Überleg doch mal. Das wird unsere Willkommensparty in Myrtlewood. Wir können all die verdächtigen Leute einladen, wie den Bürgermeister und diesen Anwalt, Burk ...«

»Ich dachte, du magst ihn«, sagte Athena mit einem Hauch von Neckerei.

»Ich fand ihn ganz in Ordnung«, gab Rosemary zu und schaute sich im Gehen in der malerischen Landschaft um, um sicherzugehen, dass niemand hörte, was sie als Nächstes sagte. »Aber habe ich dir schon gesagt, wie sehr der Vampir, den ich zu Staub verarbeitet habe, ihm ähnlichsah?«

»Nein, das hast du nicht«, sagte Athena. »Willst du mir damit sagen, dass du es geschafft hast, einen Anwalt zu zerstäuben?«

»Nein, Liebes. Er war es nicht, aber es gab eine eindeutige Ähnlichkeit.«

»Nun, das ist tatsächlich unglaublich verdächtig.«

»Ja, und ich wette, er weiß mehr, als er zugibt.«

»Du hältst dieses Essen also wirklich für eine gute Idee?«, fragte Athena.

»Natürlich ist es das. Wir werden es im offiziellen Esszimmer abhalten.«

Sie hatten die lange, verzweigte Auffahrt zum Thorn-Anwesen erreicht, und Rosemary hatte wieder einmal das unheimliche Gefühl, beobachtet zu werden.

»Was werden wir ihnen servieren? Jaffa Cakes und Chips?«, fragte Athena, die Rosemarys Unbehagen offensichtlich nicht bemerkte, was wahrscheinlich zum Besten war. Sie wollte ihre Tochter nicht beunruhigen.

»Nein. Ich werde kochen.«

»Wirklich, Mama? Es ist ewig her, dass du richtig gekocht hast. Du weißt, dass ich deine Kochkünste vermisse ... na ja, vor allem die Desserts.«

»Als du jünger warst, mochtest du meine ausgefallenen Mahlzeiten nie besonders, du Mäkelliese. Ich habe mir abgewöhnt, richtige Mahlzeiten zu kochen, als du nur Bohnen auf Toast wolltest.«

»Es ist normal, dass kleine Kinder wählerisch sind. Ich bin jetzt nicht mehr so schlimm. Ich esse sogar eine Auswahl an Gemüse«, sagte Athena, als sie Thorn Manor erreichten.

»Sicher«, sagte Rosemary. »Eine etwas eingeschränkte Auswahl ...«

»Wie sollst du denn ein tolles Essen kochen und gleichzeitig die

Party ausrichten? Das ist mehr, als eine Person schaffen kann – ganz zu schweigen vom Aufspüren ruchloser Schurken.«

»Das wird schon klappen, Athena. Ich koche einfach das meiste Essen im Voraus.«

Athena seufzte und folgte Rosemary ins Haus. Sie gingen direkt in die Küche, um wie üblich den Kessel aufzusetzen.

»Wir sollten wenigstens den großen Bogen Papier holen und sicherstellen, dass wir alle Verdächtigen haben. Ich denke, er muss aktualisiert werden.« Sie holte die Liste und legte sie auf den Küchentisch, während Rosemary Tee kochte.

»Also, wir müssen Herrn Don June, den Bürgermeister, hinzufügen, und ... wen noch? Burk steht schon drauf, weil er gefragt hat, ob du das Haus verkaufen willst. Warum scheinen alle zu wollen, dass du es verkaufst?«

Rosemary zuckte mit den Schultern. »Es ist ein ganz besonderes Haus.«

»Ja, aber wissen sie auch alle, wie es sich selbst repariert und reinigt, oder war das eines von Oma Thorns vielen Geheimnissen?«, fragte Athena.

Rosemary zuckte mit den Schultern.

»Und warum tut es das?«, fuhr Athena fort. »Woher kommt die Magie? Wenn wir das verstehen könnten, wüssten wir vielleicht auch, warum alle so daran interessiert sind, das Haus zu kaufen.«

»Deine Vermutungen sind so gut wie meine«, sagte Rosemary. »In Omas Brief schien es so, als ob sie dachte, es hätte etwas mit der Familienmagie zu tun, weißt du noch? Sie hat die Familienmagie vor Jahren gebunden, weil Leute hinter ihr her waren, und diese Leute waren schließlich hinter ihr selbst her.«

»Bist du sicher, dass es Leute sind?«

»Hey, Vampire sind auch Leute«, sagte Rosemary. »Auch wenn sie keine Menschen sind.«

»Du bist die Expertin ... Buffy.«

»Oh, halt die Klappe!«

»Hey. Meinst du, du hast die Magie freigesetzt, wie es in Oma Thorns Brief stand? Ich meine, da war diese Sache mit der Kiste und dann sagtest du, du wärst in eine andere Welt gegangen und hättest eine Alte getroffen.«

»Eine Älteste!«

»Wie auch immer. Wurde die gesamte Familienmagie dadurch freigesetzt oder nur ein Teil davon? Du hast auf jeden Fall etwas Magie, zumindest, wenn du im Haus bist.«

»Ich verstehe, worauf du hinauswillst«, sagte Rosemary. »Die Macht muss immer noch hier drin gebunden sein, und die Leute, die hinter dieser Macht her sind, wollen das Haus kaufen, um sie zu bekommen.«

»Na *endlich*, Mama«, sagte Athena verwirrt. »Du weißt, dass du nicht der klügste Kopf im Haus bist.«

»Hast du mich gerade einen Kopf genannt?«, sagte Rosemary. »Wie unhöflich.«

»Ha, ha. Sehr witzig«, sagte Athena.

»Aber im Ernst. Wir müssen herausfinden, wie diese Magie funktioniert. Wir müssen mehr als unsere Feinde wissen.«

»Bis vor ein paar Tagen war unser einziger Feind Papa«, sagte Athena.

»Er ist kein Feind, nur ein ... Problem.«

»Ein großes Problem, Mama. Und sollte er jemals versuchen, zurückzukommen, werde ich dich mit einem Zauber belegen, damit du nicht wieder auf seinen Quatsch hereinfällst.«

»Das klingt nach einer klugen Maßnahme«, gab Rosemary zu. »Allerdings scheine ich im Moment die Einzige zu sein, die Magie besitzt.«

»Reib's mir nicht unter die Nase«, sagte Athena. »Es ist *so* unfair, dass du Superkräfte bekommst, um Vampire zu bekämpfen, dir Funken aus den Händen fliegen und du die Kraft hast, Dinge zu bewegen und einen Wasserkocher zu erhitzen ...«

In diesem Moment pfiff der Kessel.

»Diesmal war ich es nicht«, sagte Rosemary und machte sich daran, Tee zu kochen.

»Es ist trotzdem nicht fair«, sagte Athena.

»Es war nicht meine Entscheidung«, sagte Rosemary und trug die frisch gekochte Kanne Tee zum Tisch, um sich neben ihre Tochter zu setzen. Sie warf einen Blick auf ihre behelfsmäßige Ermittlungskarte. »Gibt es noch jemanden, den wir übersehen haben?«

»Ich weiß nicht, du hast doch den ganzen Klatsch und Tratsch aus dem Pub aufgeschnappt. Was hat Sherry noch gesagt?«

»Wenn ich mich nur erinnern könnte«, sagte Rosemary. »Alles, was sie sagte, wurde von deinem plötzlichen Verschwinden überschattet.«

»Hör endlich auf damit, es ständig zu erwähnen.«

»Das werde ich nicht«, sagte Rosemary. »Als dein Elternteil habe ich Rechte ... und dazu gehört auch das Recht, dich wegen deines Verhaltens zurechtzuweisen.«

»Ich nehme an, das ist nur fair, da ich dich ja auch wegen deines Verhaltens zurechtweise.«

»Das sollte ein Recht sein, das nur *ich* habe«, brummte Rosemary.

Sie nippten an ihrem Tee und verbrachten die nächsten Stunden damit, die Einzelheiten ihres Wissens durchzugehen.

»Es gab eine Art Gruppe, von der mir jemand erzählt hat, die Oma nicht mochte«, erinnerte sich Rosemary. »Der Blaublut-Clan? Die Bluetooth-Gruppe? So etwas in der Art.«

»Das klingt wie eine Technologiefirma«, spottete Athena.

»Ja, ich bin sicher, dass eine Tech-Firma versucht, unsere Magie für ihre eigenen ruchlosen digitalen Zwecke zu missbrauchen.«

»Hör auf, ständig ruchlos zu sagen«, beschwerte sich Athena. »Es ist ein dummes Wort.«

»Aber es scheint so *passend* zu sein«, protestierte Rosemary.

Sie schenkte ihnen Tee ein, und dann saßen sie beide eine Weile schweigend da, nippten und dachten nach.

»Wir müssen zurück in den Pub, nicht wahr?«, sagte Athena.

»Ich denke schon, aber nur, wenn du nicht wegläufst, ohne mir zu sagen, wohin du gehst.«

»Das werde ich nicht!«, beteuerte Athena.

»Versprich es.«

»Ich verspreche, nicht wegzulaufen, ohne es dir zu sagen, auch nicht, wenn ich mich nur fünf Meter entfernen will.«

»Sehr gut. Danke«, sagte Rosemary und klopfte ihrer Tochter auf den Arm.

Athena schnitt eine Grimasse und zog sich zurück.

Teenager!, dachte Rosemary. *Sie ekeln sich vor jeder Art von Zuneigung ... es sei denn, sie kommt von einem mysteriösen Jungen!*

»Hoffen wir, dass Sherry heute Abend wieder arbeitet«, sagte Rosemary. »Wir könnten sogar diesen Zettel mitnehmen, um aufzuschreiben, was sie sagt.«

»Was für eine Idee, Mama. Bring einen großen Bogen Papier mit, damit alle sehen, dass wir unsere eigenen Nachforschungen anstellen und uns wahrscheinlich in die Quere kommen. Du weißt doch, dass diese Stadt voller Spinner und Wichtigtuer ist, die nur darauf warten, uns ihre Meinung zu sagen und uns auf die falsche Fährte zu locken, sei es aus Versehen oder mit Absicht.«

»Du hast mich gerade an etwas erinnert«, sagte Rosemary. »Erinnerst du dich an diese Frau? Die seltsame alte Fledermaus, die gestern Abend zu uns an den Tisch kam? Was hat sie gesagt?«

»Oma Thorn hatte Feinde und irgendeinen anderen Unsinn.«

»Es hätte auch nützlicher Unsinn sein können«, beklagte Rosemary. »Ich wünschte nur, ich könnte mich daran erinnern!«

»Dein Gedächtnis ist in den besten Zeiten wie ein Sieb«, sagte Athena. »Mach dir nichts draus. Diese Frau war eindeutig verrückt. Hat Sherry das nicht auch gesagt?«

»Sicher, aber woher weißt du, dass wir Sherry vertrauen können?«, fragte Rosemary.

»Wir sind hier nicht bei Cluedo, Mama. Sei doch vernünftig.«

»Ich bin ja vernünftig. Es könnte wirklich jeder sein – sogar Marjie – und jetzt haben wir ihr schon nahezu alles erzählt.«

»Nun, wer auch immer dafür verantwortlich ist, wird bereits die Hälfte von dem wissen, was wir ihr gesagt haben, da er den Angriff geplant hat«, sagte Athena. »Komm mit. Hol deinen Mantel.«

»Wohin gehen wir?«, fragte Rosemary.

»In den Pub, zum Mittagessen«, antwortete Athena.

»Gute Idee«, sagte Rosemary. »Wir können Sherry danach fragen, was immer sie gestern Abend gesagt hat.«

»Außerdem bin ich am Verhungern«, fügte Athena hinzu.

»Jetzt schon? Wir haben doch gerade erst gefrühstückt.«

Athena zuckte mit den Schultern. »Schieb es auf einen Wachstumsschub, wenn du willst.«

Rosemary machte mit ihrem Handy einen Schnappschuss von dem großen Stück Papier, falls sie in dem Pub unauffällig darauf hinweisen wollten. Sie zogen ihre Wanderschuhe an und gingen zurück in die Stadt.

Es war Mittagszeit, als sie den Pub erreichten, und viel los, aber zu ihrer Enttäuschung befand sich Sherry nicht hinter der Theke. Stattdessen war dort ein Mann, der mit dem Rücken zu ihnen stand und die

Gläser polierte. Rosemary bemerkte seine muskulöse Statur und sein lockeres sandfarbenes Haar, bevor er sich ihnen zuwandte und vertraute blaugrüne Augen in ihre Richtung blitzen ließ.

»Liam?«, fragte sie. »Du ... arbeitest hier?«

Liam sah erschrocken aus. Er stellte das Glas ab, das er in der Hand hielt, und zupfte seine Schürze ein wenig zurecht. »Rosey. Hi. Äh ... normalerweise nicht. Ich helfe Sherry nur manchmal an den Tagen aus, an denen die Buchhandlung geschlossen ist.«

»Wo ist sie?«, fragte Athena.

»Oh, ja«, sagte Rosemary. »Wo ist Sherry heute? Wir hatten gehofft, ein wenig mit ihr plaudern zu können.«

»Sie hat sich etwas eingefangen«, sagte Liam. »Entschuldigt mich.«

Er wandte sich einem Kunden an der Bar zu und begann, Pints auszuschenken.

»Ich frage mich, ob es ihr gut geht«, sagte Athena.

»Es ist wahrscheinlich nur eine Erkältung«, antwortete Rosemary. »Ich bin sicher, es geht ihr gut.«

»Wie ich diese Stadt kenne, ist es eine Art magische Krankheit«, sagte Athena. »Oder noch schlimmer – was, wenn die Leute, die hinter uns her waren, auch hinter ihr her sind?«

»Sei nicht so paranoid«, sagte Rosemary.

»Paranoid in Bezug auf was?«, fragte Liam.

Rosemary drehte sich um und sah ihn lächelnd an der Theke lehnen. »Tut mir leid – ich wollte nicht lauschen«, sagte Liam. »Es ist eine schlechte Angewohnheit, ich weiß. Ich gehe nur schnell rüber und sortiere das Besteck.«

»Warte einen Moment«, sagte Rosemary. »Geh noch nicht. Da du gerade Zeit hast: Geht es Sherry gut? Was hat sie sich eingefangen?«

»Ich habe selbst versucht, das herauszufinden«, sagte Liam und errötete leicht. »Aber sie hat mich abgespeist, weißt du? Typisch Sherry. Sie hat mir gesagt, dass es ihr in null Komma nichts wieder gut gehen würde.«

Rosemary fühlte sich durch diese Erklärung etwas beruhigt. Wenigstens ging es Sherry gut genug, um zu reden und launisch zu sein. Selbst Athena sah einigermaßen zufrieden aus.

»Also, was führt euch zwei in dieses feine Etablissement?«, fragte Liam. »Mittagessen?«

»Oh, ja«, sagte Rosemary. »Ja, bitte.«

»Nehmt Platz.« Liam reichte ihnen ein paar Speisekarten. »Ich bin gleich da.«

»Sollen wir dort sitzen, wo wir das letzte Mal gesessen haben, oder trägt der Platz zu viele schlechte Erinnerungen für dich?«, fragte Athena Rosemary.

»Es ist besser, wir setzen uns an denselben Platz«, antwortete Rosemary. »Es ist nämlich die einzige freie Kabine, und ich muss die schlechten Erinnerungen verdrängen und schöne Erinnerungen machen – du weißt schon – wieder aufs Rad steigen.«

»Eklig, Mama!«

»Das ist nicht eklig. Ich glaube, du weißt nicht, was dieser Ausdruck bedeutet.«

»Es klingt unanständig.«

»Nun, das ist es nicht, es bedeutet nur, du weißt schon ..., wenn du runterfällst, solltest du wieder aufsteigen, damit du weiterfahren kannst und keine Phobie entwickelst. Zumindest glaube ich, dass es das bedeutet.«

»Klingt immer noch eklig«, sagte Athena und musterte auffällig die Bar, bevor sie sich setzte.

»Ich gebe auf«, sagte Rosemary. »Was willst du denn essen?«

Sie überflogen beide die Speisekarte, wobei Rosemary ab und zu einen Blick auf ihre Tochter warf, um zu sehen, ob sie nach etwas anderem Ausschau hielt, was der Pub zu bieten hatte, nämlich nach dem Jungen, obwohl er nirgends in Sicht war.

»Vielleicht die Pastete«, sagte Athena. »Heute gibt es Steak mit Pilzen.«

Eine Männerstimme unterbrach sie. »Die Steak- und Pilzpastete ist ausgezeichnet.«

Rosemary blickte auf und sah Burk neben ihrem Tisch stehen.

»Oh ... hallo«, sagte sie vorsichtig.

»Ich bin froh, dass Sie sich entschlossen haben, in der Stadt zu bleiben«, sagte Burk. Er blickte zu Athena.

»Äh, Athena, das ist der Anwalt, von dem ich dir erzählt habe, Perseus Burk«, sagte Rosemary. »Das ist meine Tochter, Athena.«

»Es ist mir ein Vergnügen, Sie kennenzulernen«, sagte er und reichte

Athena die Hand, die sie zögernd und mit einem verwirrten Gesichtsausdruck schüttelte.

»Ich nehme an, Sie haben eine ziemlich ereignisreiche Zeit hinter sich«, sagte Burk.

»Wie kommen Sie darauf?«, fragte Rosemary misstrauisch. Sie hatte nicht vor, sich von einem gutaussehenden Anwalt aus der Bahn werfen zu lassen.

»Wachtmeister Perkins hat mich informiert. Als Ihr Anwalt ist es meine Pflicht, zu wissen, was vor sich geht.«

»Aber Sie sind nicht ...« sagte Rosemary. »Ich meine. Es ist sehr großzügig von Ihnen, mir Ihre Hilfe anzubieten, aber Sie sind offiziell nicht mein Anwalt. Sie waren Omas Anwalt, aber ich habe nie etwas unterschrieben, dass Sie mein Anwalt sind.«

Burk sah verblüfft aus. »Ich dachte, Sie würden das Angebot meines Rechtsbeistands annehmen«, sagte er. »Immerhin haben Sie mich angerufen.«

Ja ... aber das war, bevor Ihr böser Zwilling mich angegriffen hat!, dachte Rosemary, obwohl sie es schaffte, sich zu verkneifen, das laut auszusprechen.

»Das habe ich«, sagte Rosemary kühl. »Und danke für Ihr Angebot, aber es ist mir unangenehm, dass Sie hinter meinem Rücken mit der Polizei sprechen.«

Athena warf ihrer Mutter einen warnenden Blick zu, der sagte: *Halt den Mund. Fang nicht an, zu schwafeln. Das ist eine ernste Angelegenheit.*

»So ... so war es nicht«, sagte Burk, der zum ersten Mal, seit Rosemary ihn kennengelernt hatte, was zugegebenermaßen noch nicht so lange her war, merklich verunsichert war. »Der Wachtmeister kam heute Morgen tatsächlich zu mir, weil er sich um Ihr Wohlergehen sorgte. Ich sagte ihm, ich würde nachsehen, ob es Ihnen gut geht. Ich wollte Sie eigentlich nach dem Mittagessen anrufen, aber dann habe ich gesehen, dass Sie schon hier waren.«

»Wie aufmerksam von Ihnen«, sagte Rosemary und lächelte höflich, aber nicht herzlich. »Was genau hat Wachtmeister Perkins Ihnen erzählt?«

»Er sagte, dass es einen Vorfall im Haus gegeben hat – dass Sie ihm erzählt haben, Sie seien von Eindringlingen angegriffen worden. Ich vermute, dass diese etwas mit dem Ableben Ihrer Großmutter zu tun haben.«

»Das vermuten wir auch«, sagte Athena. »Aber woher wissen wir, dass wir Ihnen vertrauen können?«

Rosemary stieß Athena unter dem Tisch an.

»Ich nehme an, das wissen Sie nicht«, sagte Burk.

»Vielleicht könnten Sie es vorerst unterlassen, mit den Behörden über uns zu sprechen?«, schlug Athena vor.

»Aber ... es tut mir leid ... Rosemary ...?«, stotterte Burk.

»Belästigt euch dieser Mann?«, fragte Liam und trat an den Tisch heran.

Rosemary beobachtete, wie ein herausfordernder Blick zwischen den beiden Männern hin und her ging.

»Wir haben nur geplaudert«, sagte Burk.

Liam sah von Rosemary zu Athena.

»Es ist in Ordnung, Liam«, sagte Rosemary. »Perseus wollte gerade gehen.«

Perseus Burk warf ihr einen leicht flehenden Blick zu, hob dann jedoch seine Handflächen zur Kapitulation und ging davon.

»Dieser Mann ist ein richtiges Arschloch«, sagte Liam. »Er stolziert hier herum, als gehöre ihm der Laden ... nur weil er ein schicker Anwalt ist... Tut mir leid, dass er euch belästigt hat.«

»Ist schon gut, wirklich«, sagte Rosemary. »Können wir etwas zu essen bestellen?«

»Natürlich«, sagte Liam, der sich wieder daran erinnerte, warum er hier stand. »Was darf es sein?«

»Steak und Pilzpastete?«, fragte Rosemary Athena.

Athena schüttelte den Kopf. »Ich glaube, ich nehme nur die Kürbissuppe, danke.«

»Gut, ich nehme die Pastete«, sagte Rosemary. »Und ein Ginger Ale.«

»Machen Sie zwei Ginger Ales daraus«, sagte Athena.

»Perfekt«, sagte Liam. »Es wird nicht lange dauern. Die Köchin hier ist zauberhaft.«

Rosemary lächelte und nahm an, dass Liam das wörtlich meinte.

»Ich glaube, ich fange an, mich an Myrtlewood zu gewöhnen, mit all dieser paranormalen Normalität«, sagte sie zu Athena.

»Es ist ein Wunder, dass du das nicht schon früher bemerkt hast, so offen, wie sie damit umgehen«, sagte Athena. »Du hast als Kind hier die Sommer verbracht; ist das alles an dir vorbeigegangen?«

»Ich nehme an, es war Teil von Omas Zauber, dass ich mich nicht daran erinnert habe«, sagte Rosemary und runzelte die Stirn. »Vielleicht ist sie für mein siebartiges Gedächtnis verantwortlich. Hey!« Ihre Miene hellte sich auf. »Vielleicht wird mein Gedächtnis wieder in Ordnung gebracht, wenn wir die Magie entfesselt haben.«

»Es ist Magie, kein Wunderwerk«, sagte Athena skeptisch. Sie sah sich wieder in dem Pub um.

»Er ist nicht hier, weißt du«, sagte Rosemary.

»Wer?«, fragte Athena und tat ganz unschuldig.

»Dein Finnigan-Typ.«

»Ich habe nicht nach ihm gesucht«, beharrte Athena. »Ich habe nur ... du weißt schon ... nach verdächtigem Verhalten Ausschau gehalten.«

»Sicher, sicher«, sagte Rosemary. »Apropos verdächtiges Verhalten. Was glaubst du, was das vorhin mit Burk und Liam sollte?«

»Also ist er jetzt Burk? Vor einem Moment war er noch Perseus. 'Oh Perseus, meinst du, ich sollte die Steak- und Pilzpastete bestellen?'«, sagte Athena, blinzelte kokett und setzte einen cartoonhaften Akzent auf.

»Ach, halt die Klappe«, sagte Rosemary. »Ich habe nichts dergleichen gesagt – oder so geklungen. Angesichts der angespannten Interaktion vorhin war ich mir sicher, dass beide Männer etwas wussten. Ich wette, einer oder beide sind in das Komplott verwickelt, unsere Magie zu stehlen.«

»Ist das dein Ernst, Mama?«

»Was?«

»Bist du wirklich so blind?«

»Wovon redest du?«, fragte Rosemary.

»Sie sind beide scharf auf dich, und sie werden ganz komisch und blöde und territorial deswegen.«

»Sei nicht albern«, sagte Rosemary. »Burk ist nur Omas Anwalt, und Liam ... nun ja, er ist eine alte Jugendliebe, aber es würde mich wundern, wenn er nicht mit Sherry zusammen ist. Hast du gesehen, wie beschützend er vorhin reagiert hat, als wir nach ihr gefragt haben?«

»Trotzdem ...«

»Nein«, sagte Rosemary. »Keiner von beiden ist mein Typ, und außerdem date ich nicht, vergiss das nicht.«

»Hast du überhaupt einen Typ – abgesehen von Braucht-einen-guten-Tritt?«

»Athena, es ist unhöflich, so über deinen Vater zu reden.«

»Unhöflich, aber wahr.«

»Komm schon. Dain ist nicht so schlimm. Er hat nur Probleme – viele Probleme.«

»Papa ist nicht der einzige, der Probleme hat«, sagte Athena und warf ihrer Mutter einen vielsagenden Blick zu.

»Bitte sehr«, sagte Liam, als er mit einem beladenen Tablett wieder am Tisch erschien und das Essen und die Getränke vor sie hinstellte.

»Das ging aber schnell«, sagte Rosemary. »Kein Wunder, dass du den ganzen Laden im Griff hast, wenn du allein hinter der Bar stehst.«

Liam strahlte. »Sherry hat den ganzen Laden im Griff, selbst wenn sie bettlägerig ist«, sagte er mit einem Ausdruck von Stolz in den Augen.

Rosemary warf Athena einen »Ich hab's dir ja gesagt«-Blick zu.

»Wegen Sherry«, sagte Athena. »Wir würden sie gerne sehen, wenn sie wieder gesund ist. Könnten Sie die Nachricht weiterleiten?«

»Natürlich«, antwortete Liam. »Ich bin mir sicher, dass sie gerne beim alten Haus vorbeischauen würde. Sie hat diesen Ort immer geliebt.«

Rosemarys Gesichtsausdruck veränderte sich zu einem Ausdruck des Misstrauens, aber Athena schüttelte unmerklich den Kopf.

»Danke, Liam«, sagte Rosemary. »Sag ihr, sie soll uns anrufen und vorbeikommen, wenn es ihr besser geht, oder wir holen sie hier ab.«

»Kein Problem«, sagte Liam und machte sich auf den Weg zurück zur Bar.

Rosemary und Athena hatten gerade angefangen, ihr Essen zu essen, als eine weitere Unterbrechung kam.

»Rosemary Thorn!«

Rosemary blickte beim Klang der Frauenstimme auf und stellte fest, dass sich ihr Herz zusammenzog und ihre Hände zu jucken anfingen.

»Oh, hallo ... Despina?«

»Das bin ich!«, sagte die Immobilienmaklerin. Diesmal war sie ganz in Kornblumenblau gekleidet, mit einer passenden Schleife auf dem Kopf. »Und das ist meine ... Nichte Geneviève.«

Ein junges Mädchen trat vor, das nicht älter als zwölf Jahre sein konnte, obwohl sie viel erwachsener gekleidet als ihre Tante war – ein lilafarbener Anzug, der eher zu einem professionellen Büro als zu einem Pub auf dem Lande passte und sicherlich nicht von Jugendlichen getragen wurde. Ihr lockiges, kastanienfarbenes Haar war zu einem strengen Dutt zurückgebunden, was Rosemary nachempfinden konnte. Es war so schwer, lockiges Haar zu bändigen. Sie selbst hatte völlig aufgegeben und ihr Haar sein eigenes wildes Ding machen lassen, aber als sie jünger war, hatte sie stundenlang geschuftet, um ihre Locken zu bändigen, ohne Erfolg.

»Hallo Geneviève«, sagte Rosemary mit einem Lächeln.

Auf der anderen Seite des Tisches runzelte Athena die Stirn.

»Wir wollten nur kurz zum Mittagessen vorbeischauen«, sagte Despina.

»Ja. Können wir uns zu euch setzen?«, fragte Geneviève.

»Oh ... ähm ...« Sie warf einen Blick auf Athena, die mordlüstern zurückstarrte. »Nun ...«

»Ach, komm schon, Gen. Ich bin sicher, Athena und Rosemary genießen gerade die schöne Zeit. Sie würden nicht von Leuten gestört werden wollen, die sie kaum kennen.«

Geneviève sah niedergeschlagen aus und zerrte damit an Rosemarys Herz.

»Vielleicht nicht heute«, sagte Rosemary. »Aber wir planen für Ende der Woche ein Abendessen, eine Art Willkommensgruß an die Stadt. Wir würden uns freuen, wenn Sie dabei wären.«

Rosemary spürte einen scharfen Tritt gegen ihr Schienbein. Sie zog eine Grimasse, um einen Aufschrei zu unterdrücken, und schaffte es dann, ihren Gesichtsausdruck in ein Lächeln zu verwandeln.

Genevièves Gesicht erhellte sich. »Wirklich?«

»Ja, *wirklich*«, sagte Rosemary und warf Athena einen bedeutungsvollen Blick zu.

»Wie wunderbar«, sagte Despina. »Wir freuen uns auf weitere Einzelheiten. Genießen Sie Ihr Mittagessen.« Sie winkte kurz und führte das junge Mädchen dann weg.

»Was war *das*?«, sagte Athena. »Du sahst aus, als wolltest du die Göre adoptieren!«

»Oh, sei nicht eifersüchtig«, sagte Rosemary abweisend.

»Bin ich nicht!«

»Du hast es immer gehasst, wenn ich andere Babys gehalten habe, als du noch klein warst. Ich verstehe nicht, warum das hier anders sein soll.«

»Du warst einfach sofort ganz vernarrt in die kleine Miss Zwölf-und-zweiunddreißig. Das war seltsam und unangemessen. Ich kann nicht glauben, dass du sie zu unserer Party eingeladen hast!«

»Sie ist charmant«, sagte Rosemary. »Ich wünschte, ich könnte dasselbe von ihrer Tante sagen.« Sie schauderte und kratzte sich an ihren Händen. »Und außerdem steht Despina bereits auf unserer Einladungs-liste, denk dran. Sie ist verdächtig, weil sie ein Interesse daran bekundet hat, dass wir das Haus verkaufen.«

»Das liegt daran, dass sie eine verdammte Immobilienmaklerin ist!«, zischte Athena. »Es ist *buchstäblich* ihr Job, Häuser zu verkaufen. Sie ist so ziemlich die unverdächtigste Person, der wir je begegnet sind, abgesehen von Marjie.«

»Und warum regst du dich dann so auf?«, fragte Rosemary. »Wenn sie unschuldig ist, wird sie nur ein weiterer Gast sein. Das wird mein Problem sein, wirklich. Ich weiß nicht, wie ich einen ganzen Abend mit juckenden Händen ertragen soll. Der Ausschlag könnte sich sogar auf mein ...«

»Ich will nichts von deinen eingebildeten Ausschlägen hören, oder wo sie sich ausbreiten könnten«, schnauzte Athena. »Und ich will auch keinen Abend mit diesem Kind verbringen, das sich offensichtlich für eine Erwachsene hält. Wie anstrengend!«

»Oh, du hast jüngere Kinder schon immer gehasst«, sagte Rosemary.

»Und du hast sie immer geliebt.«

»Das liegt wahrscheinlich daran, dass du ein Einzelkind bist, weißt du.«

»Und Gott sei Dank ist das so«, sagte Athena. »Stell dir vor, ich hätte ein jüngeres Geschwisterchen, das sich wie Margaret Thatcher kleidet.«

»Thatcher trug immer blau, weißt du.«

»Darum geht es nicht, Mama.«

»Und was wäre, wenn ich das Kind mögen würde? Sie ist viel schi-cker gekleidet als ihre Tante.«

»Und das ist dir wichtig, ja?«, stichelte Athena. »Wenn ich das nur gewusst hätte … Ich hätte allein durch mein Power-Dressing elterliche Sympathiepunkte sammeln können.«

»Seit wann geht es dir denn um *meine* Anerkennung?«, fragte Rosemary. »Weißt du, ich liebe dich sehr, aber du wurdest praktisch mit einem verurteilenden Blick geboren.«

»Das ist hart, Mama.«

»Das ist keine schlechte Eigenschaft«, versicherte Rosemary ihr. »Du bist von Natur aus scharfsinnig, und das hat sich mit der Reife deines jugendlichen Gehirns nur noch verstärkt. Das hat dich wahrscheinlich ziemlich gut aus allen Schwierigkeiten herausgehalten, abgesehen von jener Nacht letztens.«

»Du meinst, gestern Nacht? Wo ich völlig sicher war? Und nur fünf Meter entfernt?«

»Ohne es deiner Mutter zu sagen, ja«, sagte Rosemary. »Wie auch immer. Dein Urteilsvermögen kann ein Vorteil sein. Wie du schon sagtest, bist du eine ziemlich gute Menschenkennerin. Du musst nur lernen, es im Zaum zu halten.«

»Wenn ich so eine gute Menschenkennerin bin, warum vertraust du dann meinem Urteil über die kleine Miss Überfliegerin nicht?«, fragte Athena.

»Weil du engstirnig bist«, sagte Rosemary. »Und das merkt man.«

Athena seufzte und konzentrierte sich darauf, leise ihre Suppe zu schlürfen.

Rosemary stürzte sich auf die Steak- und Pilzpastete. Bis dahin hatte sie nur die Pommes und den Salat probiert, die ganz nett waren, aber die Pastete selbst war außergewöhnlich. Zumindest in diesem Punkt hatte Burk recht gehabt.

KAPITEL

SECHZEHN

Während Rosemary aß und jeden Bissen der köstlichen Fleischpastete genoss, fiel ihr Blick auf die hintere Ecke der Bar. Zuerst achtete sie nicht darauf, aber nach und nach bemerkte sie, dass einige Leute durch die schattige Tür mit den roten Samtvorhängen in die Dunkelheit hinausgegangen waren. Sie kehrten zwar nicht zurück, andere Leute waren jedoch dafür hereingekommen.

Die Tür war verwirrend, da sie nicht wie die anderen Türen mit einem Ausgangsschild gekennzeichnet war. Außerdem haftete ihr ein Hauch von Heimlichkeit an. Sie fragte sich, ob es sich um eine geheime Spielhölle handelte, oder vielleicht um etwas Magischeres. Sie überlegte, ob sie Liam fragen sollte, aber er war nirgends zu sehen.

Rosemary erschrak, als Despina und Geneviève beide in diese Richtung gingen und offensichtlich doch nicht zum Mittagessen blieben. Einen Moment lang machte sie sich Sorgen, dass das junge Mädchen durch eine solche Tür an einen dunklen, unheimlichen Ort geführt wurde, der vielleicht von mehreren Immobilienmaklern frequentiert wurde. Rosemary erschauderte.

»Was?«, fragte Athena.

»Was glaubst du, was das ist?«, fragte sie Athena und deutete auf die ungewöhnliche Tür.

»Ähm ... eine Art Durchgang?«

»Findest du nicht, dass da etwas ... dubioses dran ist?«

»Eigentlich nicht, Mama«, sagte Athena, die eindeutig nicht in der Stimmung war, zu plaudern.

Rosemary beschloss, der Sache nachzugehen. Sie nahm einen letzten Bissen Pastete und entschuldigte sich. Sie ging zuerst auf die Toilette, in der Hoffnung, nicht zu verdächtig auszusehen, und durchquerte dann den Raum, um in der Nähe der geheimnisvollen Tür zu landen.

An einer Seite befand sich eine kleine Ausbuchtung, die wie eine schlecht beleuchtete Garderobe aussah. Sie trat in den Schatten und lauschte.

Nichts.

Rosemary drückte zaghaft gegen die Tür, als ihr Handgelenk ergriffen wurde und sie wie aus dem Nichts fest, aber höflich zurück in die hinterste Ecke der schattigen Nische geschoben wurde.

»Was zum ...!«, sagte Rosemary und blinzelte in der Dunkelheit, um den sanften Angreifer zu erkennen, der sie immer noch am Arm gepackt hatte und sie gegen die Wand drückte.

»Öffnen Sie nicht die Tür«, sagte eine vertraute seidige Stimme. »Was auch immer Sie tun.«

»Herr Burk?«

»Perseus«, korrigierte er sie.

»Was meinen Sie damit?«, fragte Rosemary.

»Ich kann es nicht erklären«, sagte Burk und trat einen Schritt zurück. »Vertrauen Sie mir einfach, bitte.«

Wieder lag eine Verletzlichkeit in seiner Stimme, welche an ein Flehen grenzte, auf die Rosemary instinktiv reagierte, weil sie ahnte, dass er sie beschützen wollte.

»Ich verstehe das nicht«, sagte sie. »Ich habe gerade gesehen, wie Despina und ihre kleine Nichte da durchgegangen sind.«

»Sie haben ihre Gründe«, versicherte Burk ihr.

»Und ich darf sie nicht erfahren?«, fragte Rosemary pampig. Sie schob sich von Burk weg, obwohl ein Teil von ihr die Intimität genossen hatte, jemandem so nah zu sein. Dabei bemerkte sie, wie kalt seine Hand an ihrem Handgelenk war. *Schlechte Durchblutung* ... das hatte er letztens in seinem Büro gesagt, aber jetzt war Rosemary sich nicht mehr so sicher.

»Hier geht etwas Seltsames vor, nicht wahr?«, fragte sie.

Burk lachte. »In Myrtlewood? Ja, natürlich.«

»Aber hier sind alle so offen, wenn es um Magie geht. Warum wollen Sie mir nicht sagen, was hinter der Tür vor sich geht?«

»Ich habe meine Gründe«, sagte Burk. »Und die sind vor allem auf Ihre Sicherheit ausgerichtet.« Er neigte leicht den Kopf.

»Schön«, sagte Rosemary. »Aber ich habe die Absicht, es herauszufinden, so oder so.«

Sie trat zurück zum Licht, aber Burks Hand schoss blitzschnell hervor und versperrte ihr den Weg.

»Warten Sie, Rosemary.«

»Nennen Sie mich Frau Thorn«, sagte Rosemary und hielt es angesichts der Distanz, die sie zwischen sich und Herrn Burk zu legen gedachte, für angebracht, die Aufforderung, ihren Vornamen zu benutzen, zurückzunehmen.

»Frau Thorn ...«, sagte Burk.

Rosemary musste sich gegen das Unbehagen über die höfliche Anrede stemmen. Es war fast so unangenehm wie die Anwesenheit von Immobilienmaklern.

»Was?«, sagte Rosemary, und es lag eine Härte in ihrem Ton, die selbst sie nicht erwartet hatte.

»Gibt es einen Grund für Ihre plötzliche Distanziertheit?«

»Vielleicht gibt es einen«, sagte Rosemary. »Aber ich muss mich vor Ihnen nicht rechtfertigen.«

»Das ist nur recht«, sagte Burk. »Ich habe aber noch eine andere Frage. Und dann verspreche ich, dass ich aufhöre, Sie zu belästigen.«

»Was ist es?«, fragte Rosemary.

»Wachtmeister Perkins hat mir von dem Angriff erzählt, aber er konnte mir die Eindringlinge nicht beschreiben.«

Rosemarys Magen verkrampfte sich, als sie sich an das Gesicht des Vampirs erinnerte, der sich gerade in Staub auflöste, das Gesicht, das dem direkt vor ihr unangenehm ähnlich gewesen war.

»Das ist vertraulich für die Untersuchung«, sagte Rosemary.

Burk erschlaffte sichtlich. Sein Gesichtsausdruck war so traurig, dass Rosemary überrumpelt wurde und ihre eigensinnige Zunge ihr entglitt. »Einer von ihnen hatte dunkles Haar und einen Ziegenbart, glaube ich. Oh, und eine Narbe auf seiner Wange. Der andere ...« Sie hielt inne und schaffte es, sich zu beherrschen. »Äh ... den anderen habe ich nicht gesehen.«

»Verikus«, sagte Burk unter seinem Atem.

»Wie bitte?«

»Verikus Wyrt«, erklärte er. »Er ist eine richtige Nervensäge, seit er laufen und sprechen gelernt hat. Ich nehme nicht an, dass mein eigensinniger Bruder bei ihm war?«

Rosemary fühlte sich, als sei ihr Inneres erstarrt.

Sein Bruder! Ich habe den Bruder von Perseus Burk getötet!

Sie schaffte es, ein angestrengtes »Ich sagte doch, ich habe ihn nicht gesehen« zu äußern.

»Das wäre typisch für die beiden«, sagte Burk. »Solltest du jemals das Pech haben, meinem Bruder zu begegnen, lauf in die andere Richtung. Er ist durch und durch verdorben.«

Und er ist ein Vampir ... dachte Rosemary, bevor sie sich an die Schnelligkeit von Perseus Burks Bewegungen und die Kälte seiner Haut erinnerte.

Liegt Vampirismus in der Familie? Ich muss noch so viel lernen.

»Mein Bruder verdient sein Geld als Schläger«, gab Burk zu und senkte den Kopf weiter, als ob er sich schämen würde. »Für einen Batzen Geld oder Gold macht er alles ... oder sogar für gestohlene Waren. Einmal hat er einen Auftrag gegen mich – *seinen eigenen Bruder* – angenommen, im Austausch für eine Schachtel Zigaretten und eine Tüte Schmuck, die wahrscheinlich einer reichen alten Frau gestohlen worden war.«

»Es ... tut mir leid«, sagte Rosemary. Nach einer unbeholfenen Pause fügte sie hinzu: »Ich muss zurück zu meiner Tochter.«

»Natürlich«, sagte Burk und ließ seine Hand sinken.

Rosemary schritt an ihm vorbei und zurück in das Licht und den Trubel des Pubs.

»Wenn Sie jemals etwas brauchen, das Angebot steht noch«, hörte sie Burk sagen, als sie wegging.

»Da bist du ja!«, schrie Athena fast, als Rosemary zu ihrem Tisch zurückkehrte. »Du warst ewig weg! Ich war schon kurz davor, einen Suchtrupp loszuschicken!«

»Ach, wirklich?«

»Nein – aber wenn ich so lange verschwunden wäre, hättest du die Armee auf die Suche nach mir geschickt.«

»Das liegt daran, dass du ein Teenager bist und ich deine Mutter bin.«

»Manchmal kommt es mir vor, als wäre es umgekehrt«, sagte Athena und verschränkte die Arme. »Wo warst du eigentlich?«

»Das erzähle ich dir später«, sagte Rosemary und sah sich in dem Pub um, der sich ein wenig geleert hatte.

»Was? Warum? Was ist passiert?« Athena sah besorgt aus.

»Nichts Besonderes«, sagte Rosemary, wobei sie ihre Stimme leise hielt. »Ich habe nur etwas entdeckt, von dem ich dir nicht an einem Ort erzählen möchte, an dem es belauscht werden könnte.«

»Okay – lass uns gehen.«

Rosemary holte etwas Bargeld aus ihrer Brieftasche und legte es auf den Tisch.

»Bezahlen wir nicht an der Bar?«, fragte Athena und sah sich nach Liam um, der nirgends zu sehen war.

»Nein«, sagte Rosemary. »Ich will mich nicht wieder in eine Diskussion darüber verwickeln lassen, warum wir für das Essen bezahlen sollten oder nicht.«

»Trotz der Tatsache, dass du es dir bald nicht mehr leisten kannst, auszugehen? Du hast deinen Job verloren, schon vergessen?«, sagte Athena.

»Ja, trotz dieser Tatsache. Ich habe noch einen Funken Stolz und muss mir nur eine neue Arbeit in der Nähe suchen. Bis dahin können wir zu deinem Lieblingsessen aus der Kindheit zurückkehren: Bohnen auf Toast.«

»Toll«, sagte Athena, »gerade als ich anfing, Gemüse zu mögen. Ich werde wohl wieder rückfällig werden müssen.«

»Da fällt mir ein«, sagte Rosemary. »Wir müssen dich in der örtlichen Schule anmelden! Ich kann nicht glauben, dass ich noch nicht daran gedacht habe.«

»Ich schon«, gab Athena zu. »Ich habe tatsächlich viel darüber nachgedacht und gehofft, du würdest dich nie daran erinnern, dass ich noch im schulpflichtigen Alter bin.«

Rosemary seufzte. »Wie konnte ich etwas so Offensichtliches vergessen? Ich meine, nicht dein Alter, natürlich, aber die Schule?«

»Mach mal halblang, Mama. Es ist Montag. Es ist erst ein Schultag vergangen, und du hast erst heute Morgen beschlossen, dass wir vorerst hierbleiben werden. Wir sollten uns ein paar Tage Zeit nehmen, um alles zu klären.«

»Ich weiß, was du vorhast«, sagte Rosemary und zog ihren Mantel an, während sie durch das Lokal und durch die Vordertür hinausgingen. »Und es wird nicht funktionieren. Ich werde die örtliche Schule anrufen, sobald wir zu Hause sind. Und denk bloß nicht, dass ich mich nicht daran erinnern werde!«

Athena lachte. »Na ja, einen Versuch war es wert. Die Schule hier ist wahrscheinlich verrückt, aber sie kann nicht schlechter sein als die in Burkenswood. Hast du vergessen, dass wir dort eine Wohnung haben, voll mit all unseren mickrigen Besitztümern?«

»Nein, das habe ich nicht vergessen«, sagte Rosemary, als sie zum Thorn Manor zurückgingen. »Ich habe viel darüber nachgedacht, seit Wachtmeister Perkins darauf bestanden hat, dass wir in der Stadt bleiben. Ich habe nur noch nicht herausgefunden, was ich tun soll. Ich meine, unsere Sachen passen bestimmt ins Auto – wir besitzen nicht viel, und diese schreckliche Ausrede für ein Bett will ich nicht behalten!«

»Also werden wir die beschissenen Möbel los oder lassen wir sie einfach in der Wohnung für die nächsten unglücklichen Mieter?«, schlug Athena vor.

»Unglücklich, die Möbel zu erben, oder die Wohnung?«

»Beides«, sagte Athena. »Du musst zugeben, dass Thorn Manor ein riesiger Fortschritt im Vergleich zu all den anderen Häusern ist, in denen wir bisher gewohnt haben.«

»Das ist wahr«, sagte Rosemary. »Und wir haben das Haus noch nicht einmal erkundet. Wir waren nur im zentralen Teil. Es gibt noch zwei weitere Flügel – und den Turm.«

»Ich nehme den Turm!«, sagte Athena.

»Wofür?«

»Er soll mein Schlafzimmer werden.«

»Da wird es im Winter eiskalt sein«, sagte Rosemary. »Mit den vielen Fenstern ringsum. Außerdem ist es winzig. Du würdest kaum ein Bett hineinbekommen.«

»Das ist mir egal. Es gehört mir«, sagte Athena. »Ich bin fest entschlossen, das Traumzimmer eines jeden launischen Teenagers zu haben.«

Rosemary seufzte. »Unpraktisch und romantisch.«

»Genau!«, sagte Athena. »Aber nicht auf eine ekelhafte, gefühlsduse-
lige Art. Romantisch im Sinne eines klassisch-historischen Gothic-Stils.«

»Wenn du darauf bestehst«, sagte Rosemary. »Wie wäre es, wenn
ich, sobald wir zurück sind, wegen der Schule anrufe und wir dann
Thorn Manor erkunden und sehen, was es sonst noch verbirgt? Oma hat
nur den zentralen Teil des Hauses benutzt. Ich erinnere mich, als Kind
in den anderen Flügeln herumgewandert zu sein, aber wie du weißt,
erinnere ich mich nicht an allzu viel. Ich bin mir ziemlich sicher, dass es
auf der Rückseite auch einen altmodischen Wintergarten aus Glas
gibt.«

»Cool!« rief Athena aus. »Das ist ja wie aus einem alten Roman.«

»Seit wann liest du denn die Klassiker?«, fragte Rosemary.

»Seit jetzt, denke ich«, sagte Athena. »Ich muss mich ja schließlich
auf den Charakter meines neuen Zuhauses einstellen.«

Rosemary lachte. »Du steckst voller Überraschungen, wirklich.«

»Moment mal, du versuchst doch nur, mich abzulenken, nicht
wahr?«, sagte Athena in einem anklagenden Ton.

»Wovon redest du?«

»Du versuchst, mich mit dem Gerede über den Turm und den
Wintergarten von deinem mysteriösen Verschwinden vorhin
abzulenken.«

»Nein«, sagte Rosemary. »Ich hatte vor, dir davon zu erzählen. Ich…
habe nur noch nicht die richtigen Worte gefunden.«

»Wurdest du auf dem Klo von einer Mörderin mit einer Waffe in der
Handtasche angesprochen?«

»Na ja … nicht direkt.«

»Was dann?«, fragte Athena.

»Ich habe herausgefunden, wer unsere Angreifer waren«, sagte Rosemary, wobei sie ihre Stimme leise hielt, für den Fall, dass sich hinter den
Bäumen in der Nähe Lauscher versteckten, oder vielleicht Lauscher, die
in Wirklichkeit Bäume waren, denn an einem Ort wie diesem war alles
möglich.

»Was!?«, rief Athena aus. »Wie? Wer waren sie?«

»Ich bin Burk noch einmal über den Weg gelaufen.«

»Oh, wirklich?«, sagte Athena und hob die Augenbrauen. »Ich
dachte, wir würden uns von ihm fernhalten.«

»Das war keine Absicht«, argumentierte Rosemary. »Wie auch

immer, es stellte sich heraus, dass der Krähenmann jemand namens Vikivis oder Ver… Verikus ist? Ja, ich glaube, das ist es, Verikus Wyrt.«

»Interessanter Name. Und was ist mit Burks vampirhaftem Doppelgänger?«, fragte Athena.

»Nun, es hat sich herausgestellt, dass sie verwandt sind. Der Vampir, den ich erledigt habe, war Burks gewalttätiger Bruder.«

»Niemals!«, schrie Athena auf.

»Pst, nicht so laut.«

»Macht ihn das auch zu einem Vampir?«

»Ich bin mir ziemlich sicher, dass es so nicht funktioniert … aber … vielleicht? Es gibt ein paar merkwürdige Dinge an Burk – er ist superschnell und seine Hände sind so kalt!«

»Superschnell in was genau?«, fragte Athena.

»Nichts dergleichen!«, sagte Rosemary.

»Also, wenn er ein Vampir ist, wie war er dann tagsüber unterwegs?« Rosemary seufzte. »Es ist möglich, dass Buffy uns angelogen hat.«

»Blasphemie!«, sagte Athena. »Immerhin hatte sie recht mit der Sache, dass er zu Staub zerfallen ist.«

»Das stimmt – aber nur weil wir jetzt an paranormale Wesen und andere solche Dinge glauben, heißt das nicht, dass sie genau denselben Regeln folgen wie im Fernsehen und in den Filmen – ich meine – sogar die folgen nicht denselben Regeln wie jeder andere, und ich bin bereit zu wetten, dass Vampire nicht glitzern!«

»Also, glauben wir, dass dein guter Freund Burk ein Vampir ist, oder nicht?«, fragte Athena.

»Ich weiß es nicht! Vielleicht ist er keiner, aber er hat definitiv etwas Ungewöhnliches an sich – etwas Übernatürliches.«

»Ich schätze, das macht eure aufkeimende Romanze irgendwie zunichte.«

»Es *gibt* keine Romanze, das kann ich dir versichern«, sagte Rosemary und dachte an den kurzen Anflug von Intimität in der Dunkelheit vorhin zurück. Es war nicht gerade ihre Vorstellung von Romantik, obwohl es eine gewisse Nähe gegeben hatte, die sie schon lange nicht mehr erlebt hatte … und von der sie Athena auf keinen Fall erzählen wollte. »Aber ja – 'Ich habe deinen Bruder ermordet' würde der Sache einen Dämpfer verpassen.«

»Du hast es ihm *nicht* gesagt?!«, rief Athena.

»Natürlich nicht. Ich will nicht die Rache der Familie auf mich ziehen oder im Gefängnis landen, falls das überhaupt eine mögliche Konsequenz ist in dem Fall, dass man jemanden ermordet, der eigentlich schon tot ist.«

Inzwischen hatten sie das Haus erreicht, und Rosemary hatte keineswegs vergessen, dass sie in der örtlichen Schule anrufen wollte, um sich nach den Anmeldungen zu erkundigen. Oder besser gesagt, sie hatte es mehrmals vergessen und sich dann schnell wieder daran erinnert.

Sobald sie durch die Tür kamen und ihre Schuhe und Mäntel ausgezogen hatten, tätigte sie den Anruf.

»Das ist seltsam praktisch«, sagte Rosemary und legte einen Moment später den Hörer auf.

»Was ist?«

»Ich habe die örtliche Schule angerufen, nur um eine Nachricht zu hören, die mir mitteilte, dass der Rest der Woche wegen des Imbolc-Festes ein Feiertag ist.« Sie zuckte mit den Schultern. »Ich nehme an, du kannst danach anfangen.«

»Ist das überhaupt legal?«, fragte Athena. »Ich meine, ich beschwere mich ja nicht, aber müssen sie nicht die gleichen Feiertage haben wie überall sonst?«

»Ich nehme an, wenn es eine Schule mit besonderem Charakter ist …«, sagte Rosemary. »Oh, ich weiß nicht. In Myrtlewood laufen die Dinge anders. Nimm nur die örtliche Polizei als Beispiel. Außerdem wette ich, dass du dich insgeheim darüber freust, hier zur Schule zu gehen und hoffst, Finnigan wiederzusehen.«

»Nein«, sagte Athena und verschränkte die Arme.

»Nein?«

»Er hat gesagt, er geht hier nicht zur Schule.«

»Ich nehme an, er fährt mit dem Bus zu irgendeiner schicken Privatschule«, sagte Rosemary. »Er scheint der Typ zu sein.«

»Wer ist jetzt voreingenommen?«

»Was? Er tut es! Jedenfalls bin ich erleichtert darüber.«

»Warum? Weil du willst, dass ich mich von ihm fernhalte, und das schwierig sein dürfte, wenn wir auf dieselbe Schule gehen?«

»Wenn er im Internat ist, ist er sicher eingesperrt, weit weg von dir – zumindest an den Wochentagen, und das mindert ungefähr vierzig Prozent meiner Sorgen.«

»Was sind die anderen sechzig?«

»Wochenenden und Ferien.«

Athena seufzte. »Gut, du hast deine Paranoia mehr als deutlich gemacht. Können wir jetzt wenigstens das Haus erkunden?«

»Natürlich können wir das«, sagte Rosemary. »Es wird uns guttun, uns von den Ermittlungen zu Omas Tod abzulenken.«

»Danke. Jetzt, wo du es angesprochen hast, wird es mir sehr schwerfallen, mich davon abzulenken.«

Doch trotz Athenas Beteuerungen dauerte es nicht lange, bis sie ausreichend abgelenkt war. Die Magie des Hauses, die es sauber und gepflegt hielt, schien schwächer zu werden, je weiter sie sich von den zentralen Räumen entfernten. Der Ostflügel war mit einer dicken Staubschicht bedeckt, die sie beide zum Niesen brachte. Und so sehr sie sich auch bemühten, sie konnten den Eingang zum Turm nicht finden. Rosemary konnte sich nicht mal mehr daran erinnern, dass sie als Kind jemals dort hinaufgegangen war, und auch wenn es so aussah, als ob er aus dem Osten des Anwesens aufragte, blieb er ihnen ein Rätsel.

Sie fühlten sich schmutzig und kämpften mit wehleidigen Nebenhöhlen und gaben die Erkundung auf, schworen sich aber, in naher Zukunft mit Reinigungsutensilien bewaffnet zurückzukehren – wenn sie nur die Waschküche finden würden. Als nächstes wollten sie den Westflügel erkunden. Da sie jedoch davon ausgingen, dass sich dieser in einem ähnlichen Zustand befand, suchten sie stattdessen nach der Waschküche.

Sie fanden sie, indem sie einfach durch die Hintertür der Küche hinausgingen. Es war ein alter Raum, aber er verfügte über neue Waschmaschinen und eine ganze Reihe verschiedener Mopps, Eimer und Besen.

»Aber keine Hexenbesen«, sagte Athena.

»Ich bin sicher, *das* ist ein Mythos«, sagte Rosemary. »Ich bin nicht koordiniert genug, um auf so einem Ding zu reiten und durch die Luft zu fliegen, selbst wenn ich eine Hexe wäre.«

»Ich bin aber froh, dass wir diesen Ort gefunden haben«, sagte Athena. »Ich habe nur noch ein Paar saubere Unterwäsche, und alle meine Kleider müssen gewaschen werden. Wir wollten doch nur für eine Nacht bleiben, oder?«

»Ja«, sagte Rosemary. »Und es sind erst zwei Nächte vergangen. Kannst du das glauben? Es fühlt sich viel länger an.«

»Wir müssen auf jeden Fall bald zurückgehen und den Rest unserer Kleidung holen«, sagte Athena. »Wir können uns schließlich keine neue Garderobe leisten.«

»Hey – sieh mal!«, sagte Rosemary und hob einen Schlüsselbund von einem Haken an der Hintertür der Waschküche.

»Wir haben doch schon Schlüssel für das Haus.«

»Ja, aber das sind Autoschlüssel ... Ich frage mich, ob ...«

Sie schob die Hintertür auf und blickte in eine schlecht beleuchtete Garage.

»Du hast mir nicht gesagt, dass Oma ein Auto hat«, sagte Athena und blinzelte in das schwache Licht. »Es sieht so aus, als ob da drin etwas ist, das die Form eines Autos hat.«

»Nein ... na ja, sie hatte mal eins, einen ziemlich schönen alten Rolls Royce. Aber ich dachte mir, dass sie ihn wohl verkauft hat. Sie war viel zu alt, um noch Auto zu fahren.«

Athena schaltete das Licht ein, um ein Fahrzeug zu enthüllen, das mit einer großen grauen Plane abgedeckt war. Sie traten beide vor und zogen das Tuch ab, um einen perfekt gewachsten burgunder- und gold-farbenen Rolls Royce zum Vorschein zu bringen.

»Er sieht gut aus«, sagte Rosemary.

»Gut? Er sieht verdammt gut aus! Ist es ... ist es unserer?«

»Ich denke schon, sobald das Testament ordnungsgemäß vollzogen worden ist.«

»Läuft er?«

Rosemary nahm die Schlüssel und öffnete damit die Autotür, dann probierte sie die Zündung aus. Der Motor erwachte schnurrend zum Leben. »Klingt gut!«

»Toll, dann können wir damit zurück nach Burkenswood fahren und unsere Sachen abholen«, sagte Athena.

»Nicht jetzt!«

»Okay, gleich morgen früh«, beharrte Athena.

Rosemary seufzte. »Ich schätze, du hast recht. Irgendwann müssen wir mit unserem alten Leben aufräumen, aber im Moment sollten wir versuchen, uns zu entspannen. Wie wäre es, wenn ich die Wäsche mache und du nach oben gehst und ein schönes heißes Bad nimmst.«

»Das klingt nach der besten Idee, die du heute hattest«, sagte Athena.

SIEBZEHN

Rosemary saß auf der Fensterbank und trank eine Tasse Tee. Sie blickte auf das wilde Gartengestrüpp direkt hinter dem Rasen und fragte sich, wie schwer die Pflege des Grundstücks von Thorn Manor wohl sein würde.

In diesem Moment war sie davon überzeugt, dass die Magie von Myrtlewood nicht nur der Fantasie entsprungen war. Es war auch etwas Schlichtes, das sie tief in ihren Knochen spürte, als hätte sie hier begonnen, die unzusammenhängenden Teile ihres Rückens wie einen Quilt zusammenzufügen, oder vielleicht wie eine Ranke, die wild die Ordnung mit dem Chaos verstrickte und etwas erschuf, das in ihrer inneren Welt eine eigene Art von schönem Sinn ergab, etwas, das ihr helfen könnte, ein zusammenhängender Mensch zu werden, oder zumindest jemand, der in den Augen der Welt objektiv kein Versager war.

Sie hörte das leise Brummen der Waschmaschine und ab und zu den Klang von Athena, die oben in der Badewanne vor sich hin sang. Wenn sie aufhörte, sich Gedanken darüber zu machen, wie sie den Rasen mähen sollte, war das alles ziemlich entspannend. Bis ein Auto die Auffahrt hinauffuhr – ein neuerer Rolls Royce in glänzendem dunklem Anthrazit, der nur eines bedeuten konnte.

Rosemary schlürfte ihren heißen Tee und versuchte, die statische

Aufladung ihrer Haare zu bändigen. Sie wollte den Eindruck erwecken, die Dinge im Griff zu haben.

Es klopfte, eine halbe Minute später, und Rosemary stand bereits an der Tür, bereit, sie jeden Moment zuzuschlagen.

Der überwältigende, seifenartige Duft von Maiglöckchen wehte ins Haus und brachte Rosemary zum Husten. Eine zierliche Frau mit eisblondem Haar und eiskaltem Blick stand hinter der Tür, zusammen mit einem größeren Mann, dessen dunkles Haar nach hinten gekämmt war und der ein permanentes Grinsen aufgesetzt hatte.

»Elamina, Derse ...«, sagte Rosemary. »Was für eine Überraschung.«

Sie schaffte es nicht ganz, »nett« vor »Überraschung« zu sagen, aber Lügen war sowieso nie Rosemarys Stärke gewesen.

»Rosemary«, sagte Elamina. »Es ist schon zu lange her, Cousine.«

»Wirklich?«, fragte Rosemary. »Ich hätte gedacht, dass es nicht lange genug dauern könnte, bis wir uns wiedersehen – für beide Seiten. Ihr besonders habt nie den Eindruck erweckt, dass ihr jemals Zeit mit mir verbringen wolltet.«

»Trotzdem«, sagte Elamina und schaute sich hinter Rosemary im Haus um. »Familie ist Familie. Willst du uns nicht hereinbitten?« Sie setzte das größte falsche Lächeln auf, das Rosemary je gesehen hatte – was verblüffend und ein wenig beängstigend war. Rosemary konnte sich nicht erinnern, ihre Cousine jemals zuvor lächeln gesehen zu haben, abgesehen von einem bösartigen Glanz in ihren Augen, wenn ihr etwas nicht passte.

»Ich glaube nicht, dass ich das will«, sagte Rosemary. Sie hatte nicht vor, sich von ihren Cousins über den Tisch ziehen zu lassen, wie sie es in der Vergangenheit getan hatten. »Ich war gerade beschäftigt, also ist das nicht der beste Zeitpunkt.«

Derse hustete und räusperte sich. Rosemary schaute ihn an, aber er sagte nichts.

»Aber das ist doch ein Familienhaus«, sagte Elamina. »Wir gehören genauso hierher wie ihr.«

»Das glaube ich nicht«, sagte Rosemary. »Laut Omas beiden Testamenten gehört das Haus mir, und in dem neueren auch alles andere.«

Elamina verzog ihr vollkommen glattes und blasses Gesicht zu einer Grimasse. »Ich vermute, du wirst feststellen, dass wir das Testament anfechten«, sagte sie. »Unsere Anwälte finden, dass unsere Seite der Familie mehr bekommen sollte.«

Rosemary lachte. Ihre erwachsene Cousine war kurz davor, vor ihrer Haustür einen Wutanfall zu bekommen, und angesichts der Art, wie Elamina Rosemary immer behandelt hatte, war das ein befriedigender Anblick.

»Nun, Omas Anwälte scheinen das nicht so zu sehen. Sie war bei klarem Verstand, als sie beide Testamente machte, und ihr bekommt nichts«, sagte Rosemary.

»Blödsinn«, erwiderte Elamina. »Uns steht die Hälfte des Hauses zu – mindestens! Wahrscheinlich sogar mehr. Schließlich war ich es, die die Beerdigung organisiert hat, an der du nicht teilgenommen hast.«

Rosemary zuckte zusammen. Sie war nur deshalb nicht dabei gewesen, weil ausgerechnet Elamina eine aufwendige Feier in der Nähe ihres protzigen Anwesens organisiert hatte, etwas, was Oma garantiert nicht gewollt hätte.

»Und ich habe Oma in ihren letzten Monaten regelmäßig besucht.« Elamina schmollte und klimperte mit den Wimpern. »Wo warst du?«

»Ich habe versucht, zu überleben und meine Tochter zu ernähren. Danke der Nachfrage«, sagte Rosemary. Sie hätte ihnen am liebsten die Tür vor der Nase zugeschlagen und es dabei belassen, aber sie konnte nicht anders. »Oma kannte mich, und sie kannte dich. Sie wusste, dass du dich nur bei ihr einschleimen wolltest, um das Haus zu bekommen. Weiß Gott, warum du es brauchst, wo du doch schon stinkreich bist.«

»Oh, arme, süße Rosemary«, sagte Elamina. »Du denkst, es würde hier um Geld gehen. Wie töricht. Wenn du nur wüsstest ...«

»Ich weiß zufällig etwas über die Magie«, sagte Rosemary, um ihre Cousine zu testen.

Elaminas Augen weiteten sich.

»Woher ... woher weißt du das?«, stotterte sie. »Hast du etwas gefunden?«

»Mehr als du dir vorstellen kannst«, sagte Rosemary.

»Aber die Familienmagie ist noch gebunden, sonst würden wir...«

»Ihr würdet was? Euch Flügel wachsen lassen und herumfliegen?«

»Du hältst das alles für einen großen Scherz, nicht wahr?«, sagte Elamina. »Ich sage dir eins. Als Papa Mama zum ersten Mal heiratete, wusste er, dass sie aus einer alten magischen Familie stammte. Man hat es deutlich gemerkt! Sie konnte alle möglichen Dinge tun – wir alle konnten das! Aber als wir noch Kinder waren, hörte all das auf. Daran musst du dich doch erinnern? Es war, als ob der Brunnen versiegt wäre, und die Ehe meiner Eltern auch.«

»Ich dachte, sie wären noch zusammen.«

»Sind sie auch, auf dem Papier«, sagte Elamina. »Aber Papa ist besessen. Er hat Oma immer wieder bedrängt, um herauszufinden, was mit der Magie passiert ist – natürlich haben wir noch welche von seiner Seite der Familie, aber die Thorn-Magie ist praktisch verschwunden. Nur Oma schien noch etwas davon zu besitzen, und selbst die war nur noch ein Schatten ihrer selbst.«

»Es ist etwas passiert«, gab Rosemary zu. »Ich weiß nicht, was es war, und ich kenne auch keine Einzelheiten, also frag nicht. Oma hat versucht, sich selbst zu schützen – und uns. Das ist alles, was ich sagen kann.«

»Vor wem?«, fragte Derse und fuhr mit seinem ewigen Grinsen fort.

»Ich habe mich tatsächlich gefragt, ob es vor euch war«, sagte Rosemary. »Ich bin immer noch nicht vom Gegenteil überzeugt.«

»Du glaubst, wir hätten etwas mit Omas Tod zu tun?!«, rief Elamina. »Oh, du machst wohl Witze! Ich weiß, dass wir uns nie gut verstanden haben, Rosemary, aber das?«

»Ihr habt ein Motiv«, stellte Rosemary fest. »Eure Seite der Familie wollte die Magie.«

»Und ihr nicht?«

»Wir wussten nicht einmal etwas davon. Es ist schwer zu erklären, aber es gehört alles zu dem, was Oma tun musste, um die Familienmagie zu schützen. Sie hat sie gebunden, mein Gedächtnis verändert und etwas getan, das mich von diesem Ort ferngehalten hat. Ich wusste von all dem nichts, bis wir nach Myrtlewood zurückkamen.«

»Hat sie dir das alles erzählt?«, fragte Elamina.

»Sie hat mir einen Brief geschrieben, wenn du es genau wissen willst.« Rosemary hatte nicht vor, ihrer Cousine auch noch von der Geistererscheinung zu erzählen.

»Kann ich ihn sehen?«

»Nein, das ist privat.«

»Ich soll dir also einfach glauben?«

»Ich werde dir nicht sagen, was du tun sollst«, sagte Rosemary. »Ich bin nicht die Hochnäsige in der Familie. Geh und sag dir selbst, was du tun sollst ... und tu es woanders!«

»Rosemary, bitte?«

»Oh, na gut. Ihr könnt am Freitagabend wiederkommen, wenn ihr müsst.«

»Freitagabend?«

»Wir geben hier eine Dinnerparty, und ich dachte, ihr würdet vielleicht gerne kommen, ihr wisst schon ... um ein paar von Omas Freunden kennenzulernen?«

Es klang wie eine schwache Ausrede, aber die Cousins standen auf dem großen Blatt Papier, und Rosemarys haarsträubende Dinnerparty konnte nur funktionieren, wenn alle Hauptverdächtigen anwesend waren. Wenn der Mörder nicht unter ihnen war, wäre es nur eine Party von Spinnern – unterhaltsam, aber nutzlos für ihre Sache.

»Du lädst uns zum Essen ein?« Elamina sprach die Worte aus, als ob sie einen üblen Beigeschmack in ihrem Mund hinterließen, und Derses spöttisches Grinsen vertiefte sich.

»Das habe ich doch gesagt.« Rosemary blieb standhaft und wartete schweigend, bis sie einknickten.

»Oh, na gut«, sagte Elamina. »Wie lautet die Kleiderordnung?«

»Ich weiß es nicht, Elamina«, sagte Rosemary. »Wie wäre es mit 'kleide dich so, wie du wirklich bist'?«

»Was soll das denn heißen?«

»Denk darüber nach«, sagte Rosemary. »Du wirst es herausfinden.« Doch als die Worte ihre Lippen verließen, war sie bereits selbst verwirrt darüber, was sie gemeint hatte.

»Gut. Wir sehen uns am Freitag. Um wie viel Uhr?«, fragte Elamina.

»Sieben Uhr abends«, antwortete Rosemary.

»Dann also um sieben.« Elamina hob ihre Handfläche und winkte kurz. Sie drehte sich um und schlenderte die Vordertreppe hinunter, durch die Autotür, die vom Chauffeur offengehalten wurde, und auf den Rücksitz. Sie blickte nicht zu Rosemary zurück, als der Wagen wendete und davonfuhr.

KAPITEL

ACHTZEHN

Der Rest des Montagabends verging wie im Fluge, völlig ereignislos. Rosemary bereitete die übliche Thorn-Delikatesse Bohnen auf Toast zu, und während sie aßen, erzählte sie Athena von dem Besuch ihrer unangenehmen Verwandten, woraufhin diese viel lachte.

»Du hättest nach mir rufen sollen«, sagte Athena. »Das hätte ich zu gern gesehen.«

»Nun, du wirst deine Chance haben, die Bracewell-Thorns wiederzutreffen«, sagte Rosemary. »Ich habe sie zu unserer Dinnerparty eingeladen.«

»Wirklich?«

»Ja – sie stehen auf unserem großen Zettel.«

»Und sie haben zugesagt?«

»Ja, das haben sie.«

»Ich hätte gedacht, dass Snobs wie sie sich nicht dazu herablassen würden, mit uns zu speisen«, sagte Athena.

»Unter normalen Umständen hättest du wohl recht – aber sie wollen die Magie, also werden sie hier sein.«

Rosemary und Athena gingen früh zu Bett und schliefen in dieser Nacht friedlich und zur Abwechslung mal ohne laute Störung. Am nächsten Morgen standen sie früh auf, um sich auf die Rückreise nach

Burkenswood vorzubereiten, wo sie den Rest ihrer Habseligkeiten abholen wollten – abgesehen von den schrecklichen Möbeln.

»Sollen wir gehen?«, fragte Rosemary gleich am Morgen.

»Was ist mit dem Frühstück?«

»Ich dachte, wir könnten auf dem Weg bei Marjie anhalten. Wir sollten ihr sagen, was wir vorhaben – damit jemand weiß, dass er nach uns suchen muss, wenn wir nicht zurückkommen.«

Athena erschauderte.

»Ich habe das als Witz gemeint«, sagte Rosemary.

»Das mag sein, aber es ist ein bisschen zu nah an der Wahrheit. Bekommen wir nicht sowieso Ärger mit diesem Bullen, weil wir die Stadt verlassen haben?«

»Wir werden zurück sein, bevor er überhaupt merkt, dass wir weg sind«, sagte Rosemary.

Der Motor von Omas altem, aber gut gewartetem Rolls Royce schnurrte auf, und sie fuhren ins Dorf Myrtlewood zu Marjies Teesaube.

Sie waren wieder die ersten Kunden.

»Das wird zur Gewohnheit!«, sagte Marjie und küsste die beiden auf die Wange. »Ihr werdet meine besten Kunden sein!«

»Nur wenn du uns bezahlen lässt«, sagte Rosemary.

»Ach, Unsinn«, sagte Marjie. »Eure Anwesenheit ist Bezahlung genug. Also, was wollt ihr?«

»Irgendetwas, wirklich«, sagte Rosemary. »Was immer dir gerade passt. Wir wollen schnell sein. Wir fahren zurück nach Burkenswood, um den Rest unserer Sachen aus der Wohnung zu holen, denn wir werden noch eine ganze Weile in Myrtlewood bleiben.«

»Sehr gut, sehr gut«, sagte Marjie. Sie brachte ihnen eine große Kanne Earl Grey Tee und verschwand wieder in der Küche.

»Also, wir gehen direkt in die Wohnung und räumen alles aus, was wir brauchen, und dann rufe ich den Vermieter an und sage, dass ich den Mietvertrag nicht verlängern werde«, sagte Rosemary.

Athena nickte. »Und wir werden vor Einbruch der Dunkelheit zurück sein, nicht wahr?«

»Ich denke schon. Warum?«

»Mir gefällt der Gedanke nicht, nachts zu reisen«, sagte Athena. »In Anbetracht der Gefahr, in der wir uns befinden.«

»Verständlich, aber logischerweise sind wir im Haus mehr gefährdet. Dort haben wir bisher alle Angriffe erlebt.«

»Ja, aber dort hat meine Mutter auch Superkräfte, mit denen sie mich beschützen kann«, sagte Athena.

»Unbeständige Kräfte, die ich anscheinend nicht kontrollieren kann«, erinnerte Rosemary sie. »Die meiste Zeit über bin ich ein ganz normaler Mensch, denk daran.«

»Normal ist etwas übertrieben.« Athenas Augen funkelten vor Vergnügen. »Wie auch immer, was hast du vor, sobald wir wieder in Myrtlewood sind? Es ist jetzt Dienstag, und du hast den Bracewell-Thorns gesagt, dass unser Abendessen am Freitag stattfinden wird ... also haben wir noch ein paar Tage Zeit, um uns darauf vorzubereiten, dass all diese Leute – von denen du einige nicht ausstehen kannst – ins Haus kommen werden. Wie soll das noch mal funktionieren?«

Rosemary seufzte. »Nun, zuerst muss ich sie alle einladen.«

Athena seufzte. »Ja, das hättest du schon längst tun sollen. Es sind immerhin nur noch ein paar Tage. Und was ist, wenn unser wahrer Bösewicht nicht kommt?«

»Das wird er«, sagte Rosemary. »Er wird nicht widerstehen können, einen Blick ins Haus zu werfen und die Magie zu stehlen.«

»Nun gut«, sagte Athena. »Was glaubst du, was diese Dinnerparty bewirken wird – wie willst du den Mörder entdecken?«

»Das habe ich mir noch nicht genau überlegt«, sagte Rosemary. »Ich dachte nur, es wäre eine gute Idee, alle an einem Ort zu versammeln und nach Hinweisen zu suchen.«

»Das ist ein sehr vager Plan«, sagte Athena. »Ich habe keine Ahnung, was schiefgehen könnte, weil es einfach so viele Möglichkeiten gibt. Alle Verdächtigen ins selbe Haus einzuladen, in das der Bösewicht einzubrechen versucht ...?«

»Genau!«, sagte Rosemary. »Irgendjemand wird sich bestimmt davonschleichen und nach der Quelle unserer Macht suchen.«

»Und die wäre ...? Die Box?«, fragte Athena.

»Vielleicht«, sagte Rosemary. »Sie scheint jedenfalls ein wichtiger Ausgangspunkt für alles zu sein, was bisher geschehen ist ... vielleicht hätten wir sie mitnehmen sollen, um sie sicher aufzubewahren.«

»Wirklich, Mama? Glaubst du, es wäre bei uns im Auto besser geschützt als in einem großen magischen Haus? Das ist doch absurd.

Außerdem ist Omas Geist dort, um jeden zu verfolgen, der hereinkommt.«

»Ich hoffe, du hast recht«, sagte Rosemary.

»Wie auch immer, zurück zu deiner Dinnerparty«, sagte Athena. »Also ist es eine Art Test? Oh – ich habe eine Idee – wir verstecken die echte Schachtel und stellen etwas Ähnliches aus, von dem wir sagen, dass es ein wichtiges Familienerbstück ist, das Oma uns hinterlassen hat, von dem wir aber nicht wissen, warum.«

»Das ist wirklich brillant. Gute Arbeit, Kleine!«

»Nenn mich nicht so!«

In diesem Moment kam Marjie mit einem Tablett zurück, das mit Eiern, Würstchen und gebratenen Tomaten beladen war.

»Oh Marjie – das ist ... eine Menge Essen«, sagte Rosemary. »Danke. Es sieht köstlich aus.«

»Ich muss euch doch für eure große Reise aufpäppeln«, sagte Marjie. »Außerdem habe ich zufällig mitgehört ...«

Rosemary und Athena warfen sich einen besorgten Blick zu.

»Macht euch keine Sorgen. Ihr könnt mir vertrauen«, sagte Marjie. »Ich möchte dem Tod von Galdie fast so sehr auf den Grund gehen wie ihr. Sie war mir sehr ans Herz gewachsen, wisst ihr. Jedenfalls finde ich es wunderbar, dass ihr versucht, das Rätsel zu lösen. Ich wollte nur einen kleinen Vorschlag machen.«

»Und was wäre das?«, fragte Athena.

»Nun ... die Idee mit der Dinnerparty gefällt mir, aber meint ihr nicht, dass ein kleiner Zauberspruch angebracht wäre, um herauszufinden, welcher der Anwesenden der Mörder ist?«

»Sprich weiter«, sagte Rosemary. »Was für ein Zauberspruch?«

»Vielleicht etwas, um die Wahrheit zu enthüllen?«, sagte Marjie. »Ich werde mich darum kümmern, aber bedenkt, dass sie sich gegen die Magie gewappnet haben könnten und mein Zauber vielleicht nicht funktioniert.«

»Danke, Marjie. Das wäre großartig«, sagte Rosemary.

Marjies Gesicht erhellte sich, und dann eilte sie summend davon, während Rosemary und Athena sich an dem reichhaltigen Frühstücksbuffet labten.

Als sie mit dem Essen fertig waren, wimmelte es in der Teestube von Kunden, und Rosemary hatte keine Gelegenheit, sich richtig von Marjie zu verabschieden, aber sie steckte ihr etwas Geld unter die Teetasse, um das Essen zu bezahlen, wohl wissend, dass Marjie nicht im Traum daran denken würde, es ihr zu berechnen.

»Hör auf damit, Mama«, sagte Athena. »Die Leute werden denken, wir seien Amerikaner.«

»Ach, sei nicht albern«, sagte Rosemary. »Wie sollen wir uns hier sonst durchschlagen?«

»Ich dachte, wir wären pleite.«

»Na ja, ich bin zwar knapp bei Kasse, aber ich habe noch ein bisschen Spielraum auf meiner Kreditkarte, mit dem wir wenigstens genug Benzin für die Fahrt nach Burkenswood und zurück und genug zu essen für unterwegs haben. Wenn ich zurückkomme, muss ich mir unbedingt so schnell wie möglich einen Job suchen, selbst wenn das bedeutet, mit Ferg im örtlichen Taxigewerbe zu konkurrieren.«

»Wenn du das machst, solltest du besser den Luxus-Service anbieten. Ich glaube nicht, dass wir mit 20 Pence pro Minute auskommen können.«

»Abgemacht«, sagte Rosemary und zog ihren Mantel wieder an. »Los geht's.«

Sie kletterten in Omas Auto und fuhren gemächlich vom Marktplatz auf die Hauptstraße und aus der Stadt hinaus.

»Dieses Auto fährt wie ein Traum«, sagte Rosemary. »Nicht, dass ich ein Autonarr wäre, aber es ist so schön. Ich würde es gerne behalten, wenn wir es uns leisten können.«

»Ich fühle mich ein bisschen wie ein Mitglied der königlichen Familie, wenn ich in diesem Ding fahre«, gab Athena zu. »Wir können es uns sicher leisten, wenn das Erbe ankommt.«

»Ich denke, das hängt davon ab, wie erfolgreich Elaminas Anfechtung ist«, sagte Rosemary. »Und davon, ob ich von den Ermittlungen freigesprochen werde. Ansonsten könnte die Krone alles beschlagnahmen.«

»Wie furchtbar wäre das?«, sagte Athena. »Gerade jetzt, wo wir einem luxuriösen Leben so nahe sind – du würdest ins Gefängnis kommen und ich in die Jugendstrafanstalt oder so.«

Rosemary schauderte. »Sprich nicht davon. Wir sind unschuldig, und wir werden alles in unserer Macht stehende tun, um das zu beweisen.

Warte – was ist das?« Etwas versperrte die Straße vor ihnen. Als sie näherkamen, erkannte Rosemary, was es war. »Oh, verdammt!«

Das Auto von Wachtmeister Perkins war auf dem Mittelstreifen der Straße geparkt, und er kontrollierte jedes vorbeifahrende Auto.

»Das ist genau mein Pech!«, sagte Rosemary. »Das einzige Mal, dass wir die Stadt verlassen, führt er zufällig eine Straßensperre durch.«

»Aber ist das wirklich nur Pech?«, fragte Athena. »Oder ist es etwas Schlimmeres?«

Sie verstummten, als sie an der Stelle anhielten, wo der Beamte die Hände in die Hüften gestemmt stand und sie anstarrte. Rosemary kurbelte zögernd das Fenster herunter.

»Und was glauben Sie, wohin Sie beide fahren, wo ich Ihnen doch ausdrücklich verboten habe, die Stadt zu verlassen?«

»Äh, guten Morgen, Herr Polizist. Wir waren gerade auf dem Weg zurück nach Burkenswood, weil wir unsere Sachen abholen müssen, wenn wir eine Weile in Myrtlewood bleiben wollen.«

»Oh ... Sie sind das, ja?«, sagte Wachtmeister Perkins. »Nicht unter meiner Aufsicht!«

»Aber wir brauchen unsere Kleider!«, rief Athena. »Ich kann nicht jeden Tag die gleichen zwei Klamotten tragen!«

»Das ist nicht mein Problem, Fräulein«, antwortete er streng und wandte sich dann an Rosemary. »Und Sie, Frau Thorn, sollten es besser wissen. Woher soll ich wissen, dass Sie nicht heimlich das Land verlassen?«

»Weil ich Ihnen verspreche, dass ich es nicht tue, und weil Sie über magische Kräfte zur Wahrheitsfindung verfügen?«, schlug Rosemary vor.

»Nicht gut genug«, sagte der Polizist.

Rosemary seufzte. »Was sollen wir denn dann tun, Sir? Wir haben unser ganzes Leben, sozusagen, in der Wohnung in Burkenswood.«

»Sicherlich könnte Ihnen jemand, der nicht zu Ihnen gehört, die Gegenstände holen, die Sie für nötig halten«, schlug Wachtmeister Perkins vor. »Ich habe das Recht, Sie zu verhaften, nur weil Sie versuchen, meine Anweisungen zu missachten.«

»Nein. Bitte nicht«, sagte Rosemary. »Wir kehren sofort um und fahren zurück nach Thorn Manor – und wenn wir uns bei irgendetwas nicht sicher sind, fragen wir vorher bei Ihnen nach. Das verspreche ich.

Um es wieder gutzumachen, kommen Sie doch einfach zu unserer Dinnerparty am Freitagabend.«

Athena starrte Rosemary vom Beifahrersitz aus an.

»Es wäre nicht gut, wenn ich die Ermittlungen auf diese Weise kompromittieren würde, Frau Thorn.«

»Nun ... Sie würden mir damit sogar einen großen Gefallen tun. Sehen Sie... wir haben ein kleines Treffen geplant – nicht viel, nur eine Art Einweihungsfeier – aber jetzt macht sich Athena Sorgen, dass derjenige, der für die Angriffe verantwortlich ist, einer unserer neuen Freunde aus Myrtlewood sein könnte. Also ... Sie dort zu haben – als einen starken und kompetenten Polizisten – würde sie wirklich beruhigen.«

Rosemary sah nicht hin, aber sie spürte, wie sich Athenas Blick verfinsterte.

»Sind Sie wirklich so besorgt um Ihre Sicherheit?«, fragte Wachtmeister Perkins.

»Natürlich sind wir das!«, sagte Rosemary. »Nach der Nacht letztens – dem Angriff auf das Haus. Wir hätten beide sterben können, genau wie Oma.«

»Lassen Sie mich über Ihr freundliches und großzügiges Angebot nachdenken, mich zu einer Party einzuladen, um Ihr persönlicher Leibwächter zu sein ...« sagte Wachtmeister Perkins.

»So ist es nicht«, beharrte Rosemary, während der Beamte ein paar andere Autos vorbeiwinkte, die sich hinter ihnen gestaut hatten. »Ich habe mich nur gefragt, ob es nicht auch in Ihrem Interesse wäre. Ich meine, wenn der Mörder dort ist, können Sie ihn vielleicht auf frischer Tat ertappen, wenn er etwas von Oma stehlen will.«

»Woher wissen Sie, dass sie es nicht schon haben?«, fragte der Beamte.

»Warum sollten sie noch einmal zurückkommen, wenn das der Fall wäre?«

»Gutes Argument«, sagte er. »Na gut. Ich werde darüber nachdenken. Aber ich vermute, dass ich entweder als Zivilist kommen werde, oder ich werde meine Uniform tragen und draußen patrouillieren, um auf irgendwelche komischen Dinge zu warten – und das auch nur, wenn mich keine anderen Aufgaben abrufen.«

»Danke, Herr Wachtmeister«, sagte Rosemary. »Das klingt wunderbar.«

»Und keine komischen Sachen mehr von Ihnen beiden!«

»Auf keinen Fall.« Rosemary ließ den Motor an und wendete den Wagen, um zurück nach Thorn Manor zu fahren.

»Was sollte das denn?«, fragte Athena. »*Ich* bin nicht diejenige, die um ihr Leben fürchtet – das wärst du. Erinnerst du dich nicht, dass er die Macht hat, Wahrheit von Lüge zu unterscheiden?«

»Es ist mir einfach so rausgerutscht«, sagte Rosemary. »Aber ich glaube nicht, dass irgendetwas davon eine komplette Lüge war – du solltest schließlich um dein Leben fürchten.«

»Warum sagen wir ihm nicht einfach die Wahrheit über das Abendessen – dass wir absichtlich Verdächtige einladen?«

»Weil er denken würde, dass wir Selbstjustiz üben, und dem ein Ende setzen würde«, sagte Rosemary. »Denk daran, alles muss seine Idee sein.«

»Und du wolltest ihn dabeihaben, warum?«

»Nun, zum einen bin ich mir nicht hundertprozentig sicher, dass er nicht derjenige ist, der Oma etwas angetan hat – ich meine, das wäre doch furchtbar praktisch, oder? Er könnte es uns in die Schuhe schieben. Er hat die Macht dazu.«

»Aber was könnte sein Motiv sein?«, fragte Athena.

»Macht? Das gleiche wie alle anderen?«

»Diesen Eindruck habe ich allerdings nicht von ihm«, sagte Athena. »Ich meine ... er ist ein schlechter Gesprächspartner und ein mürrischer alter Knacker – aber er ist nicht finster oder böse oder so.«

»Ich bin froh, dass du so denkst«, sagte Rosemary. »Aber wir werden unsere gesamten Ermittlungen nicht auf dein Bauchgefühl stützen.«

Athena seufzte. »Zurück zu einer anderen wichtigen Sache«, sagte sie. »Wie, um Himmels willen, sollen wir all unsere Sachen aus Burkenswood holen? Es ist ja nicht so, dass wir dort irgendwelche Freunde hätten, die einfach ein paar Stunden die Straße hinunterfahren würden, um sie uns zu bringen. Wir sind viel zu oft umgezogen, um echte Freunde zu haben.«

Rosemary dachte eine Weile darüber nach. Es stimmte – sie hatten keine engen Freunde in Burkenswood, die bereit gewesen wären, ihnen einen solchen Gefallen zu tun.

»Die Leute in Myrtlewood sind so nett, dass sie es vielleicht tun«, fuhr Athena fort. »Obwohl wir sie trotz einiger familiärer Verbindungen gerade erst kennengelernt haben.«

»Hmm«, sagte Rosemary. »Da hast du recht. Ich wette, Marjie oder Liam würden es für uns tun, wenn sie könnten, oder Sherry, wenn es ihr besser geht, aber es scheint unhöflich, sie zu fragen, wenn wir sie kaum kennen. Außerdem könnte jeder von ihnen der Mörder sein.«

»Ich dachte, wir hätten uns darauf geeinigt, dass Marjie definitiv nicht die Mörderin ist«, sagte Athena abwehrend.

»Woher wusste Wachtmeister Perkins sonst, dass er eine Straßensperre errichten musste, als wir die Stadt verließen?«, fragte Rosemary. »Marjie war die Einzige, der wir davon erzählt haben.«

»Das ist wahr«, sagte Athena. »Aber es könnte auch nur ein riesiger Zufall gewesen sein – oder vielleicht hat er Magie benutzt ... oder beobachtet jemand anderes jeden unserer Schritte. All diese Dinge scheinen viel wahrscheinlicher zu sein.«

»Trotzdem«, sagte Rosemary. »Ich werde am Freitag ein Auge auf sie haben. Sie ist die Einzige, die von dem Test weiß – wir müssen also einen etwas anderen Test nur für sie machen.«

»Gut, aber das hilft uns nicht, an unsere Kleider und Sachen zu kommen, Mama.«

»Es gibt immer noch Dain.«

»Oh ... nein. Nein, nein, nein! Wir werden Papa nicht anrufen. Auf keinen Fall!«

»Er ist eigentlich ganz gut, wenn man ihn braucht«, überlegte Rosemary. »Wie oft ich ihn schon anrufen musste, um meinem Auto Starthilfe zu geben...«

»Und dann bleibt er eine Woche lang hier und isst unser ganzes Essen auf, und dein Geld verschwindet auf mysteriöse Weise ...«

»Aber haben wir denn eine andere Wahl?«

»Mama!«

»Was?«

»Wir können ihn nicht zurück in unser Leben holen, gerade jetzt, wo es wieder besser wird!«, sagte Athena.

»Nennst du es wirklich eine Verbesserung, von Dämonen angegriffen zu werden?«

»Nein – nicht diesen Teil.«

»Oder des Mordes beschuldigt zu werden?«

»Oh, sei keine Drama-Queen«, sagte Athena. »Du wurdest nicht offiziell wegen irgendetwas angeklagt.«

»Trotzdem ...«

»Nein, Mama. Ich habe mich auf das kleine Vermögen und das große, schicke Haus bezogen, das wir bald erben werden. Das ist etwas, von dem wir Papa meilenweit fernhalten wollen. Gut, dass wir schon umgezogen sind, damit er nicht weiß, wo wir sind.«

»Nun ...«

»Mama! Nein, das hast du nicht.«

»Ich habe ihm vielleicht eine kleine SMS geschickt.«

»Ich kann es nicht glauben!«, jammerte Athena und vergrub ihr Gesicht in ihren Händen.

»Er ist dein Vater. Er hat ein Recht darauf zu erfahren, wo du bist. Ich bin mir ziemlich sicher, dass es illegal ist, wenn wir umziehen, ohne es ihm zu sagen.«

»Du kümmerst dich jetzt also um den Wortlaut des Gesetzes?«

»Seit kurzem, ja«, sagte Rosemary. »Hätte ich mir das gut überlegt, hätte ich heute gar nicht erst versucht, die Stadt zu verlassen. Das lässt uns nur noch verdächtiger aussehen.«

Sie fuhren in die Garage von Thorn Manor. Athena stieg aus dem Auto und schlug die Tür verärgert zu.

»Tee?«, fragte Rosemary.

»Nein«, sagte Athena und stapfte ins Haus.

»Ach, sei doch nicht so, Süße. Ich weiß, dass er seine Schwierigkeiten hat, aber er ist immer noch dein Vater.«

»Das ist nicht meine Schuld«, schoss Athena zurück.

»Trotzdem ist er im Moment vielleicht unsere einzige legitime Option. Vielleicht schreibe ich ihm einfach eine kurze SMS und frage, ob er Zeit hat. Keine Sorge, ich verspreche, dass ich ihm nichts von der Erbschaft erzählen werde – ich werde ihm nicht einmal sagen, dass Oma gestorben ist, damit er nicht auf dumme Gedanken kommt. Ich werde nur sagen, dass wir ein paar Dinge brauchen werden. Ich kann sogar sehen, ob er dieses alte Schrottauto für uns verkauft.«

»Sehr kluger Schachzug, Mama.«

»Es wird nicht viel wert sein«, sagte Rosemary. »Er kann das Geld sogar behalten, wenn er uns alle unsere Sachen bringt.«

»Na schön«, sagte Athena. »Wie du willst, aber du hast Glück, dass wir sonst nichts haben, was sich verkaufen lässt, sonst würde er alles verpfänden, bevor du mit der Wimper zucken kannst.«

»Athena ...«

»Nein! Ich habe genug.« Sie stürmte die Treppe hinauf und schlug die Schlafzimmertür hinter sich zu.

Rosemary seufzte. Natürlich hatte Athena nicht ganz unrecht. Sie war durch und durch rational, und ihr Vater war das genaue Gegenteil davon. Es war Rosemary ein Rätsel, wie sie es geschafft hatte, eine so vernünftige und kluge Tochter zu erziehen, wenn man bedachte, dass ihre beiden Eltern in diesen Bereichen offensichtliche Defizite hatten. Es war nicht so, dass Rosemary verblüffend unvernünftig war. Es war eher so, dass Rationalität für ihren Verstand kaum von Interesse war, da er lieber von einer Sache zur nächsten sprang und seltsame Zusammenhänge fand.

Athena um sich zu haben, war für sie ausgleichend, erdend.

Dain hingegen lebte die meiste Zeit auf einem ganz anderen Planeten – im übertragenen Sinne, versteht sich. Aber, wie Rosemary behauptet hatte, war er im Notfall zuverlässig und hatte sie im Laufe der Jahre aus vielen Schwierigkeiten herausgeholt – wenn auch nicht ganz so vielen, wie er ihr eingebrockt hatte.

Es stimmte, dass Rosemary, wenn er auftauchte, seinem Charme kaum etwas entgegenzusetzen hatte, und er unweigerlich den Weg zurück in ihr Bett und in ihr Herz fand, nur um sie wieder zu verletzen, aber nicht dieses Mal. Rosemary war entschlossen – selbst wenn sie einen Zauberspruch nachschlagen musste, um sich vor Frauenhelden zu schützen.

Zaubersprüche ... das war's!

Sie schickte eine kurze SMS an Dain, um ihn um den Gefallen zu bitten, und beschloss dann, dass Zaubersprüche genau das waren, was sie lernen musste – um sich gegen den Charme ihres Ex oder andere Schürzenjäger zu wappnen.

Sie machte sich einen Tee und nahm ihn mit in die Bibliothek.

Das Kästchen stand immer noch auf dem Schreibtisch, unschuldig, trotz all der Macht, die es zu besitzen schien.

Rosemary beschloss, es zu ignorieren, da sie nicht wusste, welche Überraschungen es noch enthalten könnte. Sie vertiefte sich in die Durchsicht der Bücherregale. Wie es zu ihrem Charakter passte, war

Oma Thorn eine regelrechte Sammlerin von interessantem Nachschlage-werk gewesen. Unter den Hunderten von Titeln befanden sich mehrere große Bände von *Material Medica*, in denen die Botanik und die Verwendung von Heilkräutern beschrieben wurden, sowie mehrere Enzyklopädien und Geschichten der Magie, die durchaus nützlich sein konnten.

Rosemary ärgerte sich, dass sie die Bibliothek nicht schon früher erkundet hatte. Es war offensichtlich, dass die Informationen, die sie brauchten, irgendwo in diesen Bänden zu finden waren. Sie ärgerte sich sogar über sich selbst, bis sie sich daran erinnerte, dass es erst Dienstag war in der längsten Woche, die sie je erlebt hatte. Sie glaubte erst seit ein paar Tagen überhaupt an Magie, von Nachforschungen ganz zu schweigen.

Vielleicht hat dieses Haus ... oder diese Stadt etwas an sich, das die Zeit verlangsamt, überlegte Rosemary, während sie mit den Fingern über die Buchrücken fuhr.

Ihr Nagel blieb an etwas hängen, das nicht ganz so buchartig war. Bei näherer Betrachtung war es ein grobes Stück Papier. Rosemary zog an dem großen Band über Fabelwesen, der dahinter lag. Das Papier rutschte heraus und fiel auf den Boden. Es schien eine Art Einladung zu sein.

Sie sind herzlich zum Symposium der Blutstein-Gesellschaft eingeladen, stand da, gefolgt von einer Adresse in Burkenswood mit einem Datum und einer Uhrzeit für den sechsten Juni, allerdings ohne Jahr.

Die Blutstein-Gesellschaft ... dachte Rosemary. Davon hatte Sherry neulich Abend gesprochen. Und hier waren sie und luden Oma zu irgendeiner ausgefallenen Veranstaltung ein.

Es muss etwas sehr Vornehmes sein, dachte Rosemary. *Auf der Rückseite befindet sich sogar ein Wachssiegel.*

Das Siegel war größtenteils abgebröckelt, aber die Ecke sah ein wenig wie ein Schild aus. Es erinnerte Rosemary an etwas, obwohl sie nicht genau zuordnen konnte, was es war.

»Komischer und komischer«, murmelte Rosemary vor sich hin und fragte sich, ob es Alice oder die Raupe war, die das in der ursprünglichen Geschichte gesagt hatte.

Vorsichtig nahm sie die Einladung und legte sie neben den Stapel nützlicher Bücher, die sie gerade sammelte.

Madame Tuisons Sammlung von Zaubersprüchen und Beschwörungen sah vielversprechend aus, ebenso wie *Eine magische Geschichte von Myrtlewood* von A. C. Twigg. *Twigg* ... das kam ihr auch bekannt vor.

Außerdem stapelte sie mehrere Bücher über Schutzzauber und ein paar Bände Grundlagen der Hexerei, da sie hier wirklich bei Null anfangen musste.

Es war schade, dass Athena so schlechte Laune hatte, dachte Rosemary, denn all diese Bücher durchzugehen, war genau das, was die junge Thorn geliebt hätte.

Rosemary wählte einige Bände speziell für Athena aus, damit sie sie sich ansehen konnte, wenn sie in besserer Stimmung war. Vielleicht konnte sie sogar einen Zauberspruch finden, um einen unzuverlässigen Ex zu vertreiben.

Obwohl die Bücher faszinierend waren, konnte Rosemary nicht umhin, alle paar Minuten einen Blick auf die kleine Holzkiste auf dem Schreibtisch zu werfen.

Es schien fast nach ihr zu rufen, nicht auf unheimliche Weise, sondern auf eine vertraute Art, die einen Hauch von Schicksal in sich trug.

»Oh, na gut«, sagte sie zu der Schachtel. »Ich werde anbeißen – aber keine komischen Sachen. Nichts Gefährliches oder Tödliches, nur Dinge, die uns helfen, das Rätsel zu lösen und unser Leben in Ordnung zu bringen, *bitte*?«

Sie ließ die Bücherstapel auf dem Boden stehen und liegen und trat an den Schreibtisch heran.

Das Kästchen schien leicht zu glühen, und Rosemary überlegte, ob sie es anfassen sollte, zumal Athena oben war und nichts von den Possen ihrer Mutter mitbekam. Sie dachte daran, sich abzuwenden, die Bücher zu nehmen, die Tür zu schließen und die blöde Kiste zu ignorieren, aber ihre Neugier war stärker als sie.

Rosemary griff nach der kleinen Holzkiste und spannte sich an, als ihre Finger die Oberfläche berührten.

Doch nichts geschah.

Sie stand immer noch in der Bibliothek und hielt das Kästchen in der Hand, und dann schien die Welt um sie herum in Stücke zu zerfallen wie ein zerbrochener Spiegel und in die Dunkelheit und Leere zu stürzen. Das Kästchen in ihrer Hand leuchtete hell in der Dunkelheit. Sie blickte nach unten und sah, dass es sich in den Kristall verwandelt hatte, den sie zuvor gesehen hatte.

»Hallo?«, sagte sie in die Dunkelheit. Es kam keine Antwort.

Rosemary räusperte sich. »Ähm ... Älteste?«

Immer noch nichts als Stille und Dunkelheit. Dann hörte sie etwas... ein leises Klopfen in der Ferne, das wie ein Herzschlag widerhallte.

Sie konnte nirgendwo anders hingehen und nichts anderes sehen, also schritt Rosemary vorwärts, in Richtung des Geräusches, das in Abständen immer wieder sanft pochte.

In der Ferne konnte sie ein sanftes Leuchten erkennen, das, je näher sie kam, immer deutlicher wurde. Das erste, was sie ausmachen konnte, war eine Felswand, und sie fragte sich, ob sie denselben Ort wie beim letzten Mal erreicht hatte, obwohl die Älteste nirgends zu sehen war.

Als sie näherkam, erkannte sie grüne Ranken, die sich um den Felsen wanden. Und je weiter sie ging, desto dichter wurden sie, bis sie schließlich überall um sie herum waren – ein Wald aus Ranken.

Das dumpfe Geräusch wurde immer lauter und trieb Rosemary weiter, bis sie ein helles weißes Licht durch das dichte grüne Blattwerk schimmern sah.

Rosemary hatte gedacht, die Ranken seien freundlich oder zumindest harmlos. Doch nach und nach erkannte sie, dass sie sich an dem hellen Licht festhielten, das mehr und mehr wie eine größere Version des Kristalls aussah, den sie in den Händen hielt. Sie versuchten, es zu unterdrücken und zu ersticken. Das klirrende Geräusch war der Lichtkristall, der sich wehrte oder um Hilfe schrie.

Sie griff nach oben, in der Hoffnung, ihn zu befreien, als eine Stimme hinter Rosemary ertönte und sie aufschrecken ließ. »Nein, hör auf. Fass es nicht an.«

Rosemary drehte sich um und sah die gleiche Frau wie zuvor – die Älteste. Rosemary zögerte und betrachtete die Ranken. Sie schienen jetzt bösartig zu sein, als ob sie sie beobachteten und warteten.

»Du musst die Fesseln lösen«, sagte die Frau. »Bevor es zu spät ist.«

Rosemary blickte wieder zu den Ranken ...

Die Ranken waren die Fesseln, wurde ihr klar. *Sie sind keine böse Kraft, sondern etwas, das zum Schutz geschaffen wurde, das nun aber zu eng geworden ist und beginnt, genau das zu strangulieren, was es eigentlich schützen soll ...*

»Aber wie?«, fragte Rosemary. »Wie kann ich es befreien, wenn ich die Ranken nicht berühren kann?«

»Du musst nach innen schauen«, sagte die Älteste verärgert.

»Was soll das denn heißen?«, fragte Rosemary. »Ich will eine einfache Antwort darauf, was zu tun ist – nicht diesen kryptischen und vagen Quatsch! Nach innen schauen? Das wird mir nicht viel nützen!«

Der Älteste verschwamm vor Rosemarys Augen, zusammen mit den Ranken und dem Licht und der Schwärze um sie herum. Alles verschwamm zu Grau, und Rosemary wachte auf, als Athena sie wieder schimpfte.

»Was zum ...? Mama! Was zum Teufel fällt dir ein, wieder bewusstlos zu werden! Du hast mich halb zu Tode erschreckt!«

»Oh ... Entschuldigung«, sagte Rosemary und öffnete die Augen, um festzustellen, dass sie wieder in der Bibliothek war. Sie spürte ein starkes Gefühl des Grauens und eine verzweifelte Sehnsucht, Oma wiederzusehen, mit ihr zu reden und sie zu bitten, sich zu erklären.

»Es sieht so aus, als ob ein Tornado hier durchgekommen wäre«, sagte Athena. »Was ist passiert?«

»Nun, ich habe die Bücher durchgesehen, um zu sehen, ob etwas Nützliches dabei ist – du weißt schon – wie ein Zauber, der mich vor dem Charme deines Papas schützt, oder ein Rezept für ein Anti-Vampir-Mittel oder so etwas, und dann habe ich beschlossen, die Kiste noch einmal zu probieren.«

»Du willst damit sagen, dass du die Bücher durch den ganzen Raum geworfen hast?!«

»Nein«, sagte Rosemary, als sie wieder zur Besinnung kam und sah, dass die Bücher tatsächlich verstreut waren. »Ich habe sie auf einen Stapel gelegt. Sie müssen umgestoßen worden sein, als ich ohnmächtig wurde.«

»Ehrlich!«, sagte Athena. »Du denkst einfach nie richtig nach.«

»Ich glaube, das haben wir schon besprochen«, sagte Rosemary. »Und zwar schon sehr oft. Jetzt hilf mir, diese Bücher zum Esszimmertisch zu bringen. Da sind ein paar tolle dabei – vielleicht ist sogar etwas dabei, das uns helfen kann, Oma zu kontaktieren und wieder mit ihr zu sprechen.«

KAPITEL

NEUNZEHN

»**E**s gibt noch eine andere Möglichkeit, schau«, sagte Rosemary. »Aber dazu braucht man ein Ouija-Brett. Meinst du, wir könnten eins basteln?«

»Du gibst die Sache mit dem Kontakt zu den Toten wirklich nicht auf, oder?«, fragte Athena. »Ich habe dir doch gesagt, dass es eine schlechte Idee ist.«

Sie saßen um den mit Büchern vollgestopften Esszimmertisch, tranken Tee und blätterten in den vielen Bänden, die nützliche Informationen enthalten konnten.

»Ach, komm schon«, sagte Rosemary. »Ich muss unbedingt herausfinden, was es mit der magischen Bindung der Thorns auf sich hat und wie man sie aufheben kann. Du hättest mal sehen sollen, wie es da drinnen aussieht.«

»Mama, du warst nirgendwo drin. Du lagst ohnmächtig auf dem Boden und hast wieder von dieser Ältesten halluziniert.«

»Ich denke, wir sind jetzt weit über Halluzinationen hinaus, Athena.«

»Das mag sein, aber wir können nicht sagen, ob das, was du gesehen hast, eine korrekte Darstellung der Wahrheit war.«

»Komm mir nicht mit Juristenjargon. Du weißt, dass ich darauf allergisch reagiere«, sagte Rosemary und nahm einen großen Schluck Tee, um ihre Nerven zu beruhigen.

»Nein, Mama, deine eingebildete Allergie ist gegen Immobilienmakler, schon vergessen?«

»Juristenjargon ist genauso schlimm. Ach, was soll's. Ich muss diesen Anwalt am Freitag auch noch einladen, nicht wahr?«

»Deinen besonderen Freund, Herrn Burk ... oder sollte ich sagen, *Perseus?*«, stichelte Athena, nahm ein weiteres Buch von dem Stapel vor ihnen auf dem Tisch und überflog das Inhaltsverzeichnis.

»Fang nicht schon wieder damit an.«

»Hör zu«, sagte Athena. »Ich will damit nur sagen, dass wir nicht wissen, ob das, was du gesehen hast, echt ist. Es könnte ein Trick sein ... oder du hast es nicht ganz verstanden.«

»Genau!«, sagte Rosemary. »Und deshalb muss ich noch einmal mit Oma sprechen. Sie ist die einzige, der ich wirklich vertrauen kann und die mir das alles erklären kann.«

Rosemary hatte immer noch absolutes Vertrauen in Oma Thorn, trotz allem, was passiert war. Auch wenn Rosemary jetzt mehr Fragen denn je hatte, musste sie glauben, dass ihre Großmutter einen guten Grund für ihre Geheimhaltung hatte. Wenn sie nur noch einmal mit ihr sprechen könnten, um alles herauszufinden.

»Mama«, sagte Athena. »Ich habe viel zu viele Horrorfilme gesehen, um jemals eine Séance zu versuchen.«

»Aber wir versuchen nicht, Tote zu erwecken oder mit jemand Unheimlichem Kontakt aufzunehmen«, beharrte Rosemary. »Wir reden hier von Oma.«

»Mindestens sechs dieser Bücher warnen uns davor, mit den Toten in Kontakt zu treten, solange wir nicht genau wissen, was wir tun, und die meisten Rituale, die ich gefunden habe, setzen voraus, dass es das Samhain-Fest ist ... und das ist, glaube ich, im Herbst. Also fast zur entgegengesetzten Zeit des Jahres!«

»Aber wir kennen Oma, und wir wissen, dass sie hier irgendwo in der Nähe ist. Sie scheint die wahrscheinlichste Kandidatin zu sein, die wir kontaktieren können, und ich habe keine Lust, bis zum Herbst zu warten. Der in Ranken gehüllte Kristall pulsierte auf beunruhigende Weise. Es sah aus, als würde das ganze Ding gleich hochgehen!«

»Du meinst explodieren?«

»Explodieren oder implodieren ... ich weiß es nicht. Ich hatte nur das Gefühl, dass die Zeit abläuft, und die Älteste hat das auch angedeutet.«

»Na schön«, sagte Athena. »Wir werden deine Idee mit dem Ouija-Brett ausprobieren – aber nur dieses eine Mal, und ...« Sie zögerte.

»Und was?«

»Du musst erst diesen Schutzzauber machen, um Papa abzuwehren.«

»Na schön!«, sagte Rosemary und griff nach dem Buch, das Athena ihr zusteckte. »*Altazars Kompendium der Verzauberungen?*«

»Du brauchst nur ein kleines schwarzes Stoffquadrat und Salz und ...«, sagte Athena und deutete auf die Zutatenliste. »Rosmarin ... nun, das ist praktisch.«

»Praktisch, dass das quasi mein Name ist?«

»Nein, das ist nur ein Zufall. Rosmarin ist offenbar für seine schützenden Eigenschaften bekannt. Es ist praktisch, weil ich einen großen Busch davon direkt neben der Haustür entdeckt habe.«

»Seit wann bist du denn Expertin für Kräuterheilkunde?«

»Das ist nur normale Kräuterkunde, Mama, und ich bin keine Expertin. In meiner alten Schule wuchs es zusammen mit Lavendel. Die Bienen lieben es.«

»Na, wenn das so ist ...«, sagte Rosemary und ließ ihre Worte ins Leere laufen.

»Hmm. Hier steht, dass man dafür schwarzen Onyx braucht. Wo könnten wir den finden?«

»Vielleicht in einem dieser Schränke«, sagte Rosemary, legte das Buch weg und öffnete ein paar der Schränke in den verschiedenen Anrichten, in denen Oma ihre Briefbeschwerer und Deckchen und andere Kleinigkeiten aufbewahrte. Die ersten beiden Schränke enthielten nur verschiedene alte Porzellangeschirre, aber der dritte, den Rosemary ausprobierte, enthielt eine ganze Menge interessanter Dinge. Ihr Blick fiel auf ein großes, glattes Holzbrett. »Hey, schau mal!«, sagte sie.

»Hast du Onyx gefunden?«

»Nein, aber ich habe ein hochmodernes Ouija-Brett gefunden«, sagte Rosemary, zog es aus dem Schrank und fuchtelte damit herum.

»Sei vorsichtig mit dem Ding«, sagte Athena und wich aus, als es auf sie zu schwang.

»Können wir es benutzen?!«, fragte Rosemary aufgeregt. »Können wir? Dürfen wir?«

»Sicher, nachdem du den Zauber gemacht hast.«

»Na schön.« Sie verschränkte die Arme und schmollte ein wenig, um sich zu beruhigen.

Athena begann, einige Schubladen in der Nähe zu durchwühlen. »Diese hier ist voller Kristalle!«, sagte sie. »Schau!«

Rosemary schaute tatsächlich hin und sah eine ganze Schublade voller funkelnder Steine. »Sehr hübsch«, sagte sie. »Weißt du, ich kann mich an so etwas aus meiner Kindheit gar nicht mehr erinnern. Ich frage mich, ob ich mit denen gespielt habe. Ich wette, ich hätte sie geliebt.«

»Ich glaube, Oma Thorn hat sie als wichtige magische Gegenstände aufbewahrt«, sagte Athena. »Nicht als Spielzeug für Kinder.«

»Oma war nicht so«, sagte Rosemary. »Sie hat mich mit allem spielen lassen – und sie hat mich nie wie ein dummes Kind behandelt – alles war dazu da, die Welt zu erkunden und zu erforschen.«

»Es ist eine verdammte Schande, dass sie dein Gedächtnis verdorben hat, nicht wahr?«, sagte Athena. »Du hättest eine brillante Wissenschaftlerin oder Erfinderin oder so etwas werden können.«

»Daran habe ich noch nie gedacht«, sagte Rosemary. »Oh je ... ich hoffe nicht.«

»Warum nicht?«

»Nun, erstens würde das bedeuten, dass Oma mir eine große Chance genommen hat, etwas Wichtiges mit meinem Leben anzufangen, und zweitens, weil es todlangweilig klingt, den ganzen Tag in einem Labor zu arbeiten!«

»Du bist ein wandelnder Widerspruch, weißt du das?«, sagte Athena. »Schau mal, der schwarze da hinten ist wahrscheinlich Onyx.«

Rosemary hob ihn auf. Der kleine schwarze, undurchsichtige Stein glänzte in ihrer Hand wie ein geschliffener Kieselstein, war aber unscheinbar. »Es sieht aus wie auf dem Bild im Edelsteinverzeichnis. Ist das alles, was wir brauchen?«

»Nein, lass mich mal sehen. Oh, du brauchst auch schwarzen Pfeffer – aber davon gibt es in der Küche genug.«

»Salz und Pfeffer und Rosmarin. Klingt, als würden wir Lammfleisch braten«, sagte Rosemary. »Oh, das ist eigentlich eine tolle Idee für das Abendessen am Freitag. Vor allem, wenn Rosmarin tatsächlich schützende Eigenschaften hat.«

»Ich bin mir nicht sicher, ob das so funktioniert«, sagte Athena.

»Ich bin sicher, ich finde einen Weg, das Essen zu unserem Vorteil zu verzaubern«, sagte Rosemary. »Jedenfalls ist ein Lammbraten eine einfache Mahlzeit, die ich in den Ofen schieben und dann ein paar Stunden lang ignorieren kann, während ich andere Dinge erledige.«

»Wie du willst«, sagte Athena. »Aber du weißt, dass ich keine Babytiere esse.«

»Dann eben Hammelbraten!«, sagte Rosemary. »Noch besser, ich brate ihn bei niedrigerer Temperatur und länger, damit er schön empfindlich wird. So haben wir genug Zeit, um alles für das Abendessen vorzubereiten.«

Sie fanden ein Stück schwarzen Stoff und etwas schwarze Schnur in Omas Nähzeug, das an der Seite der Stube aufbewahrt wurde, und dann trollte sich Athena vor die Haustür, um ein paar Rosmarinzweige vom Strauch zu schneiden.

»Das ist alles!«, sagte Rosemary. Sie sammelte alle Zutaten auf dem Küchentisch und sagte immer wieder den Schutzgesang auf, während sie Salz, schwarzen Pfeffer und Rosmarinblätter in das schwarze Tuch mit dem Onyx legte.

Erde und Luft, Feuer und Wasser, möge ich vor Dain geschützt sein.

Sie band das Bündel zusammen und schwenkte es dreimal über einer brennenden Kerze, während sie sich Dain vorstellte und das, was sie oft für sein blödes, hübsches Gesicht hielt. Dann besprengte sie sich selbst und das Bündel mit Salzwasser und schnippte etwas davon auf Athena, während sie sich Ruhe, Gelassenheit und Frieden vorstellte, was in ihrer Vorstellung wie ein windgepeitschter Strand aussah.

»Hey!«, sagte Athena.

»Still – ich bin gerade ganz friedlich. Ich will nur das Meer hören.«

Athena seufzte. »Bist du jetzt fertig?«

»Ich glaube schon«, sagte Rosemary. »Jetzt muss ich es nur noch tagelang um den Hals tragen. Zum Glück passt Schwarz zu allem.«

»Das ist die richtige Einstellung«, sagte Athena. »Ich hoffe, es klappt.«

»Oh, können wir jetzt meins machen?«, fragte Rosemary. »Ich muss unbedingt mit Oma sprechen.«

»Nach dem Abendessen?«, schlug Athena vor. »Ich bin ausgehungert, und ich nehme an, es ist nicht die beste Idee, mit leerem Magen Kontakt zu den Toten aufzunehmen.«

»Oh, na gut«, sagte Rosemary. »Aber danach gibt es kein Hinhalten mehr.«

Sie kochte schnell eine Tomatensuppe aus der Dose und Toast und wunderte sich, dass der halbe Laib Brot, den sie mitgebracht hatten, und die anderen bescheidenen Vorräte in der Küche so gut zu halten schienen.

Das ist die Art von Magie, mit der ich leben kann, dachte Rosemary, lächelte das Haus an und klopfte anerkennend auf die Küchenbank.

Sie aßen ihre Suppe schweigend.

Rosemary nahm an, dass Athena über Finnigan nachdachte, während Athena annahm, dass Rosemary darüber nachdachte, Oma zu kontaktieren, während sie sich in Wirklichkeit beide Sorgen um einander machten und um einen möglichen bevorstehenden Besuch von Dain mit ihren Besitztümern, falls er ihnen dieses Mal tatsächlich zur Hilfe kam.

Nach dem Abendessen räumten sie den Küchentisch ab und legten das Ouija-Brett darauf.

»Also gut«, sagte Athena. »Was machen wir jetzt?«

»Woher soll ich das wissen?«, fragte Rosemary.

»Du bist doch diejenige, die alles über Séancen gelesen hat, erinnerst du dich?«

»Oh, ja. Das ist richtig. Also, ich denke, wir zünden eine Kerze an, mit einer klaren Absicht im Kopf, und dann fassen wir uns an den Händen und denken an die Person, mit der wir Kontakt aufnehmen wollen.«

Rosemary holte eine Kerze und zündete sie an, wobei sie sich darauf konzentrierte, ein klareres Verständnis für die Bindung zu bekommen und wie man ihre Kräfte freisetzen konnte.

Dann trat sie zurück und griff nach Athenas Händen, als sie über dem Brett standen.

»Sollen wir unsere Augen schließen?«, fragte Athena.

»Natürlich nicht«, sagte Rosemary. »Wie um alles in der Welt sollen wir die Buchstaben sehen, die Oma buchstabiert, wenn wir die Augen geschlossen haben?«

»Ich meinte nur, dass wir uns am Anfang konzentrieren sollen.«

»Könnt ihr mal für einen Moment aufhören, euch zu zanken, und einer alten Frau etwas Ruhe gönnen?«

Rosemary und Athena blickten beide auf das Ouija-Brett und sahen Omas Gesicht dort auftauchen.

»Oh, Mann!«, sagte Rosemary.

»Das ist viel effektiver als in den Filmen«, gab Athena zu.

»Ihr wisst, dass ihr mich einfach beschwören könnt, wenn ihr meinen Namen laut genug ruft?«, fragte Oma Thorn. »Ihr müsst nicht auf diesen ganzen Quatsch zurückgreifen.«

»Hey, es ist dein Brett«, betonte Rosemary. »Und nein, das wusste ich nicht. Es wäre wirklich nützlich gewesen, mir das zu sagen, als du das letzte Mal bei uns warst, genauso wie du uns hättest sagen können, wer dein Mörder ist.«

»Oh – das würde ich gerne!«, sagte Oma.

»Großartig«, sagte Athena. »Wer war es?«

»Das würde ich gerne«, sagte Oma und runzelte die Stirn. »Aber ich fürchte, sie haben mir verboten, so etwas zu tun – diese grässlichen Würmer!«

»Ich verstehe«, sagte Rosemary, und ihre Stimmung sank mit der Enttäuschung. »Und ich nehme an, dass Zeugenaussagen von Geistern sowieso nicht zählen, nicht einmal in Myrtlewood.«

»Ich fürchte nicht. Es tut mir leid, dass ich euch nicht weiterhelfen kann.«

»Aber es gibt mehr als einen von ihnen – die Angreifer«, sagte Athena. »Du hast Pluralformen verwendet.«

»Du bist ein kluges Mädchen, Liebes«, sagte Oma.

»Danke«, sagte Athena. »Oma Thorn, gibt es noch etwas, das du uns über sie erzählen kannst?«

»Ich fürchte nicht, Liebes, aber ich habe euch Hinweise hinterlassen, und darüber kann ich euch eine Kleinigkeit erzählen.«

»Bitte tu das«, sagte Rosemary und wurde hellhörig. »Und dann, wenn du es vermagst, erzähle uns auch etwas über die Bindung und wie man sie aufhebt.«

»Die Hinweise sind: Blau. Spitze. Tanz.«

»Das ist alles?«, fragte Rosemary. »Das sind die Anhaltspunkte?«

»Na ja, nicht ganz. Das sind die Hinweise, die dir helfen, die eigentlichen Hinweise zu finden, die ich versteckt habe.«

»Was ist das für ein Blödsinn!?«, sagte Rosemary. »Kannst du es uns nicht einfach sagen?«

»Nein, Liebes, das kann ich nicht. Hüte deine Zunge.«

»Warum nicht?«, fragte Athena mit viel ruhigerer Stimme.

»Der Grund ist ganz offensichtlich«, sagte Oma. »Ich habe dir doch gesagt, dass sie mich daran hindern, zu verraten, wer sie sind. Außerdem könnten sie sehr wohl zuhören. Ich habe alles in meiner Macht Stehende getan, um euch zu beschützen, auch die Informationen, die andere gegen euch verwenden könnten, zu verbergen.«

»Glaubst du wirklich, dass sie ein Gespräch in unserer Küche belauschen?«, fragte Rosemary.

»Man kann mithören, wenn Menschen zwischen den Welten kommunizieren«, sagte Oma Thorn. »Stell es dir wie Radiowellen vor.«

»Na, das ist doch perfekt«, sagte Rosemary und runzelte frustriert die Stirn. »Ich nehme an, du kannst uns auch nicht sagen, wie wir die Bindung aufheben können.«

»Eigentlich ... nein. Aber wenn ihr die Hinweise findet, werdet ihr es schnell herausfinden.«

»Du bist eine große Hilfe«, murmelte Rosemary mit einem ätzenden Unterton in ihrer Stimme.

»Es tut mir leid, Rosemary, meine Liebe. Du warst schon immer reizbar, und Geduld ist nicht gerade deine Stärke, aber versuch bitte, deine Frustration zu überwinden. Du wirst es brauchen, um die Bindung aufzuheben.«

»Als Nächstes wirst du mir sagen, dass ich nach innen schauen muss wie die Älteste«, spottete Rosemary.

»Oh, das musst du unbedingt«, sagte Oma. »Aber offensichtlich bist du noch nicht ganz bereit dafür.«

»Was soll das denn heißen?!«

»Pst, Mama«, schimpfte Athena. »Wir haben Oma nur für kurze Zeit hier – denk daran, es verbraucht viel von ihrer Energie. Hör auf, so verärgert zu sein und denk doch mal nach.«

»Gut, ich werde meine Zunge im Zaum halten«, sagte Rosemary.

Oma streckte ihr daraufhin die eigene Zunge heraus.

»Benimm dich, Oma Thorn!«, sagte Athena. »Wir können nicht zulassen, dass Mama sich wieder aufregt.«

Rosemary warf den beiden einen bösen Blick zu.

»Okay«, fuhr Athena fort. »Oma, du kannst uns nicht sagen, wie wir die Bindung aufheben können, aber kannst du uns wenigstens erklären, wie das Ganze passiert ist – und wie du überhaupt dazu gekommen bist, unsere Kräfte zu binden?«

»Meine Lieben – sie sind schon seit Jahren hinter uns her. Ich wünschte nur, ich hätte das kommen gesehen, bevor es zu spät war. Die Bindung ist eine sehr alte Magie, und ich wage zu behaupten, dass ihr in den Büchern in meiner Bibliothek einiges darüber finden werdet, aber sie zu wirken ist etwas ganz anderes als sie zu brechen, also macht euch nicht zu viele Gedanken darüber, was ich getan habe. Das Wichtigste, worauf ihr euch beide konzentrieren müsst, seid ihr selbst. Denkt nicht zu viel an die Vergangenheit. Macht euch nicht zu viele Gedanken über die Zukunft. Die Antwort liegt in der Gegenwart. Das ist sehr wichtig.«

»In der Gegenwart spreche ich mit einer toten Frau, auf die ich sehr sauer bin«, sagte Rosemary.

»Pst«, sagte Athena.

»Und damit schwindet meine Energie«, sagte Oma. »Ich muss mich von euch verabschieden. Denkt daran, dass ich euch sehr liebhabe, meine süßen Mädchen.«

Oma verschwand wieder im Ouija-Brett. Rosemary seufzte und ließ Athenas Hände los. »Na, das hat uns aber gutgetan.«

»Ich glaube, es könnte tatsächlich eine recht nützliche Information gewesen sein«, sagte Athena. »Wir müssen es nur noch herausfinden.«

»Immer mehr kryptische Botschaften und Rätsel!«

»Hey, du warst diejenige, die darauf bestanden hat, dass wir versuchen, sie zu kontaktieren«, sagte Athena.

»Das war, bevor ich wusste, dass sie so unausstehlich sein würde.«

»Sie hat versucht, uns zu helfen – ich weiß nicht, warum du so ins Straucheln gekommen bist.«

»Ich war ... ich schätze, ich war überfordert. Diese ganze Situation ist intensiv und beängstigend. Ich kann nicht glauben, was Oma mir angetan hat, aber ich habe sie auch so sehr vermisst. Das tue ich immer noch, und ich möchte einfach herausfinden, wer für ihren Tod verantwortlich ist. Ich habe zu viele Dinge auf einmal gefühlt und dann war ich verärgert, weil sie nicht ehrlich zu uns sein wollte.«

»Sie hat sich nichts zuschulden kommen lassen.«

»Klar, stell dich auf ihre Seite«, sagte Rosemary nur halb im Scherz.

»Wir sind hier alle auf derselben Seite«, sagte Athena. »Und wenn du bereit bist, dich wie eine Erwachsene zu benehmen, kannst du zu uns kommen.«

»Ich gehe ins Bett«, verkündete Rosemary. »Ich bin zu müde, um erwachsen zu sein.«

»Willst du mir nicht helfen, nach den Hinweisen zu suchen? Etwas Blaues ... Spitze ... Tanz. Es ist ein bisschen wie bei einer Hochzeit, nicht wahr?«

»Es ist albern«, sagte Rosemary. »Ich habe keine Lust auf Spielchen.«

»Sagt die Frau mit dem Ouija-Brett!«

»Bett!«, sagte Rosemary und stürmte die Treppe hinauf. »Gute Nacht«, rief sie aus ihrem Kinderzimmer hinunter, bevor sie sich auf das Einzelbett warf. Es war albern, das wusste sie. Sie benahm sich wie ein Kind, aber das taten sicher alle Erwachsenen manchmal. Rosemary schwankte zwischen Wut darüber, dass Oma ihr ein Stück ihres Verstandes gestohlen hatte, und Traurigkeit darüber, dass sie auf magische Weise ausgeschlossen worden war. All das loderte über einer tiefsitzenden Schuld. Sie war nicht für Oma da gewesen, Zauber hin oder her. War das der Grund, warum Oma sie nicht in das Geheimnis eingeweiht hatte? Alles war so schnell passiert, dass sie kaum eine Chance gehabt hatte, irgendetwas davon zu verarbeiten, und die drohende Gefahr machte es nur noch schlimmer. *Wir werden mit diesem Schlamassel fertig,* schwor sie sich. *Ich werde demjenigen, der meine Familie bedroht hat, in den Arsch treten, und dann werde ich ein Leben führen, das ich tatsächlich unter Kontrolle habe.*

KAPITEL

ZWANZIG

Als Rosemary am nächsten Morgen im Bett aufwachte, fühlte sie sich etwas besser. Sie hatte viel von der Wut der vorangegangenen Nacht verarbeitet, fühlte aber immer noch einen scharfen Stich des Verrats an Oma, und dass sie all die Jahre von der Person, der sie am meisten vertraute, betrogen worden war.

Ist das, was es bedeutet, nach innen zu schauen?, fragte sich Rosemary und schluckte die bittere Wahrheit hinunter. *Es gefällt mir nicht besonders.*

Sie hatte keine Ahnung, was die etwas vage Botschaft bedeutete, oder wie weit sie suchen musste, bis die Dinge endlich einen Sinn ergaben und sie herausfand, wie sie die Bindung aufheben konnte.

Rosemary zuckte zusammen, als ein Klopfen ertönte.

»Ja?«, fragte sie.

Athena stieß die Tür auf, vollständig angezogen und energiegeladen. »Komm schon, Schlafmütze. Bist du bereit, mir bei der Suche nach Hinweisen zu helfen?«

»Oh, na gut.«

»Gut, denn ich habe bereits Frühstück und Tee gemacht.«

»Wirklich?«, fragte Rosemary, schob sich aus dem Bett und folgte Athena die Treppe hinunter. »Was hast du gemacht? Es riecht gut.«

»Nur Eier und Speck.«

»Ich kann nicht glauben, dass der Speck noch gut ist«, murmelte Rosemary. »Hast du ihn überprüft?«

»Ach Mama – wann gewöhnst du dich endlich daran, einen magischen Kühlschrank zu haben? Natürlich habe ich ihn überprüft. Das Essen hier scheint sich irgendwie von selbst aufzufüllen. Wir sind vielleicht pleite, aber wir werden nicht verhungern.«

»Das ist großartig«, sagte Rosemary. »Jedenfalls solange es anhält.«

»Du bist so eine zynische alte Dame.«

»Nun, entweder wir heben die Bindung auf und wer weiß, was dann mit der Magie passiert, oder wir finden nicht heraus, wie es geht, und die ganze Sache implodiert ... oder explodiert. Ich bin mir nicht sicher, was schlimmer ist.«

»Kommt vielleicht darauf an, wo du stehst«, sagte Athena und servierte ihrer Mutter einen Teller mit Spiegeleiern und Speck auf Toast.

»Danke«, sagte Rosemary. »Das war sehr aufmerksam.«

Athena zuckte mit den Schultern. »Ich war hungrig«, sagte sie. »Und außerdem dachte ich mir, dass wir eine gute Mahlzeit brauchen, nachdem wir gestern kein richtiges Mittagessen hatten und nur Suppe zu Abend gegessen haben – und beide so sauer aufeinander waren.«

»Du bist sehr weise«, sagte Rosemary.

»Denk daran, wenn wir uns das nächste Mal streiten«, sagte Athena.

»Also, was ist dein großer Plan für heute?«, fragte Rosemary. »Da du schon so früh am Morgen aufgestanden, angezogen und organisiert bist.«

»Es ist neun Uhr, Mama«, sagte Athena. »Und mein Plan für den Tag ist es, die Hinweise zu finden, die Oma angedeutet hat. Ja, ich erwarte, dass du mir dabei hilfst.«

»Oh, sehr gut«, sagte Rosemary und beendete ihr Frühstück. »Wo sollen wir anfangen?«

»In Omas Schlafzimmer, denke ich«, antwortete Athena.

»Müssen wir das? Es fühlt sich so intim an, in jemandes persönlichen Bereich einzudringen.«

»Der persönliche Bereich ist etwas anderes, Mama, und es würde dir guttun, ihn besser zu verstehen!«

»Du weißt, was ich meine«, sagte Rosemary.

»Ja, und ja, das müssen wir«, antwortete Athena. »Es macht Sinn, dass Oma etwas Wichtiges in Reichweite aufbewahren würde.«

»Oder dass sie es weit weg versteckt, im Wintergarten oder so, damit die Leute nicht darauf kommen.«

»Leute wie du würden darauf kommen«, betonte Athena. »Du hast es gerade getan.«

»Okay, schön. Wir fangen oben an, aber dann sehe ich im Wintergarten nach.«

»Blau. Spitze. Tanz«, wiederholte Athena die Hinweise, die Oma ihnen gegeben hatte. »Etwas Blaues oder etwas aus Spitze, oder beides – oder etwas, das tanzt?«

»Hmm, hmm«, sagte Rosemary, stand vom Tisch auf und folgte Athena die Treppe hinauf. »Könnte tatsächlich alles sein.«

»Ich hoffe, es erscheint uns offensichtlich, sobald wir es gefunden haben«, sagte Athena. »Glaubst du, es ist eine Sache mit drei Hinweisen oder drei Dinge, die einen Hinweis ergeben?«

»Woher soll ich das wissen?«, fragte Rosemary. »Niemand sagt mir etwas Brauchbares.«

»Ach, hör auf zu schmollen, Mama«, sagte Athena. »Oma Thorn hatte ihre Gründe.« Sie drehte die Klinke und öffnete die Tür zu Omas Schlafzimmer.

Rosemary war von der Nostalgie des Raumes überrascht. Alles in diesem Zimmer erinnerte sie an Oma und versetzte ihr einen schmerzhaften Stich ins Herz.

Warum wurde mir nicht vertraut? Warum konnte sie mich nicht in ihr großes Geheimnis einweihen, anstatt mich meiner Erinnerungen zu berauben und mir alles vorzuenthalten? Sogar Elamina wusste von der Magie unserer Familie …

Rosemary hatte immer geglaubt, sie sei Omas Liebling gewesen, was es noch schmerzlicher machte, dass man sie im Dunkeln gelassen hatte. Ihre Erinnerungen waren so persönlich – ihr ganzes Selbstverständnis hing davon ab, woran sie sich aus ihrem Leben erinnern konnte, und ein Teil davon war gestohlen worden, was zudem bedeutete, dass die anderen Teile weniger Sinn ergaben. Es war kein Wunder, dass sie sich so zerrissen fühlte. *Es ist, als wäre meine ganze Kindheit eine Lüge gewesen … und mein Erwachsensein auch.*

Sie teilte ihre beklagenswerten Gedanken nicht mit Athena, um nicht wieder zurechtgewiesen zu werden.

»Sieh mal, hier ist der Kleiderschrank«, sagte Athena, zog ihn auf und begutachtete den Inhalt. »Jede Menge schwarze Kleider. Hatte sie viele Beerdigungen zu besuchen?«

»Oma trug einfach gern Schwarz«, sagte Rosemary und schluckte etwas von ihrer eigenen Bitterkeit herunter, um sich auf das Wesentliche zu konzentrieren. »Sie sagte, es passt zu allem, warum also etwas anderes tragen?«

»Du weißt schon, dass der zweite Teil den Sinn des ersten Teils zunichtemacht«, bemerkte Athena.

»Ich nehme an, du hast recht«, sagte Rosemary. »Oma hat auch gesagt, dass sie Schwarz mag, weil es nicht so leicht abfärbt.«

»Sehr pragmatisch. Sieh mal, hier gibt es auch einen Haufen anderer heller Farben: rote Kleider, grüne Kleider, sogar lila. Jede Menge Unifarben. Ich nehme an, sie war kein Fan von Drucken oder Pastellfarben.«

»Das war sie sicher nicht«, schmunzelte Rosemary. »Oma sagte, Pastellfarben entstehen, wenn Farben den Lebenswillen aufgeben.«

»Da kann ich nicht widersprechen«, sagte Athena. »Sie und Marjie müssen ein lustiges Paar gewesen sein – Oma in Schwarz und Marjie in pastellfarbenen Blümchen.«

»Sie sagten immer, sie seien wie Kreide und Käse«, sagte Rosemary.

»Hier gibt es ein paar schwarze Spitzen, aber nur ein einfarbiges blaues Kleid.«

»Warum bist du so auf den Kleiderschrank fixiert?«, fragte Rosemary. »Die Hinweise waren so vage, dass sie alles Mögliche bedeuten könnten.«

»Sicher, aber ich dachte, es könnte ein blaues Spitzenkleid gewesen sein – du weißt schon – die Art, in der sie tanzen geht?«

»Oma ging gern zu den örtlichen Cèilidh-Tänzen«, erinnerte sich Rosemary. »Sie sagte, die wären ein Riesenspaß und voller Energie.«

»Da hast du es«, sagte Athena. »Aber hier gibt es keine blaue Spitze. Hm. Vielleicht sind wir auf der völlig falschen Fährte.«

Sie suchten den Rest des Zimmers ab, aber es gab nicht viele blaue Gegenstände und auch nicht viel Spitze, obwohl Athena eine ziemlich umfangreiche Tanzschuhsammlung entdeckte.

»Spitzendeckchen sind aus Spitze«, sagte Rosemary. »Du weißt schon – wie die unten ... und blaue Briefbeschwerer gibt es hier auch.«

»Einen Versuch ist es wert«, sagte Athena. Sie zogen sich ins Erdgeschoss zurück und betrachteten die Gegenstände, die auf den Schränken lagen.

»Der hier ist ein bisschen blau«, sagte Rosemary und hielt einen Briefbeschwerer aus geblasenem Glas hoch. »Und er stand auf einem Deckchen.«

»Aber was ist mit dem Tanzen?«, fragte Athena.

Rosemary zuckte mit den Schultern. »Wir könnten im Schrank nachsehen?«

Sie durchwühlten den Inhalt des Schranks direkt unter dem bläulichen Briefbeschwerer, aber alles, was sie fanden, war eine Sammlung von albernen Hüten.

»Vielleicht hat Oma Thorn sie beim Tanzen getragen?«, schlug Athena vor.

»Nur wenn es ein Kostümball war«, sagte Rosemary. »Das scheint eine schwache Verbindung zu sein ... aber selbst wenn es das war, worauf Oma angespielt hat – wie sollen wir den versteckten Hinweis in einem Haufen alten Schrotts finden?«

Sie suchten in den Hüten nach möglichen Hinweisen und untersuchten dann noch einmal die Spitzendeckchen und den Briefbeschwerer, aber nichts stach als offensichtlich hervor.

Rosemary seufzte, stand auf und wischte sich den Staub von ihrer Jeans. »Ich sehe mir mal den Wintergarten an«, sagte sie.

»Warum bist du so besessen davon?«, fragte Athena.

Rosemary zuckte mit den Schultern. »Da habe ich immer Sachen versteckt. Der Wintergarten war immer so ein schöner, üppiger Ort, als ich hier aufgewachsen bin. Ich habe es dort geliebt.«

»Gut«, sagte Athena und folgte ihrer Mutter, als sie das Haus durch eine Seitentür verließen und sich einen Weg nach draußen bahnten.

»Es sieht ein bisschen rau aus«, sagte Athena und blickte zu dem alten achteckigen gläsernen Wintergarten hinauf, der an den Westflügel von Thorn Manor grenzte. Er schien tatsächlich mit einer dicken Schicht aus Schimmel und Moos bedeckt zu sein.

»Offensichtlich reicht die Magie, die das Haus instand hält, nicht bis hierher«, sagte Rosemary.

»Ich weiß, es ist nur ... würde Oma Thorn wirklich den ganzen Weg hierherkommen, um etwas zu verstecken? Sie war alt und gebrechlich.«

»Oma war immer aktiv«, sagte Rosemary. »Wenn sie es immer noch die Treppe hinaufschaffte, um ihr Schlafzimmer zu benutzen, bis hin zu dem Punkt, dass sie mir dort einen Brief hinterlassen konnte, bevor sie starb, bin ich mir sicher, dass sie ihre Gummistiefel hätte anziehen können und einfach hierher gestapft wäre.

»Warte, das stimmt ... der Brief«, sagte Athena.

»Was ist mit ihm?«

»Glaubst du, er könnte Hinweise oder nützliche Informationen enthalten, die uns helfen, dieses Rätsel zu entschlüsseln?«

»Ich weiß es nicht«, sagte Rosemary. »Ich werde ihn mir ansehen, wenn wir wieder drinnen sind.«

Sie stieß die Tür zum Wintergarten auf und zuckte bei dem Geräusch der vielen Insekten zusammen, die schnell wegkrabbelten, um sich zu verstecken.

»Da ist nicht viel drin«, sagte Athena. »Es sei denn, du zählst eine Menge Moos, und was ist das für eine krause Pflanze?«

»Spargelfarn, glaube ich«, sagte Rosemary.

»Er ist ... irgendwie spitzenartig ... Oh ... das stimmt!«

»Was?«

»Gibt es nicht eine Pflanze, die wild wächst und irgendwas mit Spitze heißt?«, fragte Athena.

»Queen Anne's Lace?«, schlug Rosemary vor.

»Ja, genau die. Meinst du ...?«

»Zu vage«, sagte Rosemary. »Sie wächst hier überall an den Straßenrändern.«

»Vielleicht ist das ein Teil des Hinweises«, schlug Athena vor. »Sollen wir etwa der Straße folgen, an der diese Pflanze wächst, um etwas Blaues zu finden und dann eine Art rituellen Tanz zu vollführen?«

»Ist das dein Ernst?«, fragte Rosemary. »Oma war zwar seltsam, aber sie war nicht völlig bekloppt! Außerdem müsstest du so ungefähr jede einzelne Straße abfahren.«

»Hey – ich versuche nur, mir etwas einfallen zu lassen«, sagte Athena abwehrend. »Deine einzige Idee war, hier drin zu suchen – wo es nichts außer alten Töpfen und Farnen gibt. Nichts Blaues. Keine Spitze. Kein Tanzen.«

Rosemary schaute unter ein paar Töpfe, aber als die Tausendfüßler und Spinnen davonhuschten, besann sie sich eines Besseren und zog sich wieder nach draußen zurück.

»Es war einmal wunderschön da drinnen«, sagte Rosemary traurig. »Es war herrlich, mit allen möglichen tropischen Pflanzen. Oma hat sogar Bananen angebaut!«

Athena warf ihrer Mutter einen mitfühlenden Blick zu und tätschelte ihr den Arm. »Vielleicht können wir seine alte Pracht wiederherstellen«, schlug sie vor. »Sobald das Erbe durch ist.«

Rosemary lächelte ihre Tochter an. »Das würde mir gefallen«, sagte sie, als sie sich auf den Weg zurück ins Haus machten. In ihrem Leben gab es jetzt so viel Potenzial. Wenn sie nur die drohende Gefahr überwinden könnten.

EINUNDZWANZIG

Sie durchsuchten das Haus von oben bis unten und versuchten, Verbindungen zu den Hinweisen herzustellen, die Oma ihnen gegeben hatte.

»Das ist alles so anstrengend«, sagte Rosemary, als sie sich zu einem leichten Mittagessen mit Heringen auf Toast setzten.

»Wirklich?«, fragte Athena. »Wir haben uns doch nur alte Sachen angesehen.«

»Für dich vielleicht«, sagte Rosemary, »aber alles, was mir begegnet, scheint meine Erinnerung wachzurütteln und alte Gefühle zu wecken – sowohl gute als auch komplizierte. Alles lässt mich Oma vermissen, und dann fällt mir ein, dass ich immer noch sauer auf sie bin.«

»Das klingt wie eine Achterbahnfahrt«, sagte Athena.

»Ich bin emotional erschöpft. Ich könnte ein Nachmittagsschläfchen gebrauchen.«

»Dann geh doch«, sagte Athena. »Ich schaue hier unten weiter, und du gehst nach oben und ruhst dich aus – du armes altes Ding.«

»Ich bin nur so alt, wie ich mich fühle«, sagte Rosemary. »Und das ist im Moment ungefähr eine Million Jahre alt!«

Sie umarmte Athena kurz und machte sich dann auf den Weg nach oben. Die Nachmittagssonne strömte durch das Schlafzimmer ihrer

Kindheit und erwärmte die Luft auf genau die richtige Temperatur. Rosemary legte sich ins Bett und fragte sich, ob sie jemals in Omas größeres Zimmer ziehen würde. Es schien falsch, das zu tun, und unheimlich. Omas Zimmer war Omas Zimmer. Außerdem würde sich ihr Geist vielleicht dort aufhalten wollen, sobald er ein bisschen mehr Kraft gesammelt hatte.

Rosemary gähnte, schloss die Augen und driftete in den Schlaf. Sie träumte von den Ranken – dicken Ranken – die das Licht erstickten und das Leben aus ihr herauswürgten. Rosemary versuchte zu schreien und gleichzeitig zu husten, um aufzuwachen.

Sie lag im Bett, ihr Herz raste, während sie sich daran erinnerte, dass es ihr gut ging. Alles war in Ordnung.

Als sich ihr Herzschlag wieder verlangsamte, sah sie sich im Zimmer um und betrachtete die Dinge, die sie als Kind gesammelt hatte – ihre bunten Seidentücher; die Muscheln, die sie als Kind am Strand aufgelesen hatte und die in einer Schale auf der Fensterbank lagen; die Bilder von Feen, die sie an die Wand gepinnt hatte.

Ihr Blick fiel auf einen Gegenstand, der auf der Kommode stand. Es war eine Spieluhr, die Oma ihr geschenkt hatte, sehr zur Freude der achtjährigen Rosemary.

Es war lange her, dass sie hineingeschaut hatte, aber sie erinnerte sich, dass die Dose eine winzige Ballerina enthielt, die wie von Zauberhand auf einem Spiegel tanzte – obwohl sie in Wirklichkeit von Magneten gehalten wurde. Sie erinnerte sich daran, dass sie darin besondere Steine und Nippes aufbewahrt hatte, Dinge, von denen sie hoffte, dass sie eines Tages wertvoll sein würden, was aber höchstwahrscheinlich nicht der Fall war.

Die Erinnerung rief etwas hervor.

Tanz ...

Rosemary stand auf und öffnete das Kästchen, enttäuscht darüber, dass es bis auf die Ballerina leer war. Sie hob sie heraus und stellte sie auf den Spiegel in der Mitte der Schachtel, dann keuchte sie auf.

»Athena!«, rief sie.

Athena kam angerannt.

»Was ist los? Werden wir wieder angegriffen?«

»Nein«, sagte Rosemary. »Sieh mal, was ich gefunden habe.«

»Es ist ... eine Spielzeug-Schmuckschatulle?«

»Sieh genauer hin.«

»Wonach soll ich suchen?«

Rosemary zeigte auf den Spitzenrock, den die kleine Ballerina trug, dann auf das blaue Samtfutter der Schachtel. »Das muss es sein!«

Athena schaute skeptisch. »Gehörte das Oma Thorn oder dir?«

»Es war meins. Oma hat es mir geschenkt«, sagte Rosemary. »Denk daran, was sie gesagt hat – die Antwort liegt in der *Gegenwart*!«

»Aber es ist leer«, bemerkte Athena.

»Das ist wirklich cool. Sieh dir das an«, sagte Rosemary und drehte den Schlüssel, um sie aufzuziehen. Sofort begann die Schachtel ein Lied zu spielen, und Rosemary stellte sie auf der Kommode ab. Sie sahen zu, wie die kleine Ballerina zu tanzen begann, angetrieben von ihrem eigenen Magnetfuß und dem Innenleben der Schachtel.

»Oma hat mir das immer vorgesungen«, sagte Rosemary.

Komm fort, oh Menschenkind,
  durch die Wälder der Wildnis.
  Spüre das Ziehen tief in dir drin,
  Wo Bäume tanzen und singen,
  bis sie sterben und fallen
  ruft die elementare Magie,
  bis wir das Licht erstrahlen lassen, uns erheben und alles erfassen.

»Du weißt, dass das Gedicht im Original nicht so lautet«, sagte Athena, als Rosemary aufhörte zu singen.

»Welches Gedicht?«

»Kennst du es nicht? Das Yeats-Gedicht. Es ist wirklich berühmt – über Feen und so.«

Athena trug einen merkwürdigen, unleserlichen Gesichtsausdruck.

»Das ist komisch. Daran kann ich mich auch nicht erinnern. Vielleicht gehört es zu Omas Zauberspruch.«

»Oder dein Gedächtnis ist auf ganz normale Weise schlecht«, sagte Athena.

»Willst du damit sagen, dass Oma sich diese Version ausgedacht hat?«, fragte Rosemary. »Ich frage mich, warum?«

»Vielleicht hat sie dir die ganze Zeit beigebracht, wie man die Bindung aufhebt!«

»Du meinst, dieses Lied ist der Schlüssel – wie ein Zauberspruch?«

»Könnte sein – entweder das oder Anweisungen dazu.«

»Was für Anweisungen?«

»Zum Beispiel – in den Wald gehen und einen alten umgestürzten Baum suchen und, ich weiß nicht, meditieren?«

»Meditieren?! Bist du etwa ein Yoga-Guru?«

»Ja, meditieren«, sagte Athena. »Vergiss nicht – die Älteste sagte, du sollst nach innen schauen, und ich bin mir ziemlich sicher, dass das Lied dasselbe sagt.«

»Was für ein Aufwand!«

Trotz ihres Widerstands fühlte sich Rosemary durch ihre Entdeckung etwas ermutigt.

»Du bist viel besser gelaunt«, bemerkte Athena, als sie an ihren Nachmittagstees nippten.

»Es ist einfach schön zu wissen, dass Oma mir das alles beigebracht hat … die ganze Zeit über … und mir Hinweise hinterlassen hat, wie ich die Bindung aufheben kann. Ich war nicht nur ein Nachgedanke.«

»Sie hat sich wirklich große Mühe gegeben, all diese Dinge zu verbergen, nicht wahr?«, sagte Athena. »Das ist nicht gerade beruhigend. Es bedeutet, dass diejenigen, die hinter ihr her waren, sehr gefährlich war.«

»Das ist alles schon so lange her«, sagte Rosemary. »Heißt das, wir können eine ganze Reihe von Verdächtigen ausschließen, die vor ein paar Jahrzehnten noch zu jung gewesen wären?«

»Nein«, sagte Athena. »Sie könnten immer noch involviert sein. Die Typen, die uns angegriffen haben, sahen relativ jung aus.«

»Verdammt, du hast recht«, sagte Rosemary. »Und ich habe schon überlegt, wie ich es vermeiden kann, einen Haufen Leute zum Essen einzuladen.«

»Du hast immer noch nicht alle eingeladen?!«, rief Athena. »Du solltest dich besser beeilen. Bis Freitag sind es nur noch zwei Tage.«

»Na schön«, sagte Rosemary. »Ich mache es, nachdem ich meinen Tee getrunken habe.«

Und das tat sie auch. Rosemary verbrachte den Rest des Nachmittags damit, Nachrichten zu verschicken und mit den übrigen Personen auf ihrer Liste zu telefonieren.

»Ich hoffe, es ist nicht zu kurzfristig«, sagte Rosemary, als sie endlich die Füße hochlegte, nachdem sie die letzte Nachricht verschickt hatte.

»Wie du schon sagtest«, sagte Athena. »Die wahren Täter werden sicher kommen, wenn sie scharf darauf sind, noch einmal einen Blick ins Haus zu werfen und die Familienmagie zu stehlen.«

»Wo wir gerade dabei sind … wir brauchen eine Köderbox.«

»Da bin ich dir weit voraus«, sagte Athena. Sie ging zum Schrank hinüber und holte eine kleine geschnitzte Holzkiste heraus, die ähnlich groß war wie die in der Bibliothek.

»Genial! Wann hast du das gefunden?«

»Als du vorhin dein Großmutterschläfchen gemacht hast.«

»Das ist perfekt«, sagte Rosemary und betrachtete das leere Kästchen.

»Vielleicht können wir etwas Goldpulver darüber streuen, damit es noch magischer aussieht«, schlug Athena vor.

»Oh, ja?«, sagte Rosemary. »Und woher sollen wir das nehmen? Du weißt doch, dass ich eine Abneigung gegen Glitzer habe.«

»Erinnere mich nicht an mein Desaster bei der Schulaufführung«, sagte Athena. »Aber ich weiß, wo Oma eine ganze Menge seltsamer, bunter Puder aufbewahrt hat.«

»Was? Warum sollte sie das tun?«

»Ich vermute, es ist eine magische Zutat«, sagte Athena. »Ich glaube, ich habe vorhin etwas über die Verwendung von Pulvern als Grundlage für Zaubersprüche gesehen.«

Sie ging hinüber ins Esszimmer, wo sich immer noch Bücher stapelten, und kam mit *Altazars Kompendium der Zauberei* zurück.

»Dein Lieblingsbuch«, murmelte Rosemary.

»Sieh mal – hier steht, dass Pulver ein wirksames Mittel für Zaubersprüche sind, besonders für solche, die auf andere Menschen gerichtet sind. Hmm … das bringt mich auf eine Idee …«

Athena überflog die folgenden drei Seiten des Buches. »Das könnte funktionieren.«

»Was?«, fragte Rosemary.

»Es ist ein grünes Pulver ... ein Zauber, der böse Absichten verrät ... man muss ihn nur direkt in die Gesichter der Leute pusten.«

»Klingt reizvoll«, bemerkte Rosemary.

»Es könnte nützlich sein, es am Freitag dabei zu haben«, beharrte Athena. »Vor allem, wenn sich dein eher vager Plan als erfolglos erweist.«

»Das klingt wirklich nach etwas, das sich als nützlich erweisen könnte«, sagte Rosemary. »Allerdings werden wir nicht viele Freunde finden, wenn das unsere Art der Begrüßung ist!«

»Nein«, gab Athena zu und las weiter. »Es ist am besten, es als Notfallplan zu belassen, besonders wenn man bedenkt, dass die möglichen Nebenwirkungen Verbrennungen an den Augen und Erbrechen sind.«

»Definitiv nicht meine erste Wahl«, stimmte Rosemary zu.

Draußen hatte sich der Himmel inzwischen verdunkelt, und Rosemary begann zu überlegen, was es zum Abendessen geben sollte. Sie ging zum Kühlschrank und stellte fest, dass er mit einer Hammelkeule und einem halben Dutzend anderer neuer Zutaten gefüllt war, von denen sie sicher war, dass sie vorher noch nicht dort gewesen waren.

»Hey Athena!«, rief sie und wedelte mit dem großen Stück Fleisch herum.

»Was in aller Welt?«

»Ich liebe es, einen magischen Kühlschrank zu haben!«, krähte Rosemary.

»Wie ...?«

»Erinnerst du dich daran, dass ich gestern erwähnt habe, dass ich Hammelbraten machen wollte?«

»Auf keinen Fall!«, sagte Athena und hüpfte hinüber in die Küche. »Oh, und sieh mal! Cornish Pasties! Auf die hatte ich heute Morgen schon Appetit.«

»Prächtig. Das verleiht dem Begriff 'Smart-Appliance' eine ganz neue Dimension! Cornish Pasties zum Abendessen?«, sagte Rosemary.

»Ich weiß nicht, ob das ein traditionelles Abendessen ist«, sagte Athena. »Aber wen interessiert das schon!«

Rosemary schaltete den Ofen ein, um die Pasteten aufzuwärmen, und suchte dann in der Speisekammer nach etwas Passendem, das sie als

Beilage servieren konnte. Sie wurde durch ein Klopfen an der Tür unterbrochen.

Erschrocken sah Rosemary Athena an, die große Augen machte.

»Was könnte das wohl bedeuten?«, fragte Rosemary.

»Nichts Gutes, soviel ist sicher«, antwortete Athena.

»Glaubst du, sie gehen weg, wenn wir nicht antworten?«

»Ich denke, sie werden wahrscheinlich einbrechen ...«

»Oh, gut«, sagte Rosemary. »Ich sollte wohl zumindest nachsehen, wer es ist.«

»Warte«, sagte Athena und packte Rosemary am Arm. »Was, wenn es Papa ist?«

»Warum sollte er hier sein?«

»Du hast ihn gebeten, all unsere Sachen herzubringen, weißt du noch?«

»Oh, ja ... Das stimmt. Wenn es Dain ist, dann sollten wir auf jeden Fall die Tür öffnen und ihm helfen, die Sachen reinzubringen.«

»Ich will nicht, dass du in die Nähe dieses Mannes gehst«, beharrte Athena.

»Auch nicht nach dem Schutzzauber?«

»Wir wissen nicht, ob er funktioniert«, sagte Athena.

»Also, was schlägst du vor?«, fragte Rosemary.

»Ich werde an die Tür gehen und ihm sagen, dass du beschäftigt bist.«

»Das wird er mir nicht abkaufen.«

»Du bist krank vor lauter Schreck ...«

»Genug!«, sagte Rosemary. »Ich lasse dich nicht an die Tür gehen, falls es jemand Gefährliches ist.«

Athena verschränkte die Arme und schmollte, als Rosemary sich auf dem Weg zur Haustür vorbeidrängte. Sie überprüfte die Seitenfenster, um sicherzugehen, dass es sich nicht um jemanden handelte, der zu zwielichtig aussah.

»Nun, das ist seltsam«, sagte Rosemary.

»Wer ist es?«

»Es ist nur ... ein Stapel Kisten.« Sie öffnete die Tür und sah sich um. »Ja, alles, was ich sehe, sind Kisten, und ich hoffe wirklich, dass das unsere Sachen sind.«

Sie hob den Deckel einer Kiste an und fand einen Stapel ihrer alten Schuhe. »Ja – das sind unsere Sachen ... aber wo ist Dain?«

»Ist er vielleicht da drüben im Auto?«, fragte Athena.

Rosemary blinzelte in die Dunkelheit, um die vagen Umrisse ihrer alten Rostlaube zu erkennen. »Dain?«, rief sie.

Es kam keine Antwort, und so näherte sich Rosemary dem Auto, wobei sie sich für den Fall eines Angriffs vorsichtig umsah.

Die Türen und der Kofferraum standen offen, und der Schlüssel steckte im Zündschloss, aber von Rosemarys untreuem Ex gab es keine Spur.

»Papa?«, rief Athena in die Nacht hinaus, aber nur eine Eule antwortete ihr. »Das ist einfach nur unheimlich«, sagte sie.

Rosemary schloss das Auto ab, und die beiden Thorns hoben die Kisten auf und brachten sie ins Foyer des Hauses, wo sie die Haustür schnell hinter sich schlossen und abriegelten.

»Papa muss hier gewesen sein ... ganz sicher«, sagte Athena.

»Aber wo ist er hingegangen?«, fragte Rosemary. »Hat ihn jemand angegriffen? Ihn gekidnappt?«

»Es scheint unwahrscheinlich, dass sie es in aller Stille und Heimlichkeit tun würden, ohne uns dabei zu stören«, sagte Athena. »Vielleicht hat dein Zauber tatsächlich funktioniert.«

»Was? Du meinst, es hat ihn an einen anderen Ort teleportiert, wie in den Weltraumfilmen?«

»Oder ... es hat ihn dazu gebracht, sehr schnell wegzulaufen?«, schlug Athena vor, mit mehr als nur einem Hauch von Zweifel in ihrer Stimme.

»Oh, nun...«, sagte Rosemary. »Ich denke, das ist das Beste, solange es ihm gut geht.«

»Es ist mir egal, ob es ihm gut geht. Er kann verrotten.«

»Athena!«

»Sieh mal – du bist sauer auf Oma, obwohl sie eigentlich ganz anständig war, wenn auch geheimnisvoll und seltsam.«

»Das ist etwas anderes ...«

»Und du redest nicht mal mit deinen Eltern.«

»Weil sie immer nur darüber reden wollen, meine unsterbliche Seele zu retten und dich ins Bibelcamp zu schicken!«

»Na und?! Stell dir vor, wie es ist, Dain als Vater zu haben. Bibelcamp

und ein sicheres, liebevolles Zuhause sind mir allemal lieber, als dass
Papa wieder mit deiner Brieftasche abhaut.«

Rosemary seufzte. »Okay. Hab's verstanden.«

»Gut. Du wirst also nicht mehr so tun, als ob er in meinem Leben
sein sollte?«

»Ich denke, das werde ich dir überlassen müssen«, antwortete Rosemary. »Du bist schließlich die Expertin für dein Leben.«

»Und es wird Zeit, dass du mich auch so behandelst«, sagte Athena.

KAPITEL

ZWEIUNDZWANZIG

Zu Rosemarys Genugtuung und Bestürzung hatte jede einzelne Person, die sie am Freitag eingeladen hatte, zugesagt. Es war gut zu wissen, dass alle wahrscheinlichen Verdächtigen kommen würden, denn sie war mitten in der Mittwochnacht aufgewacht und hatte sich Sorgen gemacht, dass der wahre Täter ablehnen und stattdessen die Ablenkung durch das Abendessen nutzen könnte, um sie anzugreifen.

Am Donnerstagmorgen saß Rosemary am Küchentisch und machte Listen mit all den Dingen, die sie brauchte, während Athena ihre Nägel in einem tiefen Aubergine-Lila lackierte.

»Glaubst du, dass der Kühlschrank eine zuverlässige Quelle für Zutaten ist?«, fragte Rosemary. »Und wie schnell funktioniert er überhaupt?«

»Woher soll ich das wissen?«, fragte Athena. »Warum testest du es nicht? Kühlschrank! Ich will Hobnobs! – Und jetzt sieh nach.«

»Okay«, Rosemary stand auf und öffnete den Kühlschrank, um festzustellen, dass der Hammelbraten noch da war, aber die Hobnobs waren nicht erschienen. Sie sah zu Athena und schüttelte den Kopf.

»Verflixt«, sagte Athena. »Vielleicht macht er nur markenlose Lebensmittel.«

»Du meinst, wie echtes Essen?«, stichelte Rosemary.

»Was ist überhaupt noch *echt*?«

»Ich wünschte, ich wüsste die Antwort darauf«, sagte Rosemary. »Ich muss vielleicht in die Stadt fahren und schnell etwas einkaufen, nur für den Fall, dass der Zauber scheitert. Willst du mitkommen?«

»Denk nicht einmal daran, mich allein in diesem Haus zu lassen«, erwiderte Athena. »Außerdem kann ich mich nicht darauf verlassen, dass du daran denkst, mir Hobnobs zu kaufen.«

Sie machten sich fertig. Obwohl das Wetter zum Spazierengehen geeignet war, fuhren sie mit Omas Auto in die Stadt, denn sie mussten später irgendwie die Einkäufe zurücktragen.

Im Dorf Myrtlewood wimmelte es nur so von Menschen und Autos. Rosemary fand einen Parkplatz in der Nähe von Burks Büro, vermied es aber absichtlich, einen Blick auf das alte Steingebäude zu werfen, als sie über den Marktplatz zum örtlichen Lebensmittelgeschäft gingen.

»Oh, hallo?« Fergs markante Stimme ertönte hinter einem Baum.

»Hallo ... Baum-Ferg«, sagte Rosemary.

»Ich bin ein ganz normaler Ferg«, sagte er und trat hinter dem Baum hervor, an dem alte, verwelkte Blüten hingen. Er griff in die große Kiste zu seinen Füßen und holte ein paar frische Blumen heraus.

»Was machen Sie denn da?«, fragte Athena.

»Ich ersetze die alten, verwelkten Blüten in den Dekorationen durch frische«, erklärte Ferg.

»Warum fangen Sie so früh mit der Dekoration an, wenn Sie sie ständig ersetzen müssen?«, fragte Rosemary.

»Das liegt einfach in der Natur dieser Jahreszeit. Sie ist so stürmisch«, sagte Ferg. Er schüttelte weise den Kopf. »Aber man muss tun, was man kann, um den Göttern zu gefallen. Wir müssen ein Fest für Brigid feiern. Demeter muss zurückkehren, um die Welt in Ordnung zu bringen!«

»Sie glauben wirklich an die Götter, und das über mehrere Pantheons hinweg, hm?«, fragte Rosemary.

Ferg senkte seine Stimme. »Pst. Natürlich tue ich das! Und wenn Sie nicht aufpassen, werden sie Ihnen genau zeigen, wie real sie sind. Und jetzt verschwinden Sie hier, bevor sie Ihren Unglauben bemerken und einen Blitz in diese Richtung schicken.«

»Sie meinen das wirklich ernst«, sagte Athena und schüttelte ungläubig den Kopf.

»Oder sie sind ernsthaft abergläubisch«, murmelte Rosemary leise, nur um einen harten Tritt von ihrer Tochter zu bekommen.

»Also«, sagte Ferg. »Ich habe gehört, dass Sie morgen Abend ein kleines Treffen planen.«

»Oh ...«, sagte Rosemary.

»Haben wir ihn eingeladen?«, flüsterte Athena.

»Hätte ich das tun sollen? Ich kann mich nicht erinnern«, zischte Rosemary. »Haben wir ihn verdächtigt?«

»Ich glaube, wir haben so ziemlich jeden verdächtigt«, flüsterte Athena zurück.

»Vielleicht sollten wir einfach die ganze Stadt einladen und sehen, was passiert.«

Athena warf ihr einen angespannten Blick zu.

Rosemary drehte sich wieder zu Ferg um und sah, dass er offensichtlich unbeholfen auf seine Einladung wartete.

»Wollen Sie sich uns nicht anschließen?«, fragte Rosemary.

»Ausgezeichnet«, sagte Ferg und hüpfte wie ein Rehkitz auf der Stelle auf und ab. »Es wäre mir eine Freude, anzunehmen.«

Rosemary und Athena gingen leicht verunsichert davon.

»Das wird in einem Haufen Augenverbrennungen und Erbrechen enden und wir werden für immer aus Myrtlewood verbannt«, brummte Rosemary.

»Das ist viel wahrscheinlicher, als es sein sollte«, sagte Athena.

»Wir haben den Pulverzauber noch nicht zusammengemischt«, sagte Rosemary.

»Das habe ich heute Morgen gemacht, während du dich hingelegt hast.«

»Athena!«

»Was? Es ist nur ein Ersatzplan.«

»Ein schrecklicher Plan.«

»Er könnte sich als nützlich erweisen«, beharrte Athena.

»Was *nützlich* wäre, ist eine Art Verteidigungszauber, wie ein Zauber, um deine Feinde zu verbannen«, sagte Rosemary.

»Ich habe auch ein paar davon gebastelt«, sagte Athena. »Allerdings weiß ich nicht, ob einer von ihnen funktioniert.«

»Das ist ausgezeichnet. Gut gemacht«, sagte Rosemary.

Ihr Lebensmitteleinkauf dauerte länger als erwartet, denn jede zweite Person schien sich vorstellen und plaudern zu wollen und zu erwähnen, dass sie von der Dinnerparty am Freitagabend gehört hatte, und dann unbeholfen innezuhalten, um darauf zu warten, eingeladen zu werden, aber Rosemary war ihnen auf der Spur und wartete die Stille ab, bevor sie ein fröhliches, »Ich muss los! Hat mich gefreut«, schmetterte und ihren Weg fortsetzte.

Athena schaffte es, ihre Mutter dazu zu überreden, eine Packung Chips zu kaufen, während sie durch die Gänge des kleinen, unabhängigen Lebensmittelladens gingen, der für eine Kleinstadt erstaunlich gut sortiert war.

Als sie zum Auto zurückkamen, waren sie beide am Verhungern.

»Ein kurzer Halt bei Marjie?«, schlug Rosemary vor. »Ich bin sicher, dass es für mich gefährlich ist, mit niedrigem Blutzucker zu fahren.«

»Stimmt«, sagte Athena. »Ich bin mir sicher, dass es gefährlich ist, mit niedrigem Blutzucker in deiner Gegenwart zu sein.«

»Gefährlich für dich oder für mich?«

»Für beide«, sagte Athena.

In Marjies Teeladen herrschte reges Treiben, und sie hatten Glück, einen Tisch zu finden, aber kaum hatten sie Platz genommen, kam Marjie mit zwei großen Roastbeef-Sandwiches und einer Kanne Tee herüber.

»Ist das für uns?«, fragte Rosemary.

»Natürlich ist es das«, sagte Marjie. »Ich habe euch von der anderen Seite des Platzes kommen sehen und dachte, ich wüsste genau, was ihr braucht.«

»Es ist eigentlich genau das, wonach ich mich fühle«, sagte Athena. »Wie hast du das erraten?«

»Ich habe ein Händchen für diese Dinge«, sagte Marjie stolz.

Marjie verließ sie, um sich um andere Kunden zu kümmern, und Athena warf Rosemary einen flehenden Blick zu. »Siehst du, sie kann unmöglich eine der Verdächtigen sein. Sie ist viel zu nett. Wir müssen sie von unserer Liste streichen.«

»Nettigkeit schließt einen Mord nicht aus«, sagte Rosemary. »Außerdem tut es ihr nicht weh. Sie weiß nicht einmal etwas davon.«

»Aber was ist, wenn sie es herausfindet?«, fragte Athena. »Es würde ihr das arme alte Herz brechen. Und ich käme mir mies vor, weil ich das alles mitmache – ihre Gastfreundschaft annehme und so.«

»Es ist unmöglich, es nicht zu tun«, sagte Rosemary und hielt ein Bündel Bargeld hoch, das sich unter der Teekanne verbarg. »Ich habe neulich versucht, sie zu bezahlen, aber sie hat uns das Geld zurückgegeben – mit Zinsen!«

»Sie kann *nicht* die Schuldige sein«, beharrte Athena. »Sie hatte genug Gelegenheiten, uns zu vergiften, und sie hätte jederzeit ins Haus kommen können, und wir hätten sie sofort reingelassen, aber sie hat es nicht einmal versucht.«

Sie begannen zu essen, genossen das weiche, frische Brot und das zarte Rindfleisch, die Schärfe der Gurken und den knackigen Salat.

»Wie schmeckt das Essen?«, fragte Marjie, die offensichtlich gerade vom Bedienen anderer Kunden zurückkam.

»Großartig, danke!«, sagte Athena und nahm einen weiteren großen Bissen von ihrem Sandwich.

»Hört mal«, sagte Margie und senkte ihre Stimme. »Ich wollte schon lange bei euch vorbeischauen. Ich habe einen kleinen Zauber vorbereitet, den ihr benutzen könnt, wenn die Leute morgen ankommen. Er sollte ihre Bewegungen durch das Haus verfolgen, so dass ihr alles sehen könnt, was ungewöhnlich ist. Ich kann euch später die Komponenten vorbeibringen und euch zeigen, wie es funktioniert.«

»Danke«, sagte Rosemary. »Das klingt perfekt.«

Marjie strahlte sie an und überließ sie dann ihrem Schicksal.

»Siehst du ...« sagte Athena.

»Sie hat sich gerade selbst ins Haus eingeladen«, bemerkte Rosemary.

»Und du hast gesagt, das wäre perfekt.«

»Nun, was hätte ich denn sagen sollen? Bleib weg, böser Dämon?«

»Du willst offensichtlich nicht, dass sie denkt, wir würden ihr misstrauen, weil du dich um ihre Gefühle sorgst.«

Sie aßen zu Ende und fuhren mit etwas ernster Miene zurück nach Thorn Manor.

Rosemary begann fast sofort mit den Vorbereitungen für die Dinnerparty am nächsten Tag und überließ es Athena, die Bücher zu durchstöbern, die noch immer den Esstisch füllten. Es war recht friedlich, in Omas schöner holzgetäfelter Küche Zwiebeln zu hacken. Es war schon lange her, dass Rosemary richtig gekocht hatte. Früher hatte sie es geliebt, aber das Leben, der Stress und die Geldknappheit hatten ihr einen Strich durch die Rechnung gemacht.

Als sie begann, die gewürfelten Zwiebeln mit den Gewürzen anzubraten, erinnerte sie sich an die anderthalb Jahre Kochschule, die sie hinter sich gebracht hatte, bevor die Schwangerschaft mit Athena und die knappen Finanzen sie gezwungen hatten, die Ausbildung abzubrechen. Sie hatte sich auf Konditorei spezialisieren und Chocolatier werden wollen, denn für die junge Rosemary hatte es nichts Besseres auf der Welt gegeben als gute Schokolade.

Schokolade ... Sogar ihre Lieblingssorte hatte im Laufe der Jahre des Überlebenskampfes ihren Reiz verloren. Rosemary gönnte sie sich heute kaum noch, obwohl sie in ihren gelegentlichen Tagträumen ihre eigenen Trüffelmischungen zusammenstellte und interessante Geschmackskombinationen wie Passionsfrucht und Koriander, Quitte und Salbei oder Brombeeren und Thymian erfand.

Warum muss das Leben den Träumen immer in die Quere kommen?, beklagte sie sich.

Ein Klopfen an der Tür störte Rosemarys trübselige Träume.

»Marjie!«, rief Athena aus dem Nebenzimmer.

»Lass sie herein«, rief Rosemary zurück.

»Natürlich, Mama!«

Einen Moment später kam Marjie mit einem Tablett voller ungewöhnlicher Gegenstände in die Küche, gefolgt von Athena.

»Hallo, Liebes«, sagte Marjie und küsste Rosemary auf die Wange. »Nun, ich will euch nicht lange aufhalten. Wie ich sehe, bist du dort beschäftigt.« Sie nickte zu der Pfanne mit den Zwiebeln, die Rosemary gelegentlich rührte, während sie karamellisierten.

»Keine Sorge«, sagte Rosemary. »Das kann ich einfach runterdrehen.«

Sie stellte die Hitze auf sehr, sehr niedrig ein und trat vom Herd weg, als Marjie ihr Tablett auf dem Küchentisch abstellte.

»Nun«, sagte Marjie und nahm zwei klare Kristalle in die Hand. »Du platzierst diese beiden auf beiden Seiten der Eingangstür ... etwa so.« Sie ging mit ihnen zur Tür und stellte sie auf beiden Seiten in der Nähe des unteren Türrahmens ab.

»Das hier hängt über der Tür.« Sie hielt einen kleinen rosafarbenen Strauß in die Höhe, in dessen Mitte sie ein Bündel verbarg. »Ich habe versucht, es in den Blumen zu verstecken, damit es nicht so auffällt.« Sie reichte den Strauß an Athena weiter.

»Clever«, sagte Athena.

Rosemary nickte nur.

»Ich lasse dich das aufhängen, Liebes«, sagte Marjie. »Ich möchte mir nicht den Rücken verrenken, wenn ich es versuche.«

»Aber sicher«, sagte Athena und hüpfte davon, um das Bündel aufzuhängen.

Marjie widmete ihre Aufmerksamkeit wieder ihrem Tablett. »Und das ...« Sie holte ein weiteres Bündel hervor, das diesmal schwarz war. »Das kommt in deine Tasche, wenn du sie empfängst. Du musst jedem von ihnen die Hand schütteln oder irgendeinen Hautkontakt herstellen.«

»Sehr gut«, sagte Rosemary. »Wofür ist der Rest des Bündels?«

»Oh, die anderen Bündel werden in den wichtigsten Ecken der Zimmer platziert, in denen sich die Gäste wahrscheinlich aufhalten werden. Auch das überlasse ich euch. Nach der Arbeit können wir die Spuren jedes einzelnen von ihnen sehen und wo sie waren.«

»Danke, dass du dir all diese Mühe gemacht hast«, sagte Rosemary.

»Ach, das macht doch nichts, Liebes«, sagte Marjie. »Meine einzige Sorge ist im Moment, dass ihr beide in Sicherheit seid.«

Rosemary verspürte einen Stich der Schuld. Sie hoffte inständig, dass Marjie ihr nicht nur etwas vorspielte, aber selbst wenn dem nicht so war, fühlte es sich falsch an, sie zu verdächtigen.

»Ich bin wieder da«, sagte Athena und sprang zurück ins Zimmer. Rosemary bewunderte ihre Fähigkeit, sich in einem Moment wie ein mürrischer Teenager und im nächsten wie eine aufgeregte Achtjährige zu verhalten. »Hey, Marjie, willst du nicht auf eine Tasse Tee bleiben?«, fragte Athena.

»Oh, ich möchte euch nicht stören«, sagte Marjie.

»Das ist kein Problem«, sagte Athena und setzte den Kessel auf. »Setz dich.«

Rosemary warf Athena einen verwirrten Blick zu. Es war nicht so, dass sie etwas dagegen hatte, dass Marjie zum Tee blieb. Es war ihr sogar etwas peinlich, dass sie nicht daran gedacht hatte, es von sich aus anzubieten. Es war eher so, dass Athena sich untypisch verhielt. Sie hatte eindeutig etwas vor.

»Während der Kessel kocht«, sagte Athena, »möchte ich nur etwas ausprobieren ...«

»Athena«, sagte Rosemary mit einem Hauch von Warnung in ihrer Stimme. Sie griff nach dem Arm ihrer Tochter, aber Athena schüttelte sie ab.

Einen Augenblick später bemerkte Rosemary, dass Athena etwas in ihrer geschlossenen Faust versteckt hatte.

»Marjie, würdest du deine Augen für einen Moment schließen?«, sagte Athena und ging zum Küchentisch hinüber.

»Aber natürlich, Liebes.«

»Athena!«, flüsterte Rosemary eindringlich, aber es war zu spät.

Athena hob ihre Handfläche, um ein funkelndes grünes Pulver zu enthüllen, und pustete es sanft in Richtung Marjie. Das Pulver bewegte sich langsamer, als es physikalisch möglich schien, und erzeugte eine kleine Staubwolke um Marjie herum, die daraufhin niesen musste. Das Grün färbte sich orange, und dann verschwand das Pulver. Überrascht öffnete sie ihre Augen. Die Farbe verblasste schnell wieder.

»Athena!«, sagte Rosemary streng.

»Was war das?«, fragte Marjie erstaunt.

»Nur etwas, das ich geübt habe«, sagte Athena mit gespielter Unschuld.

»Du wolltest wohl eher etwas beweisen«, sagte Rosemary.

»Und es hat geklappt! Ich hatte Recht!«, krähte Athena.

»Nur gut, dass wir keine dieser Nebenwirkungen gesehen haben!«, zischte Rosemary.

»Deshalb habe ich ihr ja auch gesagt, sie soll die Augen schließen«, beharrte Athena. »Die Nebenwirkungen sind wahrscheinlicher, wenn es in die Augen oder den Mund von Menschen gelangt.«

»Ach, kommt schon, ihr zwei«, sagte Marjie. »Ich glaube, ich habe herausgefunden, was das gerade war.«

Rosemary und Athena sahen sich an und hofften inständig, dass Marjie etwas anderes vermutete.

»Habt ihr mich wirklich verdächtigt?«, fragte die ältere Frau traurig.

Es gab einen Moment der Anspannung, in dem Rosemary einen großen Anflug von Schuldgefühlen verspürte.

»*Ich* habe das nicht«, beharrte Athena. »Deshalb musste ich Mama zeigen, dass du unschuldig bist.« Sie huschte zurück in die Küche zu den Teesachen.

Es verging ein weiterer Moment, in dem Rosemary hundert Möglichkeiten einfielen, wie sie sich bei der engsten Freundin ihrer Großmutter dafür entschuldigen konnte, dass sie sie des Mordes verdächtigt hatte, und keine einzige davon kam ihr in den Sinn.

»Man kann heutzutage wohl nicht vorsichtig genug sein«, sagte Marjie fröhlich und nippte an dem Tee, den Athena ihr gerade gebracht hatte.

»Du bist uns nicht böse?«, fragte Rosemary.

»Ich wüsste nicht, warum ich das sein sollte«, sagte Marjie. »Ich finde es großartig, dass ihr klugen Mädchen so gut auf euch aufpasst – das kann ich euch nicht vorwerfen! Ich mache mir große Sorgen um euch beide.«

Rosemary lächelte. »Es *tut* mir leid«, sagte sie.

»Du brauchst dich nicht zu entschuldigen, Liebes. Du machst deine Sache sehr gut – und ich bin froh, dass ich deine Prüfung bestanden habe! Jetzt überlasse ich euch euren Vorbereitungen, aber ruft mich an, wenn ich noch etwas für euch tun kann.«

DREIUNDZWANZIG

osemary schlief in dieser Nacht unruhig.

Sie träumte von einem Spaziergang durch den Wald, der das Haus umgab, auf der Suche ... auf der Suche nach der Quelle ihrer Macht.

Ich muss die Bindung aufheben ...

Die Musik aus der Ballerina-Box begann zu spielen, und Rosemary begann zu tanzen – tanzen ... sie konnte nicht aufhören, obwohl sie durch das Tanzen immer jünger wurde, bis sie nur noch ein kleines Kind war, das schrie.

Neeeeein!

Rosemary erwachte in verdrehten, verschwitzten Laken.

»Mama? Ist alles in Ordnung mit dir?« Athena stand in der Tür.

»Nur ein schlechter Traum, Liebes«, sagte Rosemary.

»Es ist die Magie, nicht wahr?«, sagte Athena. »Sie macht dir zu schaffen.«

»Es scheint sich eine Art Spannung aufzubauen«, gab Rosemary zu.

»Das ganze Haus fühlt sich an, als würde es leicht brummen«, sagte Athena.

»Das tut es, nicht wahr? Aber mach dir keine Sorgen. Wir werden das schon hinkriegen.«

Der Tag wurde von den Vorbereitungen für das Abendessen in

Anspruch genommen. Rosemary füllte die Hammelkeule – die zum Glück noch im Kühlschrank lag – mit Knoblauch und Rosmarinzweigen und beträufelte sie mit Olivenöl und Meersalz. Dann machte sie sich an die Arbeit und kochte einen riesigen Topf ihrer Ratatouille-Suppe, ein Lieblingsrezept, das sie seit Jahren nicht mehr zubereitet hatte. Später, als das Hammelfleisch langsam im Ofen brutzelte, schälte sie die Kartoffeln, die dazu serviert werden sollten, und bereitete mehrere große Schokoladentörtchen vor, die für alle Gäste ausreichen würden. Schließlich machte sie sich an den Salat, der aus dünn geschnittenen Birnen mit gerösteten Walnüssen, Rucola, Basilikum und Parmesan und einem Dressing aus Senf und Zitronensaft bestand, das die Birnen vor dem Oxidieren schützen sollte. Den Rucola und das Basilikum legte sie beiseite, um sie erst kurz vor dem Servieren hinzuzufügen, damit sie nicht verwelkten.

»Das ist alles sehr schick«, sagte Athena, als sie in die Küche kam und Dutzende von passenden Tellern und Schüsseln sah, die für die Portionen bereitstanden. Rosemary röstete gerade die Walnüsse in einer von Omas vielen großen gusseisernen Pfannen.

»Du hilfst doch beim Anrichten, oder?«, sagte Rosemary. »Ich muss die ganze Zeit auf die Gäste aufpassen.«

»Marjie und ich kümmern uns darum«, sagte Athena.

»Wann ist das passiert?«

»Als ich sie zu ihrem Auto gebracht habe. Sie hat darauf bestanden, früher vorbeizukommen und beim Abendessen zu helfen, und ich habe natürlich zugesagt – jetzt, wo wir wissen, dass sie definitiv keine Übeltäterin ist.«

»Aber sie hat uns schon genug geholfen«, sagte Rosemary. »Ich werde dieser Frau für immer zu Dank verpflichtet sein ... und danke«, sagte sie und umarmte Athena. »Das hat mir tatsächlich viel mehr Seelenfrieden gegeben. Ich weiß nicht, wie ich sonst all das unter einen Hut bringen soll.«

»Wofür sind Töchter da?«, sagte Athena und erwiderte die Umarmung ihrer Mutter.

»Um mich aufzuregen und verrückt zu machen?«, schlug Rosemary vor.

»Ich denke, das kannst du allein schon gut genug.«

Marjie kam in der Tat eine Stunde früher und ging direkt in die Küche, um Athena beim Anrichten des Salats zu helfen, während Rosemary in letzter Minute das Haus durchsuchte, um zu prüfen, ob alles in Ordnung war.

Sie konnte das Kästchen nicht einfach vom Schreibtisch in der Bibliothek nehmen, um sie zu verstecken, denn wenn sie sie berührte, versetzte es sie an einen anderen Ort. Stattdessen fand sie den Schlüssel für die Bibliothekstür und schloss sie zusammen mit mehreren anderen Türen im Erdgeschoss ab – nur um nicht den Verdacht zu erwecken, dass sie die einzige verschlossene Tür war.

Athena hatte die Ködertruhe sorgfältig auf den Kaminsims im Wohnzimmer gestellt. Dort stand sie, anmutig mit ein wenig Goldstaub für einen magischen Effekt bestäubt und umgeben von funkelnden Kristallen aus Omas Schublade.

Zufrieden, dass alles so ordentlich war, wie es nur sein konnte, ging Rosemary nach oben, um sich etwas anzuziehen, das weniger mit Essen bekleckert war. Sie hatte nicht viele schöne Kleider, da sie es vorzog, in Jeans zu leben, aber sie hatte ein einfaches schwarzes Kleid, das gut aussah, wenn sie es mit einer schönen Halskette und Ohrringen kombinierte. Sie wählte die Amethyst-Halskette, die Oma ihr zu ihrem sechzehnten Geburtstag geschenkt hatte, und ein Paar lila Ohrringe, die farblich dazu passten, und schlüpfte sogar in ein paar einfache schwarze Schläppchen statt ihrer üblichen Stiefel, Turnschuhe oder nackten Füße.

Als Rosemary wieder nach unten kam, stand der Salatteller auf dem Küchentisch und die Suppe wurde in Schüsseln geschöpft, damit sie im Ofen warmgehalten werden konnte, nachdem sie den Lammbraten herausgenommen hatte.

»Alles ist in Ordnung!«, verkündete Rosemary und klang etwas überrascht.

»Und siehst du nicht reizend aus!«, gurrte Marjie.

»Du machst dich ganz gut«, kommentierte Athena.

Rosemary zuckte mit den Schultern. »Das ist ein großes Lob, wenn es von einem Teenager kommt.«

»Hör auf, ein Klischee aus mir zu machen«, sagte Athena.

In diesem Moment läutete es an der Tür.

»Hast du alle Teile meiner Zauberformel beisammen?«, fragte Marjie.

»Ja«, sagte Rosemary, nahm das Schlüsselbündel von der Küchenanrichte und steckte es in die Tasche ihres Kleides. »Die wichtigste Lektion hier ist, immer Kleider mit Taschen zu kaufen«, sagte sie weise.

»Sehr gut.«

»Oh ... Musik!«, rief Rosemary. »Die habe ich ganz vergessen.«

»Das habe ich schon erledigt«, sagte Athena und rief die Musik-App auf ihrem Telefon auf. »Das hier ist mit dem Surround-Sound verbunden.«

Rosemary lächelte und runzelte dann die Stirn. »Was für Musik hast du denn genau im Angebot?«, fragte sie. »Und seit wann hat Oma Surround-Sound? Sie hat doch nicht einmal einen Fernseher.«

»Natürlich hat sie einen, Dummerchen«, sagte Marjie. »Er steht hinter dem großen Wandteppich im Wohnzimmer.«

»Und ich habe eine Playlist für genau diese Gelegenheit gemacht«, sagte Athena und drückte auf Play. Mediterrane Akustikmusik flutete das Haus, und Rosemary lächelte.

»Und jetzt geh zur Tür, bevor sie alle aufgeben!«, sagte Athena.

Zu Rosemarys Missfallen waren die ersten Gäste, die eintrafen, ihre nicht ganz so geliebten Cousins. Elamina sah in einem glitzernden, mitternachtsfarbenen Kleid prächtig, wenn auch eisig aus, und Derse trug einen dreiteiligen Anzug.

Rosemary gab sich große Mühe, Elaminas typisches, übermäßig süßes Blumenparfüm nicht einzuatmen. Sie versuchte zu lächeln, aber es wurde eher eine Grimasse. »Willkommen«, sagte sie, während sie ihrer Cousine unbeholfen die Hand reichte. Normalerweise tat sie das nicht, aber es war notwendig, damit Marjies Zauber funktionierte, und Rosemary war der Meinung, dass sie alle magische Hilfe brauchten, die sie bekommen konnten.

»Sind wir pünktlich?«, fragte Elamina und sah Rosemarys Hand an, als wäre sie schon seit Tagen tot. Widerwillig nahm sie sie jedoch und schüttelte sie ein wenig jämmerlich.

»Ihr seid tatsächlich ein bisschen zu früh«, sagte Rosemary, während sie wieder eine Grimasse zog, diesmal wegen dem kräftigen, schmerzvollen Händedruck von Derse. »Äh, habt ihr noch nie etwas von vornehmer Verspätung gehört?«

Elamina lachte leicht und murmelte ein paar Mal »vornehm«, als ob sie damit kämpfte, den Begriff mit Rosemarys Anwesenheit in Einklang zu bringen.

»Ähm, kommt doch rein«, sagte Rosemary, nahm ihnen die Mäntel ab und führte sie in den Salon, wo Athena nun wie geplant wartete, um ihnen Getränke anzubieten und ein Auge auf das allgemeine Geschehen zu werfen.

»Das ist dein ... Nachwuchs?«, fragte Elamina und schenkte Athena ein schwaches, aber vage echtes Lächeln, während sie sie neugierig musterte.

»Ja, ich nehme an, ihr habt sie noch nicht richtig kennen gelernt«, sagte Rosemary. »Das ist meine Tochter Athena.«

»Sehr erfreut«, sagte Elamina und reichte Athena ihre zierliche Hand zum Schütteln. Derse nickte dem Mädchen nur zu und nahm ihr Angebot für einen Sherry an. Elamina entschied sich für einen puren Whiskey.

Als Nächstes traf Wachtmeister Perkins ein, gekleidet in einen leuchtend blauen Blazer und mit roter Fliege.

»Sie haben es geschafft!«, rief Rosemary aus und schüttelte ihm enthusiastisch die Hand, während sie versuchte, ein Kichern über sein ungewöhnliches Outfit zu unterdrücken. »Hier entlang.«

Sie führte Wachtmeister Perkins in den Salon und genoss den Anblick der verlegenen Gesichter ihrer Cousine, als diese ihren Gast musterte. Sie stellte ihn absichtlich mit seinem Polizeititel vor, um sicherzustellen, dass sie sich – hoffentlich für den ganzen Abend – von ihrer besten Seite zeigten.

»Die Cousins, was?«, sagte der Polizist in nicht ganz so schlichter Kleidung. »Ich wollte mich mit Ihnen beiden über Ihre Großmutter unterhalten. Vielleicht können wir jetzt einen Termin vereinbaren.«

Elamina blickte Rosemary an, die zufrieden lächelte, was aber nur von kurzer Dauer war, da es erneut an der Tür klopfte. Sie rannte los, um Liam hereinzulassen, der mit einer gut erholten Sherry ankam.

»Tut mir leid, dass ich nicht angerufen oder vorbeigeschaut habe«, sagte Sherry und reichte Rosemary eine Flasche Rotwein. »Ich hatte nach ein paar Tagen im Bett so viel nachzuholen!«

»Kein Problem«, sagte Rosemary und schüttelte ihnen kräftig die Hand.

»So förmlich«, sagte Liam, als er ihre Hand schüttelte.

»Ich bin nur höflich«, sagte Rosemary und führte sie zu Athena in den Salon.

Perseus Burk kam ein paar Minuten später in einem Seidenhemd und einem schwarzen Jackett ohne Krawatte. Er hielt einen Strauß weißer Rosen und eine weitere Flasche Rotwein in der Hand, die er Rosemary reichte, die den Strauß schnell auf die Anrichte stellte, bevor Athena sie sehen und sich über sie lustig machen konnte.

»Danke«, sagte Rosemary, die dem gutaussehenden, aber sehr misstrauischen Mann nicht lange in die Augen sehen wollte – falls er überhaupt ein Mann war und nicht eine ganz andere Kreatur. Sie ergriff seine kalte Hand, die die ihre leicht drückte. Rosemary löste sich aus der Intimität und winkte Burk ins Haus. Don June, der Bürgermeister in seinem üblichen schwarz-lila Outfit, war ihm dicht auf den Fersen und traf ein, noch bevor Rosemary die Tür schließen konnte.

»Danke, dass Sie so kurzfristig gekommen sind«, sagte sie.

»Unsinn! Ich bin immer gern bereit, mich mit den Wählern zu treffen – bitte denken Sie bei allen künftigen Veranstaltungen an mich«, sagte Herr June. »Es ist nur schade, dass mein Mann heute Abend nicht dabei sein kann. Er ist geschäftlich verreist.«

»Ihr Mann?«, murmelte Rosemary geistesabwesend.

»Ja, Zade. Sie würden ihn lieben.«

»Vielleicht lernen wir ihn das nächste Mal kennen«, sagte Rosemary und lächelte.

Kaum hatte Rosemary dem Bürgermeister die Hand geschüttelt und ihn in die Stube geführt, klopfte es erneut an der Tür.

Diesmal standen Despina und Geneviève auf der Türschwelle, beide mit leicht gerunzelter Stirn, flankiert von Ferg, der bis über beide Ohren grinste.

»Ein schöner Abend für eine Party!«, sagte Ferg. »Ich habe die beiden gerade darauf hingewiesen, was für ein seltsames Paar sie sind; die Große zieht sich jung an und die Kleine alt!«

Rosemary lächelte entschuldigend zu Despina, die pastellrosa gekleidet war, und Geneviève, die ganz in Schwarz gekleidet war, ein langes Cocktailkleid und einen Mantel trug, während ihr das kastanienbraune Haar in sorgfältig gebändigten Locken fiel.

Rosemary gelang es, allen die Hand zu schütteln und sie in den Salon zu geleiten.

»Gut, das war's dann«, sagte sie zu Athena, die mit dem Verteilen der Getränke fast fertig war.

»Nun ...«, sagte Athena.

Das Haus schien in einer stärkeren Frequenz als zuvor zu summen.

Athenas Augen wurden groß. »Hast du das gerade gespürt?«

Rosemary nickte und blickte sich um, aber keiner der Gäste schien die zunehmende Intensität zu bemerken. Sie waren alle in höfliche, unhöfliche oder merkwürdige Gespräche vertieft. »Was könnte das sein?«, fragte sie flüsternd. »Reagiert das Haus auf die Anwesenheit von Omas Angreifer?«

»Nun, wenn das so ist, warum hat es dann schon früher zu summen begonnen, bevor die Gäste kamen?«, fragte Athena. »Und warum hat es sich jetzt verstärkt, nachdem alle schon drinnen waren, und nicht erst, als jemand Bestimmtes hereinkam?«

»Da hast du Recht«, sagte Rosemary. »Vielleicht ist es nur eine Reaktion darauf, dass so viele Menschen – magische Menschen – im Haus sind.«

»Oder vielleicht hat es etwas mit der Bindung zu tun«, schlug Athena leise vor. »Du hast gesagt, die Energie staut sich auf und wird explodieren.«

»Oder implodieren«, erinnerte Rosemary sie.

»Mir gefällt beides nicht, vor allem, wenn wir alle drin sind.«

»Wir können doch nicht draußen in der Kälte eine Dinnerparty veranstalten«, sagte Rosemary.

»Du könntest sie absagen«, meinte Athena.

»Und all die Mühe vergeuden, die wir uns gemacht haben, nur weil das Haus brummt? Das glaube ich nicht.«

Rosemary wandte sich wieder der Gruppe zu und räusperte sich. Köpfe drehten sich zu ihr um, aber dann klopfte es erneut an der Tür, und sie musste sich erneut entschuldigen.

Wer in aller Welt konnte das sein?

Covvey Dunne und Agatha Twigg aus dem Pub standen in der Tür, gekleidet in etwas, von dem Rosemary annahm, dass es ihre schicke Ausgehkleidung war. Agatha trug ein grünes Paillettenkleid und Covvey hatte einen Smoking über einem T-Shirt und Jeans an.

»Ähm, hallo?«, sagte Rosemary. Sie konnte sich nicht erinnern, sie eingeladen zu haben.

»Wir sind wegen der Party hier«, sagte Agatha und eilte vorbei.

»Oh ...« sagte Rosemary. Es war zu spät. Sie waren beide drinnen, und sie hatte es nicht geschafft, ihnen die Hand zu geben. Sie überlegte, ob sie sie hinauswerfen sollte, aber dann fragte sie sich, ob sie gekommen waren, weil sie in das finstere Komplott zum Diebstahl der Familienmagie verwickelt waren. Natürlich wäre das unter normalen Umständen mehr als genug, um die Leute zum Teufel zu jagen, aber Rosemary fühlte eine gewisse Dringlichkeit, dem Geheimnis auf den Grund zu gehen, da ihre Freiheit auf dem Spiel stand. Sie wollte nicht eingesperrt werden, schon gar nicht für ein Verbrechen, das sie niemals jemals begangen hätte. Sie schüttelte ihnen die Hand, in der Hoffnung, dass der Zauber auch funktionierte, wenn die Leute schon drinnen waren, und führte sie in den Salon, wo sie viele der anderen Gäste anstrahlten.

Rosemary eilte zurück in die Küche.

»Kannst du vielleicht noch ein paar Teller mehr auftragen?«, fragte sie Marjie, die gerade den Hammel anrichtete.

»Kannst du nicht zählen?«, fragte Marjie und lächelte frech.

»Eher ungeladene Gäste«, sagte Rosemary.

»Wer?«, fragte Marjie.

»Dieser Covvey-Mann und Agatha Twigg.«

»Typische Unruhestifter«, sagte Marjie. »Ich liebe sie beide, aber sie schaffen es nicht, sich um ihre eigenen Angelegenheiten zu kümmern. Immer müssen sie ihre Köpfe dort hineinstecken, wo sie nicht willkommen sind.«

Rosemary zuckte mit den Schultern. »Gibt es genug zu essen für alle?«

»Ich glaube, du vergisst, dass ich ein gewisses Händchen für diese Sachen habe«, sagte Margie. Sie schnippte mit den Fingern, und zwei weitere Schüsseln mit Suppe und Salat erschienen.

»Die hast du gerade gemacht?«

»Ich habe sie nachgemacht – sie von Grund auf neu zu machen, wäre zu schwierig, aber ein bisschen Nachmachen ist kinderleicht. Und jetzt geh da raus und kümmere dich um deine Gäste. Die arme Athena ist da drin ganz allein mit diesem Haufen!«

Rosemary gab Marjie eine kurze Umarmung. »Vielen Dank für all deine Hilfe.«

»Nicht der Rede wert, Liebes. Geh jetzt!«

Als sie in die Stube zurückkehrte, nahm Rosemary ein Glas und einen Teelöffel in die Hand und schlug sie gegeneinander, das allgemeine Zeichen für eine Rede.

»Danke, dass ihr alle gekommen seid«, sagte sie. »Gleich werden wir zum Essen in den Speisesaal gehen, aber vorher möchte ich noch ein paar Worte sagen.«

Sie hatte die sorgfältig ausgearbeitete Rede geübt, war sich aber sicher, dass sie verstümmelt herauskommen würde. Das Wichtigste war, das richtige Maß an Neugier über die Box zu wecken.

»Oma Thorn war mir sehr teuer«, sagte Rosemary. »Und obwohl ich sie sehr vermisse, ist es mir eine Ehre, hier in ihrem Haus zu sein, umgeben von vielen ihrer Freunde und Angehörigen.«

Rosemary bemerkte, dass Elamina und Derse sie böse anfunkelten, aber sie fuhr unbeirrt fort: »Als wir das erste Mal nach Myrtlewood kamen, war es nur für ein Treffen. Wir hatten nur für einen Tag gepackt – das war vor fast einer Woche, obwohl es sich viel länger anfühlt, und das nicht nur auf eine schlechte Art.« Sie lächelte warmherzig. Ein leises Lachen ging durch die Gruppe.

»Aber Myrtlewood hat in dieser kurzen Zeit unsere Herzen erobert, und wir freuen uns darauf, hier als Verwalter von Omas Haus und all ihren ungewöhnlichen Dingen zu bleiben.«

Wieder ein kleines Gelächter, allerdings nicht von den Cousins, die noch wütender aussahen als zuvor.

»Zum Beispiel scheint sich der Kühlschrank von selbst zu füllen, ganz wie es ihm gefällt, und wir müssen kaum noch Hausarbeit machen. Vertrau darauf, dass Oma einen Ausweg aus dem Staubwischen findet!« Ein etwas lauteres Lachen schallte durch den Raum. »Oder dieses Kästchen«, sagte Rosemary und deutete auf den Kaminsims. »Oma hat uns gesagt, dass es sehr wichtig ist, aber sie hat nicht einmal gesagt, warum, also stellen wir es einfach hier auf den Kaminsims und hoffen, dass es tut, was es tun muss.«

Es gab viele neugierige Blicke in Richtung der Ködertruhe, die unschuldig zwischen den Kristallen stand.

»Wie auch immer, ich bin sicher, ihr seid alle hungrig«, sagte Rosemary. »Also, ohne es noch länger hinauszuzögern, kommt und esst!«

Sie öffnete die Seitentür zum Salon, die direkt in das Esszimmer führte. Der große Holztisch war wunderschön mit dunkelblauen Stoffservietten, poliertem Silberbesteck und Oma Thorns besonderen Kristallgläsern eingedeckt worden.

Alle nahmen Platz, während Rosemary und Athena denjenigen, die es wünschten, Wein einschenkten, den sie in Omas Keller gefunden hatten, und Traubensaft als alkoholfreie Alternative anboten.

Als Rosemary zu Geneviève kam, verzichtete sie darauf, ihr Wein anzubieten, sondern griff direkt zum Traubensaft. Das Mädchen sah sie finster an. Rosemary schenkte ihr ein freches Grinsen. »Vielleicht werde ich dir in ein paar Jahren Wein anbieten«, flüsterte sie.

»Wenn du so lange überlebst«, sagte Geneviève mit zusammengebissenen Zähnen.

Rosemary sah das Mädchen an, das ihr ein charmantes Lächeln zuwarf und kicherte. Rosemary kicherte zurück, leicht verwirrt über den Scherz.

Als sie ihre Runde um den Tisch fortsetzte, klopfte es erneut an der Tür.

»Oh nein!«, sagte Rosemary unter ihrem Atem zu Athena. »Was denn jetzt schon wieder?«

»Es ist wahrscheinlich nur Finnigan«, sagte Athena. »Mach dir keine Sorgen. Ich mache das schon.«

»Ich habe ihn vergessen!«, sagte Rosemary.

»Ich wünschte, du hättest ihn früher vergessen und mir nicht das Leben schwer gemacht«, zischte Athena und stürmte zur Tür. Rosemary steckte den Kopf aus der Stube, um nachzusehen, ob der Neuankömmling tatsächlich Finnigan war. Der grüblerische Teenager stand in der Tür, die Augen auf Athena gerichtet.

Nachdem sie sich vergewissert hatte, dass es sich nicht um andere ungebetene Gäste handelte, ging Rosemary zurück in die Küche, um Marjie zu sagen, dass es Zeit war, den Salat zu servieren.

»Ich bin dir weit voraus«, sagte Marjie und hielt ein großes Tablett mit Salatschüsseln in der Hand.

Rosemary nahm ein zweites Tablett mit Salaten und ging zurück in den Speisesaal, vorbei an den Teenagern, die an der Tür zu stehen schienen.

»Ich muss gehen«, sagte Finnigan.

»Aber du bist doch gerade erst gekommen.«

»Tut mir leid.« Er wandte sich an Rosemary und sah dabei furchtbar blass aus. »Vielen Dank für Ihre Gastfreundschaft. Ähm, seien Sie vorsichtig.«

»Ich ... werde ihn hinausbegleiten«, sagte Athena.

Rosemary schüttelte erstaunt den Kopf. »Teenager sind so seltsam«, murmelte sie vor sich hin, doch als sie zurück zur Dinnerparty schlenderte, spürte sie ein schleichendes Misstrauen gegenüber *Dem Jungen*.

KAPITEL

VIERUNDZWANZIG

Athena war erleichtert, dem Lärm und der Hektik der Dinnerparty zu entkommen, auch wenn es nur für ein paar Minuten war. Trotz der relativen Ruhe draußen begleitete sie Finnigan mit einem Wirrwarr von Fragen, die durch ihren Kopf kreisten.

»Was sollte das denn?«, fragte sie, als die Haustür geschlossen war.

»Pst«, flüsterte Finnigan. *Nicht hier. Einige von ihnen haben ein starkes Gehör, fügte er in ihren Gedanken hinzu.*

Er nahm Athenas Hand und führte sie um die Seite des Hauses herum. Sie fühlte sich noch verwirrter und leicht besorgt.

»Das sollte weit genug weg sein«, sagte Finnigan, immer noch mit leiser Stimme. Sie hatten den Wintergarten hinter sich gelassen und waren fast an der Rückseite des Hauses, in der Nähe des Waldes.

»Was ist hier los?«, fragte Athena. »Und warum müssen wir leise sein. Können wir nicht telepathisch sprechen?«

»Es fällt dir noch nicht leicht«, sagte Finnigan. »Die Gefahr, dass man etwas verwechselt, ist zu groß, und ich möchte sicherstellen, dass das nicht passiert.«

»Die Dinge sind so klar wie Schlamm«, sagte Athena. »Warum kannst du nicht zum Essen bleiben? Was ist denn los?«

»Es gibt Feinde in eurer Mitte«, sagte Finnigan.

»Wie kannst du das wissen?«, fragte Athena misstrauisch. »Eigent-

258

lich sollten bei der Dinnerparty Feinde anwesend sein. Das ist alles Teil des Plans.«

»Du willst mit Bösewichten dinieren?«

»Warum sprichst du auf so altmodische Weise?«, fragte Athena.

Finnigan zuckte mit den Schultern. »Athena, sie sind unsere Todfeinde.«

»Ich verstehe immer noch nicht, wovon du sprichst«, sagte Athena. »Kannst du es mir nicht sagen? Wer sind die Feinde? Wir haben alle Verdächtigen eingeladen, die Oma Thorn getötet haben könnten, aber wir wissen nicht, wer es ist.«

»Sie sind nicht einer«, sagte Finnigan kryptisch. »Es sind viele.«

»Warum sprichst du in Rätseln? Es ist fast so, als ob du nicht einmal in der Lage wärst, mir die Wahrheit zu sagen.« Dieser Gedanke beunruhigte Athena so sehr, dass ihr die Tränen in die Augenwinkel stiegen. Schließlich ging es hier um Leben und Tod – es war keine Zeit für Spielchen.

»Die Wahrheit ist gebunden«, sagte Finnigan, als ein Windstoß sein Haar aus den graublauen Augen wehte. Er drehte sich um, als reagiere er auf ein Geräusch, das Athena nicht hören konnte, und starrte in den Wald, während sich ein dichter Nebel über die Bäume zu legen begann.

»Komm mit mir«, beharrte er. »Ich kann dich vor ihnen beschützen.«

»Nein«, sagte Athena. »Das kann ich nicht. Meine Mutter würde mich umbringen, und außerdem kenne ich dich kaum.«

Es herrschte einen Moment lang Schweigen, dann sprach Finnigan. »Ich muss jetzt gehen. Ich wünschte, ich könnte dich beschützen. Bitte pass auf dich auf. Tu alles, was du kannst, um sie aus deinem Haus zu vertreiben. Du bist viel mächtiger, als du denkst.«

»Finnigan ...« Athena streckte die Hand nach ihm aus, als er rückwärts in den Wald ging.

»Auf Wiedersehen, Athena. Pass auf dich auf.«

»Warte!«, sagte Athena, aber es war zu spät.

Finnigan war in den Nebel entschlüpft. Sie beobachtete, wie er sich um ihn schlängelte, und für einen Moment hätte Athena schwören können, dass sich seine Gesichtszüge in etwas Uraltes, Schönes und leicht Furchterregendes verwandelten.

Als er verschwand, hallte seine Stimme in ihrem Kopf wider.

Du bist eine von uns. Halte dich von den Feinden fern. Sie werden dir nur Schaden zufügen.

KAPITEL

FÜNFUNDZWANZIG

Rosemary ging in den Speisesaal, um mit der Verteilung der Salate zu beginnen. Marjie war direkt hinter ihr.

»Pst! Rosemary!«, zischte Marjie von der Seite des Raumes, wo sie ihr Tablett auf einem Schrank abgestellt hatte.

»Was?«

»Komm mal kurz mit mir mit.«

Rosemary folgte Marjie bis kurz vor die Tür und außer Hörweite der Gäste.

»Ich kann nicht glauben, dass du versuchst, Vampire mit menschlicher Nahrung zu füttern!«, sagte Marjie leise, aber eindringlich.

»Was?«, sagte Rosemary. »Ich weiß, dass meine Cousins sehr blass sind, aber ich glaube nicht, dass sie Vampire sind.«

»Oh, die doch nicht!«, sagte Marjie. »Aber einige von den anderen!«

»Wer?!«, fragte Rosemary.

»Es ist unhöflich, das zu sagen«, sagte Marjie. »Sie werden ziemlich sauer, wenn man anfängt, den Leuten von ihrem ... Zustand zu erzählen. Vampire sind sehr verschwiegen.«

Rosemary runzelte die Stirn. »Ehrlich gesagt, Marjie – woher sollte ich das wissen?! Es ist ja nicht so, als würde ich nach ihrer Sexualität oder so etwas fragen«, sagte sie. »Ich will nur wissen, welche meiner Gäste mein Blut trinken wollen.« Rosemary schluckte und versuchte, ihre eigene aufsteigende Panik zu unterdrücken. Es gab zu viele neue Informationen zu verarbeiten, und sie fühlte sich verwirrt. Athena war nicht in Sichtweite, und die Gäste bekamen zweifellos Hunger.

»Überlass das mir«, sagte Marjie. »Ich verzaubere einfach ein paar dieser Schalen, so dass sie vampirfreundlich sind, und niemand wird es bemerken.«

»Was passiert, wenn sie einfach normales Essen essen?«, fragte Rosemary.

»Das willst du gar nicht wissen«, sagte Marjie. »Das würde sehr unschön. Sieh du einfach nach den Schokoladentörtchen, und ich kümmere mich darum.«

Rosemary machte sich nervös auf den Weg in die Küche. Die Schokoladentörtchen waren fertig, also nahm sie sie aus dem Ofen, um sie abkühlen zu lassen, und ging dann zurück ins Esszimmer, wo die Salate auf dem Tisch standen. Sie sahen alle ganz normal aus. Rosemary beäugte die Gäste misstrauisch und fragte sich, wer von ihnen ein Vampir war.

Athena war immer noch auf mysteriöse Weise verschwunden, tauchte aber kurz darauf leicht errötet wieder auf. Rosemary war zu erleichtert über ihre Rückkehr, um sich über ihr vorübergehendes Verschwinden zu ärgern. Es waren wahrscheinlich nur ein paar Minuten gewesen, aber dennoch war sie nicht allzu glücklich über die kurze Zeit, in der sie nicht gewusst hatte, wo ihre Tochter war.

Gewöhn dich daran, sagte Omas Stimme in Rosemarys Hinterkopf.

Was war das? Oma? Bist du das wirklich?

Natürlich bin ich es, antwortete Oma. *Und jetzt iss etwas, bevor du unterzuckert wirst und völlig durchdrehst.*

Rosemary schlang ihren Salat hinunter und fragte sich, wie viel Oma wusste, oder wie viel sie über die gegenwärtige Situation preisgeben konnte.

Welche von ihnen sind Vampire?, fragte Rosemary in Gedanken.

Es ist unhöflich, das zu sagen, antwortete Oma. *Aber du kannst es wahrscheinlich leicht herausfinden.*

Das kann ich nicht. Für mich sehen sie alle ganz normal aus. Rosemary betrachtete ihre seltsamen Gäste. *Na ja, nicht normal, aber auch nicht böse.*

Man sollte Vampire nicht so stereotypisieren, sagte Oma. *Das ist auch unhöflich. Sie sind nicht böser als Menschen … nun ja, die meisten von ihnen.*

Omas Behauptung beruhigte Rosemary ein wenig, denn sie hatte bis dahin ein mulmiges Gefühl dabei, Vampire an ihrem Tisch zu haben. Sie musterte die Gäste, um zu sehen, ob sie erkennen konnte, welche von ihnen nicht atmeten.

Sie waren wirklich ein merkwürdiger Haufen. Wachtmeister Perkins war leicht besoffen, sah noch clownsmäßiger aus und zog Elaminas und Derses verstörte Blicke auf sich, die sich gerade erst von ihrem Schock erholt hatten, als Marjie – von der sie wohl angenommen hatten, dass es sich um eine Dienerin handelte – sich zum Essen auf ihre andere Seite gesetzt hatte. Burk schien in ein Gespräch mit Liam und Sherry vertieft zu sein.

Rosemary dachte eine Weile darüber nach. Sie hatte Sherry tagsüber nicht gesehen, nur nachts in dem Pub. Bedeutete das ...? Die einzigen anderen beiden Gäste, die sie tagsüber nie gesehen hatte, waren die ungeladenen Gäste Covvey und Agatha, die beide harmlos wirkten, wenn auch ein bisschen ungehobelt.

Rosemary fragte sich, ob das bedeutete, dass sie die Vampire hier waren. *Ist es üblich, dass Vampire sich selbst zum Essen einluden? Müssen sie nicht hereingebeten werden?*

Sie hätte sich über eine Antwort auf diese Fragen gefreut, aber Oma schien den Platz wieder geräumt zu haben, den sie in Rosemarys Gedanken eingenommen hatte.

Natürlich war da noch Burk mit seinen kalten Händen und seinen übernatürlichen Reflexen, obwohl Rosemary ihn tagsüber in seinem Büro und mittags in dem Pub gesehen hatte. Sie wusste wirklich so wenig über Vampire außerhalb von Romanen und wünschte, sie könnte Marjie oder Oma mehr Fragen stellen.

Als Athena und Marjie die Suppe servierten, schien das ganze Haus zu beben, so dass einige Gläser leise klirrten. Die Gäste sahen sich gegenseitig an und dann Rosemary, die nur mit den Schultern zuckte, obwohl ein besorgter Blick zwischen ihr und Athena hin und her ging.

Was ist nur mit dem Haus los?!

Rosemary beobachtete die Gäste sorgfältig auf alles Verdächtige. Gerade als sie die Suppe zu Ende gegessen hatten, entschuldigte sich Burk und stand vom Tisch auf, weil er einen Boxenstopp brauchte.

Rosemary hatte genau auf diesen Moment gewartet.

Aha!, dachte sie. *Er versucht, die Köderkiste zu stehlen!* Einen Moment später stand sie vom Tisch auf und sagte, sie wolle nach dem Hauptgang sehen, während Athena die anderen Gäste im Auge behielt. Stattdessen machte sie sich direkt auf den Weg in die Stube, die sie jedoch leer vorfand. Die Kiste stand immer noch genau dort, wo sie hätte stehen sollen, vollkommen unberührt.

Panik schoss durch Rosemary. Sie hatte das dringende Bedürfnis, in der Bibliothek nachzusehen, doch als sie sich in diese Richtung begab, bemerkte sie eine große, dunkle Gestalt im Treppenhaus stehen. Sie erstarrte und dachte an den Krähenmann, aber als sich ihre Augen an das fehlende Licht gewöhnten, erkannte sie, dass es Burk war, der dort stand.

»Äh, hallo?«, sagte Rosemary. »Die Toilette ist in der anderen Richtung.«

Burk drehte sich mit einem gequälten Gesichtsausdruck zu ihr um. »Er war hier, stimmt's? Hier ist es passiert?«

Rosemary starrte, als eine ganz andere Art von Panik sie überkam. *Er weiß es!*

»Ich weiß nicht, wovon Sie reden«, sagte Rosemary und versuchte, sich dumm zu stellen.

»Mein Bruder ...« sagte Burk. »Er wird seit Tagen vermisst, was normalerweise nicht allzu ungewöhnlich wäre. Aber nach dem Angriff auf Ihr Haus habe ich mich gefragt ...«

»Perseus ...« Rosemary versuchte, sich eine Million Gründe auszudenken, warum sie seinen Bruder nicht getötet haben konnte, aber es fiel ihr kein einziger ein.

»Ich kann seine Essenz spüren«, sagte er. »Hier ist er ... hier ist er gestorben. Der Staub hinterlässt einen Rückstand, wissen Sie.«

Rosemary hustete. »Oh ... ekelhaft ...«

»Sagen Sie mir die Wahrheit«, sagte Burk. Seine Stimme war ruhig und gleichmäßig, aber an den Rändern etwas rau. »Sie haben es getan. Sie haben ihn getötet, nicht wahr?«

Es gab keine andere Möglichkeit. »Ja«, sagte Rosemary. »Er hat uns angegriffen. Er war hinter Athena her ...«

Burks Augen waren dunkel wie Onyx. Aus Angst vor Vergeltung wünschte sich Rosemary, sie könnte ihr Geständnis zurücknehmen. Was hatte sie sich dabei gedacht, den Zorn der Familie Burk so offen und bereitwillig auf sich zu ziehen? Sie würden sie sicher verfolgen und den

Rest ihres Lebens zu einem lebenden Albtraum machen, so lange es jedenfalls andauerte.

Aber Burk schnitt lediglich eine Grimasse. Tränen schimmerten in den Augenwinkeln. »Ich nehme an, das hat er verdient«, sagte er.

»Sie sind nicht böse auf mich?«, stotterte Rosemary.

»Er hätte Sie umgebracht«, sagte Burk. »Sie wissen, was wir sind, nicht wahr?«

»Ich wusste, was er war, aber ...«

»Sie müssen es gewusst haben. Sie haben mich mit blutverzaubertem Essen gefüttert.«

»Das war Marjie«, beharrte Rosemary. »Sie hat mir gesagt, dass es hier Vampire gibt, aber dass es unhöflich wäre, mir zu sagen, wer sie sind.«

Burk gluckste trocken. »Die Leute in dieser Stadt sind so höflich. Aber Sie müssen mich doch verdächtigt haben.«

»Ich war mir nicht sicher, ob es genetisch bedingt ist«, sagte Rosemary.

»Ist es nicht«, sagte Burk. »Es ist eine lange Geschichte, wie wir beide verwandelt wurden.«

»Ich habe wohl die ganze Nacht Zeit«, sagte Rosemary, nur um von einem lauten Schrei aus Richtung des Wohnzimmers unterbrochen zu werden, gefolgt von einer weiteren großen Erschütterung des Hauses. »Wenn ich es mir recht überlege, können wir uns die Geschichte vielleicht für ein anderes Mal aufheben!«

Rosemary rannte zurück ins Esszimmer und sah, wie sich die Gäste auf den Flur verteilten. Ihre Augen weiteten sich, als sie durch die offene Tür auf das Schlachtfeld blickte und von einem heftigen Windstoß zurückgeworfen wurde.

Aus der Mitte des Raumes quoll eine furchterregende Dunkelheit in Form eines Wirbels hervor. Dieser war noch intensiver als der, der Tage zuvor an der Eingangstür erschienen war, und er schien sich in der Mitte des Tisches geöffnet zu haben. Eine unheilvolle, leise Vibration unterstrich die wirbelnde Finsternis im Inneren. Windstürme wehten gleichzeitig in beide Richtungen, fegten aus dem Raum heraus, um die Seiten des Abgrunds herum und zogen durch die Mitte nach innen. Rosemary stemmte sich gegen die starken Luftströme und überprüfte, ob alle in Sicherheit waren, aber vor allem suchte sie nach ihrer Tochter.

»Athena!«

Einige der Tischgäste krallten sich an der Seite des Raumes fest. Elamina und Derse klammerten sich verkrampft an die Fensterbank, und Wachtmeister Perkins klebte am Schrank auf der anderen Seite des Raums und stöhnte leise.

»Athena!«, rief Rosemary.

Plötzlich war ihre Tochter an ihrer Seite.

»Das Haus kann all diese Leute nicht fassen!«, rief Athena. »Ich wusste, dass das passieren würde!«

»Das ist der Familienzauber«, sagte Marjie von hinten. »Du hast etwas getan, um den Prozess einzuleiten, der die Bindung aufhebt, aber er ist nur teilweise abgeschlossen. Er muss vollständig freigesetzt werden oder ...« Marjies Worte verstummten.

Rosemary wollte nicht wissen, was nach dem »oder« kam. Sie konnte sich gut vorstellen, dass es noch mehr Chaos und Gefahr geben würde.

»Du schaffst das, Rosemary«, sagte Marjie. »Du bist diejenige, die hier die Macht hat.«

»Ja, Mama, du kannst es. Das ist unsere Magie – und du bist diejenige, die Oma Thorn auserwählt hat, sie zu erben.«

»Aber ich weiß nicht, was ich tun soll!«, kreischte Rosemary außer sich vor Panik. Plötzlich wirkte die Last, die auf ihren Schultern lag, erdrückend, und sie fühlte sich innerlich zerrissen, als würden sich die unzusammenhängenden Teile von ihr nie wieder zu einem stimmigen Ganzen zusammenfügen. Die Angst war wie ein Schraubstock um ihre Brust und erschwerte ihr das Atmen.

»Beruhige dich, Liebes«, sagte Marjie. »Es wird alles klar werden.«

»Ja«, sagte Athena. »Beruhige dich und schau nach innen. Erinnerst du dich?«

»Du weißt, dass ich das hasse«, sagte Rosemary und versuchte, tief durchzuatmen, obwohl die Enge in ihrem Oberkörper es unmöglich machte.

»Es gibt keinen besseren Zeitpunkt als jetzt, um seine Meinung zu ändern und ein Riesenfan davon zu werden«, sagte Athena. »Wie hieß es in Oma Thorns Lied? Meditiere in einem Wald oder so?«

Rosemary wollte streiten, treten und schreien, aber sie hatte keine Zeit, sich in ihre Kindheit zurückzuversetzen und den Wutanfall zu bekommen, den sie für gerechtfertigt hielt. Sie musste etwas unternehmen. Ihre einzigen Verteidigungsmechanismen bestanden darin, wegzulaufen und sich zu verstecken, aber das würde jetzt nicht mehr funktionieren. Sie musste die Kontrolle zurückerobern. Sie konnte nicht noch mehr Energie darauf verschwenden, in Panik zu geraten. Stattdessen schloss sie die Augen.

Sie hörte auf ihr eigenes Herz, das in ihrer Brust schlug.

Ruhig, wies sie ihren Körper an. *Beruhige dich. Konzentriere dich.*

Sie wartete noch einen Moment, bis sie eine sanfte Lockerung spürte, und atmete dann mehrmals tief und langsam ein. Es war Zeit, sich zu konzentrieren. Sie hatte jetzt keine Zeit, in den Wald zu gehen, wie es das Lied andeutete, aber alle sagten ihr immer wieder, sie solle verdammt noch mal nach innen schauen, also stellte sie sich mit geschlossenen Augen vor, sie sei in einem Wald.

Die Geräusche um sie herum verblassten zu Vogelgezwitscher und einem entfernten Rumpeln. Der Sturm ließ nach und wurde zu einer Sommerbrise. Rosemary wanderte tiefer in den Wald hinein.

Es war so schön, so friedlich, dass sie den ganzen Tag dort bleiben hätte können, aber eine Dringlichkeit zerrte an ihr. Sie folgte dem summenden Geräusch in den immer dunkler werdenden Wald um sie herum, durch den kaum noch Licht fiel. Dann, ganz vorne, sah sie ihn.

Der riesige Lichtkristall leuchtete durch die Ranken, in denen er gefangen war.

Was soll ich tun?, fragte Rosemary in Gedanken und suchte Rat bei allen, die sie hören konnten, vor allem aber bei Oma.

Du musst Vertrauen in dich selbst haben, antwortete Omas Stimme.

Gott sei Dank bist du hier bei mir, dachte Rosemary erleichtert.

Ich bin immer bei dir, meine Liebe. Du musst dich nur mit deinem wahren Selbst verbinden und du wirst meine Gegenwart spüren. Ich passe immer auf dich auf.

Rosemary unterdrückte ihre Frustration gegenüber Oma für den Moment, da ihr klar war, dass dies nicht der richtige Zeitpunkt war, um erneut den Spruch »Warum hast du es mir nicht einfach gesagt?« anzubringen.

Bitte gib mir konkrete Anweisungen, was ich als nächstes tun soll, antwortete Rosemary.

Erstens: Vertrau auf dich selbst. Hab Zuversicht ... und dann, wenn du dir absolut sicher bist, streckst du die Hand aus und berührst den Kristall – nicht die Ranken – und sagst die Worte, die ich dir beigebracht habe.

Welche Worte?, fragte Rosemary verzweifelt.

Aber Omas Anwesenheit war wieder verschwunden.

»Nervtötende alte Fledermaus!« murmelte Rosemary. *Okay ... dann muss ich eben zuversichtlich sein. Rosemary. Du bist fantastisch. Du hast das im Griff. Alles läuft wie geschmiert. Das wird ein Kinderspiel. Die richtigen Worte werden kommen. Es ist offensichtlich. Tu es einfach!*

Sie streckte ihre Hand vorsichtig nach dem Kristall aus, darauf bedacht, keine Ranken zu berühren. Sie schaffte es, nur leicht zu zögern, als sie ihren Arm ausstreckte.

Ihre Hand berührte den Lichtkristall. Ein gewaltiger Energieschub durchfuhr sie, und sie fühlte sich mächtig, ja ... und leicht high.

»Wow! Na gut. Die Worte sind ... Blau, Spitze, Tanz?«

Nichts geschah, außer dass sich die Ranken wölbten und fester um den Kristall schlangen, langsam näher an ihre Hand heranrückend.

»Oh, Mist«, sagte Rosemary und wünschte sich, sie könnte es zurücknehmen, denn »Mist« war eindeutig auch kein Zauberwort.

Sie schloss die Augen und holte tief Luft.

Ich schaue nach innen ... Ich bin zuversichtlich ... Ich löse den Familienzauber ...

Ein Lichtschimmer wirbelte in der Dunkelheit vor ihr. Sie spürte, wie ihre Wildheit wuchs, aufblühte und aus dem Käfig ausbrach, in dem sie eingesperrt war.

Eine andere Stimme durchbrach ihre Gedanken, und dieses Mal war es nicht die von Oma. Es war eine uralte Stimme, die gleichzeitig leicht und luftig und frisch war.

Du bist noch nicht bereit. Du musst dich mit deinem elementaren Kern verbinden, um die Magie der Familie Thorn zu befreien.

»Verflixt!«, sagte Rosemary, als sie sofort aus dem Wald in ihr aufgeschreckt wurde. Sie starrte an die Decke von Thorn Manor.

KAPITEL
SECHSUNDZWANZIG

»**V**erdammter, verfluchter Hades!«, schrie Rosemary.

Liam und Marjie standen bei ihr und sahen besorgt aus.

»Was ist hier los?«, fragte sie. »Wo ist Athena? Was ist mit dem riesigen Abgrund im Esszimmer passiert?«

»Ich bin hier, Mama«, sagte Athena von hinter Marjie. »Und da drinnen scheint sich alles beruhigt zu haben.«

Rosemary richtete sich auf, erleichtert, ihre Tochter zu sehen, und doppelt erleichtert, dass der Abgrund mitsamt seinem Strudel des Verderbens verschwunden war. »Nun, ich kann nicht behaupten, dass das ein überschwänglicher Erfolg war«, sagte sie.

»Was ist passiert?«, fragte Athena.

»Das wollte ich dich auch gerade fragen«, sagte Rosemary. »Bei mir ist eigentlich gar nicht viel passiert – das kann ich dir sagen!«

Rosemary fühlte sich nach ihrer Begegnung mit dem riesigen Kristall leicht und beweglich. Sie sprang auf und umarmte Athena, bevor sie versuchte, den Schaden zu begutachten. Im Speisesaal herrschte Chaos, und die wenigen verbliebenen Gäste hielten sich fern. Einige von ihnen wuselten sogar außerhalb des Hauses herum. Sie überprüfte den Salon und stellte fest, dass die Köderkiste tatsächlich fehlte, war aber froh, dass die Tür zur Bibliothek verschlossen blieb. Als sie sie öffnete, stand die echte Schachtel noch immer fest auf dem Tisch.

Ich hoffe, Marjies Zauberspruch hat funktioniert, dachte Rosemary. *Sonst stehen wir wieder am Anfang.*

Sie war noch wütender auf Oma Thorn, als sie es zuvor gewesen war. *Hätte sie nicht daran denken können, zu erwähnen, dass ich mich erst mit meinen Elementen verbinden muss oder was auch immer?! Mir vielleicht eine praktische Gebrauchsanweisung hinterlassen?*

Es war seltsam, dass Rosemary darum bat, da sie normalerweise nie die Anleitungen für irgendetwas las, sondern sich lieber mit Intuition und purem Zufall durchschlug. Aber diese besondere Situation erforderte eindeutig einen detaillierten Leitfaden.

Sie entschuldigte sich bei den verbliebenen Gästen und sagte ihnen, dass sie sie ein anderes Mal wieder einladen würde, obwohl die meisten von ihnen sie ansahen, als ob sie das lieber nicht riskieren wollten.

Sie bemerkte auch einige deutliche Abwesenheiten. Elamina und Derse waren verschwunden, ebenso wie die ungeladenen Gäste. Ferg war nirgends zu sehen, und auch Herr June war nicht da. Zu Rosemarys leichter Enttäuschung hatte sich auch Burk rar gemacht. Sie wollte mehr über den geheimnisvollen Vampir herausfinden.

Despina und Geneviève waren verständlicherweise ebenfalls abwesend. Rosemary hatte etwas Mitleid mit ihnen. Sie würde sicherlich kein Kind unter ihrer Aufsicht in der Nähe eines solchen Alptraums haben wollen, wie der, der gerade im Esszimmer aufgetaucht.

Wachtmeister Perkins, dessen Wangen noch immer vom Wein und Sherry gerötet waren, bestand darauf, in der Nähe zu bleiben, um Nachforschungen anzustellen. Prompt schlief er am Küchentisch ein und schnarchte leicht.

Marjie informierte Rosemary diskret darüber, dass ihr Ortungszauber nicht funktionieren würde, da der Wirbel alle Energierückstände im Haus verwischt hatte.

»Es sieht aus wie Spaghetti«, sagte Marjie.

»Oh, Mist«, erwiderte Rosemary, enttäuscht darüber, dass der Abend, wie sie ihn geplant hatte, ein so kläglicher Misserfolg gewesen war.

Marjie bestand darauf, noch zu bleiben. Sie und Athena begannen mit dem Abwasch. Ihr Geklapper und Geschnatter in der Küche schien den Polizisten nicht zu stören, der offensichtlich völlig weggetreten war. Rosemary nahm sich vor, Marjie zu fragen, was ihr Geheimnis war, wie sie Teenager so leicht dazu brachte, Hausarbeiten zu erledigen.

Die letzten Gäste, die das Haus verließen, waren Liam und Sherry, die beide immer wieder anboten, beim Aufräumen zu helfen. Rosemary sagte ihnen, dass es nicht nötig sei, jetzt noch etwas zu tun, und versicherte ihnen, dass sie sie morgen anrufen würde, wenn sie Hilfe brauche. Sherry umarmte sie auf dem Weg nach draußen fest. Liam jedoch blieb noch ein wenig länger. Seine muskulöse Gestalt nahm den größten Teil des Türrahmens ein.

»Äh, Rosemary?«, sagte er mit leiser Stimme, um nicht von den anderen gehört zu werden.

»Was gibt es?

»Es ist vielleicht ein schlechter Zeitpunkt, aber ... ich habe mich gefragt, wenn sich die Lage etwas beruhigt hat ... möchtest du vielleicht etwas mit mir trinken gehen?«

Rosemary zuckte mit den Schultern. »Natürlich«, sagte sie. »Es wäre schön, sich ein wenig auszutauschen.«

Sie war verblüfft über Liams offensichtliches Unbehagen und seine Ernsthaftigkeit, bis er nach einigem Hin und Her das Wort »Date« erwähnte.

»Oh!«, sagte Rosemary verblüfft. »Ähm ... Was ist mit Sherry? Ich dachte, ihr beide wärt ...«

»Sherry?«, sagte Liam und seine Augen weiteten sich vor Überraschung. »Sherry ist meine Cousine!«

»Oh ... das war mir nicht klar. Ich kann mich nicht daran erinnern, deine Familie getroffen zu haben. Danke, dass du ... ähm, an mich gedacht hast«, sagte Rosemary. »Das ist ein wirklich schlechter Zeitpunkt, und außerdem date ich nicht.«

Liam verzog das hübsche Gesicht, und Rosemary spürte einen Anflug von Bedauern.

»Aber ..., wenn ich jemals ... äh ... ausgehen will, dann rufe ich dich an.«

Liam lächelte ein wenig traurig und ging, ohne sich zu verabschieden.

Rosemary schloss die Tür, verblüfft und verlegen. In ihrem Leben war kein Platz für Romanzen – trotz Liams Liebenswürdigkeit und der guten Zeiten, die sie als Teenager miteinander verbracht hatten. Noch mehr verwirrte Rosemary, dass sie scheinbar etwas für einen gewissen ... Vampir empfand! Sicher, die beiden waren charmant und sahen gut aus, aber das Leben war viel zu kompliziert, als dass man noch eine Beziehung reinmischen musste. Und es sah auch nicht so aus, als würden die Dinge in absehbarer Zeit einfacher werden.

Das haben wir Oma zu verdanken!, dachte Rosemary scharf und forderte ihre Großmutter zu einer Antwort heraus.

Was ist denn nun schon wieder, Schatz?, antwortete Oma.

Du hast nicht daran gedacht, mir zu sagen, dass ich mich mit den Elementen verbinden muss!

Oh, Rosemary, antwortete Oma. *Davon hast du mehr als genug getan, als du jünger warst.*

Habe ich das? Ja, wirklich? War das, bevor du mein Gedächtnis vernebelt hast, oder danach?!

Es ist alles noch da, Dummerchen. Du musst dich nur mit deinem inneren Selbst verbinden.

»Aghhh! Das ist so ärgerlich!«

»Was ist, Liebes?«, fragte Marjie.

»Ja, Mama, wir haben dich in den letzten zehn Minuten dabei beobachtet, wie du durch das Haus gelaufen bist und komische Grimassen geschnitten hast. Hast du endlich den Verstand verloren?«

»Oma ist in meinem Kopf. Nur ist sie noch genauso nervtötend wie vorher!«, grummelte Rosemary.

»Das ist super seltsam«, sagte Athena.

»Grüß Galdie von mir!«, sagte Marjie, als wäre das alles ganz normal für sie.

»Ich habe langsam das Gefühl, dass ich sie nie richtig gekannt habe«, sagte Rosemary und seufzte. »Es ist, als wäre die Version von ihr in meinem Kopf nur ein winziges Fragment von dem, was sie war, und ich erinnere mich nicht mehr richtig an sie. Wer war sie? Was hat sie überhaupt gerne gemacht?«

»Oh, Galdie war für so viele Dinge zu begeistern«, sagte Marjie. »Sie war sehr handwerklich veranlagt. Sie liebte Stickerei. Sie verbrachte viel Zeit damit, im Wald zu wandern und Wildkräuter für ihre verschiedenen magischen Anwendungen zu sammeln ... Oh, und natürlich das Tanzen.«

»Ich erinnere mich an die Handarbeiten und das Tanzen«, sagte Rosemary.

»Oh, ja, Galdie liebte ein gutes Cèilidh«, sagte Marjie. »Sie zog ihre gelben Tanzschuhe mit den leuchtend blauen Schnürsenkeln an ...«

»Moment mal!«, sagte Athena. »Was hast du gerade gesagt?« Sie warf Rosemary einen scharfen Blick zu.

»Sie hat ihre Lieblingstanzschuhe angezogen«, sagte Marjie. »Das ist alles, Liebes.«

»Blau. Spitze. Tanzen!« Rosemary stellte die Verbindung her, und eine Sekunde später waren sie und Athena nach oben geeilt, um noch einmal in Omas Zimmer nachzusehen. Und tatsächlich, in der obersten Schuhreihe des Kleiderschranks stand ein Paar gelbe Wildlederschuhe mit leuchtend blauen Schnürsenkeln.

»Interessante Farbkombination«, sagte Athena, als Rosemary nach den Schuhen griff.

»Was jetzt?«, fragte Rosemary.

»Schau hinein, Dummerchen!«, sagte Athena.

Rosemary griff in das weiche Wildleder der Schuhe und fand einen kleinen silbernen Schlüssel.

»Das war also wirklich das, was Oma meinte?«, fragte Rosemary. »Ich frage mich, wofür er wohl ist?«

»Es ist ein doppelter Hinweis!«, rief Athena, nahm den Schlüssel aus Rosemarys Hand und eilte in das kleine Schlafzimmer. »Ich wette, es gibt irgendwo ein Schlüsselloch an dem Kästchen. Das ist wirklich schlau von Oma Thorn, findest du nicht auch?«

»Ich habe noch nie in meinem Leben ein Schlüsselloch an diesem Kästchen gesehen«, sagte Rosemary abschätzig, als Athena die Spieldose aufhob, sie herumdrehte und untersuchte.

»Sieh mal – hier, es ist ganz hinten, neben dem Aufzieh-Ding.« Athena zeigte darauf, dass es tatsächlich ein kleines Schlüsselloch gab.

»Okay, Miss Neunmalklug. Was machen wir jetzt?«

»Was meinst du denn, Mama? Hier.« Sie hielt Rosemary den Schlüssel hin, damit sie ihn nehmen konnte.

Rosemary spürte ein Kribbeln von Nervosität und Aufregung. Oma Thorn hatte sich eindeutig mehr Gedanken gemacht, als ihr bisher bewusst gewesen war, und Rosemary war noch nicht bereit, ihr völlig zu verzeihen.

Vorsichtig steckte sie den Schlüssel in das Schloss und drehte ihn, in der Erwartung, dass Funken fliegen und magisches Licht überall herausstrahlen würde. Doch es war ein ganz normaler Riegel.

Es klickte auf und gab den Blick auf einen doppelten Boden der Schmuckschatulle frei.

Darin befand sich ein zentimeterdicker Stapel Papier, der mit Omas kursivem Gekritzel bedeckt war.

Rosemary griff nach vorne, aber Athena war zu schnell.

»Hey!«, sagte Rosemary, als ihre Tochter begann, die Seiten zu durchforsten. »Gib das her!«

»Du hasst es, die Anleitung zu lesen!«, sagte Athena in einem anklagenden Ton.

»Es ist ein … Handbuch?«

»Nun, nicht genau«, sagte Athena. »Aber soweit ich das beurteilen kann, enthält es eine ganze Menge nützlicher Details.«

Rosemary und Athena verbrachten die nächsten Stunden damit, die von Oma geschriebenen Notizen zu studieren, nur unterbrochen von Marjie, die es besser zu wissen schien, als Fragen zu stellen, aber ein Tablett mit aufgewärmtem Hammelfleisch und Bratkartoffeln an die Tür brachte, bevor sie sich auf den Heimweg machte. Rosemary und Athena verschlangen das Essen dankbar und lasen weiter.

Was die Informationen anging, die sie entdeckt hatten, so waren einige davon völlig selbsterklärend – wie zum Beispiel: »Hier bewahre ich die Autoschlüssel auf – lasst es regelmäßig zur Inspektion bringen. Bringt es zu Daisy's auf der Westseite der Stadt, und was auch immer ihr tut, lasst Ferg nicht versuchen, es zu tun. Er ist kein ausgebildeter Mechaniker!'

»Warum hat Oma Thorn so etwas so geheimnisvoll unter Verschluss gehalten?«, fragte Athena. »Es scheint eine grundlegende, nützliche Information zu sein.«

»Vielleicht weil sie dachte, es wäre vernünftig, alle nützlichen Informationen an einem Ort aufzubewahren, wo wir sie nicht finden können!«, sagte Rosemary verärgert. »Und obwohl es toll gewesen wäre, bei unserer Ankunft etwas über die Autoschlüssel zu erfahren. Ich habe noch nichts gefunden, was auch nur annähernd nützlich für unsere aktuelle Situation ist. Die Hälfte dieser Seiten ist Kauderwelsch.«

»Schau!«, sagte Athena. »Auf dieser Seite geht es um die Bindung –

es gibt kleine Zeichnungen von den Ranken und ... ooh, das sagt uns nichts, was wir nicht schon herausgefunden haben.«

»Lass mich raten? Da steht 'sieh nach innen'?«

»So ungefähr«, sagte Athena und reichte Rosemary die Seite. »Ooh – aber das ist nützlich!«

»Was?!«, fragte Rosemary.

»Es beschreibt, wie das Haus und die Macht der Familie Thorn über eine andere geheime Dimension miteinander verbunden sind – das erklärt, wohin du verschwunden bist, wenn du das Bewusstsein verloren hast.«

»Großartig«, sagte Rosemary. »Wenn uns das nur helfen würde, herauszufinden, wie wir die Bindung aufheben können. Weißt du, es ist seltsam, als ich den Kristall vorhin berührt habe, habe ich mich so ... energetisiert gefühlt, und auch jetzt spüre ich es noch ein wenig. Es ist, als würde ich vor Energie sprühen.«

»Das ist komisch«, sagte Athena. »Als du mich umarmt hast, nachdem du wieder zu dir gekommen bist, fühlte sich das ... na ja, es fühlte sich eigentlich ziemlich wild an.«

»Was meinst du mit wild?«

»Es war, als ob eine Welle goldener Energie über mich hinwegschwappen würde«, sagte Athena. »Vielleicht ist es die Thorn-Magie, die versucht, auf irgendeine Weise zu uns zurückzukehren. Ich frage mich, ob es das ist, was die Energie im Salon zur Ruhe gebracht und diesen Abgrund verschlossen hat. Glaubst du, wenn du in die Zwischenwelt, oder was auch immer es ist, zurückgehst, könntest du dort einfach stehen und die Energie herausziehen, bis sie von der Bindung befreit ist?«

»Ich bin doch kein verdammtes Auto!«, sagte Rosemary. »Es ist nicht so einfach wie tanken, weißt du. Der Kristall hat mir gesagt, dass ich noch nicht so weit bin, und außerdem mochte ich den Anblick dieser Ranken nicht. Ich hatte Angst, dass sie hinter mir her sind und mich erwürgen würden oder so.«

»Es war einen Versuch wert«, sagte Athena. »Ich wünschte, mehr davon würde Sinn machen.« Sie hielt einige unentzifferbare Seiten hoch.

»Was ist das da?«, fragte Rosemary und deutete auf eine andere Seite in Athenas Schoß. »Sieh mal, da steht 'Die Blutstein-Gesellschaft' drauf!«

Sie griff nach der Seite und auch nach den folgenden Seiten.

»Was steht da?«, fragte Athena.

»Die Blutstein-Gesellschaft ist ein uralter Geheimbund, blablabla.«

»Mama – das klingt eigentlich nach etwas, das man wissen sollte.«

»Du hast recht«, sagte Rosemary. »Hier steht, dass sie nicht nur durch die Kraft ihrer Mitglieder mächtig wurden, sondern auch durch den Diebstahl der Kraft alter magischer Familien.«

»Wie unserer!«, sagte Athena.

»Ganz genau. Hier steht, dass sie einst der Schrecken der magischen Gemeinschaft waren – weltweit. Die Mitglieder haben ihre Seelen im Tausch gegen Macht an die Gesellschaft gebunden und sind ihrem tyrannischen Anführer für immer ausgeliefert. Anscheinend sind viele alte Hexenfamilien untergetaucht, um ihnen zu entkommen, auch indem sie zu der verzweifelten Maßnahme griffen, den größten Teil ihrer eigenen Kraft zu binden, so dass sie nicht mehr nachweisbar war. Auf diese Weise schienen sie nur den gleichen Grad an Macht zu haben wie normal magische Menschen.«

»Das hat Oma Thorn also getan?«

»Es scheint möglich«, sagte Rosemary. »Hier steht, dass die Macht des Clans geschwunden ist, was sie nur noch verzweifelter und gefährlicher macht. Sie müssen hinter Oma her gewesen sein – sie haben etwas über die alte Familienmagie herausgefunden. Das war wohl auch der Inhalt von Omas Brief. Erinnerst du dich an den Brief, den sie für uns hinterlassen hat, als wir ankamen? *Sie kommen mit Hörnern, Krallen und Reißzähnen.* Hier steht, dass einige Mitglieder Vampire und Gestaltenwandler sind. Ich vermute, dass Oma eine kryptische Anspielung darauf gemacht hat, während sie versuchte, dieses Geheimnis zu bewahren.«

»Aber warum sollte sie das tun?«, fragte Athena. »Wenn jemand versuchen würde, mich zu töten, würde ich seine Identität von den Dächern schreien.«

»Ich schätze, wir müssen in Betracht ziehen, dass die Blutstein-Gesellschaft Möglichkeiten hat, jene Leute aufzuspüren, die über sie reden«, sagte Rosemary und erschauderte.

»Aber ich schätze, sie wissen jetzt schon alles über uns, also sind wir nicht mehr in Gefahr, wenn wir ihren Namen oder irgendetwas anderes sagen«, sagte Athena, obwohl ihr Ton ängstlich und zweifelnd war.

»Oder vielleicht ... sind die Behörden eingeweiht«, sagte Rosemary und fühlte sich wegen des Polizisten, der angeblich unten schlief, unwohl.

»Oder sie sind so mächtig, dass sie es den Leuten unmöglich machen, über sie zu reden – weißt du noch, wie Oma Thorn uns nicht sagen konnte, wer sie getötet hat?«, sagte Athena.

»Das ist wahr. Aber meinst du nicht, wir sollten vorsichtshalber nach dem schlafenden Polizisten in unserer Küche sehen?«

»Er ist harmlos«, sagte Athena. »Da bin ich mir sicher – abgesehen davon, dass er uns gegenüber misstrauisch ist!«

Rosemary wollte gerade widersprechen, doch dann fiel ihr Blick auf etwas anderes. »Athena, sieh mal!«

»Was ist das?«

»Es ist ein Stück von einem gewachsten Siegel, das Oma hier aufge-klebt haben muss – und ich weiß, wo ich den anderen Teil davon gesehen habe.« Sie stand auf und rannte in die Bibliothek, Athena dicht hinter ihr.

Rosemary schloss die Tür zur Bibliothek auf und war erleichtert, als sie sah, dass alles im Raum an seinem Platz war. Sie stürmte hinein und begann verzweifelt, die Regale zu durchsuchen. »Es muss hier irgendwo sein!«

»Die Kiste steht noch auf dem Tisch«, sagte Athena.

»Gut! Aber ich suche nach etwas anderem.«

»Was denn?«

»Hmm ...« Rosemary duckte sich hinter den Schreibtisch und kam einen Moment später triumphierend mit einem Stück Papier in der Hand wieder heraus.

»Was ist es?«, fragte Athena.

»Schau«, sagte Rosemary und glich den Teil des Siegels, den sie gerade gefunden hatte, mit dem Stück ab, das noch an der Einladung klebte.

»Also haben wir ... ein kleines Wappen-Ding?«

»Ja! Mit einer Krähe, einer Schlange, einem Wolf und einem kelti-schen Knoten.«

»Mit Reißzähnen und Krallen und so weiter?«, fragte Athena skeptisch.

»Ich habe es schon einmal gesehen«, sagte Rosemary und schielte auf den Schild. »Ich weiß nur, dass ich...«

»Oh, nein ... nicht schon wieder dein Gedächtnis!«, sagte Athena. »Wie auch immer, genug über das dumme Siegel. Wie können wir diese schreckliche Geheimgesellschaft davon abhalten, uns zu töten, um an unsere Macht zu kommen?«

Rosemary sah sich die krakelige Schrift auf dem anderen Blatt, das sie in der Hand hielt und auf das Oma das Stück Siegel geklebt hatte, genauer an.

»Nach dem, was hier steht, scheint es so, als ob ihre Kraft im Laufe der Jahre langsam verbraucht wurde, während sich unsere immer weiter aufbaut, weil sie mit der Erde verbunden ist. Oma rechnete also damit, dass unsere Magie die ihre sehr bald übertreffen würde. Es sieht sogar so aus, als wollte sie gerade versuchen, die Bindung selbst aufzuheben und sie zu verfolgen, als sie sich an sie herangeschlichen haben!«

»Ich habe zufällig mitgehört ...«, dröhnte eine Stimme vom Türrahmen her.

Rosemary zuckte zusammen und drehte sich hastig um. Wachtmeister Perkins stand da und hatte eine Haltung eingenommen, die eindeutig dazu bestimmt war, ihnen den Ausgang zu versperren.

Hatte er tatsächlich die ganze Zeit geschlafen?, fragte sich Rosemary. *Gehört er zur Blutstein-Gesellschaft und ist hier, um zu beenden, was sie angefangen haben?*

Der Beamte machte einen Schritt auf sie zu und griff in seine Tasche.

Rosemary zuckte zusammen vor Angst, er würde nach einer Pistole oder einer magischen Waffe greifen.

Stattdessen zog er ein großes Taschentuch heraus und schnäuzte sich lautstark die Nase. Rosemary und Athena warfen sich entsetzte Blicke zu.

»Sie gehören zu ihnen, nicht wahr?«, sagte Rosemary. »Der Blutstein-Gesellschaft.«

»Das nehme ich Ihnen übel!«, sagte Wachtmeister Perkins und stopfte sein schmutziges Taschentuch zurück in die Tasche. »Ich bin zufällig seit Jahrzehnten hinter dieser Gesellschaft her.«

»Sie wissen also, dass sie es waren, die Oma getötet haben und nicht wir«, sagte Rosemary.

»Solch voreilige Schlüsse ziehe ich nicht«, sagte er. »Nach dem Fiasko von heute Abend ist es schwer einzuschätzen, was man glauben soll. Die ganze Sache könnte ein abgekartetes Spiel gewesen sein, von

Ihnen beiden inszeniert, einschließlich des Gesprächs, das ich gerade mitgehört habe.«

»Wollen Sie damit sagen, dass Sie seit Jahrzehnten hinter ihnen her sind und das die einzige Hypothese ist, die Ihnen einfällt?«, fragte Rosemary verblüfft.

»Sie müssen wissen, dass ich eine Reihe von Verdächtigen habe«, sagte der Beamte. »Und die sind schwer zu fassen. Sie wechseln alle ständig ihre Identität, und niemand – nicht einmal die Mitglieder der Gesellschaft, die ich im Laufe der Jahre festgenommen habe – weiß, wer der Anführer ist.«

»Ach, ja?«, fragte Rosemary. »Wer sind denn Ihre Verdächtigen?«

»Mama!«, flüsterte Athena und versuchte, Rosemary zu treten, die dem Fuß ihrer Tochter auswich.

»Beweise«, verlangte Rosemary, »oder Sie denken sich das nur aus.«
Wachtmeister Perkins blickte Rosemary an, kramte dann in seiner Jackentasche und zog einen Notizblock heraus. Er blätterte ein paar Seiten durch, dann hielt er ihn ihr zum Lesen hin.

MÖGLICHE BLUTSTEIN-MITGLIEDER
Ferg – immer in jede Kleinigkeit verwickelt.
Herr June – machtbesessen.
Perseus Burk – nächtlich veranlagt und wohlhabend.

Rosemary war überwältigt von der Banalität, die sie auf der Seite sah, aber bevor sie reagieren konnte, trat Wachtmeister Perkins weiter ins Büro.

»Ich nehme diese Kiste als Beweismittel mit«, sagte er und griff nach dem Kästchen.

»Nein!«, rief Rosemary und versuchte, sich Wachtmeister Perkin in den Weg zu stellen.

Aber es war zu spät, um ihn aufzuhalten.

Ein plötzlicher Knall ertönte, und ein heller Lichtblitz erfüllte den Raum. Er verblasste schnell und offenbarte, dass es den ungewöhnlich gekleideten Polizisten auf den Boden befördert hatte.

Athena schnappte nach Luft.

»Er lebt«, sagte Rosemary und überprüfte seinen Puls. »Aber es sieht so aus, als wäre er bewusstlos. Oh, mein Gott! Das ist kein guter Anblick! Schnell, hilf mir, ihn hier rauszuziehen. Ich möchte, dass er so weit wie möglich von dem Kästchen entfernt ist, wenn er wieder zu sich kommt.«

»Wir können ihn doch nicht einfach irgendwohin fahren und ihn am Straßenrand liegen lassen, oder?«, fragte Athena.

»Ich glaube nicht, dass das klug ist«, sagte Rosemary. »Er ist uns gegenüber schon misstrauisch genug.«

Es war ein hartes Stück Arbeit, aber sie schafften es, ihn in die Eingangshalle zu bringen, und überlegten dann einige Minuten lang, was sie tun sollten. Schließlich kamen sie zu dem Schluss, dass es keine guten Optionen gab.

»Wir werden uns morgen früh etwas einfallen lassen, denke ich«, sagte Rosemary. »Es ist schon weit nach Mitternacht, warum schläfst du nicht ein wenig?

»Was? Mit ihm hier unten?«, fragte Athena. »Das glaube ich nicht. Das ist mir zu unheimlich.«

»Nun, lass uns eine Tasse Tee trinken, um unsere Gedanken zu ordnen, und vielleicht fällt uns dann etwas Brillantes ein.«

Brillanz war nicht von Nöten. Als Rosemary und Athena auf der Fensterbank saßen und an ihrem Tee nippten, hörten sie ein Husten aus der Lobby. Als sie nachsahen, hatte sich Wachtmeister Perkins vom Boden erhoben und schien zu erröten, als ob er sich ganz schön blamiert hätte. Er bedankte sich für den schönen Abend und ging, wobei er den ganzen Vorfall von vorhin scheinbar vergessen hatte.

Rosemary seufzte erleichtert und sah dann leicht besorgt aus. »Meinst du, er kann noch fahren? Er wirkte vorhin ein bisschen beschwipst.«

»Was? Er?«, fragte Athena. »Er hat den ganzen Abend nur ein kleines Glas Sherry und ein weiteres Glas Rotwein getrunken. So ein Leichtgewicht.«

»Vielleicht war die Trunkenheit nur gespielt«, schlug Rosemary vor. »Die Leute erzählen einem wahrscheinlich alle möglichen seltsamen Dinge, wenn sie denken, dass man zu betrunken ist, um sich zu erinnern.«

»Glaubst du, er ist ein Doppelagent?«, fragte Athena. »Er könnte zur

Blutstein-Gesellschaft gehören und nur so tun, als würde er gegen sie ermitteln. Vielleicht ist seine Idiotie nur gespielt.«

»Könnte sein«, sagte Rosemary. »Und was ist mit dem Jungen?«

»Wer, Finnigan?«, fragte Athena und rieb sich die Augen.

»Genau der«, sagte Rosemary. »Findest du es nicht verdächtig, wie er auftaucht und dann einfach verschwindet? Er könnte einer von ihnen sein.«

»Mama«, sagte Athena und runzelte die Stirn. »Fang jetzt nicht damit an.«

»Im Ernst«, sagte Rosemary. »Der Junge ist ein faules Ei, das kann ich dir sagen.«

»Er ist überhaupt kein Ei«, brummte Athena, aber sie waren beide zu müde, um sich richtig darüber zu streiten.

»Er hat versucht, dich wegzulocken«, sagte Rosemary halbherzig, während sie die Haustür überprüfte, um sicherzugehen, dass sie verschlossen war. »Ich wette, er hat versucht, dich zu entführen. Ist er etwa ein Gestaltwandler?«

Ein seltsamer Ausdruck trat in Athenas Augen, der Rosemary mehr beunruhigte, als ihr lieb war.

»Mach dich nicht lächerlich«, sagte Athena.

»Woher wusste er überhaupt, dass er zum Abendessen kommen sollte?«, fragte Rosemary. Sie nahm ihre Ohrringe heraus und gähnte.

»Ich habe ihn eingeladen, weißt du noch? Du hast gesagt, ich könnte. Ich habe ihm eine SMS geschickt, aber er hat nicht geantwortet.«

»Unzuverlässig, oder zu sehr damit beschäftigt, gegen uns zu intrigieren?«

»Da liegst du falsch«, sagte Athena. »Ich habe eine gute Menschenkenntnis.«

»Ja, das dachte ich von mir auch, bevor ich deinen Vater kennenlernte.«

»Siehst du, es geht eigentlich nur um dich und deine fragwürdigen Lebensentscheidungen«, sagte Athena. »Mein Gehirn ist kaputt. Ich brauche. Schlaf.« Sie schlenderte wie ein Zombie die Treppe hinauf, dicht gefolgt von ihrer ebenfalls erschöpften Mutter.

Rosemary schlüpfte in ihren Pyjama und legte sich ins Bett. Als sie einschlief, flackerte in ihrem Kopf eine Verbindung auf.

Despina! erkannte sie. *Es war Despina, die dasselbe Emblem auf ihrem*

Abzeichen trug, als sie das erste Mal zur Tür gekommen war. Sie muss versucht haben, uns eine Botschaft zu senden – um uns zu zeigen, wie mächtig sie ist, auch wenn wir keine Ahnung hatten.

»Ich wusste, dass man ihr nicht trauen kann. Immobilienmakler machen nur Ärger«, murmelte Rosemary vor sich hin, während sie sich aufrappelte und eilig eine Notiz schrieb, damit sie es auf keinen Fall vergaß. Nach all dem schlief sie wie ein neugeborenes Baby – das heißt, sie schlief unruhig und wachte mehrmals in der Nacht auf – aber wenigstens bekam sie ein wenig Schlaf.

KAPITEL

SIEBENUNDZWANZIG

Rosemary wachte durch Klirren in der Küche auf.

Die Sonne stand schon hoch am Himmel, und obwohl sie dankbar war, dass sie hatte ausschlafen können, war ihr ganzer Körper mit einem bleiernen Gewicht des Grauens erfüllt. Sofort schleppte sie sich aus dem Bett.

Athenas Bett war leer. Rosemary eilte erschrocken die Treppe hinunter, wo sie ihre Tochter vorfand, die Pfannkuchen auf dem Herd machte.

»Du hast mich fast zu Tode erschreckt!«, sagte Rosemary.

»Dann sei doch nicht so paranoid«, erwiderte Athena.

»Habe ich etwa kein Recht, paranoid zu sein, nach allem, was in letzter Zeit passiert ist?«, fragte Rosemary, die sich an den Tisch setzte und sich einen Tee einschenkte. Sie war immer noch damit beschäftigt, die Ereignisse des vergangenen Tages zu verarbeiten. Eine bestimmte Erinnerung, die ihr wieder einfiel, reichte aus, um sich vor Lachen am Tee zu verschlucken.

»Was ist los?«, fragte Athena.

Rosemary hustete und versuchte, ihre Nebenhöhlen freizubekommen. »Ach nichts«, antwortete sie. »Wusstest du, dass Liam und Sherry Cousins sind?«

»Ekelhaft!« Athena rief. »Ich wusste ja, dass dies eine kleine Stadt ist, aber das ist widerlich!«

»Nein«, sagte Rosemary. »Nicht so. Sie sind nicht zusammen.«

»Woher weißt du das?«, fragte Athena.

Rosemary schwieg einen Moment und dachte an das Gespräch zurück, das sie im Stillen mit Liam geführt hatte.

»Er hat dich um ein Date gebeten!«, rief Athena von der anderen Seite der Küche.

»Woher weißt du das?«, fragte Rosemary. »Du kannst nicht so gut im Raten sein.«

Athena errötete. »Ich habe es irgendwie ... in deinem Kopf gespürt.«

»Wie unhöflich! Lass einer Frau etwas Privatsphäre!«, sagte Rosemary. »Moment mal – wie um alles in der Welt ...?«

Athena lächelte ihre Mutter mit einem leicht schuldbewussten Ausdruck an. »Ich glaube, meine Kräfte machen sich bemerkbar.«

Rosemary stand vom Tisch auf und umarmte ihre Tochter fest, dann trat sie zurück und kniff ihr in die Wangen. »Meine kleine Hexe ist ganz erwachsen.«

»Halt die Klappe, Mama!«, beschwerte sich Athena und schob Rosemary von sich.

Lass mich doch vielleicht einfach mal was versuchen.

»Was versuchen?«, fragte Rosemary.

»Oh, mein Gott! Es hat funktioniert!«

»Was hat funktioniert?«, fragte Rosemary.

Ich habe das eben nur in meinen Gedanken gesagt.

»Hast du?«

Siehst du, meine Lippen bewegen sich nicht.

»Wow!«, sagte Rosemary. »Warte, lass mich mal versuchen.« *Bananen sind rosa,* dachte sie.

»Sie sind eher gelb«, sagte Athena.

»Es hat geklappt!«, jubelte Rosemary. »Ich habe telepathische Kräfte!«

»Nein. Die habe ich«, sagte Athena. »Ich kann deine Gedanken lesen. Ich glaube nicht, dass du meine lesen kannst.«

Rosemary hielt inne und versuchte, sich auf Athenas Gedanken zu konzentrieren. »Wenn du nicht gerade an nichts denkst, funktioniert meine Telepathie also doch nicht!«

»Vielleicht hast du sie nicht«, sagte Athena und zuckte mit den Schultern.

»Das ist nicht fair«, sagte Rosemary, dann musterte sie Athena mit zusammengekniffenen Augen.

»Nicht dieser Blick. Warte, bist du besorgt oder misstrauisch?«

»Beides«, sagte Rosemary, deren Gedanken angesichts der neuen Enthüllung rasten. »Erstens, geht es dir gut? Meinst du, das könnte gefährlich sein?«

»Mir geht es gut«, sagte Athena und spielte die Situation eindeutig herunter, um die Ängste ihrer Mutter zu beruhigen.

»Ich nehme dich beim Wort, jedenfalls im Moment«, sagte Rosemary. »Aber zweitens: Du hast das vor mir geheim gehalten, nicht wahr? Wann hat das alles angefangen?«

Athena senkte ihren Blick auf die Pfannkuchen und konzentrierte sich darauf, einen zu wenden, dann murmelte sie. »Eigentlich fing es an, als ich Finnigan kennenlernte.«

»Was! Nicht er schon wieder. Ich habe dir doch gesagt, dass er verdächtig ist«, sagte Rosemary. »Ich kann nicht glauben, dass du mir das nicht gesagt hast. Das ist doch schon Tage her!«

»Zuerst dachte ich, es wäre nur er, den ich lesen konnte und der meine Gedanken hörte. Er sagte, wir seien irgendwie gleich.«

»Beide Telepathen, was?«, fragte Rosemary und fühlte sich noch mehr beunruhigt.

»Ich denke schon«, sagte Athena. »Deshalb haben wir uns auch so schnell angefreundet. Aber ich habe nie die Gedanken der anderen gehört, jedenfalls nicht deutlich.«

»Aber du hast etwas gehört?«

»Ja ... aber es war verschwommen, wie Gemurmel oder Töne, aber nichts, was klar genug war, um es zu verstehen. Ich fühlte mich ein bisschen verrückt, als wäre mein Kopf ein rauschendes Radio, das alles Mögliche empfängt, aber keinen Sinn ergibt. Gestern Abend, nachdem du mich umarmt hast, wurde es ein bisschen klarer, aber es ist immer noch sehr nervig.«

»Und warum hast du mir das nicht gesagt?«

»Du hattest schon genug um die Ohren, ohne dich auch noch um eine Tochter kümmern zu müssen, die den Verstand verloren hat«, sagte Athena. »Ich wollte dich nicht beunruhigen.«

»Oder von deinen privaten Interaktionen mit einem Jungen berichten!«

»Oder das«, gab Athena zu und ging mit einem großen Teller Pfannkuchen zum Tisch hinüber.

Rosemary seufzte, nahm einen Pfannkuchen, drückte den Saft einer Zitronenscheibe darüber und bestreute ihn dann auf traditionelle Weise mit braunem Zucker. Dann rollte sie ihn zusammen und verschlang ihn, so wie sie es immer tat.

»Die sind wirklich gut. Danke«, sagte Rosemary.

»Du bist sauer, nicht wahr?«, sagte Athena.

»Nur ein bisschen. Du weißt, dass ich wissen will, was bei dir los ist.«

»Ja – und du willst auch immer wissen, wo ich gerade bin. Das wird ein bisschen viel, Mama. Du erdrückst mich.«

»Es ist gefährlich hier!«, beharrte Rosemary.

»Na und? Die Welt ist ein gefährlicher Ort und ich bin ein Teenager. Ich brauche meine Freiheit.«

»Gib mir einen Moment Zeit, mich daran zu gewöhnen, okay?«, sagte Rosemary. »Ich weiß erst seit einer Woche von Magie und all dem anderen gruseligen Zeug. Es wird eine Weile dauern, bis ich dich allein im Wald herumlaufen lasse.«

»Du bist diejenige, die im Wald spazieren gehen sollte«, erinnerte Athena sie. »Um mit deinem inneren Ich zu chillen und so.«

»Erinnere mich nicht daran!«

»Du solltest es aber wirklich tun«, sagte Athena. »Es ist die einzige Spur, die wir im Moment haben, und die Lage sieht düster aus. Was glaubst du, wer für all das verantwortlich ist? Und sag bloß nicht Finnigan!«

Ein Klopfen ertönte an der Haustür.

Rosemary öffnete und stellte fest, dass niemand in Sicht war. Auf der Türschwelle lag eine rosa Karte.

Despina!

Rosemary erinnerte sich plötzlich an ihre Erkenntnis vom Vorabend. Sie eilte die Treppe hinauf, um ihr hastiges Gekritzel zu überprüfen.

»Geht es dir gut?«, fragte Athena, die immer noch am Tisch saß, als Rosemary die Treppe wieder hinunterstapfte.

»Es ist Despina!«, rief Rosemary.

»Die Immobilienmaklerin? Bist du schon wieder voreingenommen?«

»Nein. Es ist mir gestern Abend eingefallen. Despina trug eine seltsame Brosche, als ich sie zum ersten Mal traf. Sie hatte genau dasselbe Muster wie das auf dem Siegel!«

»Wirklich?«, sagte Athena. »Wenn das stimmt, warum sollte sie dann das Wappen der Blutstein-Gesellschaft in der Öffentlichkeit tragen? Wäre das nicht zu offensichtlich?«

»Nicht, wenn es ein supergeheimes Logo ist!«, sagte Rosemary. »So geheim, dass Oma es verstecken und uns dumme Hinweise geben musste. Vielleicht ist sie auch nur so selbstbewusst, weil sie in der obersten Liga der Gesellschaft mitspielt. Sie braucht sich nicht zu verstecken, weil sie so mächtig ist. Sie hat uns eine Botschaft geschickt, aber wir haben sie du dem Zeitpunkt nicht verstanden.«

»Stimmt«, sagte Athena. »Ich konnte nichts über sie im Internet finden, nicht einmal ihr dummes Logo, was bedeutet, dass das Tragen dieses Logos nur eine Botschaft an Leute sendet, die in der Gesellschaft sind oder bereits von ihr wissen. Wenn sie die Anführerin ist, kann sie so dreist sein, wie sie will.«

»Und sieh mal – diese rosa Pappkarte wurde einfach an der Tür hinterlassen. Fällt dir eine einzige andere Person ein, die so etwas tun würde?«

»Ähm ...«, sagte Athena.

»Nein! Siehst du. Ich hab's doch gesagt! Despina ist furchtbar. Ihre arme kleine Nichte. Stell dir vor, du müsstest dich mit solch einer Tante herumschlagen.«

»Was steht denn auf dem Zettel, Nancy Drew?«, fragte Athena.

Rosemary öffnete die Karte und las sie.

»Oh, nein!« Sie verzog das Gesicht.

»Was?«

»Oh, nein, nein, nein!«

»Mama?«

»Das Frühlingsfest!«

»Ich dachte, wir hätten beschlossen, es ausfallen zu lassen, bei all dem, was hier los ist«, sagte Athena.

»Lies das«, sagte Rosemary und hielt ihr den Zettel hin.

Wir sehen uns auf dem Imbolc-Fest ... sonst werden dort alle verbrennen!

• • •

»Nun, das ist offensichtlich eine Falle«, sagte Rosemary. »Darauf falle ich auf keinen Fall herein. Immobilienmakler sagen mir nicht, was ich zu tun habe, und Geheimbundführer erst recht nicht. Und schon gar nicht jemand, der beides ist!«

»Vielleicht weiß sie, dass wir so denken werden«, sagte Athena. »Sonst wäre es zu offensichtlich.«

»Dann denkst du, wir sollten gehen?«, fragte Rosemary. »Sie wird sich einfach ins Haus schleichen und die Magie stehlen!«

»Wenn sie das vorhatte, warum hat sie es dann nicht zu einem anderen Zeitpunkt versucht, als wir unterwegs waren?«, wies Athena darauf hin. »Sie brauchen uns offensichtlich für etwas.«

»Wir müssen gehen!«, sagte Rosemary. »Das wird sie nicht ahnen. Es sei denn, sie denkt, wir würden das denken, und will wirklich, dass wir gehen. Ich hasse es, manipuliert zu werden, wenn ich nicht einmal weiß, in welche Richtung! Lass uns einfach gehen.«

»Und direkt in eine Falle laufen? Außerdem, was sollen wir dort tun? Wir haben doch gar keine kontrollierbaren Kräfte.«

»Wenn sie etwas Schreckliches vorhaben, können wir die Leute warnen – alle aus dem Weg schaffen. Die Kinder werden Teil des Festes sein, erinnerst du dich? Erinnerst du dich an all die jungen, unschuldigen Gesichter? Wenn sie in Gefahr sind, müssen sie beschützt werden.«

»Okay, schön«, sagte Athena. »Lass uns die Kinder retten, aber sag nicht, ich hätte dich nicht gewarnt.«

Rosemary untersuchte das Kästchen auf dem Tisch in der Bibliothek noch einmal. Es sah unschuldig aus, aber es war offenbar mächtig genug, um sich selbst vor jeder anderen Bedrohung zu schützen, die es bisher gegeben hatte. Es lag auf der Hand, dass sie – und die Magie der Familie – sicher sein würden, wenn sie das Haus verließen.

Sie zogen sich eilig an, sprangen in Omas Auto und fuhren zum Stadtplatz. Der ganze Platz war voller Menschen. Die meisten von ihnen trugen Gewänder und hatten Frühlingsblütenzweige dabei. Offensichtlich nahm die ganze Stadt an diesen Veranstaltungen teil.

Nachdem sie geparkt hatten, liefen sie zu dem Kreis auf dem Platz, in dem sich anscheinend alle für das Imbolc-Ritual versammelten.

Rosemary sah sich hektisch nach Verdächtigen um. Sie konnte die kleinen Kinder in ihren kleinen Blütenkostümen sehen, die alle aufgereiht und bereit für den Beginn des Rituals waren. Ferg schien ihnen Anweisungen zu geben, was sie als Nächstes tun sollten.

»Hier drüben«, sagte Rosemary und führte Athena um den Kreis der Menschen herum zu Ferg, der braune Gewänder und einen mit Kirschblüten bedruckten Schal trug.

»Sollen wir Ferg warnen?«, fragte Athena. »Er scheint das Sagen zu haben. Er könnte alle rausholen, wenn Gefahr droht.«

Rosemary sah Ferg misstrauisch an. »Nein. Wir müssen ihn im Auge behalten.«

»Hast du ihn im Verdacht?«, fragte Athena.

»Nun, Wachtmeister Perkins hat das.«

»Ich bin mir nicht sicher, ob das ein ausreichender Grund ist«, sagte Athena. »Außerdem, sollten wir nicht die Leute warnen?«

»Wir ändern den Plan«, sagte Rosemary. »Lass uns unauffällig sein. Halte einfach Ausschau nach allem, was verdächtig ist.«

»Ah!«, sagte Ferg und drehte sich zu ihnen um. »Perfektes Timing. Meine Frühlingsmädchen!«

»Ihre was, jetzt?«, fragte Rosemary.

»Sie sind nicht gerade für den Anlass gekleidet«, sagte Ferg und betrachtete ihre Jeans und dunklen Mäntel. »Aber es wird schon irgendwie passen. Hier!«

Er hielt ihr zwei Blumenkränze hin, die mit Bändern und Frühlingsblüten verziert waren.

»Was ...?«, fragten Rosemary und Athena beide.

»Setzen Sie sie auf und gehen Sie zu den Kindern. Sie brauchen nichts zu sagen – gehen Sie einfach um den Kreis herum, wenn es Zeit ist. Die Kinder wissen, was zu tun ist.«

Rosemary versuchte zu widersprechen, aber Ferg bestand darauf, und außerdem hatte sie den Eindruck, dass sie das Ritual vom Inneren des Kreises aus besser beobachten konnten, also gab sie auf und stimmte zu, obwohl Athena sie anfunkelte.

Sie setzten die Blumenkränze auf und traten zwischen die Reihen der Kinder in den Kreis.

»Ich komme mir lächerlich vor!«, zischte Athena.

»Willkommen in meiner Welt«, sagte Rosemary. »Ich fühle mich oft so.«

»Wenn du Ferg gegenüber misstrauisch bist, warum tust du dann, was er sagt?«

»Ich misstraue vielen Leuten«, sagte Rosemary. »Ich weiß nicht, wer Despina hilft, aber sie ist eindeutig die Anführerin. Außerdem hat er recht. Es ist viel einfacher, alles von hier drinnen zu sehen.« Sie blinzelte in die Menge und versuchte, die Maklerin unter den vielen Gesichtern zu entdecken, aber sie war nicht zu sehen.

»Es müssen über zweihundert Leute hier sein!«, sagte Athena. »Die können doch nicht alle in den Geheimbund eingeweiht sein, sonst wäre es ja kein Geheimnis.«

»Für mich sehen sie alle ziemlich unschuldig aus. Halt nur nach der Immobilienmaklerin oder etwas Zwielichtigem Ausschau«, sagte Rosemary.

Die Menge verstummte, als das Ritual begann. Rosemary spürte, wie sich eine Art Stille um sie herum ausbreitete, eine Art Friedlichkeit. Vor ein paar Wochen hätte sie noch angenommen, dass sie sich das nur einbildete, aber jetzt war sie sich sicher, dass es Teil der Magie des Rituals war, der Kraft, die in der Luft über der Stadt zu hängen schien. Obwohl sie immer gewusst hatte, dass Myrtlewood etwas Besonderes war, war sie sich der Magie der Stadt noch nie so bewusst gewesen wie jetzt. Sie konnte es fast sehen, das Funkeln in der Luft, das Schimmern, als eine leichte Brise um den Kreis peitschte.

Herr June, der einen langen blaugrauen Umhang trug, schritt in die Mitte und wedelte dramatisch mit den Armen in der Luft. Er trug ein Gedicht über das Ende des Winters und den Beginn des Frühlings vor. Trotz seiner Theatralik konnte Rosemary die Wahrheit in seinen Worten spüren, sie fühlte die natürliche Umgebung der Stadt, die bereitwillig dem jahreszeitlichen Wandel wich.

Sie erlaubte sich, kurz die Augen zu schließen und nach etwas in ihrem Inneren zu suchen, nach ihrer Wildheit, den unverbundenen Teilen ihrer selbst, vielleicht sogar nach ihrer Magie.

Herr June verließ das Pult wieder, und drei Frauen traten an seine Stelle, um die neuen Wärmekräfte für das Jahr herbeizurufen und den Segen der Göttin Brigid zu erbitten. Zwei von ihnen hielten Körbe mit Blütenblättern in der Hand, die sie zu verstreuen begannen, während die andere mit einem großen Stab, an dessen Ende ein Amethystkristall befestigt war, umherging und um alle herum einen »Kreis« zog.

Rosemary konnte spüren, wie sich die Energie um sie herum verdichtete und sie näher an die Erfahrung heranführte, während viele im Kreis ihre Worte wiederholten. »Dies ist eine heilige Zeit, dies ist ein heiliger Raum. Ich befinde mich völlig im Hier und Jetzt.«

Rosemary wusste, dass sie nach Gefahren Ausschau halten sollte, aber stattdessen konzentrierte sie sich auf den gegenwärtigen Moment, das Gefühl ihres Körpers und die Energie um sie herum.

Die Frauen traten wieder zurück. Andere Leute, die an den vier Richtungspunkten standen, kündigten an, dass sie die vier Elemente beschwören würden.

»Pass gut auf«, flüsterte Athena.

»Warum, gibt es etwas Verdächtiges?«

»Nein, das ist Elementarmagie. Schon vergessen? Du musst sie lernen.«

Rosemary nahm zur Kenntnis, wie die Richtungen aufgerufen wurden. Luft aus dem Osten fühlte sich leicht und erfrischend an; Feuer aus dem Süden brachte eine brennende Hitze in den Kreis; Wasser aus dem Westen eine kühle, beruhigende Verbindung, und Erde aus dem Norden war stabil und fest.

»Nun«, sagte Ferg und trat vor. »Wir alle wissen, dass man die wärmeren Monate am besten mit einem Tanz einläutet! Die Kinder und die Frühlingsmädchen werden uns bei diesem Tanz anführen! Los geht's!

Rosemary und Athena sahen sich an und schluckten.

»Ähm ...«

»Kommt schon!«, sagte eines der Kinder, ergriff Rosemarys Hand und führte sie und Athena in einen freien und wilden Tanz. Die Kinder begannen zu hüpfen und zu wirbeln. Rosemary, Athena und alle anderen folgten dem Beispiel und ahmten die ungehemmte Art und Weise nach, mit der sich die Kinder drehten und sprangen, so dass sie sich allmählich in einer Spirale zur Mitte des Kreises bewegten.

Das Tanzen machte ungeheuren Spaß. Sogar Athena schien es zu genießen, aber Rosemary hielt die ganze Zeit nach verdächtigem Verhalten die Augen offen. Als die Tänzerinnen und Tänzer die Mitte des Kreises erreichten und sich dann umdrehten, um sich wieder nach draußen zu bewegen, erblickte sie jemanden mit einer dunklen Kapuze – jemand mit einem bedrohlichen Aussehen. Rosemary ergriff Athenas Arm und zog sie in die Richtung der dunklen Kapuzengestalt. Sie folgten ihr, wobei sie sich beim Laufen um einige Dorfbewohner herum ducken mussten.

Die Gestalt bewegte sich auf die Grenzen des Kreises zu.

»Rosemary!«, rief Marjie und umarmte sie fest. »Ich hatte nicht erwartet, dich nach einer so langen und unruhigen Nacht hier zu sehen, aber ich bin so froh, dass du es geschafft hast.«

Rosemary versuchte, Marjies Lächeln zu erwidern, aber ihr Blick blieb genau wie der von Athena auf die Gestalt gerichtet.

»Entschuldigung«, sagte sie und eilte weiter hinter der verdächtigen Gestalt her, bis sie sie in der Nähe des Anwaltsgebäudes aus den Augen verlor.

»Nun, das war eine Sackgasse«, sagte Athena. »Du glaubst doch nicht, dass sie sich einfach in Luft aufgelöst hat, wer auch immer es war?«

»Ich wette, es war Despina«, sagte Rosemary.

Athena seufzte. »Es war zu groß, um Despina zu sein.«

»Dann einer ihrer Spießgesellen.«

»Sieh mal, Mama. Das Ritual geht jetzt zu Ende, ohne dass es zu Zwischenfällen gekommen ist. Den Kindern geht es gut. Du glaubst doch nicht, dass die ganze Sache, uns hierher zu holen, nur ein ...«

»Du hast recht«, sagte Rosemary, während sich das Grauen in ihrem Bauch verdichtete. »Es war eine Dreifachfalle, oder vielleicht auch nur eine ganz normale, alte Falle. Das war alles nur ein Trick, um uns vom Haus wegzulocken!«

»Das dachte ich mir bereits!«, sagte Athena.

»Nun, wenn du dir so sicher warst, hättest du es mir sagen sollen«, erwiderte Rosemary. »Komm schon. Schleichen wir uns davon, bevor noch jemand versucht, mit uns zu plaudern, und kehren wir so schnell wie möglich nach Thorn Manor zurück.«

ACHTUNDZWANZIG

Als Rosemary und Athena sich dem Haus näherten, brauten sich dunkle Gewitterwolken am Himmel direkt über dem Grundstück zusammen, obwohl der späte Nachmittag ansonsten recht klar und sonnig aussah.

Rosemary fuhr die Auffahrt hinauf und sah, dass sich Dutzende von Gestalten mit dunklen Kapuzen und schwarzen Masken, die ihre Gesichter verdeckten, um das Haus versammelt hatten. Die Schatten am Himmel schienen über ihnen zu wachsen und sich auf das Gebiet um das Haus herum auszudehnen. Sie verdunkelten die Sonne und ließen es wie Nacht erscheinen.

»Das ist schlimm«, sagte Rosemary. »Das ist sehr, sehr schlimm. Meinst du, wir können einfach umdrehen und weglaufen?«

»Nein«, sagte Athena. »Ich glaube, das können wir schon lange nicht mehr.«

Rosemarys Herz raste, als sie die Wahrheit erkannte. Wenn sie jetzt weglief, würde sie nur noch mehr Probleme bekommen, und das war ärgerlich, denn wegrennen war ihr bei weitem die liebste Option. Sie fuhr weiter und überholte einige der Gestalten, die sich daraufhin umdrehten und sie beobachteten, als das Auto näher an Thorn Manor heranfuhr.

»Mama … was machst du da?«, fragte Athena, und in ihrer Stimme schwang Angst mit.

»Du hast Recht«, sagte Rosemary. »Ich muss mich der Sache direkt stellen. Bleib im Auto. Ich werde versuchen, mit ihnen zu reden.«

»Ich glaube nicht, dass sie zum Reden hier sind, Mama. Außerdem ist es sicherer, wenn ich mitkomme, um zu verhindern, dass du in ein Fettnäpfchen trittst«, sagte Athena.

»Nicht in einer Million Jahren, Kind«, sagte Rosemary. »Du bleibst genau hier. Wenn es mit Reden nicht klappt, dann ist es wenigstens wahrscheinlicher, dass die Familienkraft einsetzt und mir Superkräfte verleiht, je näher ich dem Haus komme.«

Sie stieg aus dem Auto aus und zitterte sowohl vor der Kälte in der Luft als auch vor der Angst, die ihr eine Gänsehaut über die Haut an den Armen jagte. Als sie sich dem Haus zuwandte und versuchte, die Fassung zu bewahren, begannen die vermummten Gestalten mit leiser Stimme Worte in einer Sprache zu rufen, die Rosemary nicht verstand. Sie vermutete, dass es Altgriechisch oder vielleicht Ägyptisch war.

»Hallo!«, rief Rosemary und versuchte, fröhlich zu klingen, um die angespannte und ängstliche Atmosphäre zu mildern. »Ähm, ist Despina hier irgendwo? Ich würde gern ein paar Worte mit ihr wechseln …«

Ein dunkler, wirbelnder Strudel erschien über dem Haus, als sei er durch den Gesang herbeigerufen worden. Rosemary sah entsetzt zu, wie ein gewaltiges, schattenhaftes Ungeheuer aus dem Wirbel auftauchte. Es hatte die Form eines riesigen keltischen Drachens. Seine Schuppen glitzerten golden und rot, während er am Himmel kreiste, und dann, als er Rosemary direkt ansah, flog er direkt auf sie zu!

Rosemary drehte sich zum Auto zurück und sah den entsetzten Gesichtsausdruck ihrer Tochter, der ihren eigenen widerspiegelte.

»Athena! Lauf!«

Athena schoss aus dem Auto, und beide rannten in den Wald, der das Haus umgab, sprangen über Brombeerranken und wichen durch Gestrüpp aus. Die vermummten Gestalten waren ihnen dicht auf den Fersen – sie jagten sie durch die Bäume. Rosemary versuchte, Athena im Auge zu behalten, während sie rannten, obwohl das bei all den Hindernissen, die sich ihnen in den Weg stellten, eine schwierige Aufgabe war.

Rosemary kreischte auf, als ein Vogel vom Himmel stürzte, sich mitten im Flug in einen Kapuzenmann verwandelte und auf dem Boden in eine geschmeidige Hocke fiel.

»Wir treffen uns wieder«, sagte der Mann und schob seine Kapuze zurück, so dass sein vernarbtes Gesicht zum Vorschein kam. Rosemary erkannte ihn als den Krähenmann, der ein paar Nächte zuvor bewusstlos im Haus aufgetaucht war. Verikus.

Athena warf ihrer Mutter einen erschrockenen Blick zu, als das Geräusch von Schritten immer näher kam.

»Dafür habe ich jetzt keine Zeit«, sagte Rosemary.

»Mama, duck dich!«, rief Athena. Rosemary warf sich gerade noch rechtzeitig auf den Boden, als Athena eines ihrer selbstgemachten Zaubermittel, die sie in ihren Taschen versteckt hatte, in Richtung Verikus schleuderte, der laut aufschrie, als eine graue Rauchwolke aus dem Zauber auf stieg und Federn durch die Luft fliegen ließ.

»Gut gemacht«, sagte Rosemary, während sie weiterliefen. Es blieb keine Zeit, um anzuhalten und den Schaden zu begutachten, denn der Rest der Blutstein-Gesellschaft war ihnen immer noch dicht auf den Fersen.

Rosemary war fast aus der Puste. Sie versuchte, ihre Tochter im Auge zu behalten, aber Athena war zu schnell. Sie verschwand in einem dichten Gebüsch.

Hier durch!

Rosemary hörte Athenas telepathischen Ruf. Sie schoss durch das Gebüsch und fand nur eine kleine Lichtung vor.

Athena war nirgends zu sehen, auch nicht die Kapuzenwesen.

»Athena!«, rief Rosemary und schwieg dann, um nicht noch mehr Aufmerksamkeit zu erregen. Ihr Herz pochte so heftig in ihrer Brust, dass sie das Gefühl hatte, es würde ihr direkt in den Hals springen.

Sie sah sich auf der Lichtung um, unsicher, in welche Richtung sie gehen sollte. Ein Weg zwischen den Bäumen schien heller zu sein, als würde er irgendwie leuchten.

Ich werde das als Zeichen nehmen.

Rosemary folgte dem Pfad, der sich durch die Bäume schlängelte, während sie nach ihrer Tochter Ausschau hielten, weil sie befürchtete, dass sie vom Feind entführt worden war. Sie hoffte inständig, dass es Athena gut ging. Zuerst rannte sie schnell, dann wurde sie langsamer, als sich die Luft ungewöhnlich anfühlte – leichter und dichter zugleich, als würde sie mehr Energie transportieren, aufgeladen mit magischer Energie.

Je weiter Rosemary auf dem Weg vorankam, desto heller schien die Luft um sie herum zu werden, als würde sie selbst leuchten. Golden.

Dies ist ein besonderer Ort, erkannte sie. *Einer von Omas besonderen Plätzen im Wald.*

Am Ende des Weges befand sich eine weitere kleinere, kreisförmige Lichtung mit einem großen Felsbrocken in der Mitte, auf dem man gut sitzen konnte.

Rosemary hockte sich auf den Felsen. Sie atmete tief ein und versuchte, ihre Gedanken zu beruhigen.

Ich muss Athena finden und irgendwie Despina und ihre Spießgesellen aufhalten – in dieser Reihenfolge, aber ich weiß nicht, wie ich das anstellen soll.

Sie schloss die Augen und versuchte, auf Athenas telepathische Stimme zu lauschen – aber da war nur Stille. Stattdessen kam eine Erinnerung an Athena zu ihr zurück, die sie zur Meditation aufforderte.

Nun ja. Was du heute kannst besorgen, das verschiebe nicht auf morgen ..., dachte Rosemary. *Und was kann ich in diesem Moment noch tun?* So viele von Omas Worten deuteten darauf hin, nach innen und letztendlich auf den Wald zu schauen.

Sie setzte sich im Schneidersitz auf den Felsen und schloss die Augen, entspannte sich und atmete, lauschte den Geräuschen um sie herum und ließ zu, dass ihr Verstand leer wurde, und aus dieser Leere fiel sie in die Dunkelheit.

Rosemary fand sich in der Leere wieder. Wie zuvor hielt sie den Kristall in ihren Händen, aber diesmal leuchtete er heller. Sie hielt ihn über ihren Kopf und ließ das Licht auf sich scheinen. Dann hielt sie ihn intuitiv an ihr Herz.

Als sich die kühle, glasige Oberfläche mit ihrer Brust verband, spürte Rosemary, wie sich etwas in ihrem Geist veränderte – eine Öffnung – und mit dieser Öffnung kam eine Flutwelle von Energie – eine Woge von Erinnerungen und Gefühlen; die Zeit ihrer Kindheit, in der sie einen leuchtend roten Filzumhang trug und Oma im Wald auf dem besonderen Pfad folgte, während Molly, die Katze, stoisch hinter ihnen herlief; Kräuterkunde lernen, in der Küche Zaubertränke mischen, die Kräfte der Natur beschwören; im Wasser spielen, im Meer und in den Flüssen, mit dem Wind tanzen; vorsichtig die heiligen Feuer entzünden, auf dem Felsen liegen, auf dem sie jetzt saß, und sich mit der Erde verbinden.

Oma hatte Recht – ich weiß das alles. Ich habe als Kind alles an elementarem Training gemacht, was ich brauchte.

Sie spürte ein starkes Gefühl der Entwirrung in ihrer Brust.

Was auch immer sie vor all den Jahren in Stücke gerissen und gebunden hatte, um sie auseinanderzuhalten, löste sich. Sie lehnte sich in das Gefühl hinein, als würde sie einen Schatz auspacken, der tief in ihrem Inneren vergraben war.

Zu ihrer großen Befriedigung sprangen die ungleichen Teile wie Magnete zusammen.

Aus ihrem Inneren kam eine Zielstrebigkeit, ein tiefes Wissen. Sie war immer noch das wilde kleine Mädchen, das im Regen tanzte, obwohl die Welt alles getan hatte, um ihr die Freude und Freiheit auszutreiben. Sie hatte es satt, ein Opfer zu sein, dem Schicksal blind ausgeliefert, und jetzt verstand sie, dass sie das nicht sein musste. Nicht mehr. Es war an der Zeit, aufzuwachen und die Kontrolle über ihr Leben zu übernehmen. Es dämmerte Rosemary, dass sie eine große Macht freisetzte – noch nicht die alte Familienmagie, sondern ihre eigene Macht, die sorgfältig mit ihr gebunden worden war.

Sie holte sich einen Teil von sich selbst zurück, der ihr genommen worden war, und damit fielen alle Mauern und Blockaden der Unsicherheit in ihr. Rosemary verband sich mit ihrem eigenen kraftvollen Vertrauen – ihrem wahren Selbst.

Eine riesige Welle von Licht strömte aus ihr heraus. Vor ihrem geistigen Auge strömte sie über das umliegende Land, groß und mächtig, fegte die Schatten weg und klärte den Himmel.

Der Drache bäumte sich auf. Rosemary konnte ihn über ihrem Körper spüren, wie er sie suchte, so wie sie ihn am Himmel beobachtete. Er umkreiste das Haus und flog dann über den Wald, um auf die Lichtung zu stürzen, auf der sie saß.

Oh, nein, das tust du nicht.

Von ihrem Aussichtspunkt aus sammelte sie die Energie um sich herum, die Lebenskraft des Waldes, das Summen der Magie von Thorn Manor, den neuen Puls der Macht in ihr. Indem sie all das zusammenfügte, konnte Rosemary ihre Verbindung zu Athena spüren, fühlen, wie ihre Tochter mit ihrem Geist nach ihr griff und sich mit ihrer eigenen Energie verband.

Rosemary zog all diese Kräfte zu einem mächtigen Energieball zusammen und schleuderte ihn mit all ihrer mentalen Kraft auf den Drachen.

Eine Energiewelle schoss durch die Luft und ließ Rosemary in ihren Körper zurückschnellen. Sie öffnete die Augen und hob die Arme über ihren Kopf. Über ihr leuchtete das Licht hell durch die Bäume. In den Wolken darüber schwebte eine weibliche Gestalt, die Rosemary irgendwie an die Frühlingsgöttin Brigid erinnerte. Rosemary lächelte, und obwohl sie sicher war, dass es sich wahrscheinlich um eine Illusion handelte, sprach sie vorsichtshalber ein stilles Gebet.

Danke für deine Segnungen, Göttin.

Als Rosemary ihre Arme sinken ließ, schienen die Bäume um sie herum ehrfürchtig zu murmeln und mit ihren Blättern zu rascheln.

Sie stand auf und glühte vor Energie. Sie konnte Athenas Gegenwart jetzt spüren und wusste genau, wo sie zu finden war. Rosemary ging den Waldweg zurück und steuerte direkt auf das Haus zu. Die Bäume schienen sich für sie zu teilen, denn es gab nicht ein einziges Hindernis auf ihrem Weg, als sie sich mit einem Aufflackern von Gold in ihren Augen Thorn Manor näherte.

NEUNUNDZWANZIG

Alles war still, als Rosemary sich dem Haus näherte. Der Himmel über ihr hatte sich aufgeklärt, und von den schwarz gekleideten Wesen oder der Bestie war nichts mehr zu sehen. Es gab nicht einmal Vögel oder Insekten. Die Energiewelle aus Rosemarys Geist hatte sie wirklich alle weit weggefegt, genau wie sie es sich vorgestellt hatte.

Auch von Athena gab es keine Spur. Rosemarys Herz schlug wie eine Trommel in ihrer Brust. Sie war fest entschlossen, sie zu finden. Mit ihren magisch verstärkten Sinnen konnte sie erkennen, dass ihre Tochter irgendwo im Haus war – von den Blutstein-Schergen entführt, um sie als Druckmittel einzusetzen.

Rosemary trat durch die Vordertür ein. Das Haus fühlte sich fast leer an. Unheimlich. Aber sie spürte die Anwesenheit ihrer Tochter und noch etwas anderes, das ihr die Nackenhaare zu Berge stehen ließ.

Mama! Geh weg! Es ist eine Falle!, ertönte Athenas Stimme in Rosemarys Kopf.

Rosemary ging direkt in die Bibliothek und fand Athena dort auf dem Stuhl hinter dem Schreibtisch sitzend, die Handgelenke an die Armlehne gefesselt. Rosemary fühlte zu gleichen Teilen Erleichterung darüber, dass es Athena gut zu gehen schien, und Entsetzen darüber, dass jemand sie auf diese Weise gefesselt hatte, aber beide Gefühle wurden schnell von einer gerechten Wut überlagert.

»Was machst du denn hier?«, schrie Athena. Tränen liefen ihr über die Wangen. »Ich hab gesagt, du sollst weggehen!«

»Ich lasse dich nicht allein«, sagte Rosemary.

»Verstehst du denn nicht? Sie hat dich genau da, wo sie dich haben will ...«

Athenas Worte verstummten, als Schritte vor der Tür zu hören waren.

Rosemary spannte sich an, immer noch durchdrungen von ihrer neu freigesetzten Magie, aber vorsichtig.

Die Tür öffnete sich, und die kleine Geneviève kam herein, gekleidet in einen silbernen Hosenanzug, das Haar zu einem strengen Dutt zurückgebunden.

Rosemary stieß den Atem aus, den sie angehalten hatte. »Geht es dir gut?«, fragte sie. »Hast du dich verlaufen? Kannst du mir sagen, wo deine Tante ist?«

»Mama!«, sagte Athena. »Sie ist ...«

»Hör auf damit«, sagte Geneviève mit tiefer, kiesiger Stimme. »Ich bin sechstausend Jahre alt, und ich habe es satt, wie ein Kind behandelt zu werden.«

Rosemary war fassungslos. »Du bist ein ...«

»Ein Vampir, natürlich«, sagte Geneviève. »Ich dachte, das wüsstest du trotz deiner Dummheit bereits. Ich muss zugeben, dass es mich überrascht hat, als du mich mit blutverzaubertem Essen gefüttert haben. Ich nehme an, das war nur Marjie, die dafür gesorgt hat, dass alles reibungslos abläuft. Keiner von euch wusste, dass ich andere Pläne hatte.«

»Du ...?«

»Die Magie im Haus machte es bereits unbeständig. Ich habe ihr nur einen kleinen Schubs gegeben, um diesen Wirbel zu erzeugen. Ich musste all diese Leute loswerden und dich wieder auf den rechten Weg bringen, um die Magie zu lösen«, sagte die sehr kleine, sehr jung aussehende, sehr alte Person.

»Du kannst zaubern?«, fragte Rosemary.

»Die Anführerin der Blutstein-Gesellschaft zu sein, hat einige Vorteile.«

»Die Anführerin? Das warst wirklich du, die das alles eingefädelt hat!«, fragte Rosemary entgeistert.

»Ja, ich denke, das haben wir nun zur Genüge besprochen«, sagte Geneviève und klang gelangweilt. »Du hast genau das getan, was ich von dir erwartet habe. Alles läuft genau so, wie ich es mir vorgestellt habe. Jetzt gib mir die Kiste oder das Mädchen stirbt.« Sie deutete mit dem Finger auf Athena, die erschauderte.

»Nein, Mama. Tu es nicht.«

»Ich glaube, du irrst dich«, sagte Rosemary. »Es ist nur eine gewöhnliche Truhe. Mach schon. Heb sie auf und sieh selbst.«

»Netter Versuch«, sagte Geneviève. »Ich wusste ganz genau, dass die Truhe im Salon eine Fälschung war.«

»Du hast sie also nicht gestohlen?«, fragte Rosemary.

»Nein, natürlich nicht. Das wäre dumm und sinnlos gewesen. Ich weiß alles über dieses Kästchen, und ich weiß, dass du die Einzige bist, die es anfassen kann.«

»Nur, dass ich es nicht kann«, sagte Rosemary. »Jedes Mal, wenn ich sie berühre, werde ich an einen anderen Ort transportiert.«

»Versuch es noch einmal«, wies Geneviève an. »Ich glaube, jetzt, wo du deine eigene Magie richtig entfesselt haben – wozu dieser Drachentrick gedacht war –, wird es funktionieren.«

»Das war nur eine Illusion?«, fragte Rosemary.

»Oh nein«, sagte Geneviève. »Es war eine Manifestation der Blutstein-Macht – die viel größer und gewaltiger ist, als du es dir vorstellen kannst.« Ihr Gesichtsausdruck war gerissen, und ihr Tonfall kalt und ungeduldig. »Du solltest also große Angst haben und tun, was ich sage. Wenn du jetzt das Kästchen aufhebst und es mir reichst – und mir damit offiziell die Magie der Familie Thorn übergibst –, lasse ich euch hier in Ruhe verrotten.«

Es klang sehr nach einem ziemlich leichtfertigen Geschäftsabschluss.

»Ähm ...« sagte Rosemary.

»Nein! Mama! Tu's nicht!«, schrie Athena.

»Halt die Klappe, Süße«, sagte Geneviève und deutete mit dem Finger drohend auf Athena.

»Ich habe dich von Anfang an nicht leiden können«, sagte Athena und funkelte sie an. »Mama, was auch immer du tust, hör nicht auf sie.«

»Rosemary«, sagte Geneviève mit einem scharfen Ton in der Stimme. »Tu genau, was ich sage, wenn du willst, dass deine Tochter am Leben bleibt.«

»Du erwartest, dass ich deinem Wort vertraue, nachdem du meine Großmutter getötet hast?«, fragte Rosemary, während widersprüchliche Wut und der Drang nach Rache mit Angst und dem absoluten Bedürfnis, Athena zu beschützen, aufeinandertrafen.

»Was für eine Wahl hast du denn?«, fragte Geneviève. »Klar, ich gebe es zu. Ich habe die alte Fledermaus getötet. Es hat Jahre der Planung gebraucht, und es war schwer, sie überhaupt aufzuspüren, aber wenn ich mir etwas vornehme, dann schaffe ich es auch. Immer. Es ist nicht leicht, in einem so jungen Körper gefangen zu sein. Niemand nimmt mich ernst, aber es hat auch seine Vorteile. Ich habe eine Spur gelegt, um sie auf die falsche Fährte zu locken. Sie wusste, dass jemand hinter ihr her war, und ich wusste, dass sie meine »Tante« verdächtigte, genau wie du. Ich habe darauf geachtet, meine wahre Identität durch Magie zu verschleiern, damit sie mich nicht verdächtigt. Und als ich eines Abends verstört und mit verfilztem Haar auftauchte, ließ sie mich herein und machte mir eine Tasse Tee. Als sie mir den Rücken zudrehte, stellte ich ihr eine Falle. Ich hatte den ganzen Clan mitgebracht, um sicherzustellen, dass sie keine Chance hatte, die Oberhand zu gewinnen. Sie hielt uns eine Weile mit ihrer Magie in Schach, aber am Ende konnten wir sie überwältigen. Mit meinem letzten Schlag habe ich einen bindenden Zauber eingesetzt, damit sie nicht als Geist zurückkommen und über mich oder die Gesellschaft plaudern kann.«

Rosemary nahm einen tiefen Atemzug. »Danke für deine Ehrlichkeit, schätze ich«, sagte sie. »Aber nichts von dem, was du gesagt hast, lässt mich darauf vertrauen, dass du uns am Leben lassen würdest, also warum sollte ich dir das Kästchen geben?«

»Hartnäckig.« Geneviève stieß einen müden Seufzer aus und schmollte. »Deine Oma hätte auch noch leben können, wenn sie nicht so stur gewesen wäre.«

»Das glaube ich nicht, Mama, und das solltest du auch nicht«, sagte Athena. »Tu nichts, was sie sagt.«

»Ich habe nicht den ganzen Tag Zeit«, sagte Geneviève streng. »Das Kästchen, Rosemary. Gib sie mir jetzt, oder das Mädchen wird pulverisiert!«

Der goldene Schimmer blitzte wieder in Rosemarys Augen auf. Nur war Geneviève zu sehr auf das Kästchen fixiert, um es zu bemerken.

Rosemary spürte, wie das Vertrauen in ihre eigene wahre Macht sie in ihrer ganzen schimmernden Wildheit durchströmte, und in diesem Moment wusste sie genau, was zu tun war. Sie ging zum Schreibtisch und hob die Kiste auf, um festzustellen, dass Geneviève tatsächlich recht hatte. Diesmal wurde sie nicht ohnmächtig oder fand sich auf einer anderen Ebene wieder.

Mama ... nein!

Trotz Athenas anhaltendem telepathischen Drängen, sie fallen zu lassen, tat Rosemary es nicht, noch reichte sie sie der sehr jung aussehenden alten Vampirin.

Stattdessen öffnete sie es, angetrieben von der Energie in ihr drin.

Rosemary fand sich in der anderen Welt wieder – aber dieses Mal zu ihren eigenen Bedingungen.

Die Dunkelheit umgab sie immer noch, doch der Lichtkristall, den sie in der Hand hielt, leuchtete viel heller. Der Raum um sie herum war keine vollständige Leere mehr, sondern wurde erhellt und offenbarte schimmernde Höhlenwände ringsum.

Sie wusste instinktiv, wohin sie gehen musste. Zielstrebig schritt sie durch die Höhle und sah die Älteste vor sich stehen.

»Du bist angekommen«, sagte die Älteste, ihr silbernes Haar leuchtete heller und ihre Augen funkelten vor Stolz. Sie gab Rosemary ein Zeichen, vorwärts zu gehen und auf den vertrauten Anblick der dicken dunkelgrünen Ranken zuzugehen, die sich um den riesigen, glänzenden Kristall wickelten.

Diesmal zögerte Rosemary nicht. Selbstbewusst schritt sie vorwärts und stellte sich vor das Zentrum der gebundenen Magie der Familie Thorn. Sie streckte die Hand aus und ergriff selbstbewusst die Hand der Ältesten, während sie ihre andere Hand anhob, um sich mit dem Kristall zu verbinden.

Eine Welle von Licht durchströmte sie.

Du bist bereit, sagte die Macht, leicht und hell in Rosemarys Geist. Sie schloss die Augen und sang die Worte, von denen sie jetzt intuitiv wusste, dass es die waren, die sie die ganze Zeit zu diesem Zweck gelehrt worden waren.

. . .

Komm fort, oh Menschenkind,
*   durch die Wälder der Wildnis.*
*   Spüre das Ziehen tief in dir drin,*
*   Wo Bäume tanzen und singen,*
*   bis sie sterben und fallen*
*   ruft die elementare Magie,*
*   bis wir das Licht erstrahlen lassen, uns erheben und alles erfassen.*

Während sie sang, gesellte sich die Stimme der Ältesten in Harmonie zu ihrer. Das Lied drang tief in ihr Herz, in ihre Seele, in ihre gemeinsame Abstammung und drehte sich wie ein Schlüssel.

Um sie herum ertönten die Klänge von tausend Stimmen in Harmonie. Ihre Vorfahren umgaben sie, standen hinter ihr und unterstützten sie. Die neu vereinten Teile von Rosemary Thorn atmeten kollektiv auf, als die alte Familienmagie sie durchdrang, sie von innen heraus mit Kraft und Anmut umhüllte und die vernachlässigten Teile ihres Geistes und ihrer Psyche nährte.

Das war es also. Das war ihre Bestimmung.

Rosemary ließ all ihre elementaren Erinnerungen durch ihren Geist strömen, und dazu ihre magischen Erinnerungen an Oma, an das Leben im Wald, an die Verbindung zur Natur und zur alten Familienmagie.

Ein krachendes Geräusch durchdrang die Luft.

Sie sahen zu, wie der Kristall zerbrach, die Ranken verschrumpelten und alles um sie herum in Stücke zu zerfallen schien.

Rosemary öffnete die Augen und stellte fest, dass sie sich in der Bibliothek befand, diesmal aber noch stand.

»Was ist passiert?!«, fragte Geneviève, sichtlich verblüfft. »Da war ein helles Licht und ich konnte nichts sehen. Ich dachte, ich würde schmelzen! Was war das?« Sie trat vor, um Rosemary das Kästchen aus den Händen zu nehmen, aber es war leer. Die Kraft war nicht länger eingeschlossen. Sie schwebte in der Luft, pochte durch das Haus und pulsierte in den Adern der Thorns.

»Nein!« Geneviève kreischte, ihre Augen glühten rot, während sich Rauch von ihren Schultern zu winden begann.

»Die Magie der Familie Thorn wurde freigesetzt«, sagte Rosemary, deren Augen ebenfalls golden glühten. »Und sie ist mächtiger als die der Blutstein-Gesellschaft.«

»Ist sie nicht!«, rief Geneviève. »Dafür wirst du büßen, Rosemary Thorn!«

Ein Flammenstrom brach aus Genevièves kleiner Gestalt hervor. Sie wuchs zu einem Schlot an, und ein weiterer Drache tauchte auf, kleiner als der, der von der Gruppe der Blutsteine beschworen worden war, aber irgendwie heftiger. Einige Bücher gingen in Flammen auf, andere fielen zu Boden, während er in der Luft kreiste und den Raum in Aufruhr versetzte, bevor er auf Rosemary zustürmte.

Aber Rosemary war vorbereitet. Sie ließ die Kraft in sich aufsteigen, noch stärker als zuvor, jetzt, da sie die Magie der Thorns befreit hatte. Sie zögerte nicht, und schwankte auch nicht, als die flammende Bestie auf sie zuschoss. Sie hob einfach selbstbewusst die Hände und setzte ihre Kraft frei. Eine Welle aus magischem Wasser brach hervor, kühl und erfrischend, die die Flammen im Raum löschte, aber nichts feucht werden ließ.

Geneviève kreischte und schoss in einer weiteren Welle der Macht auf Rosemary zu. Diesmal war sie schwarz wie die Nacht. Rosemary traf sie mit einem hellen Strahl goldenen Lichts, der Genevièves eigene Magie auf sie zurückschleuderte.

Rosemary und Athena sahen zu, wie das kleine, uralte, unschuldig aussehende böse Wesen zu Staub zerfiel und die Kiste auf den Boden fallen ließ, wo sie offen liegen blieb. Silbrige Partikel, die einst zu dem uralten bösen Wesen gehört hatten, schwebten in der Luft und bewegten sich dann schnell auf die leere Schachtel zu, als würden sie von ihr angesaugt. Der Deckel klappte mit einem Klicken zu.

Rosemary lief zu Athena und band sie los. Dann umarmte sie sie so fest, dass der Teenager nicht einmal versuchte, sie wegzustoßen.

Nach einem Moment des Schweigens richteten sich ihre Blicke auf die Kiste.

»Glaubst du, sie ist tot?«, fragte Athena.

»Ich vermute es, da sie verdampft ist«, sagte Rosemary.

»Gut, dass wir sie los sind«, sagte Athena.

»Ich weiß, dass sie nicht wirklich ein Kind war, weil sie sechstausend Jahre alt ist und so«, sagte Rosemary. »Aber es fühlt sich trotzdem falsch an.«

»Sie hat es aber irgendwie verdient«, sagte Athena. »Das hast du gut gemacht, Mama.«

»Danke«, sagte Rosemary. Es fühlte sich seltsam an, das Lob anzunehmen, aber sie tat es, da positives Feedback von ihrem Teenager selten war. »Ugh ...«, sagte Rosemary. »Es fühlt sich so falsch an. Ich bin froh, dass das Kästchen es aufgeräumt hat. Ich würde es hassen, ihre Essenz aus dem Teppich kratzen zu müssen!«

KAPITEL

DREISSIG

Rosemary und Athena machten sich auf den Weg aus der Bibliothek in Richtung Küche, da sie offensichtlich eine Tasse Tee brauchten, aber ein Brummen lenkte sie ab.

Sie schauten zu den Fenstern und sahen, dass sich im Abendlicht eine kleine Menschenmenge vor Thorn Manor versammelt hatte.

»Wer ist das alles?«, fragte Rosemary misstrauisch.

»Für mich sieht das aus wie ... Freunde«, sagte Athena. »Schau. Da sind Marjie und Sherry ... oh, und Wachtmeister Perkins!«

»Ich schätze, wir gehen besser und sehen nach, was es damit auf sich hat«, sagte Rosemary mit einem flüchtigen, sehnsüchtigen Blick in Richtung Teekessel.

Sie öffnete die Tür und trat auf die Gruppe zu, bereit, sie zu empfangen.

Wachtmeister Perkins näherte sich.

»Sie sind beide verhaftet!«, rief er.

»Was?! Weshalb?«, fragte Rosemary erstaunt.

»Wegen ... ungebührlichen Verhaltens und ... und ... Störung der natürlichen Ordnung der Dinge, dieser große Lichtblitz und all die Wolken und der verdammte Drache kamen alle von hier, das taten sie!«

»Treten Sie zurück, Wachtmeister«, sagte eine kühle und selbstbewusste Stimme.

307

Rosemary blickte über Perkins' Schulter und sah eine Frau mit schnurgeradem schwarzem Haar und makelloser Porzellanhaut, die einen eleganten schwarzen Anzug trug.

»Äh, Neve«, sagte Wachtmeister Perkins und sah verärgert aus. »Ist schon gut, meine Liebe. Ich habe das im Griff.«

»Ich sagte, Sie sollen sich zurückhalten. Und als Ihre Vorgesetzte sollten Sie mir besser gehorchen«, sagte die Frau und trat vor, um Rosemary die Hand zu geben. »Ich bin Detective Constantine Neve«, sagte die Frau. »Aber alle nennen mich einfach bei meinem Nachnamen, Neve.«

»Constantine ist Ihr Vorname?«, fragte Rosemary.

»Ja, das ist er. Meine Eltern hatten einen seltsamen Sinn für Humor. Wie auch immer, ich entschuldige mich für das Verhalten meines Kollegen. Er glaubt gerne, dass er das Sagen hat, vor allem, wenn ich geschäftlich unterwegs bin, aber er weiß, dass ich die örtliche Polizeistation leite, seit Captain Sledge in den Ruhestand gegangen ist.«

»Oh … ähm … schön, Sie kennenzulernen«, sagte Rosemary und versuchte, einen guten Eindruck zu machen.

Detective Neve in ihrem eleganten schwarzen Anzug schien ziemlich normal zu sein, abgesehen von ihrem Namen, und einen Moment lang fragte sich Rosemary, ob sie tatsächlich etwas von diesem ganzen magischen Zeug wusste … bis sie wieder den Mund öffnete, um es zu erklären.

»Ich bin schon seit Monaten an dem Fall der Blutstein-Gesellschaft dran. Nur haben sie mich auf eine wilde Verfolgungsjagd durch das halbe Land geführt. Ich wusste, dass Despina Crepe darin verwickelt war, aber ich dachte, sie wäre nur ein untergeordnetes Mitglied. Ich hatte keine Ahnung von Geneviève.«

»Ich nehme an, dass jemand, der so mächtig und erfahren ist, die Angewohnheit hat, nicht aufzufallen«, sagte Rosemary einfühlsam. »Ich hatte auch gedacht, Gen wäre nur ein süßes kleines Mädchen.«

»Was ist mit Despina passiert?«, fragte Athena.

»Es gibt kein Zeichen von ihr, fürchte ich«, sagte Neve. »Und von den anderen auch nicht.«

»Ich nehme an, das ist gut so«, sagte Rosemary. »Wenn ich sie nie wieder sehe, ist mir das ganz recht. Aber woher wussten Sie, was gerade im Haus passiert ist?«, fragte sie und kniff die Augen ein wenig zusammen.

Neve lachte. »Sie sind schlau. Ich kann es Ihnen nicht verdenken. Wie ich schon sagte, bin ich überall herumgereist und habe versucht, der Spur zu folgen, die ganz offensichtlich ein abgekartetes Spiel war. Nur habe ich zwei Wochen gebraucht, um das zu erkennen.

»Sie wollten mich eindeutig aus dem Weg räumen. Ich bin rechtzeitig zurückgekommen, um meinen Kristallspiegel zu konsultieren und zu sehen, was gerade oben im Haus passiert ist. Das war großartig. Ich danke Ihnen für das, was Sie heute getan haben. Ich gratuliere Ihnen zu Ihrer guten Arbeit!«

Rosemary und Athena strahlten beide, erfreut über diese Wendung der Ereignisse, während Wachtmeister Perkins finster dreinblickte.

»Also gut, Gerry«, sagte sie und legte Perkins eine Hand auf die Schulter. »Bringen wir Sie zurück aufs Revier, bevor Sie wieder eine rote Karte bekommen.« Sie führte ihn weg und machte Marjie Platz, die nach vorne eilte und sowohl Rosemary als auch Athena in eine große, warme Umarmung hüllte.

»Ihr habt eure Oma heute sehr stolz gemacht!«, rief sie. »Wenn es euch nichts ausmacht, gehe ich jetzt ins Haus, setze den Kessel auf und mache euch etwas zu essen, denn ihr habt das Festessen zum Brigidentag verpasst.«

»Es gab ein Festmahl?«, sagte Athena. »Warum hat das niemand erwähnt?«

»Natürlich gab es eins!«, sagte Marjie. »Nach einem Ritual gibt es immer ein Fest. Aber mach dir keine Sorgen. Ich habe jede Menge Reste und Zitronenkuchen zum Nachtisch mitgebracht!« Sie hielt eine große Stofftasche hoch, die mit Kuchenblechen vollgestopft war.

»Das klingt perfekt«, sagte Rosemary. »Ich bin am Verhungern.«

Kaum war Marjie zur Haustür geeilt, kam Sherry auf sie zu und umarmte sie ebenfalls. »Ich wusste, dass du es schaffen würdest. Hervorragende Arbeit – rundum. Kommt morgen zum Mittag- oder Abendessen zu mir in den Pub!«

Athena nickte enthusiastisch.

»Danke, das wäre reizend«, sagte Rosemary und bemerkte, dass Liam sich hinter Sherry zurückhielt, anstatt zum Plaudern nach vorne zu kommen. Sie fragte sich, wie lange es wohl dauern würde, bis er sich nach der letzten peinlichen Unterhaltung wieder traute, mit ihr zu sprechen, aber sie hatte kaum Zeit, darüber nachzudenken, bevor Ferg mit einer kleinen Schachtel auftauchte, die mit einer gelben Schleife umwickelt war.

»Was ist das?«, fragte Rosemary und nahm die Schachtel vorsichtig entgegen.

»Ein kleines Geschenk mit meinem selbstgemachten Fudge«, sagte Ferg. »Ich habe gehört, dass Sie in Ihrer Jugend eine große Liebhaberin von Süßigkeiten waren.«

»Oh ... wie aufmerksam«, sagte Rosemary. »Ich danke Ihnen.«

»Ich danke *Ihnen*, gnädige Frau.« Er hob seine braune Samstagsmütze und streckte sie Rosemary und dann Athena entgegen. »Fräulein. Ich wünsche Ihnen beiden einen guten Tag.«

Rosemary und Athena sahen sich leicht verwirrt an, lächelten aber herzlich.

»Entschuldigen Sie«, sagte eine vertraute tiefe und seidige Stimme. Rosemary war erfreut zu sehen, dass es Burk war. »Ich bin gekommen, um mich zu entschuldigen«, sagte er.

»Wofür?«, fragte Rosemary.

»Dafür, dass ich während Ihrer Dinnerparty verschwunden bin. Ich wünschte, ich hätte Ihnen mehr helfen können, aber ... ich habe versucht, unterzutauchen. Ich war auf der Flucht vor der Blutstein-Gesellschaft, und mir war bewusst, dass sie hinter dir her waren.«

»Oh ... warum?«

»Ich war mal Mitglied ... Vor langer Zeit musste ich mir meine Seele zurückverdienen, aber sie waren nicht sonderlich erfreut darüber. Sie waren hinter mir her und ich musste meine Identität auf magische Weise vor ihnen verbergen. Ich wollte mich hier nicht zu sehr einmischen, damit sie mir nicht auf die Schliche kamen. Es ist eine seltsame Sekte, wissen Sie. Keines der Mitglieder weiß, wer die anderen sind, es sei denn, sie entscheiden sich dazu, sich zu offenbaren. Nur die Anführerin weiß, wer sie alle sind ... Ich sage Ihnen das nur, damit Sie wachsam bleiben. Es gibt bestimmt noch weitere Mitglieder der Gesellschaft, die sich in Myrtlewood herumtreiben.«

»Sie waren mal Mitglied von denen?« Rosemary starrte ihn an.

»Das war ich«, sagte Burk. »Aber ich habe sie vor über zweihundert Jahren verlassen.«

»Sie sind wirklich ... alt«, sagte Rosemary und errötete, als ihr klar wurde, dass das ziemlich unhöflich geklungen hatte.

»Ich sagte doch, es ist eine lange Geschichte«, sagte Burk.

»Ich hoffe, sie irgendwann einmal zu hören«, sagte Rosemary und lächelte, bevor sie weggeführt wurde, damit Herr June ihr in seiner offiziellen Funktion als Bürgermeister danken konnte.

Herr June hielt eine Rede, in der er erklärte, dass sogar die Göttin Brigid selbst die Stadt mit ihrer Anwesenheit gesegnet habe und in der Luft über Thorn Manor gesichtet worden sei.

Athena warf Rosemary einen fragenden Blick zu.

»Ah, das ist also möglicherweise das, was ich im Wald gesehen habe ...«

Athena schüttelte ungläubig den Kopf.

Herr June beendete seine Rede, verbeugte sich und erklärte Rosemary und Athena zu VIMs – Very Important Myrtlewoodians. Er überreichte ihnen sogar kleine goldene Broschen, auf denen ein M abgebildet war, hinter dem ein Myrtenbaum wuchs.

»Äh, danke«, sagte Rosemary, überrascht von all der spontanen Dankbarkeit, als die Menge um sie herum jubelte.

Ein paar Leute huschten aus dem Weg, als ein glänzender Rolls Royce mit Chauffeur die Einfahrt hochfuhr.

»Das kann nur eines bedeuten«, murmelte Rosemary zu Athena.

Elamina kurbelte das hintere Fenster herunter und winkte Rosemary und Athena mit ihrem Zeigefinger heran. Rosemary hielt Sicherheitsabstand zu den Wolken aus Maiglöckchenduft, die aus dem Auto wehten.

Burk stellte sich ebenfalls zu ihnen, obwohl Rosemary nicht sagen konnte, ob aus Neugier oder aus Beschützerinstinkt.

»Der Familienzauber ist wieder da«, sagte Elamina mit einem Ausdruck des Erstaunens auf ihrem Gesicht. »Ich weiß nicht, wie du es gemacht hast, aber es hat funktioniert.«

»Großartig«, sagte Rosemary.

»Du hast meine Erwartungen übertroffen«, sagte Elamina kühl, während Derse auf dem Sitz neben ihr sein übliches Grinsen beibehielt.

»Als ich entdeckt habe, dass Oma dir das Haus hinterlassen hatte, war ich außer mir«, fuhr Elamina fort. »Übrigens möchte ich mich für die Sache mit Ihrem Büro in Burkenswood entschuldigen«, sagte sie zu Burk. »Ich wollte es nicht in Brand stecken. Ich habe nur die Kontrolle über meine Kräfte verloren, als ich hörte, dass das Haus an Rosemary geht. Ich habe nicht geglaubt, dass sie das Zeug dazu hat, die Familienmagie freizusetzen. Oh, und was das hier angeht ...«

Elamina streckte die Hand aus und reichte Rosemary die Köderkiste. »Hier«, sagte sie. Offensichtlich war sie diejenige gewesen, die sie von der Party gestohlen hatte.

Rosemary starrte ihre Cousine an. »Danke«, sagte sie barsch.

Elamina zuckte ein wenig mit den Schultern. »Ich hätte nicht gedacht, dass du das Zeug dazu hast, die Bindung aufzuheben«, erklärte sie. »Ich wollte die Sache selbst in die Hand nehmen, aber du hast mich überlistet.«

»Dafür werde ich mich nicht entschuldigen, das weißt du sicher«, sagte Rosemary. Sie hatte sicher nicht vor, um Vergebung zu betteln, wenn Elamina sich nicht bei ihr entschuldigt hatte.

»Nun gut.« Elamina wandte sich an Athena. »Bist du nicht charmant?«, sagte sie. »Tut mir leid wegen der ganzen Aufregung. Auf Wiedersehen, Süße.«

Rosemary zuckte zusammen, als Elamina einen kleinen Wink machte und das Fenster nach oben glitt.

Der Rolls Royce fuhr wieder die Auffahrt hinunter, und Rosemary murrte. »Sie entschuldigt sich bei jedem, nur nicht bei mir! Typisch... Immerhin hatte ich mit einer Sache recht. Ich war mir sicher, dass Elamina für dieses Feuer verantwortlich war!«

»Das muss ich dir lassen«, sagte Athena.

Sie sahen sich in der etwas zerstreuten Menge um.

»Nun, das war alles irgendwie ... großartig!«, sagte Athena. »Ich nehme an, wir können jetzt zur Normalität zurückkehren, was auch immer das bedeutet.«

»Stimmt, die Schule beginnt nächste Woche!«, sagte Rosemary. »Das ist übermorgen.«

Athena stöhnte auf. »Gerade als ich anfing, mich zu entspannen.«

»Offensichtlich hört der Spaß hier nie auf!«

In diesem Moment drehte Athena ihren Kopf in Richtung der Einfahrt. Rosemary folgte ihrem Blick und sah Finnigan, der wie ein völlig unschuldiger Teenager aussah.

Athena warf ihrer Mutter einen flehenden Blick zu. »Das war eindeutig nicht er«, sagte sie. »Du hattest kein Recht, misstrauisch zu sein.«

»Man kann nie wissen«, sagte Rosemary. »Es *war* eine andere jung aussehende Person, aber gut, ich gebe zu, dass du eine viel bessere Menschenkenntnis hast als ich.«

»Darf ich dann mit ihm abhängen?«

»Oh – na los«, sagte Rosemary.

»Wirklich?«

»Ja. Geh und verbringe ein wenig Zeit mit deinem Freund vor dem Abendessen, aber bleib in Rufweite des Hauses und sei vernünftig!«

»Ich bin immer vernünftig«, sagte Athena und strich sich ihr feuerrotes Haar über die Schulter, während sie auf den Jungen zuging. »Du bist es, die diesen Rat befolgen sollte«, murmelte sie.

»Das habe ich gehört«, sagte Rosemary und lächelte, während sie sich umdrehte und zurück zu Tee, Abendessen und Kuchen ins Thorn Manor ging.

Später am Abend saßen Rosemary und Athena auf der Fensterbank und tranken Tee, während sie aus dem Fenster auf den Wald blickten.

Sie fühlten sich satt und zufrieden, nachdem sie noch mehr von Marjies wunderbaren Pasteten und Kuchen gegessen hatten, und sie hatten sogar den Fudge probiert, den Ferg ihnen geschenkt hatte und ihn für überraschend köstlich befunden.

»Der ist wirklich gut«, sagte Athena.

»Ja«, stimmte Rosemary zu. »Weich und reichhaltig mit einem Hauch von Holunderblüten.«

»Wer hätte gedacht, dass Ferg ein ausgezeichneter Konditor ist?«

»Ich wünschte, *ich* wäre eine Konditorin«, sagte Rosemary. »Du weißt, wie sehr ich Schokolade liebe.«

»Nun, du kannst jetzt sein, was immer du willst, Mama«, sagte Athena. »Dein Schicksal liegt in deinen Händen.«

»Danke«, sagte Rosemary. »Ich weiß nicht, ob das weise, episch oder einfach nur unglaublich kitschig ist.«

»Warum nicht alles drei?«, fragte Athena. »Und wenn wir schon dabei sind, ich glaube, wir haben heute etwas gelernt.«

»Zum Beispiel, dass man unschuldig aussehenden Schulkindern nicht trauen sollte?«, schlug Rosemary vor.

»Ja, das, und außerdem hast du gelernt, Magie mit Absicht einzusetzen, nicht nur aus Versehen, was dich mindestens dreißig Prozent weniger lächerlich macht als sonst.«

»Oh, danke«, sagte Rosemary. »Bekomme ich eine Auszeichnung?«

»Großspurigkeit ist eine Belohnung für sich. Du solltest sie genießen. Außerdem hast du keinen Grund, dich zu beklagen. Deine Magie funktioniert tatsächlich, während ich immer noch keine coolen Kräfte habe, abgesehen von einem brummenden Gehirn mit gelegentlicher Telepathie.«

»Das ist wahrscheinlich auch gut so«, sagte Rosemary, nahm einen weiteren Schluck Tee und lächelte ihre Tochter an. »Ich bin noch nicht dafür bereit, dass du allmächtig wirst. Du bist schon allwissend genug.«

»Hey«, sagte Athena lachend und gab ihrer Mutter einen spielerischen Schubs.

»Ich frage mich, wo Dain steckt«, sagte Rosemary und wurde wieder ernster. »Es ist seltsam, dass ich ihn immer noch vergesse, obwohl ich mich an fast alles andere erinnert habe ... zumindest glaube ich das.«

»Ich versuche zu vergessen, dass er existiert«, sagte Athena. »Im Ernst, Mama, wir sind ohne ihn besser dran.«

Eine Eule heulte, und sie sahen wieder in den Garten hinaus.

»Glaubst du, sie sind da draußen und beobachten uns?«, fragte Athena.

Rosemary schüttelte den Kopf. »Nein. Neve glaubt, dass sie aus der Stadt verschwunden sind. Nach diesem Auftritt wird sich Despina wohl für eine Weile nicht mehr blicken lassen.«

»Aber die anderen«, sagte Athena. »Wir wissen nicht einmal, wer sie sind.«

»Stimmt«, sagte Rosemary. »Und jetzt, wo ihre Macht geschwunden ist, werden sie das auch so beibehalten wollen. Außerdem werden nach dem, was Burk gesagt hat, einige von ihnen erleichtert sein, dass sie sich von der Blutstein-Gesellschaft lösen können.«

»Burk *und* Liam hängen an jedem deiner Worte«, stichelte Athena.

»Fang nicht schon wieder damit an«, sagte Rosemary. »Wie auch immer, zurück zum eigentlichen Thema. Was hast du heute gelernt?«

»Ich habe gelernt ...« begann Athena, und dann wurden ihre Augen groß. »Mama!«

»Was?«

»Irgendetwas beobachtet uns wieder!«

Rosemary schaute aus dem Fenster und sah in der Dunkelheit ein Paar glitzernde Augen, in denen sich das Mondlicht spiegelte. »Ein Tier …?« Rosemary schreckte auf, aber was auch immer es war, es kam immer näher, eine dunkle Gestalt, die sich tief am Boden bewegte und auf das Haus zu schlich.

»Was?«, begann Rosemary, aber Athena war bereits zur Tür gelaufen. »Mach nicht auf!« rief Rosemary, aber es war zu spät. »Athena!«

Athena öffnete die Tür und bückte sich, um die Kreatur herauszuholen. Sie drehte sich wieder zu Rosemary um und hielt ein flauschiges schwarzes Kätzchen mit leuchtend grünen Augen in der Hand.

»Wir sind doch Hexen, oder?«, sagte Athena. »Offenbar bedeutet das, dass wir Katzen anziehen.«

Rosemary trat näher, und der kleine schwarze Flohball sprang ihr in die Arme. »Was in Brigids Namen!?«, sagte sie und wiegte das entzückende schnurrende Geschöpf.

»Das habt ihr gut gemacht, meine Lieben«, sagte eine freundliche und vertraute Stimme, die aus dem Spiegel gegenüber der Tür kam.

»Oma«, sagte Rosemary und stellte fest, dass der Groll und die Wut, die sie für die alte Frau empfunden hatte, wahrscheinlich im Laufe der Entfesselung ihrer Magie verflogen waren.

»Das habt ihr gut gemacht, und ich bin stolz auf euch beide.«

»Äh, danke«, sagte Rosemary und streichelte die Katze. »Ich glaube, ich verstehe jetzt, warum du tun musstest, was du getan hast.«

»Ich bin nicht perfekt«, sagte Oma. »Ich hätte tausend Dinge anders und vielleicht besser machen können, aber es war die einzige Möglichkeit, die mir damals einfiel, um euch beide in Sicherheit zu bringen, bis ihr bereit wart, und das seid ihr jetzt eindeutig.« Sie lächelte warmherzig.

»Kannst du mir das erklären?«, fragte Athena und nickte in Richtung des Kätzchens.

»Es ist Rosemarys Vertraute, Liebes«, sagte Oma.

»Vertraute?«, fragte Rosemary. »Es ist wirklich genau wie in einem Roman.«

»Warum bekommt Mama eine Vertraute?«, fragte Athena und kratzte den Kopf des Kätzchens. »Wo ist meiner? Ich wollte schon immer eine Katze haben.«

»Wir können sie uns teilen«, schlug Rosemary vor. »Ich hatte immer Angst davor, mir ein Haustier zuzulegen, weil ich mich nicht richtig um es kümmern kann. Es ist schon schwer genug, uns beide am Leben zu erhalten.«

»Mach dir keine Sorgen, Athena«, sagte Oma. »Deines wird mit der Zeit kommen, sobald deine Kräfte richtig wirken.«

»Molly war deine Vertraute, nicht wahr?«, fragte Rosemary und erinnerte sich an Omas alte gefleckte Katze.

»Ja, das war sie, und sie war bis zum Ende bei mir. Vertraute leben so lange wie ihre Hexen, wenn alles gut geht.«

»Ich kann es kaum erwarten!«, sagte Athena. »Ich werde wirklich coole Kräfte bekommen *und* eine Katze haben dürfen. Mein Leben ist ein Traum!«

Oma nickte weise. »In der Tat. Aber kümmere dich jetzt erst einmal um deine Mutter. Ich glaube, sie wird es in den nächsten Wochen brauchen.« Sie zwinkerte.

Athena lachte und Rosemary schluckte.

»Was soll das denn heißen?«

»Das wirst du bald sehen«, sagte Oma. »Ich schwinde jetzt, aber lebt wohl, meine Lieben. Ich werde euch bald wiedersehen!«

»Diese Frau!«, sagte Rosemary. »Zum Verzweifeln.«

Athena lachte wieder und nahm Rosemary die Katze ab. »Das muss in der Familie liegen«, sagte sie.

Rosemary lächelte und schlang ihre Arme um Athena und das kleine schnurrende Kätzchen. Es mochte bizarr und gefährlich sein, aber ihr Leben hatte sich in so kurzer Zeit auch so sehr zum Besseren verändert. Es wäre dumm von ihr, das nicht zu würdigen.

EPILOG: DREI TAGE
FRÜHER

Dain fuhr vor dem alten Haus vor. Es war noch genau so, wie er es in Erinnerung hatte, obwohl er schon seit Jahren nicht mehr dort gewesen war. Rosemarys Großmutter hatte ihn gewarnt, und er war nicht so dumm, sich mit jemandem so Mächtigen wie Galderall Thorn anzulegen.

Selbst jetzt hütete er sich, zu klingeln, falls sie antwortete und ihn in ein anderes Reich beförderte.

Er parkte den Wagen und begann, Kisten auszuladen.

Die Sachen seiner Tochter.

Rosemarys Sachen.

Er wusste, dass er sie nicht verdient hatte – diese Frauen, die irgendwie der wichtigste Teil im Wirbelsturm seines Lebens geworden waren.

Er hatte ihnen zu oft Unrecht getan, sie bestohlen, belogen, sie verlassen, nur um wieder zurückzukehren und den ganzen Kreislauf von vorne zu beginnen. Dain hatte sich immer gewünscht, dass alles anders werden würde, und doch gab es nur so viel, was er kontrollieren konnte.

Es war das Mindeste, was er tun konnte, ihre Sachen in Kisten zu packen und sie hierher zu fahren. Rosemary hatte sogar gesagt, er könne das Auto behalten und es verkaufen. Sie kannte ihn zu gut und wusste, dass er das Geld brauchen würde. Dain seufzte.

Die letzte Kiste wurde auf die Veranda geladen, und er konnte sie drinnen reden hören – Rosemary und Athena. Ihre Stimmen wirkten beruhigend auf ihn. Sie verankerten ihn hier in dieser Welt, in der er keinen wirklichen Platz hatte.

Er wollte sie sehen, aber er hatte Angst vor der alten Frau, und etwas schien ihn zurückzuhalten.

Es muss Galderalls Macht sein. Sie versucht, mich von ihrer Familie fernzuhalten ... von meiner Familie.

Es war nicht stark genug, um ihn aufzuhalten, und sein Instinkt befahl ihm, sich durchzusetzen, aber er zögerte wieder, unsicher, ob sie ihn sehen wollten oder nicht.

Zögern war ungewöhnlich für Dain, der noch nie besonders gut darin gewesen war, sich zu beherrschen. *Es muss die Magie sein, die mich zurückhält*, dachte er, und das reichte aus, um ihn dazu zu bringen, sich durchzukämpfen, ganz gleich, wie sehr er sich vor Oma Thorn fürchtete.

Er streckte die Hand nach der Tür aus und klopfte. Dann drehte er sich um. Er konnte es hören. Von weit her kam ein vertrautes Geräusch auf ihn zu, schneller als alles andere auf dieser Welt.

Nein ... sie haben mich gefunden.

Ein wirbelnder Nebel erschien, hüllte Dain in Weiß ein, und er verschwand aus der Menschenwelt.

Bestell dir jetzt Buch 2 der Myrtlewood Mysteries!

Vielen Dank, dass du dieses Buch gelesen hast! Es hat mir sehr viel Spaß gemacht, es zu schreiben. Ich liebe Myrtlewood mit all seinen schrulligen Charakteren und seiner gemütlichen, magischen Atmosphäre.

Ich wollte dieses Buch vor allem deshalb schreiben, weil ich in Fantasy-, Urban-Fantasy- und paranormalen Mystery-Büchern kaum auf alleinstehende Eltern als Hauptfiguren gestoßen bin.

Die Inspiration kam mir eines Tages in einer Urban-Fantasy-Buchgruppe, als jemand nach Büchern fragte, die ein bisschen wie Gilmore Girls sind, aber mit Magie. Sie wünschte sich vor allem ein magisches Dorf mit vielen interessanten Charakteren wie Stars Hollow. Ich habe die

Empfehlungen mit Interesse verfolgt. Es gab nicht viele und so beschloss ich, diese Serie zu schreiben!

Ich wurde von einer alleinerziehenden Mutter großgezogen und war selber eine. Mir ist aufgefallen, dass es nicht viele Bücher, Filme und Serien gibt, die sich mit dieser Art von Erfahrung befassen, also entschloss ich mich, dieses Projekt ins Leben zu rufen.

Außerdem habe ich mich schon immer für magische Dinge interessiert, betrachte mich selbst als eine Art Küchenhexe und gehöre sogar einem Druidenhain an. Beim Schreiben magischer Bücher kann ich auf meine eigenen Erfahrungen als Hexe zurückgreifen und sie mit fantastischen Elementen anreichern. Wie ihr vielleicht bemerkt habt, dreht sich dieses Buch wie auch die folgenden Teile der Reihe um ein traditionelles magisches Fest. Sie machen sehr viel Spaß!

Wenn du einen Moment Zeit hast, hinterlasse bitte eine Rezension oder auch nur eine Sternchenbewertung. Das hilft neuen Lesern einzuschätzen, auf was für ein Buch sie sich einlassen, und schafft hoffentlich etwas Vertrauen, dass es sich lohnt, es zu lesen!

Wenn du gerne mehr lesen möchtest, kannst du Myrtlewood Mysteries Buch 2 jetzt bestellen!

Du kannst dich auch in meinen Newsletter eintragen oder mir in den sozialen Medien folgen. Die Links findest du auf der nächsten Seite.

Ein herzliches Dankeschön an GiGi Kent, Jason LeVaillant und Jackie Lee Morrison für all das hilfreiche Feedback, das sie bei der Entstehung dieses Buches gegeben haben!

ÜBER DEN AUTOR

Iris Beaglehole is many peculiar things, a writer, researcher, analyst, druid, witch, parent, and would-be astrologer. She loves tea, cats, herbs, and writing quirky characters.

facebook.com/IrisBeaglehole

x.com/IrisBeaglehole

instagram.com/irisbeaglehole